KB179879

악어 노트

鱷魚手記

NOTES OF A CROCODILE

악어 노트

鱷魚手記
NOTES OF A CROCODILE

邱妙津
QIU MIAOJIN

추마오진 지음
방철환 옮김

OOMZICC PUBLISHER

일러두기

1. 본문의 각주는 옮긴이 주이며
   일부 편집부에서 보완했습니다.

2. 인물의 이름은 작가의 의도를 살려 전하기 위해
   모두 한자음으로 표기했습니다.
   다만 주인공의 별명인 라즈(拉子)는 그의 정체성인
   레즈비언과의 언어적인 유사성을 살려 전하기 위해
   발음대로 표기했습니다.

차례

"사람이 받는 가장 큰 고통은
사람과 사람 사이의 잘못된 대우에서 오는 것이다."
—

추먀오진 Qiu Miaojin

헤이,
친애하는
악어鰐魚!

만약
베스트셀러도
못되고,
진지하지도
못할 바에는

놀라게
할 수밖에.

한 글자에
20원.

이 책은
졸업장과
글쓰기에
관한 것이다.

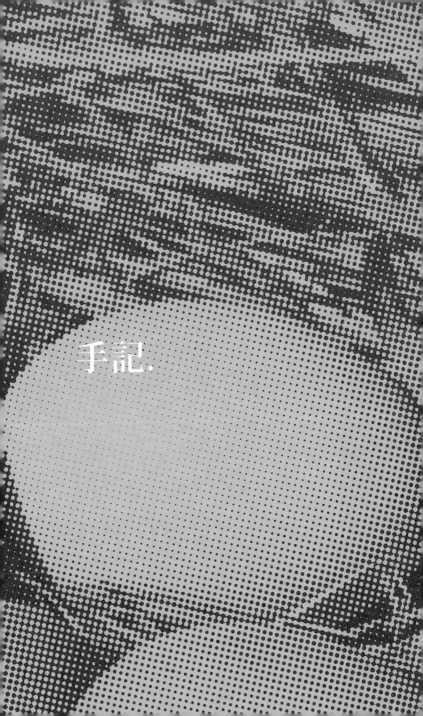
手記.

1

1. 악어가 말했다

노트 1—1

○

1991년 7월 20일, 교무처 행정실 창구에서 대학교 졸업장을 받았다. 졸업장이 너무 커서 두 손으로 집어 들고 교정을 나서다 두 번이나 떨어뜨렸다. 한 번은 길가의 진흙탕에 처박혀서 옷자락으로 닦았고, 또 한 번은 바람에 날려가 좀 미안한 마음으로 멋쩍게 쫓아갔다. 졸업장의 네 귀퉁이가 모두 접혔다. 꾹 참아도 웃음이 나와 남몰래 웃었다.

"너 말이야. 오는 길에 장난감 좀 갖고 올래?"

악어가 말했다.

"물론. 내가 직접 바느질해서 만든 속옷이면 족하겠지."

다자이 오사무*가 말했다.

● 　다자이 오사무(1909~1948)는 일본의 소설가로 대표작은 〈인간 실격〉, 〈사양〉 등이 있음. 1948년에 애인인 야마자키 도미에와 함께 다마가와 죠스이의 강물에서 투신자살로 생을 마감함.

"나는 네게 세계에서 가장 화려한 화구 상자를 선물하려고. 괜찮겠니?"

미시마 유키오°가 말했다.

"나는 내 와세다 대학 졸업장을 백 장 복사해서 네 화장실에 붙여 놨어."

무라카미 하루키°°가 말했다.

바로 여기서부터 시작이다. 연주하자. (곡은 끝을 알리는 '두 마리 호랑이'°°°를 선택해서 효과음으로 쓴다)

학생증과 도서관 이용증을 반납 안 했어도 상관없다. 원래 정말로 잃어버렸으니까. 어제 19일에 누군가 이름도 밝히지 않고 우편으로 보내 줘서 거짓으로 분실 신고한 것이 되고 말았다. 정말 억울하다. 부득이 쓰던 대로 학생증을 편리하게 활용했을 뿐이다. 운전면허증 일도 상관없다. 비록 네 번째 시험을 보고도 아직 합격을 못 했지만 그중 두 번은 내 탓이 아니었다. 하물며 나는 이미 두 번의 실패 기록을 남기지 않았던가. 상관없다. 신경 쓰지 말자.

●   미시마 유키오(1925~1971)는 전후 일본 문학계를 대표하는 허무주의·탐미주의 소설가로 그의 자전 소설 《가면의 고백》은 사회에 적응하기 위해 가면 뒤로 숨어야 하는 한 젊은 잠재적인 동성애자의 이야기임.

●●   무라카미 하루키(1949~)는 일본의 소설가로 실제로 와세다대학 문학부 연극과를 졸업했음. 1979년 〈바람의 노래를 들어라〉로 데뷔해 1987년 발간된 〈노르웨이의 숲〉이 베스트셀러가 되면서 무라카미 하루키 붐이 일었음.

●●● 중국 동요. 두 마리 호랑이(兩隻老虎)는 상점의 마감 시간을 알리는 곡으로도 쓰임.

출입문과 창문을 모두 굳게 걸어 잠그고 전화도 없애 버리고, 앉았다. 그러고는 바로 글을 썼다. 쓰다가 지쳐 담배 두 개비를 태우곤 목욕탕으로 들어가 찬물로 목욕하면 태풍과 천풍과 폭우가 몰아친다. 윗옷을 다 벗고서야 비누가 없음을 알았다. 재빨리 다시 옷을 입고 방으로 들어가 '쾌락' 비누를 가지고 돌아와서 계속 씻는다. 이건 '베스트셀러^{暢銷}'를 쓰는 일이다.

심야 한 시의 텔레비전을 보면서 한편으로는 비누를 어루만지는데, 천둥이 치고 발전소가 폭발하며 주위에는 정적과 동시에 칠흑 같은 어둠이 찾아온다. 광범위한 정전. 아무도 없다. 나는 맨몸으로 욕실에서 나와 초를 찾는다. 하나밖에 없던 라이터는 하필 기름이 떨어졌고, 곧 촛대를 들고 주방으로 갔다. 중간에 선풍기를 걷어찼고 가스레인지를 이용해 불을 붙이려다 결국은 구리 촛대만 녹이고 촛불은 아직 켜지 못했다. 뾰족한 수가 없다. 문을 열고 테라스로 나가 바람을 쐬면서, 나처럼 맨몸으로 테라스에 나온 다른 인류를 볼 수 있기를 희망한다. 이건 '진지한 작품^{嚴肅}'을 쓰는 일이다.

만약 베스트셀러도 못되고, 진지하지도 못할 바에는 놀라게 할 수밖에. 한 글자에 5각^角.^{••••} 이건 졸업장과 글쓰기에 관한 일이다.

•••• 10각은 1위안. 당시 타이완 화폐 1위안은 한국 화폐 40원 정도이므로 5각이면 20원 정도인 셈.

노트 1—2

○

예전에 나는 모든 남자들이 살아가면서 마음속 깊이 저마다 여성에 대한 '원형原型'을 간직하고 있을 것이라고 믿었다. 그가 가장 사랑하는 것은 바로 그 원형을 닮은 여성일 것이라고. 그런데 나는 여성임에도 불구하고 어찌 된 일인지 나의 내면 깊이에 자리한 원형도 여성에 관한 것이었다. 내게 원형이란 마치 차갑게 얼어붙은 높은 산의 정상에서 죽음에 직면했을 때 비로소 피어오르는 가장 아름다운 환상 같은 것이다. 그 고고한 환상은 차츰 나의 현실로 스며들었으며 또한 특별했다. 나는 이것이야말로 절대적인 내 인생 최고의 아름다운 원형이라고 믿었다. 그렇게 사 년 동안 믿어 왔다. 오직 이것만을 믿으며 가장 용감하고 가장 성실했던 대학 시절의 삶을 전부 써 버렸다.

하지만 더 이상 환상을 믿지 않는다. 이제 이 일은

한낱 내 방 벽에 걸린 거리 화가의 즉흥 그림처럼 변해 있을 뿐이다. 내가 초연하게 **다시 믿지 않기** 시작하면서 온 집 가득 쌓여 있는 진귀한 소장품을 헐값으로 처분하듯이 곧 서서히 잊기 시작했다. 그사이 문득 이것을 기록해 놓을 수 있겠구나, 깨달았다. 기억의 항아리가 금방 비워져서 잠깐 잠자다 일어나면 매물 목록을 적어 둔 장부조차 어디다 꿍쳐 두었는지 기억나지 않을지도 모르니까.

마치 양면테이프처럼 뒷면에는 '불신'을 붙이고 동시에 정면에는 '잔인한 도끼'를 붙인다. 어느 날 마치 처음으로 이름을 온전히 익혀 쓸 때처럼 '잔인'이란 것을 깨닫게 되었다. 사실 잔인함도 인자함처럼 이 세상에 진실로서 같이 존재하며, 악도 선과 똑같이 동등한 지위를 가진다. 잔인함과 악은 자연스러운 것일 뿐, 그들에게도 세상사의 절반을 장악하는 힘과 유용함이 있다. 그러므로 잔인한 운명을 나는 다만 더 잔인하게 대하길 바랄 뿐이다. 도축업자가 소를 해부하듯.

잔인하게 도끼를 휘두른다. 삶에 대해 잔인하게, 자신에 대해 잔인하게, 타인에 대해 잔인하게. 동물적 본능과 윤리학과 미학과 형이상학에 부합하는 사위일체四位一體의 지렛점인 것이다. 스물두 살의 쉼표다.

노트 1—3

○

수령 水伶. 온주가 街. 프랑스식 빵집 문 옆의 하얀색 긴 벤치. 74번 버스.

수령과 나는 버스 뒤쪽 통로를 사이에 두고, 각각 빈 통로 쪽 자리에 떨어져 앉아 있다. 단단히 닫힌 버스의 차창 안은 12월의 냉기로 안개가 서렸다. 오후 여섯 시. 일과가 끝난 타이베이의 저녁은 이미 어둠에 잠식되어 있다. 버스는 천천히 화평동로 쪽으로 움직인다. 분지 도시인 타이베이의 지평선과 도시의 끝이 만나는 곳의 하늘은 붉은 천을 다림질해 펼친 듯 층층이 현란한 색을 과시하며 오렌지 레드 빛으로 물들어 간다. 신비로운 경관이 가져다준 감동적인 행복이 차창 사이를 흐르고 흘러 다음 차창으로 나아간다.

말을 잃은 지친 사람들이 통로에 가득하다. 그들은 멍하니 목석처럼 서 있거나 고개를 숙이고 좌석 등받이에 기대어 서 있다. 나는 승객들 사이 외투 틈새로 조심스럽게 그를 본다. 두근거리는 마음을 누른 채 특별한 감정이 없다는 표정으로.

"창밖 봤어?" 목소리를 가다듬고 수령에게 물었다.

"응." 깃털처럼 여린 대답이 돌아왔다.

모든 장면이 무성 영화처럼 천천히 펼쳐진다. 수령과 나는 나란히 밀폐된 차 안에 앉아 있고, 찬란한 거리의 빛과 늦은 밤 비틀거리는 사람들의 그림자가 화려하고도 조용하게 우리 양쪽 옆 유리창 너머로 흘러간다. 우리는 서로 미소를 지으며 만족해했다. 그 뒤로는 맹목적으로 인생의 검은 광맥을 쫓아가면서 고생인 줄도 몰랐다.

노트 1—4

○

1987년 나는 저주스러운 연합고사 제도에서 벗어나 대학에 입학했다. 타이베이에서 사람들은 오직 시험을 치른 돈벌이용 통조림으로 살아갈 뿐이다. 열여덟 살의 나는 고급 통조림 공장의 생산 라인에서 삼 년 동안 가공되었으나, 이미 속은 온통 썩어 있다.

가을인 10월부터 온주가에 있는 통일 슈퍼마켓 옆 아파트 2층에 살기 시작했다. 제2 집주인*은 대학을 졸업한 지 몇 년 안 되는 젊은 부부인데 네 개의 방 중 골목 쪽으로 큰 창문이 나 있는 방을 나에게, 내 방 맞은편의 또 다른 방을 어떤 자매에게 세놓았다. 젊은 부부는 내가 거실로 나와 텔레비전을 볼 때마다 커피색 소파에 기대어 앉아 서로 가볍게 포옹하면서 웃음

●   제2 집주인. 임차 임대인을 말함.

띤 얼굴로 내게 말하곤 했다.

"우리는 대학 사 학년 때 결혼했어요." 하지만 평소 두 사람은 거의 대화가 없다. 자매는 저녁 내내 자기네 방 안에서 따로 텔레비전을 본다. 그들 방문 앞을 지날 때 두런두런 대화하는 소리가 들리긴 하지만, 용건이 없는 한 집안의 다른 거주민과는 절대로 눈을 맞추지 않는다. 그들은 마치 우리가 존재하지 않는 것처럼 자유롭게 드나든다. 그래서 네 개의 방이 있는 큰 집에 다섯 명의 거주자가 살고 있음에도 조용하다 못해 마치 '소리 없는 아파트啞巴公寓' 같다.

나는 혼자 산다. 낮에는 숨었다가 밤에 나선다. 심야 열두 시에 일어나 빨간색 자이언트˙˙ 자전거를 타고 근처 야시장으로 가서 볶음면이나 고기국 또는 춘권 같은 음식을 사 들고 집으로 돌아와 먹으면서 책을 읽는다. 목욕하고 빨래하고 나면 집안에 사람 소리와 전등 불빛은 더 없다. 밤이 새도록 책을 읽고 일기를 쓴다. 『지킬과 하이드』에 빠져 신음하는 영혼에 관한 여러 책을 탐독한다. 때로는 여러 종류의 당외黨外 주간지˙˙˙ 를 수집해서 영혼과 가장 먼 정치 투쟁극의 유희적인 성격과 그것이 빚어내는 괴리감, 갑자기 빠져드는 것을

●●   자이언트(捷安特). 풀이하면 빠르고 안전하며 특별하다는 뜻. 주인공 자전거의 애칭이며, 1981년에 창립한 타이완의 대표적인 자전거 브랜드이기도 함.

●●●   당외 주간지. 당시 집권당이었던 국민당에 반대하는 야권 성향의 잡지들을 일컬음.

누그러뜨리는 정신적 역량을 연구하기도 한다.

이른 아침 예닐곱 시쯤 날이 밝아오면 햇빛 보기가 두려운 밤 쥐처럼 열기로 뜨거워진 머리를 이불 속으로 감춘다. 상황이 괜찮을 때는 이렇다. 하지만 대부분은 밤새 한 끼도 못 먹고 못 씻고 일어나지도 못한다. 일기를 쓰지도 말하지도 못하고 책장을 몇 장 넘겨 미약하나마 인기척을 내는 일조차 할 수가 없다. 온종일 이불 속에서 붉고 푸른 눈물을 흘린다. 잠조차 사치다.

누구도 싫다. 모든 것이 부질없다. 필요가 없다. 자학하며 죄를 지을 것이다.

집은 한 장의 청색 현금카드다. 꼭 필요하진 않다. 대학은 사회와 생활 책임이라는 시스템 붕괴를 면하도록 잠시 어떠한 직업을 제공한다. 누추한 무대가 마련되면, 대중이 두들기는 자극을 따라 서두른다. 온 힘을 다 쏟지 않으면 처벌받는 가면 공연을 시작한다. 그곳은 쓰레기를 만드는 공허한 건축물이다. 내 몸은 들어가지만 내 영혼은 뒷걸음치는 이상한 건축물이다. 아울러 사람들이 모르거나 혹은 인정하길 원치 않는 것이 더 무섭다. 두 개의 구조물이 매일 그렇게 구체적으로 그곳에 서 있다. 주로 나를 구성하는 분별력을 제공하고 끊임없이 꿈틀거리며 탐구하게 만들지만, 사실 이런 추상 명사는 바로 옆 통일 슈퍼마켓이 나 자신을 구성하는 것에 비하면 비교도 안 된다.

신문을 보지 않는다. 텔레비전도 보지 않는다. 반드

시 출석자 이름을 부르는 체육 수업 말고는 강의 시간에 들어가지 않는다. 과거에 알았던 사람과 어떤 연락도 하지 않는다. 공동 거주하는 사람과도 말을 나누지 않는다. 유일하게 내가 말하는 시간은 매일 저녁 또는 점심시간 변론사辯論社*에 들리는 때다. 마치 깃털을 빗질하는 공작새의 사교 연습처럼 그제야 입을 여는 것이다.

너무 일찍부터 나 자신이 어찌할 수 없는, 아무리 늘어져 있더라도 깃털을 빗질해야만 하는, 천부적으로 아름다운 한 마리 공작이라는 사실을 알았다. 찬란하게 아름다운 깃털을 소유했기 때문에, 늘 참지 못하고 여러 사람들의 거울에 그 모습을 비춰 본다. '공작 사교춤'에 빠져드는 것을 스스로 제어하기 어려운 것도 바로 그런 이유인데, 근본적으로 나쁜 습관 중 하나다.

그렇다 해도, 생동감 넘치는 사람들의 세계는 없다. 우리는 자급자족하기 위한 폐쇄적인 계통을 만들도록 스스로를 훈련해야 한다. '소위 세계라는 것은 바로 개인이다.' 라는 기이한 생각에 길들여져야 하는 나는 타인들이 말하는 세계 앞에서 온통 땀범벅이 되도록 연출해야 한다. 시간이 있으니까, 지루하게 달려가야 한다. 영어로 Run through가 더 적절하다.

●　　토론 동아리.

노트 1—5

○

수령은 내게 이른바 죄를 지었다. 옛날 말로는 '넌 나
한테 벌 좀 받아야지!'고, 요즘 말로 하면 '필연적인 혁
명'으로 나를 핍박하고 있다. 수령. 나는 겨우겨우 남긴
살아남을 가능성을 희생했다. 이후로든 이외로든. 더
견딜 수 없을 뿐. 더욱 견딜 수 없을 뿐. 더욱더 견딜
수 없을 뿐. 피제수^{被除數}는 덜어낼수록 작아진다. 하지
만 아무리 덜어내도 영영 사라지지 않는 나누기는 이
미 성립되었다.

　1987년 10월의 어느 날, 나는 야자수대로°에서 '자
이언트'를 타고 가다가 문득 한 사람의 실루엣을 스쳐
지나갔다. 동시에 오늘은 그 실루엣의 생일이라는 사

●　　야자수로. 아름드리 야자수가 양옆으로 서 있는 타이완대학 교정의 폭넓은
　　중앙로.

실이 떠올랐을 때 모든 슬픔과 두려움이 내 통장 안으로 소용돌이쳐 들어왔다. 나는 내심 알았다. 통장의 숫자가 곧 달아나 버릴 것임을. 강력하게 거부해도 그럴 수밖에 없다. 통장째 보내줄 수도 있다.

수령은 만 스무 살이 되었다. 나는 열여덟 살 하고 오 개월이 지났다. 수령과 그의 고등학교 동창들 몇 명이 걸어가고 있다. 다만 옆 그림자를 흘깃 보았을 뿐인데 깊이 잠자고 있던 그의 의미가 한순간 모두 깨어나 살아 돌아왔다. 심지어 자전거가 그들로부터 멀어진 뒤에도 나는 마치 참새처럼 파닥거리며 기뻐하는 그의 얼굴을 보는 듯했다. 기어이 사랑하고 아끼게 되고 마는, 어린아이처럼 티 없이 만족감을 표출하는 수령의 앳된 모습이 내 가슴을 찔렀다.

지금까지도 나는 사랑하고 아낄 수밖에 없는 수령의 타고난 아름다움 때문에 기어이 그를 방관하며 쓸쓸해지고 만다. 수령은 언제나 좀 더 많은 사람들과 접촉할 겨를이 없는 것이다. 왜냐하면 원래 주변 사람들이 눈과 팔로 그를 단단히 휘감고 있기에 더 많은 사람도 소용없고, 선택할 필요도 없다. 이미 여럿이 박혀 있는 탓이다. 그래서 내가 그 주위에 있을 때는 필사적으로 감싸는 것이고, 그 주위에 없을 때는 결국 어떻게 해도 그 가까이 비집고 들어갈 수가 없다. 그로부터 다른 사람들을 밀어낼 수가 없다. 그 스스로가 헤치고 나오는 것은 더 불가능하다. 이것은 불변의 진리다. 수령은 천성적으로 그렇다.

　고등학교 삼 학년의 일 년 내내 수령을 보지 못했다. 나는 소심하게 숨었고, 절대 먼저 인사를 해서는 안 되었다. 그러면서도 또한 그가 군중 속에서 나를 알아보기를 원했다. 여자 고등학교 일 학년 때의 선배 언니는 블랙 스페이드 수준의 위험인물이다. 특히 한 번 던져 버렸던 카드가 다시 걸리면, 더 위험하다.

노트 1—6

○

중문과에 '문학 개론' 강의를 청강하러 갔다. 넓은 강
의실은 학생들로 빽빽하게 가득 차 있다. 지각생인 나
는 의자 하나를 높이 들고 강단을 지나 강단 가장자
리 첫 번째 줄에 순한 양처럼 앉았다. 여자 교수는 잠
시 강의를 멈추고 내게 길을 내주었고, 다른 양들도 머
리를 들어 나의 특별한 재주를 감상했다. 강의가 거의
끝날 무렵 뒤로부터 쪽지 한 장이 전해져 왔다.

강의 끝난 뒤에 나랑 이야기 좀 할 수 있어? — 수령

그가 나를 선택한 것이다.
나는 항상 이런 생각을 한다. 만약 다른 시공간으로
바뀐다 해도 수령은 역시 나를 선택할 거라고. 굶주림
으로 수척해진 그가 누군가에게 발견될까 봐 두려워

오들오들 움츠리고 있다가도, 수줍고 두려운 눈동자 뒤로 깊이 잠들어 숨어 있다가도, 내가 나타나기만 하면 곧 밖으로 걸어 나와 꿋꿋이 손가락으로 가리킬 것이다 : '나는 저걸 원해.' 어린아이의 욕심에 걸맞은 좀 미안한 미소를 지으면서 말이다. 나는 거절할 수 없어 끌려가고 만다. 마치 손님에게 팔린 해바라기 화분처럼.

이미 운치 있고 성숙한 분위기가 흐르는 아름다운 사람. 창백한 푸른빛의 불꽃이다. 수령이 이마 위로 물결치는 긴 머리를 쓸어 올리며 내 앞에 서 있다. 내 마음은 일순간 그의 새로운 분위기로 문신이 새겨지며 침으로 찔린 듯 통증이 밀려온다. 온통 불에 덴 듯 가슴이 아린다. 수령의 여성스러운 매력은 끝없이 팽창하고 있다. 헤비급 주먹이 나를 링 아래로 날려 보낸다. 이제부터 나는 다시 평등해질 수 없다. 링 아래에 있는 나는 수령 앞에서 그가 씌워준 왕관을 쓰고 있는 링 위의 또 다른 나를 보고 있다. 어떻게 해도 도저히 올라갈 수가 없다.

"어떻게 여기에 있어?" 수령은 한마디 말도 없으면서 일말의 쑥스러움도 없다. 나는 긴장한 나머지 먼저 입을 열 수밖에 없다.

"전과하더니 보강하러 왔어?" 수령은 고개를 들어 나를 쳐다볼 엄두가 나지 않는 모양이다. 복도 바닥을 발끝으로 문지르고 있을 뿐, 좀처럼 말을 하지 않는다. 마치 대화의 책임이 자기와는 무관한 것처럼 말이다.

"내가 전파한 것을 어떻게 알아?" 수령이 갑자기 침묵의 통제력을 잃고 소리쳤다. 눈빛이 놀라는 기색을 띠고 반짝거렸다. 뛰어나게 아름다운 커다란 눈이 동그랗게 되어 나를 주시한다. 드디어 내가 그의 눈 안으로 들어간 것이다.

"당연히 저절로 다 알게 되지!" 수령의 소식에 내가 주의를 기울이고 있다는 사실을 알리고 싶지 않다. "드디어 말씀을 하셨군." 나는 한숨을 내쉬며 말했다. 그가 좀 무안한 얼굴로 기분 좋게 웃었다. 나도 하하 크게 웃었다. 그를 놀려서 웃게 할 수 있음에 나는 위로받고 편안해진다. 은은하게 웃고 있는 수령의 얼굴은 노을이 살포시 내려앉은 황금빛 해안을 닮았다.

수령이 말하길, 내가 교실에 들어오자마자 나와 이야기하고 싶어서 안절부절 초조해지기 시작했다고 한다. 무슨 말을 해야 할지 그도 모르겠단다. 나는 그의 신발 끈을 가리켰다. 그는 쪼그리고 앉아 조심스럽게 신발 끈을 묶었다. 나를 쳐다봤지만 역시 아무 말도 하지 못하고 그냥 서 있기만 했다. 그가 보라색 천 배낭을 등 뒤로 둘러맨 뒤 다시 쪼그려 앉았을 때 오히려 말하기 시작했다. 문득 그 등 뒤로 흐르는 긴 머리를 쓰다듬어 주고 싶었다. 너무 유순해. 넌 당연히 아무것도 모르겠지. 모든 것을 이해해. 나는 속으로 그에게 말했다. 손을 뻗어 그의 배낭을 벗겨 대신 들었다. 행복 비슷한 중량감으로 밀회를 즐기면서 수령이 계속 쪼그리고 앉아 신발 끈을 묶고 있기를 바랐다.

수업이 끝난 여섯 시. 교정은 이미 검은 그림자가 어른거리고 밤바람이 우수수 불고 있다. 각자 자전거를 끌면서 나란히 걸었다. 넓고 깨끗한 야자수대로 위로 안단테로 연주하는 한 쌍의 발걸음 소리가 부드럽게 선회하며 지나간다. 내가 그를 따라가고 있는지, 아니면 그가 나를 따라오고 있는지 알 수 없다. 서로 떨어져 있던 일 년, 두 사람 모두 친근함과 낯설음이 공존하는 애매한 분위기로 절제된 침묵 속에서 대치 중이다.

"어떻게 나랑 이야기할 생각을 했어?"

나는 마음속에 숨겨 둔 알고 있는 것이 너무 많기에 순서대로 하나하나 물어봤다.

"왜? 너랑 이야기하는 게 어때서?"

수령은 살짝 화가 난 듯 내게 되물었다. 어두운 밤이 얼굴을 가렸지만, 나는 그의 얼굴을 보지 않아도 첫마디를 듣자마자 곧바로 그의 대학 생활 일 년이 힘겨웠다는 것을 알 수 있었다. 대답 속에 표출된 그만의 독특한 우울기가 느껴졌다. 아무튼 나는 항상 그에 대해 너무 많은 것을 안다.

"나는 세 번밖에 본 적 없는 후배일 뿐이잖아!"

나도 거의 소리치듯 말했다.

"그렇지는 않지."

수령은 긍정적인 어투로 말했다. 마치 자신에게 말하듯.

"내가 너를 잊었거나 너랑 대화하기 싫어할 거란 걱정

은 안 했어?" 나는 바람에 하늘거리는 그의 긴 치맛자락을 보면서 말했다.

"너는 그러지 않을 거라고 알고 있었어." 역시 참 긍정적이다. 나의 모든 이해심에 관한 믿음이 철석같다.

교문 앞에 이르자 약속도 없이 같은 자리에서 걸음을 멈추었다. 수령은 약간 부탁하듯 내가 사는 집에 놀러가도 되냐고 물었다. 말하는 모습에서 친한 사람에 대한 관심이 보였다. 부드럽고 질긴 천과 같은 그의 유연함이 내 마음을 아프게 했다. 만약 물줄기가 나를 향해 온다면 어떻게 막을 수 있겠는가? 수령은 천성적으로 내게 그런 존재이며, 근본적으로 어떤 사정이나 이유가 필요없다. 나는 수령을 데리고 신생남로新生南路로 향하다가 온 주가로 돌아왔다.

"일 년 동안 잘 지냈어?" 나는 그의 봉함된 우울을 열어 보려고 시도했다.

"이야기하고 싶지 않아." 수령은 눈을 꼭 감고 알아차리기 쉽지 않게 소리 없는 한숨을 가늘게 내쉬더니 머리를 들고 망연자실하게 있었다.

"나한테 말하기 싫어?" 나는 수령이 차에 부딪힐까 봐 걱정이 되어 그를 차도의 바깥쪽으로 밀면서 자리를 바꾸었다.

●　무한온유. '한없이 따뜻하고 상냥한' 또는 '부드럽고 온순한' 마음가짐을 뜻함.

"누구에게도 말하고 싶지 않아." 그는 머리를 흔들었다.

"어쩌다 이렇게 변해 버린 거야?" 수령과 전혀 어울리지 않는 이런 부류의 이야기를 듣자니 나는 참을 수가 없다.

"그래. 난 변했어." 그는 몸을 돌리더니 눈을 반짝이며 오만하고 불길하게 말했다. 차라리 선포에 가까운 말이다.

"어떻게 변하셨는데?" 수령의 말이 어수룩하게 느껴져 가소롭게도 나는 그를 놀리려고 했다.

"그냥 변했단 말이야. 고등학교 때의 나와는 달라." 불길한 기운이 더 심해져서 말 속에 자신에 대한 잔인함이 묻어 있다.

수령이 단호하게 딱 잘라 '변했다.'고 하는 말을 들으니 더 처량하고 가여웠다. 신생남로의 너그러운 가로등만이 황금으로 포장되어 휘황찬란하게 빛났다. 길게 줄지어 놓은 학교의 철제 담장을 짚어 가면서 교정 밖의 붉은 벽돌 길을 따라 천천히 걸었다. 왼쪽은 빛이 밝게 비치는 높고 광활한 도로이며, 오른쪽은 칠흑의 어둠으로 끝이 보이지 않는 음산하고 적막한 교정이다. 화려한 적막감이 일어나다 흘러내린다. 변하지 않는 것은 없어. 알고 있니? 나는 속으로 말했다.

"저기 보이는 빌딩에 불이 켜진 집이 몇 가구인지 세볼래?" 나는 교차로에 있는 새로 지은 빌딩 한 동을 가리켰다.

"음……. 다섯 개 창문에 불이 켜져 있네. 겨우 다섯 가구가 이사 왔어." 수령이 즐겁게 말했다.

"다음에는 몇 집으로 변할지 두고 보자. 몇 집인지 영원히 기억할 수 있을까?" 나는 혼자 묻고 혼자 머리를 끄덕였다.

노트 1─7

○

첫 학기 동안 수령은 대외적으로 숨을 쉬는 나의 유일한 통로였다. 나는 일종의 범죄에 속하는 데이트를 했다. 약속 대상자는 이것이 약속인 줄도 모른다. 나는 나 자신을 부인한다. 수령이 내 생활 속에 있다는 사실도 부인한다. 심지어 우리 두 사람을 끌어들이는 범죄 관계의 허구적인 선조차 부인한다. 그것은 이미 나의 특별한 눈에 포착되었다. 한 쌍의 특별한 눈이 내청춘기의 어느 순간에 떠진 이후로 나의 머리카락은 급속히 시들어 하얗게 변했고 눈앞의 인생은 남몰래 비참한 지옥도로 바뀌었다. 그래서 나는 내가 아직 어른이 되지 않았을 때 **무한온유**無限溫柔* 하기로 결정하고 이렇게 지내는 것이다. 나 자신과 이 한 쌍의 눈을

● 　무한온유. '한없이 따뜻하고 상냥한' 또는 '부드럽고 온순한' 마음가짐을 뜻함.

암실에 가둬 버렸다.

　매주 일요일 밤이 돌아오면 나는 싫어하는 숙제를 하듯 수령 생각에 얽매인다. '문학 개론' 수업을 다시는 들으러 가지 않겠다는 결심을 꼭 해야만 했다. 월요일마다 온종일 정신없이 자다가도 오후 세 시 가까이만 되면 저절로 잠이 깨어 자이언트를 타고 서둘러 교실로 달려간다. 매 월요일 저녁 수업이 끝나면 수령은 자연스럽게 나와 같이 온주가로 돌아온다. 수령이 집으로 돌아가는데 꼭 들려야만 하는 코스처럼 말이다. 그러고 나서 프랑스식 빵집 앞의 긴 벤치에서 나는 수령과 함께 74번 버스를 기다린다. 비밀스러운 만남의 형식은 간단하고 가지런히 정돈되어 있다. 담백함은 고급 범죄의 수법이다. 한편으로는 순찰하는 경찰에게 뇌물을 주면서, 또 다른 한편으로는 벌꿀을 배양하는 통에 탐욕을 번식시키며 범죄 의욕을 감당해야 한다.

　기타의 시간에는 어떤 관련도 없다. 나도 그를 생각하지 않는다. 수령은 월요일의 유령이다. 월요일은 내 망령의 제전祭典이다. 수령이 장미꽃을 가지고 와서 나의 제사를 지낸다. 온 몸에 망사를 걸치고 맨발로 날아와서 원시의 애욕을 부르는 춤을 춘다. 눈을 감고 취해서 미쳐 황홀해지면 장미꽃이 광야에 가득 뿌려진다. 수령은 나를 제사 지내고 있지만, 본인은 오히려 모른다. 매주 한 묶음의 장미꽃 속에서 그래도 살아 있는 나 자신을 보는 듯했다. 경쾌하게 뛰어가서 장미를 가져올 수 있는데도, 항상 앞이 유리벽으로 막혀 있다. 손을 뻗어 보면 그저 반사된 영상인 것이다. 월요일이 끝나면 유리의 영상은 더 두껍게 보인다.

우아한 밤색 벽지와 노란 커튼이 드리워진 온주가의 작은 방. 도대체 그곳에서 나는 그와 무슨 이야기를 나눴나? 바닥에는 나무 침대가 놓여 있다. 수령은 침대의 끝과 옷장 사이에 생긴 좁은 틈새에서 나와 등을 맞대고 앉아서 거의 말이 없었다. 나는 말을 많이 했다. 대부분의 시간 동안 계속 말을 했다. 무슨 이야기든 다 했다. 차마 눈 뜨고 보기 힘들었던 지난날의 끔찍한 조우라든지, 서로 복잡하게 뒤엉켜 내 기억 속에서 사라지지 않는 인간이라든지, 나 자신이 복잡하고 괴상하다는 이야기를 했다. 수령은 손에 들고 있는 어떤 물건이든 조몰락거리고 놀면서 대수롭지 않다는 듯 내게 물었다. 어떻게 복잡하고 어떻게 괴상한지. 수령이 나를 받아들인다는 뜻은 스스로를 부정하는 나를 부정하는 것과 마찬가지다. 명징한 거울처럼 순진한 그의 시선이 내게 상처를 주었다. 하지만 수령은 나를 받아들인다고 말했다. 나는 자포자기해서 너는 모른다는 말을 세 마디 말마다 한 번씩 말하면서 그의 받아들임을 피했다. 그러면 수령은 바다처럼 더 깊고 더 투명한 눈빛을 띠고 용감하게 나를 주시했다. 말이 필요치 않은 고요한 편안함이 찾아왔다. 그는 그가 안다고 믿고 있지만 이해할 수 없을 것이다. 어찌 되었든 수령은 나를 받아들였다. 여러 해가 흐른 뒤에야 이것이 중요한 것임을 깨달았다.

수령의 눈동자 또한 내 해골의 골격을 버티도록 하는 받침점이었다. 바다를 닮은 그의 눈에 빠져들어 잠들기를 원했고, 이런 상징은 이후로도 시시각각 나를 들볶았다. 눈은 나와 외부 세계 사이의 다리를 지탱하는 것. 주홍 글씨와 다를 바 없는 죄업과 배제의 낙인이 찍힌 채로 나는 바다를 갈망했다.

노트 1—8

○

나는 여자를 사랑하는 여자다. 눈물이 샘물처럼 줄줄 흘러 계란이나 꿀을 온통 얼굴에 바른 듯하다.

시간은 눈물 속에 잠겨 있다. 온 세상이 모두 나를 사랑한다 해도 소용없다. 나는 나 자신을 증오한다. 인류는 날카로운 칼을 갓난아기의 가슴에 꽂고, 아버지는 여자아이를 낳아 놓고는 화장실로 끌고 들어가 폭행을 한다. 두 다리가 없는 사람은 육교 위에 엎드려 사람들에게 모습을 제공하며 살아가고, 천성적으로 뇌를 통제할 수 없는 사람은 정신 병원에서 환각과 자살의 욕구로 괴롭힘을 당한다. 세상은 어쩌면 이렇게 잔인할 수 있을까. 아직 너무나 어린아이인데 도대체 알 수 없는 황당한 느낌을 경험해야만 한다. '너는 이미 세상으로부터 버려졌다.' '네가 살아 있음이 바로 죄악이다.'라고 그에게 형을 선고하고는 강제로 머릿속에 새겨 넣는다. 세상은 원래의 모습대로, 마치 아무 일도 없었던 것처럼 돌아간다. 규정상 그는 행복한 사람의 미소를 지으며 나타나야 한다.

칼날이 가슴에 꽂히는 것도, 폭행을 당하는 것도 면했다. 육교 위에 엎드릴 필요도 없고, 정신 병원에 갇힐 필요도 없단다. 아무도 그의 재난을 아는 사람이 없다. 세상은 일찌감치 자기로 인해 비롯된 재앙의 책임으로부터 교활하게 빠져나갔다. 오직 당신 자신만이 어떤 무언가에 못 박혀 죽어가고 있는 것을 스스로 알 뿐이다. 당신은 영원히 모종의 감각 속에서 살아가야 한다. 누구도, 어떤 방법도 아무런 소용이 없다. 그곳에는 오직 당신 혼자뿐이다. 그 모종의 무엇은 당신을 기타의 인류와 격리시키고 무기한으로 감금한다. 아울러 그 인류는 나에게 네가 가장 행복하다고 말하면서, 나의 목에 최고급 행복 명찰을 한가득 걸어 놓았다. 내가 만약 카메라를 보면서 행복한 표정을 짓지 않는다면 그들은 아마 상심할 것이다.

수령은 이제 다시는 나의 문을 두드리지 않을 것이다. 너는 나의 마음이 얼마나 암흑인지 모른다. 나는 근본적으로 내가 도대체 누구인지 모르겠다. 물 위에 어른어른 투영된 듯 모호한 내가 데이트를 하려고 앞에서 나를 기다리고 있다. 그렇지만 나는 앞으로 가기 싫다. 나는 나 자신이 되기 싫다. 나는 수수께끼의 끝을 알지만, 그것이 드러나는 것이 보기 싫다. 너를 처음 보았을 때, 나는 너를 미친 짐승처럼, 뜨거운 불꽃처럼 사랑하게 될 거라는 것을 한눈에 알았다. 하지만 그런 일은 일어나면 안 된다. 허락할 수 없다. 하늘이 무너지고 땅이 꺼질 일이며 나는 피범벅이 될 것이다. 너는 나를 일깨워 나 자신의 열쇠가 되게 할 것이다. 그것이 열리는 순간 비방이 내 몸을 날려 버리고 자신을 증오하는 나조차 이 육체 안에 존재하는 나를 제거하려 들 것이다.

수령은 모른다. 그가 나를 사랑하게 될지, 혹은 지금 사랑하고 있는지 모른다. 순한 양의 털을 뒤집어쓴 나의 뒷면에 한 마리 굶주린 야수가 그를 갈기갈기 찢어발길 충동을 억제하고 있다는 사실을 모른다. 모든 것이 이 모두가 전부 사랑의 교역交易이라는 것을 모른다. 그가 나를 고통스럽게 한다는 것도 모른다. 사랑이라는 이것 자체를 모르겠다. 그는 인내심을 갖고 한 조각 한 조각씩 맞추어야 하는 퍼즐 한 상자를 내게 선물했다.

노트 1—9

○

"다음 주에는 문학 개론 강의 들으러 안 갈 거야. 그 다음 주에나 다시 갈까 해."

내가 말했다.

저녁 일곱 시에 수령과 나는 함께 74번 버스를 탔다. 그는 귀갓길이고 나는 장춘로로 가정교사 아르바이트를 하러 가는 길이다. 우리는 자리에 나란히 앉았다. 그는 창가에, 나는 바깥쪽에. 하얀색 머플러를 두른 그는 반쯤 열려 있는 차창에 머리를 기대고 앉아 추운 듯 몸을 움츠린 채 창밖의 망망한 어둠 속 한 점을 주시하고 있다. 적막하기 이를 데 없다. 서로의 간극이 아득하다.

"알았어."

실망한 목소리로 수령이 대답했다. 내가 도피하려는 것을 그는 알고 있다.

"왜 그러는지 안 물어봐?"

나는 가책이 되었다. 그를 쓸쓸하게 하고 싶지는 않다.

"좋아, 왜 안 오겠다는 건데?"

그는 자존심 상한 것을 감추려고 고개를 돌리며 오만한 투로 물었다.

"누구하고든 고정적으로 특별한 관계를 맺고 싶지 않아. 매주마다 습관적으로 너를 만나게 되는데, 이 습관에 내가 묶이게 될까 봐 겁이 나. 나쁜 습관을 고쳐 보려고 해."

나는 허심탄회하게 말했다.

"알았어. 맘대로 해." 그는 다시 고개를 반대로 돌려 버렸다.

"나 때문에 화났어?" 그가 애잔하다.

"그래. 넌 이기적이야." 그는 아예 나를 등지고 앉았다. 차창의 유리에 그의 어둡고 막막한 표정이 비쳐 보였다.

"어떻게 이기적인데?"

나는 그가 억울함을 호소하도록 꾀었다. 그가 말하기 힘들도록 핍박했다.

"너 그런 말, 나쁜 습관이라는 말은 하지 마. 그럼 내 습관은 어쩌라고?"

한참 동안 생각에 젖어 있던 그가 비로소 화를 내며 말했다. 침묵 속에서 빠져나온 그가 무슨 말이건 마음껏 말을 하면, 보통 내게는 모두 은총인 것이다.

"너의 습관이란 어떤 습관?" 짐짓 모르는 척 해 보았다.

"알고 있잖아." 귀엽고 여리게 화를 내는 목소리가 유난히 측은하다.

"나는 모르지." 그가 나에 대한 일종의 과분한 정감을 토로할 때는 그 순간을 누리면서도 마음이 아프다.

"거짓말쟁이. 너랑 똑같잖아! 나도 매주마다 습관적으로 너를 만나고 있잖아."

그가 소심하게 주눅이 든 모습으로 말했다. 하지만 그는 있어서는 안 될 그런 류의 느낌 때문이 아니라 감정 표현을 절제해야 한다는 선량한 여성성을 가지고 내게 들으라고 말하는 것뿐이다.

"그렇다면 더욱 좋지 않네. 습관 들이지 마. 문학 개론 종강하고 나면 우리는 다시 만날 수도 없을 텐데."

"왜 다시 만날 수 없는데?" 그가 풀리지 않는 대수 문제를 접한 듯 눈을 깜박이면서 물었다.

"만날 이유가 없잖아. 더욱이 나는 어느 날인가 반드시 도망가 버릴 사람이니까. 그때가 닥치면 너는 더 괴로울 거야." 나는 처음으로 백화白話*를 사용하면서 그에 대한 나의 진실한 감정을 표출했다. 숨겨 온 만행의 능력을 펼쳐 보였다.

"몰라. 모르겠어. 네 맘대로 해." 그는 만행을 저지르는 나의 괄시를 받고 소극적으로 저항했다.

● 　백화. 타이완어가 아닌 현재 중국에서 쓰는 구어체 중국어.

노트 1—10

○

「악당들」은 한 편의 영화다. 반다이 건담사가 촬영한 다른 한 편의 영화 말고 더 젊은 프랑스 영화다. 도마뱀을 닮은 남자 주인공은 악어 가족과 혈연이 가깝다. 영화 속의 기타 남자 등장인물들은 뚱보거나 왜소하거나 아니면 대머리다. 모두 하나 같이 못생긴 늙은 남자들이다. 눈을 파낸 주인공의 남동생이 아마도 그나마 예외라 할 수 있겠다. 하지만 감독은 당대의 유명한 심미주의 대가였다.

"당연히 위로 향해야지, 아래로 향하지 말고." 남자 주인공의 임종 직전, 여자 주인공이 등 뒤에서 껴안자 그가 항의하면서 한 말이다. 이 말은 내게 아주 인상적이었다.

"성실한 아이로 산다는 일이 너무 어려워."

그는 눈을 감고 계속 마음속으로 유언을 했다. 늙고

추한 한 남자가 꼭 감은 눈자위 아래로 푸른색 눈물을 한 방울 짜내더니 결국은 죽었다. 태생적으로 성실할 수 없었던 도마뱀은 비록 하얀 배를 위로 뒤집지도 못하고 죽음에 이르러서조차 숨어 살아야 했지만, 사랑하는 사람에게 바치려던 눈물이 있었다. 도마뱀에게는 좋은 이름이 하나 있다. '혀 긴 남자'라 불렸다.

「베티 블루」도 한 편의 영화다. 비교적 월리스선* 안으로 들어올 수 있는 것으로 대중에게 적합한 젊은 프랑스 영화다. 그러면 적합한 정도는 어느 수준일까? 색깔은 오직 파랑색과 노란색 두 가지뿐이라 기억하기 좋고, 인물도 남녀 주인공 두 사람 외에 다른 사람이 없다. 시간도 착하게 처음부터 끝까지 고분고분 순차적이고, 문제가 있거나 혹은 장점이 보이는 대화도 한마디 없다. 눈 있는 사람이라면 누구라도, 설령 색맹이어도 상관없이 모두가 팝콘을 집어 먹고, 다른 한편으로는 콜라를 마시면서 편안하게 감상을 마칠 수 있다. 이것이 바로 '적합'하다는 것이다.

이 영화에서 가장 압권이었던 곳은 주인공의 친구 하나가 어머니가 돌아가셨다는 비보를 듣고 침대 위에 마비되자, 다른 사람이 그를 위해 옷을 갈아입히고 집으로 돌아가 상을 치를 준비를 시켜 주는 장면이다. 넥타이를 맬 때 화면에 나체 여자가 그려진 넥타이가

---

* 월리스선. 동물 지리학상 가상 경계선.

줌 인으로 잡히는데, 그의 얼굴에는 여전히 사람들로
하여금 웃음을 자아내게 하는 눈물이 흐른다.

여자 주인공 베티는 "생명이 자꾸만 나를 가로막는
다."라고 말한다. 그는 자기의 눈을 파 버리고, 정신 병
원에 보내져서 가죽 끈으로 꽁꽁 병상에 묶여 있게 된
다. 남자 주인공은 "어느 누구도 우리 둘을 갈라놓을
수 없어."라고 말한다. 그는 여자로 변장하고 병원으로
잠입해 베티를 베개로 질식시켜 죽인다. 당시 그의 청
백색 얼굴은 섬세하고 무서운 여성미를 발산한다. 감독
은 광폭한 애정이 생명을 저주하도록 운전해 가는 고
수이다. 모두 다 무척 '적합'하다. 하지만 마지막 순간에
관객으로 하여금 팝콘과 콜라를 토하게끔 만든다.

첫 번째 영화는 혐오스러운 영화다. 두 번째 영화도
혐오스러운 영화다. 다만 차이가 있다면 첫 번째는 성
실한 접근법으로, 시작하자마자 곧 혐오스러울 예정임
을 관객에게 알려 준다. 두 번째 영화는 속이는 접근법
으로, 혐오스럽지 않은 척하다가 마지막에는 돌아 버
리게 혐오스럽다.

"그냥 구역질 나. 최선을 다해 성실한 아이가 되어야
지."

악당이 말했다.

"누가 뭐라 해도 역시 항상 나체 여자 넥타이를 이
용해서 도피해야지."

우울한 베티가 말했다.

노트 1—11

○

몽생夢生. 이 남자를 나는 사랑한 적이 있었나? 이 문제는 풀 길이 없다.

1987년 12월에 단수이° 강변 야영장에서 있었던 문학의 밤 행사에 참석했다. 소설 그룹에 있던 내가 자기소개를 마쳤을 때, 제일 앞줄에 있던 그가 자리에서 일어나 내 옆으로 걸어오더니 통로에 쪼그리고 앉아 히죽대는 얼굴로 본인의 특별한 엄숙함을 전해 왔다.

"나는 너보다 한 살 위야. 현재 부속중고등학교에 있고. 내년에 아마 너희 학교에서 너를 만나게 될 거야. 금방 네가 말하는 것을 들어 보니, 이곳에서 그래도 들을 만한 이야기를 하는 사람은 너뿐인 것 같구나. 기타 쓰레기들은 모두 하나같이 짜증 나. 여기 온 것

●   담수. 지명 이름. 판수이 강변으로도 부름. 타이베이 근교에 위치한 항구 도시.

은 정말 시간 낭비야."

이렇게 옆에 아무도 없는 양 오만한 말을 지껄이는
사람이라니. 내 마음속에서 십분 생각할 가치도 없다
생각되어 그를 조롱하고자 그에게 영합하는 듯 미소
를 지어 주었다. 그는 오랫동안 쪼그리고 앉아 있었는
데 다리가 저릴 터. 자연히 펄쩍 뛰어 두 다리를 교환
해 가면서 혼자서 유쾌하게 놀았다. 당시의 몽생은 제
법 정상적인 멋을 추구하는 남자였다. 남자라고 말하
려니 그다지 적당한 표현은 아니다. 그에게서 특수하고
공정하지 않은 타인의 권력을 등 뒤에 업고 있는 냄새
가 났다. 그런 것들이 그에게 체내에 쌓인 어떤 노화된
인자를 분출하게 만들었다. 희희낙락 히죽대는 초특급
재능을 제외하고는 그의 몸 어디에서도 기개를 찾아볼
수 없었다.

"뭐하냐? 냄새나는 족제비 모양 어기적대기는. 이럴
필요가 있어?" 그는 계속 나를 따라오면서 다른 사람
이 나와 이야기 좀 하려면 염치없이 가로막았다. 나는
신경질이 나기 시작했다.

"냄새나는 족제비가 뭐 나쁠 것도 없지 않냐? 적어
도 밥맛없는 것들이 자동으로 꺼지게 하잖아." 나는
말을 하면 할수록 거칠어졌다.

"그러는 너는 왜 알아서 안 꺼지는데? 너 나타나서
뭘 하자는 거야?"

"나타나서 뭘 하자는 거냐?" 그는 자신에게 한 번 반

문해 보고는 "대단한 질문이군." 하고 말하며 내 어깨를 툭 쳤다. "그게 바로 지금까지 내가 한 번도 알 수 없었던 일이거든." 그는 입을 삐죽 내밀면서 허물없는 표정을 지었다.

"우리 의논 좀 해 봅시다, 형씨." 나는 좀 누그러져서 그를 끌어 앉혔다.

"에이, 형은 아니지." 그가 정색하고 항의하며 손으로 내 어깨를 감싸려고 해서 밀쳐 냈다.

"좋아, 오빠. 부탁인데 제발 이런 식으로 계속 내 뒤를 따라오지 마. 내가 행복할 기회를 더는 막지 말아 줘."

"내가 너보다 소인배다. 졌다. 그렇지만 웃기지 마. 너 같은 종류의 사람은 근본적으로 행복할 수가 없어. 이두 글자는 일찌감치 너의 뇌 속에서 제거됐을 테지."

그는 경멸하듯 말했다. 그러고는 기분이 좋은 듯 땅위에서 공중제비를 넘었다.

나는 곧바로 몽생이 나와 같은 부류의 사람임을 알아차렸다. 한 쌍의 독특한 그 눈. 더욱 순수하고 더욱 철저하다. 이런 쪽으로는 그가 나보다 조숙하고 나보다 우수하다. 내가 만약에 그를 사랑할 수 있다면 아마도 그의 이런 우수성을 사랑할 것이다. 그해 겨울, 사실 그는 무척 괜찮았다. 키가 훤칠한 미소년이었다.

노트 1—12

○

마지막 '문학 개론' 수업이 있던 날이다. 나는 마음먹었
던 대로 한 주를 거르고 수업을 들으러 갔다. 수업 시
작 전 시간을 앞당겨 교실에 도착했다. 가는 도중에는
필사적으로 자전거 발판을 힘껏 빠르게 밟았다. 심장이
쿵쿵 뛰고, 골마다 첩첩 쌓인 말이 심중에 진흙을 채운
듯 체증을 일으켜 답답한 마음을 뚫을 길이 없다.

  수령은 맨 끝자리를 선택했다. 보라색 배낭을 의자
와 한 몸인 탁자의 윗면에 괴고 엎드려서 쉰다. 긴 머
리가 허공에 걸려 있다. 내가 격주로 '문학 개론' 수업
에 출석하던 기간에 그는 학교에서 누구와도 말을 섞
지 않았다. 나는 그가 고독한 것을 알고 있다. 수많은
친구들에게 관심받던 시절로부터 탈피해 홀로 가는 것
을 실험해 보는 중이다. 그는 꼼작도 하지 않는다. 나
는 옆에 서서 그의 고독을 가만히 응시했다. 수령은 적

응하는 것이 무척 힘들어 보였다. 나는 그가 이러한 생활을 원치 않는다는 것도 알고 있다. 다급하게 마음을 다잡아 그를 냉대했다.

"나 왔어." 곧 수업 시작할 시간이라 나는 가볍게 인사했다.

"응." 그는 머리도 들지 않고 무미건조하게 응수했다.

"나랑 말하기 싫어?" 나는 양심에 가책이 되어 온유함을 실었다.

"음, 피곤해. 자고 싶어." 그는 맥없이 나직하게 말했다. 역시 나를 쳐다보지도 않는다. 거절하고 싶은 것이다.

"알았어. 그럼 좀 쉬어." 그에게 거절당한 마음이 납덩이처럼 무겁게 가라앉는다. 힘을 다해 앞쪽으로 걸어가 앉았다.

수업이 끝났다. 앞에 앉은 나는 연신 두리번거리며 그를 주시하고 있는데 그는 어느 곳도 보지 않은 채 느린 동작으로 가방을 챙길 뿐이다. 아는 사람 하나와 몇 마디 말을 나누고 눈을 돌려 보니 그가 어느새 가 버렸다. 기다려, 네게 하고 싶은 말이 너무나 많단 말이야. 급히 건물 밖으로 달려 나와 종횡으로 진을 친 자전거 무리 속에서 하나하나 쫓아가며 확인을 해 봤지만, 없다. 빛의 속도로 평소 함께 귀가하던 방향으로 수색을 해 봤지만, 보라색이 없다. 더욱 빠른 빛의 속도로 반대쪽을 향해 미친 듯이 달렸다. 너무 늦어 버린 것을 알았다. 이렇게 많은 길을 헤맸으니 그를 따라잡긴 틀렸다. 학교 후문을 통해 집으로 가 버렸구나. 이러지 마. 네게 그러지 말라고 말하려 했던 거야.

밤비가 내린다. 빗줄기는 점점 맹렬해져서 옷과 바지가 온통 살에 빡빡하게 달라붙었다. 가속도를 붙여 달리는 내게 광폭한 비바람이 가속도를 붙여 반항한다. 양말은 흙투성이가 되었고, 웅덩이를 지날 때마다 고여 있던 흙탕물이 튀어 올라 다리는 거의 진흙 기둥이 된 느낌이다. 모든 정류장을 점검하면서 방향을 바꾸어 또 다른 길로 접어들었지만 이미 멀리 도망가 버린 뒤였다. 늘어진 몸으로 어떤 정류장 아래 멈췄다. 정말 영원히 볼 수 없게 되었단 말인가. 초췌하게 삼십 분을 기다리다 또…….

원래는 오늘 네게 계속 만나자고 말하려 생각했어. 너를 찾지 못한 것도 좋겠다. 역시 다시 만나지 말자, 하면서도 또 네가 읽고 싶다는 책을 빌려주려고 가져왔어.

머리칼 끝에서 빗물이 뚝뚝 떨어져도, 침통한 눈으로 쪽지를 쓴 뒤 인문학관 맞은편에 두고 간 수령의 자전거 뒷좌석에 꽂아 뒀다. 어디로 날아가 없어지면 그것도 좋겠지, 정말. 이렇게 힘든 일도 없을 테고. 다만 줄이 느슨해져 뚝 떨어진 쪽지가 땅바닥에 주저앉아 있으면 다른 사람이 볼까 곤혹스럽다. 내가 그를 그리워하는 이상 당연히 첫값은 받아야지. 하루가 지나

정오 가까울 무렵, 무슨 수업인지 모르겠지만 교실에 늦게 들어갔더니 같은 과 친구가 편지 한 통을 전해 줬다.

네 책을 잃어버렸어. 아침 체육 수업을 하러 오던 중에 멀리서 걸어오며 보니 자전거들이 무더기로 넘어져 있더라. 아끼는 내 자전거가 제발 그중 하나가 아니길 기도했지만 가까이 갈수록 걱정이 더 커졌어. 아니나 다를까 내 자전거가 다른 자전거들에게 눌려서 누워 있지 뭐니. 온통 먼지를 뒤집어쓴 자전거를 얼른 일으켜 세우고 손수건으로 닦아 주면서 울고 싶었어. 걔는 어쩌면 그렇게 조심스럽지 못한 사람에게 밀쳐져서 아무렇게나 버려졌을까? 게다가 뒷좌석을 보니 분홍색 광고지가 꽂혀 있더라고. 촌스러운 광고지는 정말 싫어. 그걸 빼 버리고 나서야 네 쪽지를 발견했어. 책은 없었어. 아무래도 누가 가져갔나 봐. 네게 알리려는 거야 : 책을 잃어버렸다고.

너무 복잡한 너의 이유를 모르겠어. 이제는 알고 싶지도 않고. 어찌 됐든 네가 나를 아랑곳하지 않는 것이 내게 좋아. 아무튼, 일찌감치 만남을 끝내는 것이 고통을 줄이는 길이야. 정말 이해할 수 없어. 거부한다는 것만 알겠어. 어쩌면 너는 이렇게 하는 것이 정말 네게 좋을 거라고 확신할지도 몰라. 그렇다면 나는 할 말이 없어. 하지만 내 생각은 어떨지 한번 고려해 봤는지. 나의 답은 — 내게 좋지 않다는 거야. 원래는 너에게 의탁할 수 있다고 생각했어. 정말로 너에게 '의

탁'하러 찾아가려고 했지. 내가 학교에서 유일하게 친한 사람은 너뿐이거든. 세 번이었네. 뭐라 할 수 없는 감정이 북받쳐서 내가 있던 곳에서 탈출하고 싶었어. 배낭을 부여잡고 머리를 숙인 채 곧바로 학교를 빠져나왔어. 누구와도 만나지 않길 바라며 하염없이 걷다 보니 너의 집 아래더라. 벨을 누르고서야 네가 보고 싶다는 걸 알았어. 하지만 너는 세 번 다 부재중. 너무 피곤해서 아래층 계단에 앉아 있었어. 그냥 그렇게 앉아 있다 보니 비교적 너와 가까이 있는 느낌도 들고 마치 네가 거기 있는 듯하더라. 그렇게 마냥 있다 보면 비로소 힘이 좀 나서 집으로 돌아가곤 했지. 앞으로 무수히 여러 차례 벨을 누르게 되더라도 그냥 너의 집 계단에 앉아 있을 수만 있다면 그걸로 족하다고 생각해.

이런 일들을 네가 알 수 있을까? 만약에 네가 의탁하려는 나를 거부한다면, 당연히 나도 염치없이 두꺼운 얼굴로 거기 갈 자격이 없지. 그렇지만 도대체 무엇이 잘못된 것일까?

— 수령

아직도 기억이 난다. 날아갈 듯 휘갈겨 쓴 거친 글씨의 그 편지. 손이 끊임없이 떨렸다. 세 번을 읽어도 무슨 얘기를 하고 있는지 도무지 이해가 되질 않았다. 독해력을 상실했다. 나는 이름자를 뚫어져라 쳐다보다가, 벌떡 일어나 자전거를 타고 그의 오후 수업 강의실로 갔다. 몸이 날아갈 듯 달리면서 비로소 글귀들이 뇌속으로 흘러 들어왔다. 마음속에서 뜨거운 열기가 솟아올랐다. 당시 나는 녹색 청바지를 입고 있었는데 오후의 햇빛이 녹색을 밝게 비추었다.

나는 잔디밭에 서서 걸어오는 그를 가로막았다. 책은 뒷좌석에 꽂혀 있지 않았다고 바보처럼 말했다. 그는 등을 돌리며 뭐 하러 왔냐고 물었다. 나는 처음부터 **다시 시작하자**고 말했다. 그가 눈물로 범벅이 된 얼굴로 돌아섰다. 서로 사랑하는 것을 안다.

노트 1—13

○

조전趙傳이라는 가수가 「들장미를 보는 남자」라는 신곡
을 불렀다. 이 노트를 쓸 때 나는 밤 열두 시부터 아침
아홉 시까지 앉아 글을 쓰면서 반복해서 이 노래만 들
었다. 카세트테이프 안의 다른 곡은 한 번도 들은 적
이 없으므로 이 노래가 첫째 장의 주제곡인 셈이다.

　바람에 나부끼는 항거할 수 없는 너의 야만. 네가 빗물에
부대끼며 흘렸던 눈물을 상상할 수 없어. 너는 이른 아침 바
람 속에서 어쩔 줄 모르는 한 송이 장미라네. 영원히 위험하
고 영원히 눈길을 끄는 장미. 너는 그해 여름 마지막까지 가
장 신비로웠던 한 송이 장미. 너무나 아득히 멀고 너무도 절
대적인 너. 들장미를 보는 남자. 황무지의 장미. 이른 아침 활
짝 핀 황무지의 장미는 정말 싱싱하고 아름답다네.

이 수기는 제1장이 되는 셈이다. 기록 시기는 1987년 10월부터 1988년 1월까지다. 나의 80쪽짜리 노트는 연필로 썼기 때문에 모두 곧 희미해져 버릴 것이다. 열 권짜리 일기 자료에 근거해 어린이 그림책 같은 여덟 권짜리 소책자로 만들려고 한다. 볼펜으로 처음부터 다시 베껴 쓴 후에 서랍의 맨 아래쪽에 눌러놓을 것이다. 잊어버리면 아무 때고 꺼내 보면서 다시 한 번 복습할 수 있도록 말이다. 이것은 내가 나를 분석하는 동작이다. 이런 일들은 연속적으로 이어질 동작이다.

유난히 앞의 두 권은 가장 불쌍하게 되었다. 이 두 권은 참고할 만한 일기가 없어서 오직 나의 뇌 속에 있는 간단한 몇 가닥 기억의 현에 의지해, 그 기억의 현을 어루만지면서 복잡한 합주를 해야 했다. 대학 사년 동안 나는 많은 것을 잃어버렸다. 어떤 것은 마침 주차할 자리를 찾고 있을 때, 적당한 자리를 예측해 놓고 주차 직전에 잃어버렸다. 어떤 것은 저축을 너무 오래한 나머지, 개미나 바퀴벌레에게 자잘하게 잘려 남김없이 실려 나갔다. 어떤 것은 새로 잘 계획해서 그려놓은 주차선이 연말 대청소할 때 말끔히 씻겨 나가 새 자리를 찾을 수 없게 되었다. 어떤 것은 헌 차를 새 차로 바꾸기 위해 욕심껏 에누리를 시도하다가 팔려 나가 버렸다.

대학 일 학년 시절은 완전히 잃어버린 한 해였다. 수령의 편지는 모두 태워 버렸고, 정교하고 아름답게 만들어진 갈색 일기장은 수령에게 주었다. 이 모두는 나중의 일이다. 더욱이 내가 잃어버렸던 이 네 가지 방법을 편력하면서 최후에 그를 잃었다. 그로 인해 나는 잃어버리는 방법이 이렇게 많은 줄을 비로소 알게 됐다.

나는 늘 잃어버리기 대장이었다. 왜냐하면 그를 얻으면 병이 나고, 그를 잃어버리면 치료가 되었기 때문이다. 그사이 잃어버릴 건 이제 다 잃어버렸고, 후회는 하지 않는다. 나는 절대로 다시 또 중요한 것을 잃어버리지 않을 것이다. 맹세한다.

내가 잘 잃어버리는 자신의 손에 점성을 줄 수 있는 강력한 아교풀을 발명했을 때, 나는 이미 빌딩 관리원 노릇도 버렸다. 지금은 고고학자로 변장을 하고 있으며, 몽생에게는 나의 허물을 남기게 되었다. 아마도 몽생은 내게 이런 노래를 만들어 줄 것이다. '들장미를 보는 여자.'

手記.

2. 너무 부끄러운 일

노트 2—1

○

대학이란 지나치게 부풀어 오른 마술 주머니 같은 것. 대학생은 그 주머니 안에 어떤 것을 넣어도 괜찮다고 허락받은 특별 계층이다. 입시에 합격하면 그들은 속이 빈 주머니를 하나씩 발급받는다. 기성 사회인들은 그에게 잠시 윙크를 보내면서 사 년 동안 이 주머니에 무엇이든 넣어도 된다고 허락해 준다. 그가 학생증만 잘 소지하고 있다면 말이다. (일부 불행한 학과생은 예외. 그들은 일생 동안 사회에 쓸 만한 동량이 되라고 선택된 자들이다)

대학 제도는 좋은 것이다. 사망 제도에 비하면 좀 부족해서 차석이 되었지만. 대학은 세 가지 사회 제도인 강요된 교육, 강요된 일자리, 강요된 결혼이 첩첩이 잘 맞물리는 교차점에 있다. 이 세 가지 제도는 인류가 고안한 것 중 최고로 위대한 발명이다. 세 가지 위대한 것이 함께 올라타서 힘을 보태니 오히려 너무 무거운 위대성으로부터 탈출하게 된 것이다. 대학과 사망은 모두 일종의 비상구 같은 도피 제도다. 대학이 차석인 이유는 사망의 통로가 태평한 반면에 대학은 한 줄로 된 단순한 길이 물샐틈없는 사회로 곧장 이어지기 때문이다. 아울러 사망은 모두에게 평등하지만, 대학은 왕왕 어떤 이의 몸에서 비인도적으로 착취한 기름을 다른 누구의 몸에 인도적으로 발라 준다.

비록 그렇긴 해도 대부분 대학 생활에서의 마술 주머니는 '수업 출석 + 시험 + 연애 + 유흥 + 아르바이트 + 그럴싸한 동아리 활동 + 사회에 대한 방관 + 빈둥대기'로 요약할 수 있다. 이러한 일곱 가지 항목이 깨어 있는 동안 하는 일의 80%를 차지하지만, 그 80%에 대한 이야기는 이렇게 저렇게 아무리 노력해서 말을 만들어 봐도 어쩐 일인지 맨 마지막 항목이 차지하는 범위를 넘지 못한다. 우리는 수많은 작업 도구와 수단을 준비해 대학 생활 그 자체를 기만하면서도 그 모두를 부풀어 오른 마술 주머니에 집어넣고 있다.

노트 2—2

○

1988년 2월에 나는 홀로 온주가의 숙소에서 대학에서의 첫 번째 겨울 방학을 보내고 있었다. 일주일 내내 방 안에 갇혀 지냈다. 빵을 먹거나 천천히 걷거나 화장실에 갔다. 이 세 개의 일 사이에 지금 쓰고 있는 것보다 더욱더 싫증이 나는 소설을 썼다. 우편으로 편지 한 통을 받았다. 하얀 편지 봉투 위에 빨간 볼펜으로 다리를 벌린 채 곤두박질하는 나체의 여자가 그려져 있었다.

보고 싶다.
답장이 없으면 곧 손가락 하나를 잘라 보낼 거야.
— 악마의 신랑 몽생

몽생, 이 치근덕거리는 지겨운 놈. 문학의 밤에서 만

낮을 때 불길한 그림자가 느껴져서 당장에 벗어나야 겠다고 생각했다. 그러자 그는 다음 날 바로 몸이 아프다는 핑계를 대면서 강변의 야영장을 떠났다. 떠나면서도 멀리 서서 그 특유의 허물이 없다는 듯 이상야릇한 미소를 지어 보였다. 비록 몇 개월 동안 이 놈의 방해를 다시 받진 않았지만, 무심결에 그 웃던 얼굴이 스쳐 지나갔다.

스스로 그와 더 이상 무슨 관련은 없다고 중얼거리면서 위로를 해 보았다. 그의 웃는 얼굴은 모종의 권력을 전시하는 것이다. 자기가 나에 대한 어떤 권력을 가지고 있는 양 나를 향해 우쭐대는 모습이다. 마치 나를 통제할 수 있다는 듯 말이다. 편지를 받고 두려움이 앞섰다. 한 번도 누구에게 순전히 통제받는 관계의 두려움을 느껴본 적이 없었는데, 한발 더 앞서 나가 그의 눈이 나를 자유롭게 훔쳐볼 수 있어서 제 마음대로 갈취할 수 있다는 불길한 예감마저 들었다.

그러거나 말거나 답장은 하지 않았다. 반드시 통제당할 것 같은 예감에 항거해야만 했고, 그의 실력을 확인해 볼 생각도 있었다. 첫 번째 편지를 보내고 사흘 뒤, 그는 칼 한 자루가 그려져 있는 두 번째 편지를 빨간색 계열의 작은 주머니 안에 담아 보내왔다. 이번에는 주소가 없는 것을 보아 직접 우체통에 넣고 간 것이 틀림없었다. 열어 보니 그 안에 편지 한 장과 호치키스로 빈틈없이 박아 놓은 작은 비닐봉지가 들어 있었다.

그런데 그 봉지 안에 정말 어혈이 들어 피가 붉게 엉긴 채로 쪼그라든 작은 손가락이 있었다. 얼어붙은 몸이 떨려 왔다. 나는 재빨리 자전거를 몰고 아주 먼 곳에 있는 도랑에 가서 사람들이 안 보는 틈을 타 비닐봉지를 던져 버렸다. 내심 졌다는 생각이 들었다. 편지에는 이렇게 쓰여 있었다.

널 사랑하지 않는다. 다만 한번 만나고 싶을 뿐이야. 답장이 없으면 일요일 깊은 밤 너를 찾아가 폭행할 것이다.
— 신랑의 신부 몽생

일요일 밤 열 시였다. 서둘러 소설 쓰기를 마치고 나니 몹시 피곤했다. 하지만 몽생이 올 때까지 반드시 버텨야만 했다. 말하자니 이상한 일이다. 겨우 한 번 마주쳤을 뿐인데, 나를 폭행하러 오겠다는 남자를 기다리고 있다. 갈수록 친숙한 느낌이 들고 경계심마저 없어졌다. 기다려지기까지 한다. 하지만 그가 내 방에 들어오는 것은 싫다. 여긴 오직 수령 한 사람만이 들어올 수 있다.

마치 부어오른 듯 무거운 머리와 몸을 이끌고 아래층으로 내려가 입구 앞의 계단에 앉았다. 묵직한 바이크 소리가 귓전을 스치자 보통 이상 예민한 촉으로 바이크 소리의 성격을 알아차렸다. 생각하는 뇌로써는 가질 수 없는, 오직 감각 기관만이 취할 수 있는 특별한 편안함을 가지라고 나 자신에게 일렀다. 내 눈도 똑같이 자유롭게 그를 볼 수 있고 내 마음대로 그를 갈취할 수 있다.

밤 열두 시인데 몽생, 이 미친놈이 중형 바이크를 몰고 골목을 돌아 들어왔다. 머플러를 떼어 낸 시끄러운 소음 때문에 미쳐 버릴 것 같다. 앞부분은 흰색이고 뒷좌석은 위로 곧추세워진 바이크로, 그 위에 올라 탄 그는 한층 더 날카로운 위기감을 풍기면서 위태롭게 번쩍거렸다.

"항복해야겠지? 여기 앉아서 얼마나 기다린 거야." 위험한 느낌이다. 그의 말을 길게 곱씹어 보면 한쪽은 잔인함의 극치이며, 다른 한쪽은 온유함의 극치다. 오직 그만이 그런 말을 내뱉을 수 있다.

"넌 대체 어쩔 생각인데?" 나는 총알 쏘는 듯한 어투로 그에게 대꾸했다. 이미 명백하게 스스로 그한테 져 주고 있으면서, 마음속으로는 벌써 변변치 않은 사람이 되어 그와 말을 섞으면서도 또 견고하게 그를 쳐내고 있다.

"어쩔 생각이냐고?" 그는 스스로를 향해 반문한다. 항상 나의 괜찮은 질문을 되새김질해야 되는 모양이다. 그는 마름모형의 검은색 선글라스를 벗고 한 번 웃더니, 진지하게, 스치듯이 단번에 말했다. "죽으려고." 그와 같이 있을 때는 내 몸 안의 남성과 여성이 격렬하게 변증법적으로 싸운다. 몽생도 그렇다. 그가 이런 말을 드러낸다는 것은 이것이 최선의 변증법적인 결론이라고 생각하는 것이다.

"나를 다른 곳으로 데리고 가 줘."

그가 세게 말하니 나는 오히려 약해진다. 그는 변화무쌍하던 표정을 거두고 더 이상 아무 말이 없다. 강목 같던 얼굴이 하얗고 밋밋한 종이처럼 보인다. 그를 알고 난 이후 내가 봤던 그의 모습 중에 가장 안심되는 표정이다. 그의 바이크에 타도 괜찮겠다는 생각이 들었다. 바이크는 기룡로의 고가 도로변을 따라 질주했다. 다리 위에 차례로 놓인 가로등이 다리를 따라 올라가는 각도대로 황색 불빛이 사선에서 평면을 이룰 즈음에 나는 노래를 불렀고 노랫소리는 속도 속에서 깨져 흩어져 버렸다.

몽생은 바이크를 복화교福和橋 아래에 세우고 잡초가 무성한 비탈면을 기어올라 다리 옆의 언덕진 공터로 나를 데려 갔다. 근처에는 주택도 없고 들풀이 사람 키를 넘도록 자라 있었다.

"왜 내가 하필 널 골라서 말을 걸었는지 아니?" 나는 고개를 흔들었다.

"네가 문학의 밤에 제출한 소설을 읽은 적이 있거든. 넌 나와 같이 죽기에 가장 적합한 사람이었어. 정수리에 긴 뿔을 달고 있는 것처럼 한눈에 알아봤지." 몽생의 입가에 사악한 미소가 떠올랐다.

"천만에! 난 한 번도 죽음 따위를 생각해 본 적이 없어." 나는 높았던 기대치를 내려놓고 그에게 실망감을 드러냈다. "죽을 거라면 굳이 같이 죽을 사람은 뭐 하러 찾아다니지? 속물이군." 생각할수록 그를 너무 높게 착각한 것이 분했다.

"억울해서. 살면서 누구에게도 위로받을 길이 없었고, 한이 맺혀도 혼자만 느낄 뿐이었는데 죽는 것까지 혼자 죽는 것은 거부하고 싶단 말이지. 이런 엿 같은 기분으로 땅속까지 가긴 싫어."

"정말 유치하군. 죽음이야말로 혼자 가는 거야. 혼자 하는 일 중에 단연 최고라고. 나처럼 이런 것에 대해 별로 생각하지 않는 사람도 다 아는 일인데, 너는 어째서 그런 환상에 젖어 있지?"

"환상이라니 너무 가벼운 말이네." 그는 하찮다는 듯 오만한 표정을 지었다. "사람이 죽기 전에 최후의 숨을 몰아쉬면서 두 눈을 힘껏 부릅뜨고 귀신 얼굴을 보여주듯이, 살면서 수없이 많은 대가를 치르고 죽는 마당에 설마 '싫다.'고 반격할 권리조차 없단 말인가?"

"더 이상 이런 이야기하지 말자. 나는 네가 상상한 그런 사람이 아니니까. 어떻게 말하든 모두 의미 없는 일이야." 그와 더 이상 깊은 이야기를 하지 말아야겠다는 의지가 마음속에 생겼다.

"기본적으로 넌 나와 꼭 닮은 사람이야." 그는 또다시 강변 야영 때와 같은 야릇한 표정을 지었다. "다만 차이가 있다면 넌 나보다 현실주의 경향이 짙고 그래서 나보다 자신으로부터 쉽게 탈출할 수 있지. 부러워. 귀한 능력을 갖고 계십니다." 그는 당장 내 발에 입이라고 맞출 것처럼 존경심을 표했다. 어쩐지 오글거리는 게 웃음이 나오려고 했다.

"고마워." 말하면서 결국 참았던 웃음이 터지고 말았다. 그도 내 웃음에 전염된 듯 나보다 더 크게 웃었다. 두 사람 모두 배가 아플 정도로 웃으면서 나의 손은 갈수록 세게 그의 뺨을 쳐댔고, 그의 손도 갈수록 빠르게 내 머리카락을 쓸었다. 두 사람 모두 어린아이처럼 장난을 치며 노는 중에 팽팽하게 짓누르던 무거운 것들로부터 탈출해 서로를 이해하는 균형을 잡기에 이르렀다.

"너 자신에 대해 말해 봐." 나는 그에 대해 호기심이 생겼다.

"결함 없이 완벽하게 갖추어진 사람. 돈을 쓰레기처럼 사방에 뿌릴 만큼 집안이 부유하고, 나 또한 총명해 무엇을 하든 쉽게 일등을 할 수 있으니 무료해서 죽겠는 그런 사람이지. 무엇이든 할 수 있고, 또 어떤 일이든 해낼 수 있었기 때문에 나를 저지할 수 있는 사람이 아무도 없을 것 같았어. 열두 살 때 옆집에 사는 여자아이와 바지를 벗기면서 놀다가 여자애 몸 안으로 들어가는 연습을 했지. 그 후로 나에게만 있는 독특한 무료함이 나를 덮칠 것이란 예감이 들었어. 열네 살 때 갱단에 들어갔다가 가출 이 년 만에 집으로 돌아왔지. 다른 사람을 따라 살인에 가담하고, 나 자신도 살인자에게 쫓기는 날들이 비교적 자극적이긴 했어.* 하지만 자세한 이유도 알기 전에 어이없이 개죽음을 당하는 건 두렵더군. 집으로 돌아올 수 있었던 건 큰 충격을 받았기 때문이야. 어느 날 술에 취해 호텔에서 어린 창녀를 불렀는데, 그의 허벅지 안쪽에 있는 커다란 배내 점을 봤어. 내가 그의 이름을 부르면서 몸 안으로 들어가려고 할 때 갑자기 눈물이 걷잡을 수 없이 쏟아지더라. 그도 울면서 방을 나가 버렸지. 바로 열두 살 때 그 여자아이였어. 나쁜 짓을 하면 이렇게 도끼로 찍히는 것 같은 벌을 받아야 하는 거야. 그 일이 있은 뒤로 집에 돌아가 스스로를 핍박해 가면서 가장 정상적인 날을 보냈어. 삶의 의의를 일찌감치 상실한 무자격자로서 가장 큰 징벌은 손을 꽁꽁 묶어 자신을 다시 무료함 속에 가두는 일이었으니까. 그러던 중 나는 한 남자의 생명을 구했고, 또 한 여신과도 마주쳤지. 그 덕에 삼 년의 학교생활 중 아주 쉽게 두 학년을 월반해서 이 년 동안의 갱단 시절을 메웠어. 역사가 너무 길지. 피곤하니, 다음에 다시 얘기하기로 해. 응?"

몽생의 마지막 말에는 힘이 없었다. 하지만 힘이 없

---

* 실제로 1961년에 타이완 최초의 미성년자 살인 사건이 발생함. 이 실화를 바탕으로 만든 에드워드 양 감독의 영화 〈고령가 소년 살인 사건(1991)〉이 학생 갱단 이야기와 혼란했던 타이완 현대사를 다룸.

는 중에도 맑은 샘물 같은 선의가 흘러나왔다. 나는 그에게 가장 비싸고 진정성 있는 미소를 보내면서 고개를 끄덕였다. 그가 내게 해 준 일련의 이야기들에 보답하고 싶은 감동이 인다. 복화교 위로 달리는 차들은 고속으로 흐르는 불빛 선을 이뤄, 멀리서 다리 전체를 바라보면 금빛 찬란한 유리 궁전이다.

"손가락은 어디서 났어?" 나는 그를 똑바로 보며 물었다.

"예전의 형제들. 일 치르는 김에 하나 부탁한 거야." 그는 좀 미안해했다.

노트 2—3

○

내가 수령에게 처음부터 **다시 시작하자**고 이야기한 뒤
로 바짝 마른 사랑의 댐이 활짝 열렸다.

  겨울 방학 내내 우리 둘은 만나지 않았다. 더 큰 충
돌을 준비하기 위한 완충기를 보냈던 것이다. 만약 내
가 더 이상 숨지 않고 마음을 열어 너를 대한다면 그
후로는 네가 숨고 싶어도 피할 수 없게 될 거라고, 깊
은 물 뜨거운 불 속 같은 지옥으로 떨어지게 될 거라
고, 그에게 편지를 썼다. 그렇다면 깊은 물 뜨거운 불
지옥이 어떤 곳인지 한 번 들어가서 보지 뭐, 나는 네
가 상상할 수 없는 잠재력을 가지고 있어, 라고 그가
답장을 보내왔다. 하늘 높고 땅 두터운 줄 모르고 폼
잡기는! 하기야 종국에는 미리 만들어진 여성의 견고
한 의지를 발휘하면서 그는 정말로 잠재력이 있음을
증명했다.

"그저께, 그러니까 토요일에……. 나 자명紫明을 만나려고 신주°에 갔어. 혼자서 중흥호 기차를 타고……." 수령은 누에고치에서 가느다란 실을 빼내듯이 조심스럽게 말한다. 나는 전혀 개의치 않고 감히 말을 끊지도 못한다. 개학하고 처음으로 마주친 문학원°° 강의실 출입문 아래에 둘이 서 있자니 마치 세월을 뛰어넘은 느낌이다. 자명은 그가 가장 친했던 여고 때 친구다.

"자명이 매실 바구니 터트리기 경기하는 걸 봤어. 정말 즐겁더라. 한동안 그렇게 재미났던 적이 없었어." 그가 고개를 돌려 나를 본다. 나는 몰입해서 듣고 있다.

"자명은 내게 맛있는 것도 많이 사 주고, 저녁에 잘때 등불을 끄고 누워 둘이서 이야기도 참 많이 했어." 그는 강의실 기둥에 기대서서 들뜬 눈으로 먼 곳을 응시한다.

"다음 날 자명은 내 긴 머리를 감겨 주고 드라이기로 말려 줬어." 그가 일일이 자세하게 묘사하는 모습이 마치 최고 감상가가 작품을 음미하는 것 같다.

"아, 정말 돌아오기 싫더라." 내가 그에게 왜 그랬는지 물어보니 그는 가벼운 한숨을 쉬며 말한다. "진정한 놀이를 즐기고 싶었거든. 개학해서 학교로 돌아오

면 바로 마음이 무거워지잖아." 갑자기 말꼬리가 뚝 떨어지면서 살짝 미소를 지을 때 나타나는 보조개가 생겼다.

우리는 자전거를 끌고 취월호醉月湖•••로 가서 산책을 했다. 나는 예전에 그가 어떤 사람일까 생각해 본 적이 있었는데, 그때의 상상과 많이 닮아 있다고 말했다. 어떻게 닮았느냐고 그가 물었다. 나는 그가 좀 우울하고 꼿꼿하게 보였고, 더 강인하게 변할 것 같다고 말해 주었다. 그는 호숫가의 의자에 앉아 그간 달라진 생활에 대해 느긋하게 이야기를 이어 갔다.

"어느 순간 사람들이 차츰차츰 눈앞에서 사라졌어. 넌 이제 혼자 학교에 다니고, 혼자 길을 가고, 혼자 차를 타고, 혼자 밥을 먹고, 혼자 집에 가야 한다더라. 이전처럼 필기할 것을 누군가 대신 베껴 주고, 가정 수업 때 털옷을 대신 뜨개질해 주고, 요리 수업 때는 옆에서 있기만 되고, 체육 시간에 뛰고 난 뒤 운동장에서 돌아올 때면 누군가 부축해 주던 것과는 모든 것이 달라졌지. 자명과는 더더욱 말할 것도 없었어. 매일 정류장에서 같이 차를 기다려 주고, 내 대신 무슨 일이든 해 주었거든. 심지어 운동화 끈을 묶는 사소한 일조차

••• 취월호. 타이완대학 안에 있는 호수. 과거 실연한 여학생이 호수 가운데 있는 정자에서 자살한 이후로 정자로 통하는 다리를 철거했는데 가끔 귀신이 출몰한다는 이야기로 유명한 곳임.

말이야. 대학에 입학해 갓 신입생일 때, 문득문득 가슴이 너무 답답해서 문학원 옆의 공중전화 박스 안에 들어가 신주에 있는 자명에게 전화를 걸곤 했어. 하지만 기숙사 전화는 대부분 통화 중이거나 받는 사람이 없거나 했으니까. 결국에는 더 괴로워져서 울 수밖에."

그는 눈시울을 붉히더니 아예 얼굴을 보라색 배낭에 묻었다.

오후에 여우비가 툭툭 떨어지기 시작하더니, 빗방울이 점점 커지면서 빗줄기가 갈수록 거세지고 하늘에 어두운 구름이 가득 몰려왔다. 나는 우산을 펴서 그를 받쳐 주려고 했는데, 그는 우산을 밀어내면서 그대로 비를 맞고 싶다고 말했다. 나는 우산을 접었고, 우리는 두 사람이 앉는 크기의 하얀색 철제 벤치에 앉아 비에 젖어 갔다.

호수 면에 내리는 거센 빗줄기는 마치 고요하고 무심한 수면 안으로 수없이 꽂히는 가느다란 화살 같았다. 바람까지 불어오자 으슬으슬한 것이 물결까지 떨리면서 한 줄씩 주름을 만들었다. 나는 갈래갈래 붙어 버린 그의 긴 머리카락 끝에서 내려온 빗물이 그의 목을 타고 흘러내리는 것을 보았다. 그의 얼굴이 한결 단순하고 청아해 보였다.

내 안경알이 물안개로 흐려졌고, 눈자위는 세차게 때리는 빗방울로 아팠다. 우리는 폭우 속을 천천히 걸었다. 걸어가는 사람이 하나도 없는 넓은 길의 한가운데를 걸어갔다. 사람의 소리는 모두 사라지고, 천둥이 으르렁대는 자연의 소리 사이를 걸었다. 녹음이 푸르른 온주가로 들어서니 비록 온몸이 젖어 물이 흘렀지만, 짙푸른 가로수 사이에서 나무와 똑같이 파랗고 싱그럽게 다시 태어난 느낌이 들었다. 제발 침묵하지 마라. 너는 어떤 우울의 외진 곳에 잠겨 있니? 나는 속으로 몰래 외쳤다.

수령은 시간 낭비라면서 또 저녁밥을 먹지 않았다. 그는 온주가의 방에 그냥 앉아 있고 싶어 했다. 수건으로 머리를 닦아 주려고 했더니, 그는 자기가 하겠다고 말했다. 침대 모서리에 움츠리고 기대어 있더니 다리를 쭉 뻗었다. 수령은 더 이상 타인에게 의지하고 싶지 않고, 지금은 이미 무척 독립적으로 변해서 도움이 필요치 않으며, 스스로 어떤 일이든 할 수 있다는 말을 하고 싶어 했다. 일말의 퉁명스러움이 그의 경직된 입 주위를 감돌았다. 이런 일들이 그가 현 시점에서 넘어야 할 과제라는 것은 잘 알겠다. 분명 지난날의 그는 혼자 영화를 보러 극장에 간 적도 없을 테고, 홀로 거리를 배회해 본 적도 없었을 터. 그렇게 그는 보기 드문 장미인 것이다. 그는 내가 평생 옆에 있을 것이 아닌 이상 어떤 일도 자기를 도와주지 말고 자신이 하도록 내버려 두라고 말했다. 비록 그가 다른 사람에 비해 늦깎이 공부를 하고 있지만, 그의 시름을 존중하기로 한다.

밤 열 시에 가깝다. 어떡해, 곧 열 시잖아, 그가 당황하면서 소리친다. 괜찮아, 지금 귀가하면 되잖아. 나는 부드럽게 그를 위로하며 안심시킨다. 어떡해, 집에 가야 해. 그는 내 말을 못 들은 모양이다. 마치 물에 빠진 사람이 온 힘을 다해 허우적대듯 돌연한 그의 두려움이 나를 의아하게 한다. 어떡해, 그는 책상 앞에 가서 앉으면서 어쩔 줄 모르는 눈으로 나를 바라본다. 만약에 가고 싶지 않다면 그냥 가지 마. 나는 그를 진정시키려고 말한 것이다. 그럴 수 없어. 나는 꼭 가야 해, 라며 그는 책상에 엎드린다. 나는 속수무책이 되어 가지 말라고 말해 버린다. 그럴 수 없어. 안 돼. 그가 슬프게 울기 시작한다. 나는 충동적으로 다가가 그의 머리를 꼭 껴안는다. 그가 안정을 되찾고 난류가 지나간다. 하지만 아찔하고 놀란 마음은 비할 바가 없다.

노트 2—4

○

범죄가 점점 클라이맥스에 가까워지고 있다. 나는 기대하고, 계획하고, 두려워하면서 반드시 최후의 일전을 각오해야 한다. 그는 습관적으로 타인에게 의지하고, 나는 쉽게 여자를 보살핀다. 그는 정해진 시간에 정량의 학점만큼 수업을 듣고, 나는 간장을 사러 가거나 쇼를 하듯 수업을 듣는다. 수업이 끝나기 직전에 도착하거나 수업 시작 전에 떠난다. 그는 어깨를 덮는 긴 머리에 우아한 옷을 입은 스물네댓 살 여성의 모습이고, 나는 일 년 내내 청바지 차림의 개구쟁이 모습으로 열대여섯 살 정도로 봐 주기도 어렵다. 그는 학교든 집에서든 모두 고정적으로 운동을 하지만, 나는 낮에 자고 석양이 서쪽으로 지면 동굴을 나와 여자를 쫓는 나비로서 밤에만 비로소 고속 가열되는 야행성 활동 분자다. 그는 수줍고 내성적이며 사람과의 교류를 거부하지만, 나는 교활하고 변화무쌍하며 불리한 곳에는 가지 않는다.

두 사람이 서로 끌린다는 건 무슨 이유일까? 한 마디로 말하긴 어려운 일이며 답을 하자면 사람들이 바둑판을 놓고 펼치는 상상력을 초월할 것이다. 혹시 음양 상생의 양성兩性에 기인한, 설명할 수 없는 모종의 마력이 있는 건 아닌지. 하지만 어떤 사람들은 단순히 신체 구조 때문이라고도 말한다. 음경 대 질, 가슴 털 대 유방, 수염 대 긴 머리. 음경과 가슴 털과 수염은 양으로 규정짓고, 질과 유방과 긴 머리는 음으로 규정지어 양이 음으로 들어가 자물쇠를 열면 빙고! 아이가 나오는 것이다. 무조건 빙고 소리가 들려야만 바둑판을 완성할 수 있으며, 이외에는 양이든 음이든 다 무성으로 간주해 '아웃사이더'라는 찬 바다로 던져 버린다. 더 넓게는 '주변인' 취급을 한다. 사람이 받는 가장 큰 고통은 사람과 사람 사이의 잘못된 대우에서 오는 것이다.

수령이 내 방에 와서 자기로 약속했다. 그를 생각하면, 어릴 때 대형 마트에서 선물로 산 오래된 서양 인형이 떠오른다. 밤 열 시, 나는 장춘로에서 가정 교사 아르바이트를 마친 뒤 74번 버스를 타고 복흥남로를 지나면서 그와 만나기로 했다. 앞이 트인 헐렁한 외투 위에 수묵화가 그려진 순백색 배낭을 옆으로 멘 그가 정류장에서 손을 흔들었다. 남몰래 사랑의 도피를 하려는 것이다. 차창을 통해 여느 가정에 뿌리내린 그가 가늘고 하얀 목을 늘이면서 나의 창으로 넘어오려는 것이 보인다. 나도 그쪽 하늘 아래에 있기를 간절히 바라면서, 나의 창 안에는 가릴 것도 없고 여분의 햇볕도 없다는 것을 알지 못했다.

마치 반짝이는 두 개의 유리구슬이 74번 버스에 의해 교정으로 순식간에 굴러 들어온 것만 같다. 자이언트를 끌고 와서 그를 태웠다. 그는 차분하게 자전거 뒷좌석에 옆으로 앉았고, 나는 리드미컬하게 발판을 밟으면서 고교 시절 유행가를 한 곡씩 이어서 불렀다. 꽃나무에 물을 흠뻑 준 밤의 꽃밭과 야자수대로 사이를 이리저리 오가다 보니, 자전거를 몰면 몰수록 길은 넓어지고 마음도 너그러워졌다. 뒤에 앉아 있어 볼 수 없는 그의 모습이 보고 싶다. 달의 여신 항아처럼 하얗게 밝고 맑은 얼굴 아닐까?

「햇볕 아래 너와 함께守著陽光守著你」와 「개나리도 봄맞이 중野百合也有春天」 두 곡은 고등학생 때 가장 즐겨 부른 노래다. 예전에 정말 좋아했던 가수 장애가張艾嘉가 부른 「가장 사랑한 사람最愛」, 「해상화海上花」, 「나는 온 세상의 지붕 위에 서 있다我站在全世界的屋頂」, 「모래톱을 따라 걷는 여자她沿著沙灘的邊緣走」 등은 모두 수령의 분위기와 어울리는 노래라 할 수 있다.

「연가 1980戀曲一九八0」, 「사랑의 잠언愛的箴言」, 「소녀小妹」 등은 나대우羅大佑의 곡 중 내게 가장 친숙한 노래로,

장애가와 나대우는 내 열일곱 시절의 부스러기며 쓸쓸한 청춘을 점철해 온 배경 음악들이다. 하지만 고교 졸업 후에는 더 이상 곡 이름도 가수 이름도 가사도 적지 않게 되었다. 너는 어떤지?

그가 말하길 그날 저녁 내 허리를 안고 싶었지만 그렇게 하지 못했고, 무척 후회했다고 한다. 이건 한참 뒤 어느 날 말한 것이다. 쉽게 흩어질 만한 작은 곁가지들이 기억의 중심으로 편집된다.

"뭘 그렇게 쓰니?" 그가 묻는다.

"일기." 내가 말한다.

"일기에는 무엇을 써?"

"너에 대해 쓰고 있어."

"나에 대해 뭘 쓸 수 있지?"

"읽어 주면 들어 볼래?"

"응."

"오늘은 중요한 밤이다. 어떤 이가 나와 함께 운우무산雲雨巫山●을 넘으려고……."

"됐어! 더 이상 못 듣겠다."

"두렵구나."

"응, 네가 무서워."

●　운우무산. 구름과 비와 무당과 산. 데이트나 교제를 비유하는 말. 전국시대 초나라 회왕이 낮잠을 자다가 무산의 선녀를 만나 운우지락(雲雨之樂)을 나누고 이별한 데에서 나온 고사성어.

온주가의 방에서 나는 일기장을 치우고 그를 도와 이불을 깔았다. 그는 침대 위에서 자도록 하고 나는 십 센티미터 남짓한 침대 아래 바닥에 누웠다.

"만약 우리 둘이 함께 정신 병원에 갇힌다면 얼마나 좋을까?"

"방 하나에 같이?"

"같은 방은 싫어."

"왜?"

"나는 네가 무서워."

"뭐가 무서운데?"

"그냥 무서워."

"그럼 같이 갇혀 봐야 좋을 게 뭐야?"

"우리는 바로 옆방에 있으면서 얇은 벽을 사이에 두고 침대를 놓은 거지. 나는 침대에 앉아서 너랑 이야기를 할 수 있고, 너도 침대에 앉아서 계속 이야기하고 또 하고. 그러면 얼마나 좋겠니? 다른 사람은 아무도 없고."

"더 이상 이야기할 게 없으면 어떻게 해?"

"어떻게 할 말이 없을 수 있겠어? 내가 벽을 똑똑 두드려서 피곤하다고 말하고는 잠을 자고, 깨어나면 자연히 또 할 말이 생기는 거지."

"그렇군. 네가 잠이 들면 나는 일기를 쓰면서 네가 깨어나길 기다리면 되겠네."

"그런 건 싫어. 너만 따로 일기 같은 것이 있으면 안 되지. 난 아무것도 없잖아. 너는 오직 나하고 이야기만 해야 돼."

그는 침대에 누워 머리의 반을 아래로 향한 채 나와 이야기한다. 나는 이불 안으로 몸을 움츠렸다. 네가 옆에서 자는 것이 날 괴롭게 한다고 말했더니, 그럼 침대 위로 올라와서 자라고 그가 말했다. 그러면 더 괴로울 거야, 나는 마음속으로 말했다. 그는 장난기가 발동했는지 시험해 보겠다며 몸을 굴려 내 이불 위로 떨어져 내려왔다. 그의 머리카락이 내 얼굴을 스쳤고, 향기가 내 폐로 스며들었다. 때문에 나는 그의 머리를 안았고, 양팔로 목을 두르며 그의 얼굴에 키스했다. 그는 부드러웠고 나는 서투르게 안았다. 검은 비가 하얀 눈 위에 내리듯이.

노트 2—5

○

중국시보中國時報에 이런 기사가 게재되었다. '타이완은 앞으로 악어 보호 조치를 채택하지 않을 것이며, 따라서 악어는 종적을 감추게 될 것이다.' 많은 독자들이 대체 악어가 무엇이냐고 편지로 문의했다. 그들은 태어나서 지금까지 한 번도 악어를 본 적이 없었다.

"여보세요, 국제부인가요?" 어떤 독자가 동물 백과사전을 찾아보면서 전화를 걸었다.

"네, 맞습니다." 마침 참치 샌드위치를 먹고 있던 편집 기자가 전화를 받았다.

"악어는 도대체 어떻게 생겼습니까?"

"악어에 관한 것이라면 더는 우리 부서에 묻지 마십시오."

"아, 사회부입니까? 악어를 관리하는 일을 하십니까?"

"그렇습니다. 마침 제가 악어 상표 옷을 입어 보고 있는 중이고, 한 장에 천 위안 정도입니다만. 이게 문서화된 일입니까?"

"교환! 대표 전화로 돌려 주세요. 악어에 관한 일은 도대체 어느 부서에 물어 봐야 하는 겁니까?"

"진작 말씀하시지! 당신은 이미 오늘만 199번째 전화로 악어에 대해 문의한 사람입니다. 우리 신문은 모든 권한을 부 간행부에 위탁해 회답하도록 했습니다. 그들은 갈수록 일이 없거든요."

"여기는 부 간행부입니다. 당신도 악어를 어디서 볼 수 있나 물어보려는 것이죠?"

"아니요. 나는 아직 악어가 무엇인지조차 모릅니다."

"짜증 나는 사람이네! 당신처럼 일부러 같은 질문을 하지 않는 사람이 있기 때문에 우리가 녹음기로 응답할 수 없고, 여기에 앉아서 연거푸 스무 조각째 **악어 샌드위치**를 먹어야만 하는 겁니다."

"난들 그 무슨 '같은 질문'인가를 어찌 알겠습니까?"

"그렇다면 당신이 당연히 먼저 '같은 질문이란 것이 대관절 무엇입니까?' 하고 물어봐야죠."

"하긴! 그럼 녹음기는 어떤 대답을 합니까?"

"간단하죠. 녹음기에 199번째라고만." 이어서 '삐—' 하는 녹음 소리가 나왔다.

"같은 질문은 바로 악어를 어디서 볼 수 있는지— 삐— 연합신문 부 간행부의 전화번호는 7683838— 삐— 이상입니다."

"여보세요. 연합신문 부 간행부입니까?"

"삐— 연합신문 부 간행부 직원들이 전화 수신 업무 과다로 인해 집단 인후염에 걸렸습니다. 다음은 자동 응답입니다. 삐— 악어는 일종의 물고기를 무척 닮은 사람이며, 사람을 무척 닮은 물고기가 아닙니다. 삐—."

"재수 없어! 삐—."

또 다른 기사에는 이렇게 다뤄졌다. '만약에 악어가 정말로 종적을 감춘다면, 보호할 필요도 없다.' 아마도 **연합신문**일 것이다.

노트 2—6

○

아래에 묘사하려는 정황과 시간상 거리가 있는 이 이
야기의 기간 동안, 나는 전에 없었던 죄악감과 공포심
에 휩싸여서 강판에 갈린 무쪽처럼 피부가 짓무르도
록 빨래판에 문질러댔다. 예전의 나는 다만 여자의 살
과 닿기만을 기대하는 정도의 죄인으로 그를 만나기
전까지는 한층 죄질이 가벼웠다. 그저 암암리에 혼자
신발을 들고 까치발로 살금살금 사람들이 모두 유리
지붕을 향해 돌을 던지는 곳을 재빨리 돌아 지나가면
된다고 생각했다. 충분히 멀어지기 전에 돌 던지는 사
람들에게 잡혀 멈추지만 않으면 되었다.

　하지만 몸이 차츰 곡선형으로 변하면서 신발을 온전
히 벗어 들지도 못하고 수령에 의해 난폭하게 잡히고
말았다. 돌은 이미 내 마음속에 가득 차서 한 개 두
개 세 개씩 나를 때린다. 돌의 수는 갈수록 많아져 마치 온 세상의 돌이 성모 마리아의 머리 위에서 할렐루야를 합창하며 일제히 굴러 떨어지는 듯하다.

언제부터인지 모르겠지만 이유 없이 내 머릿속에 소위 **'성적 환상幻想'**이 나타나기 시작했는데, 아마 중학생 때 「인형의 계곡娃娃谷」이라는 영화를 본 뒤였을 것이다. 또한 언제부터인지 모르겠지만 나의 성적 환상은 영화 속 내용이 아닌 수령의 모습으로 바뀌었고 수령에 대한 환상이 뇌 속에 침투해 나 자신이 한발 한발씩 이야기 안에 들어가서 합치되기를 기대하게 되었다.

지금까지도 나는 밑도 끝도 없는 공포감이 도대체 어디서부터 오는 것인지 명료하게 알 수 없다. 기이한 성욕의 압박과 두려움을 겪으면서 청춘과 대학 시절의 절반을 보내고 말았다. 나는 죄가 없다고 스스로를 위로해 보기도 했다. 두려움은 내 몸 안에서 저절로 생겨난 것이지 내가 손을 뻗어 그것을 들어오게 한 것도 아니고, 나를 만드는 프로젝트에 참여하거나 직접 빚어 만들면서 만성적인 공포감에 시달리는 이런 나를 형성하도록 도운 적도 없다. 그저 피와 살이 두려움의 콘크리트와 버무려지면서 성장한 것이다. 스스로의 근

● 인형의 계곡(Valley of the Dolls). 여성 작가 재클린 수잔의 동명의 장편소설을 원작으로 1967년에 만들어진 미국 영화. 성공과 실패가 극명하게 드러나는 비정한 쇼 비즈니스 세계에서 꿈을 이루기 위한 세 여자 주인공의 분투가 매우 사실적으로 그려진 작품.

원과 성욕에 대한 두려움은 두려움이 두려움을 휘저어 섞으며 덩어리로 변하더니 결국 삶 전체가 두려움이 지배하는 공포 괴물로 변하기에 이르렀다. 사람들에게 본모습을 들키지 않으려면 반드시 동굴에 살아야겠다는 자각을 하게 된 것이다.

수령에게 처음부터 다시 시작하자고 말한 것은 내게 있어 해상 난민이 결국은 바닷물을 마시게 된 꼴이나 다름없다. 자신과 목 타는 갈망의 핵심이 서로 대결하도록 선택한 것이다. 훼멸로 치닫는 데에 대한 방어를 포기한 것이며, 아무것도 상관 말고 훼멸이 오기 전에 과거의 금기를 마음껏 누려 보자는 마음이었다.

날이 갈수록 그에 대한 성적 환상이 일상을 가득 메웠다. 낮에 자전거를 몰면서도, 길을 걸어갈 때도, 사람들과 대화를 할 때에도 그랬다. 밤이면 갈수록 자위하는 시간이 길어졌다. 환상 속에서 그의 몸을 안기 시작하면서 내 두려움의 힘줄을 도려내듯 이빨이 부러질 정도로 이를 악물어야 하는 통증이 찾아왔고, 더욱 극렬한 통증의 극치를 시험하면서 흉악한 늑대처럼 그의 몸을 물어뜯고 싶어졌다. 이것은 새로 생긴 상상일 뿐이다.

노트 2—7

○

『시경詩經』° 수업이 끝난 후에 그와 만나기로 약속을 해
놓고 결국 가지 않았다. 그가 온주가로 와서 초인종을
눌렀지만 대답하지 않고 스스로를 방에 가두었다. 그
와 맞닿아 있는 공간을 잘라 외부에 두고 오롯이 혼자
가 되어 방 안에 스스로를 가두어 생활하려는 것이다.
　저녁이 다 되어 아래로 내려가 문을 열었더니 그가
내 자전거에 앉아 불쌍한 눈빛으로 나를 바라보았다.
내가 집에 있는 줄 어떻게 알았느냐고 물었다. 네 자전
거가 여기 있잖아, 그가 말했다. 그는 눈자위가 붉어지
더니 너 또 도망가려고 그러는 거 아니냐고 목이 메는
듯 작은 소리로 물었다. 그렇다고 말하지 못했다. 정통

●　　고전 시 문학. 중국 최고(最古)의 시집으로 공자가 모아 편찬했다고 전해지
　　나 미상임.

으로 그를 해할 테니까. 비열한 연기로 얼른 그를 위로했다. 쓸데없는 소리라며 잠이 깊게 들었을 뿐이라고 말했다. 그는 시경 수업 시간에 내가 보이지 않자 또 도망가려는 것이라는 직감이 계속 들었다고, 오는 내내 울면서 왔다고 말했다.

"왜 또 도망가려고 그러는데?" 그가 물었다.

지난 늦은 밤에 나는 내가 전화를 끊을까 봐 걱정하는 그를 걱정했다.

"네 직감이 맞는다고 그렇게나 확신할 수 있어?" 나는 피식 웃으면서 질문을 피했다.

"당연하지!" 그는 억울하다는 듯 강경하게 말했다.

"그래, 네 말이 맞을 수도. 네 직감이 무섭다. 너와 함께한 뒤로 나는 두 개로 분열됐어. 하나는 나를 여기서 끌어내리고 하고, 다른 하나는 너를 도와 여기서 머무르게 해. 두 개의 내가 양쪽에서 서로 잡아당겨."

"언제부터? 많이 아파?" 그의 말투에는 무한한 애정만큼 일말의 원망도 섞여 있다.

"너와 가까워진 이후로 쭉 이 지경이야. 내가 말했잖아. 우리는 반드시 헤어지게 될 거라고. 시작할 때부터 알았지. 영원한 사랑은 세상에 없어." 나는 모질게 말했다.

"우리가 함께여서 그렇게 괴롭다면 이제 그만두자." 그가 살인 병기를 휘둘렀다.

"너도 더 이상 끌어당기기는 무리지. 그래, 그만두

자." 수시로 몰래 도망가고 싶었던 마음을 그를 향해 처음으로 담백하게 털어놓고 나니 그도 깊은 상처를 받았고 나는 더욱 낭떠러지로 밀려났다. 초조한 마음에 두 눈을 질끈 감고 아래쪽을 향해 그냥 달렸다.

다음 날 나는 인적 없는 산골짜기에 거듭 산뜻하게 피어나는 백합처럼 홀로 부패한 방 안에 갇혀 종양을 제거한 뒤 아직 유혈 상태에 이르지 않은 자유를 누렸다. 밤 열 시. 여느 때처럼 가정 교사 일을 마치고 집에 돌아와 쉬려는데 그에게서 전화가 걸려왔다. 내용인즉 정류장에서 74번 버스를 기다리기를 대여섯 번째, 버스가 지나갈 때마다 나를 볼 수 없었다고 했다. 나는 침묵했다. 입을 여는 순간 거대한 산이 또 내 머리를 짓누를 것이므로. 하지만 내가 입을 열기도 전에 거대한 산이 그의 몸 전체를 바닥에 짓눌러서 겨우 기형적으로 찌부러진 입술 모양만 보였다. 너를 만나고 싶어, 그는 애원하다가 침묵했다. 알았어, 내가 입을 열었다.

수령이 늘 앉았던 내 침대 끝에 앉았다. 얼마나 오래 74번을 기다렸냐고 물었더니 그는 눈썹을 내리깔고 눈물만 뚝뚝 흘렸다. 뒤틀렸던 나의 근육과 뼈들이 찰칵 팽팽하게 맞추어져서 회복되더니 어느 순간 잘 맞춰진 극점에 이른 뒤로 완전히 틀어진다. 내가 너를 고생시키고 있구나, 다신 절교하는 일 따위 하지 않겠다고 나는 목을 답답하게 막고 있었던 말을 토해냈다. 그는 한 번 웃더니, 참았다가 또다시 산탄처럼 터진 고통

으로 흐느꼈다. 나는 그가 품은 뜻에 빙의해 포옹이라
는 보통의 기호를 그렸다.

노트 2—8

○

어떤 악어가 윤기 흐르는 긴 털의 검은색 담비 모피
외투를 걸치고 멋스러운 삼나무 간판이 걸려 있는 수
입 의류 매장으로 걸어 들어간다. 악어 표 라코스테°
매장이다. 그는 노랑과 검정의 중간쯤 되는 다른 색깔
의 담비 모피 외투를 쓰다듬으면서 오직 그 옷만이 자
신에게 어울린다는 양 손을 떼지 못한다. (성별을 알
수 없는 악어에게는 일률적으로 성을 제거한 호칭을
쓰는 것이 소통과 전달에 있어 바람직하다°°)

● 　 라코스테(Lacoste). 프랑스의 유명 테니스 선수였던 르네 라코스테(Rene
　 Lacoste)가 당시 프랑스의 의류 생산업자와 함께 만든 의류 브랜드. 브랜드
　 의 상징인 악어 모양 로고는 라코스테의 선수 시절 별명인 '악어'에서 착안
　 한 것.

●● 　 그를 칭할 때 성별에 따라'그(他)'과 '그녀(她)'에 대한 인칭 대명사가 따로
　 있는데, 작가는 악어를 칭할 때 성 구분 없이 쓰는 '它'를 쓰고 있음.

악어는 절대로 바바리 맨이 아니다. 그가 작정을 하고 계산대로 에돌아가서 사장님 저 옷 좀 보여 주세요, 하면서 갑자기 외투를 열고 번들번들한 속을 노출할 리는 없다. 만약에 정말로 악어가 그렇게 한다면 사장들은 무슨 말을 할까?

"너 악어구나." 이렇게 말하는 사장은 전에 악어를 본 적이 있는 사람이다.

"돈을 내놓으라고? 그렇지만 난 보험료를 지불하는걸?" 이런 사장은 구두쇠다.

"에게, 네 것은 너무 작다. 볼만하지도 않군." 이런 사장은 고수로서 심리적인 내공이 있는 사람이다.

악어가 외투를 열었을 때, 그 속이 도대체 어떤 모습인지도 아는 사람이 없다. 하물며 한 마리 악어가 라코스테 매장으로 들어가서 정말로 외투를 열어 보인 적도 없다. 다만 악어는 다른 담비 모피 외투를 쓰다듬어 보았을 뿐. 악어는 원래 그걸 좋아했을까? 아니면 어루만지면서 쾌감을 느꼈을까?

누가 알겠나? 보통 사람들은 악어를 못 알아본다. 중학생과 고등학생은 악어 뉴스의 충실한 관중이다. 그들은 학원에서 돌아와 마침 저녁을 먹으면서 한편으로는 눈을 동그랗게 뜨고 '타이완 방송 뉴스 보도臺視新聞世界報導'를 본다. 가장 냉담한 연령층인 대학생들은 악어와 관계가 있다는 오해를 받지 않으려고 신문이나 뉴스 상의 관련 보도들과 거리를 두는 자세로 바뀌었다. 한 여론 조사 기관에서 악어가 이 그룹에 가장 많이 혼재해 있다고 발표했기 때문이다.

마흔 이상의 사람들은 악어를 고고학자들이 발굴했던 동굴인보다 더 오래된 인류의 선조쯤으로 여기면서 돌발적인 관심을 둔다. 직장인들은 그들의 유일한 관심사가 국회의 싸움과 증권뿐이라고 선포했다. 블루칼라 노동자들은 영상물로 보는 것 외에 어떤 허튼소리도 가치 없다는 입장이다. 하지만 그들 모두 몰래 작은 서점 매대 앞에 서서 '단독 보도獨家報導'나 '긴급 속보第一手消息'등의 잡지에 정신이 팔려 있다. 다만 차이가 있다면 직장인들은 주머니를 뒤져 잡지를 사 가지고 간다는 것뿐이다. 그래서 직장인들 중 마흔 이상의 중년은 고고학 자료를 보충할 기회도 갖는 것이다.

모두들 도대체 어떤 속셈인가? 생각해 보는 와중에도 악어는 이렇게 많은 사람들이 몰래 좋아해 주는 것을 정말 참을 수 없다. 너무 **부끄러운 일**이라서.

노트 2—9

○

「죽음의 연대기」˚를 본 적 있어? 그에게 물었다.

이것은 그저 한 편의 영화다. 우리에게 달콤했던 시절이 없었던 것은 아니며 그 역시 외양이 평범한 모습은 아니었다. 게다가 우리 둘 사이에는 잘 훈련된 영혼의 열쇠도 있었지만, 이렇게나 희소한 나의 인생을 해석해 열어 보이기에는 역부족이다. 그는 나를 향해 고개를 끄덕이면서 보았다고 대답했다. 내가 느낌이 어땠느냐고 물었더니, 나와는 완전히 반대 의견이다. 나는 이 대목을 정말로 쓰고 싶지 않다. 생각이 떠오르기만 해도 가슴을 치고 발을 동동 구를 일이다. 그는 고개

● 죽음의 연대기(Chronicle of A Death Foretold). 콜롬비아 작가 가브리엘 가르시아 마르케스가 1981년 실제 살인 사건을 바탕으로 쓴 소설 〈예고된 죽음의 연대기〉를 원작으로 1987년에 만들어진 이탈리아 감독 프란체스코 로시의 영화.

를 가로저으면서 더는 말하고 싶어 하지 않는데, 그것은 그가 특별한 느낌을 받았다는 것이며 말을 꺼냄으로써 그 느낌을 훼손하고 싶지 않다는 것을 의미한다.

수령은 나에게 나쁜 것과 좋은 것을 준다. 말하자면 설탕을 넣지 않은 블랙커피와 우유 크림 같은 것인데, 그 두 가지를 분리해서 마시는 격이다. 둘 다 무척 순수하게 마음을 쏟았던 것으로 계속 살아가야 하므로 나는 그것들을 마셔서 이미 나의 뱃속으로 들여보냈다. 하지만 나는 구태여 블랙커피 부분만 말하기 일쑤이며, 우유 크림 부분은 다만 그가 하는 것을 따라 머리를 가로저으면서 은유로 표현할 뿐이다. 나는 그가 어떤 말을 하고 싶은지 알고 싶어서 내일은 나에게 느낌을 알려 달라고 요구했다.

남자 주인공은 꿈속의 연인을 찾아 유랑하다가 여자 주인공을 한눈에 '선택'한 뒤, 마음을 다 바치고 물 쓰듯이 돈을 써서 결국 그와 결혼하게 된다. 하지만 첫날밤을 보내면서 신부가 '처녀'가 아니라는 사실을 알게 되고, 당일 밤 흐트러진 몸으로 신부를 안고 울다가 '돌려보낸' 것이다. 그 후로 남자 주인공은 원래 살던 집으로 돌아갔고, 여자 주인공은 매일 그에게 편지를 써서 부친다. 영화의 마지막 장면은 '편지가 들어 있는 커다란 등짐을 진' 남자 주인공이 여자가 기다리고 있는 정원으로 들어가는 모습이며, '그 길을 따라 편지가 흩뿌려져' 있다. 그는 내게 영화를 처음부터 쭉 이야기해 달라고 하면서 전부 새롭게 즐기는 듯했다. 이런 것이 바로 내가 말하는 은유다. 나의 사랑은 그저 온주가와 학교 사이를 오가는 단조로운 연주일 뿐이다.

어떻게 해야 뱃속에 있는 랩이나 레게를 뒤흔들어서 사랑의 이름을 빌린 '손에 잡히는 실체'로 바꿀 수 있을까. 그 중에서 어떻게 실마리를 찾아 자신 내부의 아코디언으로 편곡할 수 있을까. 나는 죽음의 연대기를 거꾸로 읽으면서 여자 주인공이 '처녀'가 아니라는 것을 발견하고 '돌려보낸' 것으로 남자 주인공의 관점에 따라 이야기하지만, 수령은 모른다.

다음 날 나는 연달아 스무 시간을 자고 일어나서 가증스러운 이별 편지를 그에게 썼다. 저녁 여섯 시. 창문을 마주하고 편지를 쓰는 중 하늘 위로 구름 한 덩어리가 마치 붉은 종려나무색 갈퀴를 가진 말이 달리는 모습으로 떠 있었다. 편지를 절반쯤 썼을 무렵 아래층에서 초인종이 울렸다. 빨간색 철문을 여니 수령이 문가에 곧 시들어 죽을 것 같은 모양으로 앉아 있다. 나는 그를 억지로 부축해 계단을 오르다가 겨우 두 사람이 나란히 앉아도 좋을 정도의 계단에 수령을 따라 앉았다.

그가 방에 들어가지 않겠다고 고집을 부려 나는 철문부터 닫았다. 문학의 밤 리허설을 위한 저녁 모임에서도 그는 방금처럼 밉살스러운 짓을 해서 비난을 받은 적이 있다. 이런 사건은 타인의 주목을 전염병 피하 듯이 하는 그로서는 더할 수 없는 모욕이었을 텐데, 그 는 힘겹게 견디면서 당시의 심정에 대해 한 마디도 하 지 않았다. 나는 있는 힘을 다해 그의 감은 두 눈에 키 스했다. 시들어 말랐던 것이 눈물로 가득 넘치도록.

무슨 이야기를 했는지 모르겠지만 아무튼 나는 농 담으로 그를 웃게 했다. 이것이야말로 내가 가진 어릿 광대 재능이다. 한편으로는 외부로부터 그가 다치지 않도록 보호해 주지 못한 꼬리 밟힌 생쥐의 심정이면 서, 다른 한편으로는 그가 의지할 수 있는 철인의 강 인한 어깨와 가슴을 지닌 양 기개를 뽐냈다. 하지만 이 런 비열한 나는 하필이면 모욕을 당하고 우물에 빠져 있는 그에게 다시 돌을 던져 넣으려는 것인가? 더욱이 그가 위기 속에서 우물 위의 내가 밧줄을 내려 그를 끌어올려 주겠다는 소리를 들었을 때, 내가 있으니 두 려워 말라는 맹목적인 큰소리를 듣고 기쁘게 웃음 짓 는 때에 말이다.

비열함 위에 다시 한 번 비열함을 더 추가하기로 하 자. 만약에 오늘 밤 내가 그를 사탄으로 간주하는 결 심을 하지 않으면, 아마도 마지막에는 이 죄악의 입구 조차 꽉 막혀 죽어 버리게 될 것이다. 살인에 이력이 난 살인범이 더 이상 살인을 하지 못하면, 곧바로 자 살을 하게 되는 이치와 마찬가지다.

그를 배웅하기 위해 74번 정류장에 서서 버스를 기

다렸다. 가는 길 내내 웃기는 소재를 사이사이에 넣어 말하면서 걸었다. 멀리 숫자 74가 빛을 발하며 눈썹 안으로 들어오는 순간, 나는 아무 일도 없었다는 듯이 말했다. 마침 네게 이별 편지를 쓰고 있던 중이었고, 잠시 후에 돌아가 계속 써야 하며 한밤중에 직접 달려가 너의 우편함에 넣을 것이라고. 몇 초가 흐른 뒤 그가 몸을 돌려 말했다. 그럴 필요 없어. 그도 별 일이 없었다는 듯 버스에 올랐다. 나중에 그가 한 말에 따르면 원래 미칠 것 같은 마음으로 걷어차고 도망치려고 했지만, 초인적인 의지로 당시 그렇게 침착할 수 있었던 것은 복수의 한을 품었기 때문이라고 한다.

어제의 내일, 그는 죽음의 연대기에 대해 내게 이야기해 줄 시간이 없었다.

노트 2—10

○

이른 새벽, 그의 우체통에 편지를 떨어뜨렸다. 수천 근 무거운 짐을 바다에 던져 넣은 것처럼 몸이 가뿐해졌다. 관계를 끊겠다고 적었다. 그 편지는 무척 신속하게 손도 대지 않은 상태로 돌아왔다. 함께 붙여 온 거칠고 짧은 답문에 그의 수치심과 한스러움이 묻어났다. 손을 떨면서 쓴 흔적이 역력했다. 1988년 4월의 일이다. 이로부터 한 달 정도 나는 뜻밖에도 완전히 그의 영향을 받지 않고 새로 생긴 내면의 미안쩍음 속에서 소리 소문 없이 홀로 조용한 나날을 보낼 수 있었다.

5월. 나의 생일 이틀 전 아래층에 세워 둔 자이언트의 바구니 안에서 한 아름의 장미 꽃다발을 발견했다. 사람은 없었다. 저녁 여덟 시. 다시 아래층에 내려갔을 때 수령이 자전거에 앉아 있었다. 나는 마침 오늘 밤 이사하려고 한다고 말했다. 그는 내게 어디로 이사할 거냐고 물었고, 나는 입을 다물고 말을 하지 않았다. 그는 버티기 식으로 방법을 달리 바꾸었다.

나는 당연히 너를 보러 올 수 있는 거잖아. 일전에 네가 말하기를 헤어지더라도 한 달만 잘 참고 지내면 그 후로는 다시 잘 지낼 수 있다고 했지. 하지만 나는 이미 한 달을 넘게 참았는데 여전히 괴롭거든. 그는 마치 싱그러운 작은 풀이 이슬방울을 찾은 양 우리 관계의 출처를 더듬어가면서 그가 나의 이사를 마땅히 돕겠다고 말했다. 나는 잔인하게 고개를 가로저었다.

수령은 최대한 모든 방법을 동원해 버티고 기만하면서 시간을 끌더니 자정이 다 된 시간에 기어이 나를 자신의 방까지 끌고 갔다. 깜깜한 어둠 속에서 나는 철저하게 둘로 분열되었다. 하나는 진정으로 탐욕스럽게 그를 갉아먹는 나고, 다른 하나는 그를 갉아먹고 있는 동작의 밖에 서서 언제 어떻게 몸을 뺄 것인가를 냉철하게 계산하고 있는 나다.

연인들 사이에만 특별히 존재하는, 마음을 투시할 수 있는 엑스 광선 아래 나는 그가 지난 한 달 동안 나에 대한 새로운 지식을 획득했다는 것을 민감하게 관찰할 수 있었다. 그는 헌신적으로 끈끈한 열기를 띤 채 나의 몸을 휘감았는데, 이것은 한 번도 나타낸 적이 없었던 복잡한 언어였다. 극히 비밀스럽고 모호한 것들이 나를 엄습했지만, 사실 그조차도 명백히 알 수 없는 일이었다. 그는 불쑥 자라 어른스러워진 행동으로 나의 최후 수단을 간절하게 막으려고 했지만, 나에게 있어서는 이것이야말로 치명적으로 수치스러운 아픔이었다. 마치 붉게 달아오른 뜨거운 쇠꼬챙이를 원숭이의 엉덩이에 불쑥 꽂아 넣는 것과 같았다.

수령의 지식이 조금씩 나의 그 웃기 힘든 둔덕 주변에 닿는 그 찰나에 (몽롱하게 소리치는 금기된 성의 한 순간이 놀랍게도 바로 나의 붕괴 점이었다) 나는 인간성을 초월하는 무언가의 힘에 의해 내가 둘로 갈라지는 것을 또렷하게 인식했다. 그들 둘은 흡사 머리가 두 개 달린 뱀의 형태로 민첩하게 각자의 일을 했다. 동시에 나는 몸 속 흉강으로부터 울리는 듣기 싫은 짐승의 울부짖음을 들었는데, 둘 중 어느 뱀의 머리에서 나온 소리인지는 알 수 없었다.

나의 두려움에 관해 말하자면 결국 진정한 해결사를 만났다고 할 수 있으며 이로써 그 전모를 청산하게 되었다. 새벽 다섯 시. 여러 번 떠나지 말라고 당부하는 그를 뒤돌아보지 않고 바닥에 누워 내 두 손을 꼭 잡는 그에게서 벗어났다. 조각조각 해체된 몸을 찢어진 천으로 대충 말아 옮기듯이 나는 꽁무니가 빠지도록 도망쳤다.

노트 2—11

○

도망기로 한 시절의 막을 내렸다. 1988년 5월 말에 온
주가를 떠났고 이것이 바로 내 죽음의 연대기다. 따라
서 나의 대학 일 학년도 휘몰아치듯이 지나가 버렸고
함께 끝났다. 어떻게 말해야 하나? 분노일까? 후회일
까? 아니면 스스로에 대한 한탄일까? 이 정서들을 모
두 탁자 위에서 쓸어버리고 다른 종류로 살아있고 싶
다. 오직 검고 미끄러운 어떤 것 안으로 깊이 빠져들어
천천히 무너지고 부서지면서 질식해 버리고 싶다는 생
각뿐이다. 가장 좋기로는 단 한 번의 방귀조차 뀌지 않
고 어떤 냄새도 피우지 않는 것이다.

　나로서는 다른 사람들이 어떻게 난폭하고 잔혹한 삶
을 참아 내는지 알 수 없다. 또한 갇혀서 운명을 저당
잡힌 채 집중적으로 돌봄을 받는 사람이 과연 지병으
로 고통을 받거나 계획 하에 살해되거나 폭행당한 사

람들보다 우대를 받고 있는 것인지를 잘 모르겠다. 다만 나는 담벼락에 몰려서 스스로 자신을 외설물로 만들었고, 외설의 공포에 대항하기 위해 멀쩡하게 살아 있는 수령을 희생시킨 것만 알고 있을 뿐이다.

나에게 가장 아름다웠던 존재를 애석해하지 않고 짓밟아 버린 뒤로 이제 남은 것은 적나라하게 벗겨진 비천한 몸뿐이다. 모든 것은 오직 내가 스스로 저지른 일이다. 난폭이니 잔혹이니 떠들었던 것들을 바로 내가 저질렀으니 나는 또 어떻게 참아낼 수 있을까? 어찌되었든 수령, 나는 너에게 영원한 빚을 지었다. 이후의 일생은 열여덟 살 내가 저지른 죄와 과오에 대한 대가를 다른 방식으로 치르기 위해 살아갈 셈이다. 내가 살아 있고 능력이 되는 한, 인류의 두려움에 관해 부단히 말할 것이다.

手記.

3. 라즈(拉子)

노트 3—1

○

어느 날 악어는 꿈을 꿨다. 정확히 누구인지 알 수 없
는, 한 무리의 사람들과 어울려 놀러 가는 꿈이었다.
어쩌면 남몰래 어떤 결혼정보회사에 자신의 개인 신
상 카드를 보낸 뒤, 그 회사에서 주선하는 짝짓기 활
동에 참여한 것일 수 있다. 아니 어쩌면 그가 가입한
해안구조협회의 행사로서 구조된 사람들이 구조원들
과의 만남을 요청함에 따른 사회 활동인지도 몰랐다.

악어는 전날 저녁 초콜릿, 새우깡, 꿀 조림, 사탕, 콜
라, 트럼프 카드, 보드 게임, MP3, 사진기, 그의 빨간색
수영복, 커다란 봉지의 뻥튀기까지 완벽하게 준비했다.
다음 날 악어는 커다란 짐을 짊어지고 정류장에서 한
무리의 남녀와 합류했다. 악어는 그들이 등을 돌려 희
희낙락하며 깊숙이 감추어 뒀던 입을 내밀고 깔깔대
는 소리(혹은 호호, 혹은 후후, 혹은 하하, 도대체 정확

히 들리지 않는 웃음소리)를 들었으며 악어가 이렇게 인간 곁에 가까이 있어 본 것은 아주 오래전 일이었다.

　관광차는 어떤 산자락에 그들을 풀어놓았다. 모두들 푸딩 아이스캔디를 사오라며 악어를 지정했다. (왜 하필 그가 지정되었는지, 왜 하필 푸딩 아이스캔디였는지 꿈속의 상황이 명확하지 않지만) 그가 돌아왔을 때는 산속 어디든 눈에 보이는 곳마다 모두 사자와 호랑이와 표범 같은 맹수들 천지고, 그들 중 몇 마리는 마침 그의 짐을 흔들어 열고 있었다. 맹수들은 초콜릿과 새우깡과 뻥튀기를 먹어 치우기 시작했고, 반점이 있는 흑표범 한 마리는 빨간색 수영복을 치켜들고 이리저리 어슬렁거렸다.

　악어 앞을 가로막은 것은 견인차 크기의 사자와 호랑이와 표범 세 마리로 나란히 웅크리고 앉아 악어를 주시했다. 그는 인간으로서 마지막 존엄을 지키기 위해 그중 한 마리의 수염을 힘껏 잡아당겼다. 악어가 한 놈을 제압하니, 그 놈 아래 똑같이 생긴 작은 놈이 꾸물꾸물 흉물스럽게 나타났다. 그 아래, 다시 또 그 아래……. 나머지 두 마리 맹수도 마찬가지였다. 악어는 이 꿈에 '사자 호랑이 표범의 번식 꿈'이라는 이름을 붙였다. 그런데 왜 꼭 꿈이라고 해야만 할까?

노트 3—2

○

이어지는 생활은 무척 단조롭게 변했다. 화평동로에
사는 친척집으로 들어가면서 나와 나이가 비슷한 외
사촌 형제와 함께 살게 되었다. 세 사람은 누가 제일
늦게 귀가하나 내기하듯이 지내다 보니, 먹다 남은 과
자 부스러기 정도의 시간을 내서 최소한의 예의를 지
키는 식의 대화를 나누면서 살았다.

　때는 1988년 7월로 접어들어 대학 일 학년이 끝난
여름 방학 무렵이다. 어느 저녁에 변론사辯論社의 대선
배 하나가 시끌벅적한 찻집의 한 모퉁이에서 열린 새
동아리의 기획 회의에 나를 데리고 참석했다. 동아리
정관의 초안을 잡은 문서에 무려 서른 명이 사인을 했
는데, 두 시간을 더 기다렸음에도 막상 현장에 나타
난 사람은 겨우 세 사람 뿐이었고, 방관자인 나까지 포
함해 네 사람이 전부였다. 마지막에는 어쩌면 그 동아

리의 정관이 애처로워서, 혹은 날씬한 유리잔 안에 든 소금사이다*처럼 명을 단축시키는 어떠한 약물도 들이키지 않기 위해서였는지, 방관자는 그만 어이없게도 동아리 회장을 맡겠다고 고개를 끄덕이고 말았다.

낮에는 동아리의 잡다한 일을 하느라 바쁘게 다니고 저녁에는 맥도날드에서 적은 용량의 콜라 한 컵을 산 뒤 밤 열한 시에 문을 닫을 때까지 책을 본다. 자전거를 타고 집으로 돌아오면 연락해야 하는 동아리원들에게 열통 남짓 전화를 건다. 자정이 되기 전에는 귀가하기가 겁이 났다. 고독하고 적막해서 증발해 버릴 것 같았기 때문이다. 화평동로에 살던 그 시절 혼자 방 안에서 긴 시간을 머물다 보면, 사막에 떨어진 물 한 방울처럼 곧 모든 것이 소멸되고 마는 나락으로 떨어지는 듯했다.

억지로 기운을 짜내어 일기를 쓰는 외에는 잠으로 도피했다. 수면의 컵을 채우지 못한 시간이 넘쳐흐르면 바로 술잔에 대신 받아 가득 채워가며 알코올에 서서히 의존하게 되었다. 몸은 더 이상 잠이 필요 없을 때까지 잤는데도 마음이 여전히 잠을 필요로 하면, 맥주를 마시면서도 복잡하게 얼룩진 잠 속으로 스스로를 밀어 넣는 것이다. 당시 읽었던 책 중에 비교적 선

●　　소금사이다. 타이완에서 의학적인 근거 없이 건강 음료라고 잘못 알려진 유명 청량음료.

명하게 기억에 남는 작품은 라게르크비스트[**]의 『난쟁이』와 마삼馬森의 『병 속의 생활生活在瓶中』 등이 있고, 목수삼木壽三[***]이란 청년이 쓴 『그대는 고독할 운명你命該孤獨』이라는 소설도 생각난다. 그러고 보니 세 작품은 문학지에 함께 등재되었던 것들이다.

그 시절 나는 기품 있는 빌딩의 12층 아파트 안 호화로운 이인용 독방에 머물렀고, 방 안에는 금장을 두른 커다랗고 두꺼운 유리창에 아래로 주름져 늘어진 미색 블라인드가 걸려 있었다. 윤기가 흐르는 짙은 커피색 사무용 탁자도 있었고, 거의 모든 일용품이 은도금을 한 듯했다. 가난하고 고단했던 타이베이 생활에서 지금까지도 그곳은 내가 거주했던 곳 중 가장 고급스러운 거주지였다.

하지만 오히려 나는 라게르크비스트가 묘사한 남루하고 못생긴 기형 난쟁이가 목이 좁은 작은 병 속에 갇힌 기분이었다. 유리를 통해 보이는 오관五官[****]은 과장된 모습으로 변해 있으며, 유리병에 밀착된 미간은

● ● 파르 라게르크비스트(Par Lagerkvist, 1891-1974). 20세기 스웨덴의 시인·소설가·극작가. 제1차 세계대전 이래 인생의 공허와 혼돈에 대한 '고민의 문학'으로 스웨덴 문학을 이끌었으며, 1951년에 〈바라바(Barabbas)〉로 노벨 문학상을 받았음.

● ● ● 목수삼. 복록을 준다는 신선 삼인방 나무 인형을 뜻함. 실제 타이완 작가인 마삼처럼 실존하는 작가인지는 확인할 수 없었음.

● ● ● ● 오관. 다섯 가지 감각 기관인 눈, 귀, 코, 혀, 피부를 뜻함.

찌푸린 형상이고 눈동자는 불안하게 움직였다. 다시 목수삼의 빼어난 상상력을 접목해 보면 왼쪽에는 『백년의 고독』•••••을 끼고, 오른쪽에는 『갈망하는 삶』•••••을 안았는데, 병 밑으로부터 일어난 불길에 의해 난장이의 몸이 유리병을 따라 심하게 뒤틀리면서 까맣게 타 버린……

이런 내가 몸을 던져 들어간 모임이라 우리 동아리도 별난 모습으로 결성되어 갔다. 반 고흐의 「감자 먹는 사람들」 그림을 떠올리면 제대로 설명이 될 듯싶다. 회원이 많아 서로 먹기에 바쁜 다른 동아리에 비해 우리는 여유만만하게 닭다리를 뜯고 난 뒤에도 아직 입가에 남은 기름기까지 닦아낼 수 있을 정도로 썰렁한 분위기다.

••••• 백년의 고독. 콜롬비아 작가인 가브리엘 가르시아 마르케스가 1967년에 발표한 마술적 리얼리즘 소설로 라틴 아메리카 문학을 대표함. 〈백년 동안의 고독〉으로도 번역 출간.

••••• 갈망하는 삶. 네덜란드 천재 화가 빈센트 반 고흐를 세상에 알린 작가 어빙 스톤의 전기 문학. 국내에서는 최승자 시인이 번역하여 〈빈센트 빈센트 빈센트 반 고흐〉를 표제로 출간.

노트 3—3

○

"신입 회원 환영식은 언제 하나요?" **지유**^{至柔}의 목소리다.

"그래요! 선배를 보자마자 바로 이 동아리에 들고 싶었거든요." 이건 **탄탄**^{忐忑}이 내 기억 속으로 들어온 첫 번째 목소리다. 탄탄과 지유는 한 쌍의 자매 꽃송이 같았으며, 둘 다 멋스러운 짧은 치마를 입고 있었다.

"동아리 홍보 전단을 봤어?"

나는 여러 동아리 광고 글이 바다를 이뤄 붙어 있는 긴 탁자에 앉아 있었다. 거리에서 물건 파는 행상이 되어 학교 운동장에 둥근 원을 이루며 놓인 각 동아리들의 탁자에서 광장을 향해 고객을 불러들이려고 소리치는 중인 것이다. 신입생 오리엔테이션 날에 동아리들은 신입 회원을 확보하는 대대적인 프로그램을 진행한다. 모든 동아리가 전 학기에 겨우 남아 있는 노병이나 잔풀내기들까지 동원해서 사활을 걸고 터를 지키게끔 함으로써 앞에서 볼 때 제일 그럴 듯한 면모를 갖추도록 꾸미는 것이다. 신입생을 후려 들어오게 한 뒤에 그가 회비를 내게 할 수 있다면 가장 좋다.

"네! 지금 옆에 서서 봤죠." 지유의 목소리는 최면에 빠지게 하는 음률을 띠고 있다.

"잘됐네! 그렇다면 내가 우리 동아리의 특징과 활동을 좀 설명해 주지. 흠흠, 우리는……."

"들었어요. 우린 아까부터 선배가 금방 왔다 간 사람에게 설명하는 내용을 옆에서 다 듣고 있었죠. 똑같은 얘길 다시 또 할 필요가 있어요?" 탄탄이 명랑하게 웃었다.

"어라? 내가 똑같은 얘기를 할지 말지 어찌 알아?" 내가 지지 않고 말했다.

"좋아요. 그럼 선배 다시 한 번 얘기해 봐요. 똑같은지 아닌지 확인 좀 해 보게." 탄탄은 더 즐겁게 웃으며 말꼬리를 잡았다.

"그럼 확인해 봐! 우리는 사실 껍데기뿐인 동아리지. 회장을 포함해서 계속 동아리에 나오는 사람은 여섯 명도 채 안 되거든. 절대 참가하지 마! 회장조차 아직 회비를 안 냈어. 정식으로 조성된 건 거의 한 학기에 가깝지만 실제로 활동을 시작한 건 한 달도 채 안 됐고, 특히 회장이란 자는 이루 말할 수 없게 못생긴데다 성격도 괴상해서 함께 오래 있다 보면 괴물을 만난 것 같은 기분이 들게 될 거야. 이런 것들을 내가 얘기했던가?" 내가 말했다.

"선배, 그렇게 자기 동아리를 폄하하고 훼방을 놓다가 회장 귀에 들어가면 어쩌려고 그러죠. 겁나지 않아요?" 탄탄이 웃음을 참으면서 물었다.

"내가 바로 회장이야." 나는 한 권의 경전 같은 투로 말했다.

"맙소사!" 탄탄과 지유가 동시에 외쳤다. 지유는 부끄럽다는 듯이 웃었지만 나와 탄탄의 대화에 입을 다물지 못했다.

"그러니까 선배가 바로 그 괴물이란 거죠?" 지유가 끼어들며 물었다.

"맞아, 보기에도 딱 괴물이잖아! 그런데 도대체 어떤 괴물이에요?" 탄탄이 뒤를 이어 물었다.

"그건 당연히 들어와서 겪어 봐야 알게 되겠지. 너희들이 지금 볼 수 있는 건 기껏해야 말솜씨가 좋고 매력 만점이며 심오한 분위기를 풍기는 그런 괴물이니까." 나는 일부러 과장되게 거들먹거리며 말했다.

"그렇군요. 말썽 많을 말솜씨에, 매 때릴 매력에, 심한 근시의 심오함이죠!" 지유가 갑자기 수줍게 잡고 있던 보호선을 끊고 말장난에 끼어들었다.

"좋아! 다시 정식으로 말하면, 너희들 이렇게 인문학적인 분위기가 넘치는 동아리의 회장이 뜻밖에도 이런 모습일 줄은 예상 못했지?" 나는 두 신입 회원이 마음에 들었다.

"네, 생각 못했던 일이죠. 음! 신분이 그래도 동아리 회장쯤 되는 사람이 건달처럼 두 다리를 쫙 벌리고 탁자 위에 앉아서 이야기할 줄은 정말 몰랐어요. 게다가 어떤 때는 아주 탁자 위로 올라가 목청을 높이는 모습이 채소장수는 저리 가라 할 정도로……" 목소리를 높이던 지유가 손으로 가볍게 내 턱을 단정하게 받치더니, "초등학생 같은 동안인데, 또 자세히 보면 음, 어딘가. 위대한 여성의 기세가!" 하고는 재촉하듯 탄탄의 팔을 툭툭 쳤다. "네가 좀 이어서 말해 봐."

"아이 같은 얼굴이지만, 선배가 금방 설명했던 대학 생활 보내는 법과 독서할 책을 선택하는 자세 등등의 내용을 들으면 틀림없는 능구렁이 사 학년 선배님 같군요. 무척 자상하시고. 게다가 혼자서 전력이 만만치 않은 적군 둘을 상대하면서 눈멀게 했으니 충분히 회장할만한 자격이 있습니다." 탄탄이 지유의 말을 이어받아 말하는 것이 꼭 용춤 놀이를 연습한 듯 그 유연함이 천의무봉에 이른 경지다. 아니면 그들은 필시 동시에 비슷한 생각을 하고 적당한 때에 같은 말을 하는, 근본적으로 마음이 잘 통하는 짝일 것이다.

나는 손님 접대 연기를 거두고 머잖아 두 아이의 호흡을 열심히 들이마시게 되었다. 그들의 몸에는 내가 부러워하는, 소위 고귀한 것들이 있었다. 이런 품성은 나에게 무척 익숙한 것이다. 타이베이 시에서 최고로 알려진 여고에서 삼 년간 가공되면서, 나는 이미 운동장이든 복도의 한 자락이든 어디서나 풍기는 이런 종류 사람들의 냄새를 맡는 데에 길들여졌다. 심지어는 이런 냄새를 맡고 등급 매기는 구조까지 일찌감치 익혔다.

"나는 이 학년이다. 너희들 자료를 보니까 한 사람은 무역학과고, 다른 한 사람은 동물학과구나. 두 사람은 같은 학교 졸업생이니 둘도 없이 가까운 친구겠지? 실은 나도 너희 여고 선배야." 나는 가족을 대하는 것처럼 친근하게 말했다.

"정말요? 너무 좋아요. **선배 언니!** 반갑습니다." 탄탄이 간지러운 목소리로 말끝을 길게 늘이며 애교를 부렸다. 나 스스로는 이 두 단어에 별 감흥이 없었기에, 그가 특별히 강조하면서 호칭했지만 나 말고 옆에 있는 다른 여자를 부르나 싶었다. 그들은 어쩌면 순식간에 내가 입고 있는 견고한 갑옷을 털어버리도록, 나를 무장 해제시킬 수 있을지도 모른다. 이런 갑옷은 타인과 지내온 역사 중에 습득된 것이다. 상대를 구분하는 타인의 습관에 편승해서 결성된, 끼리끼리 묶어 껍질을 씌우는 종류의 장식품이다. 탄탄의 태도는 그들이 나를 정교한 관계의 중심에 두고 지켜보겠다는 것을 뜻한다.

"누가 동물학과지? 아마 내 직계 후배일 걸."

"선배한테 맞춰 보라고 하자." 지유가 탄탄의 손을 잡아끌어 막으면서 말했다.

"내가 보기에 저쪽이 비교적 활발한 것 같으니까. 저쪽이 무역학 공부를 할 가능성이 좀 더 높겠군." 나는 약간 주저하며 탄탄을 가리켰다.

"틀렸어요. 탄탄은 연합고사를 보기 싫어서 추천으로 들어왔거든요. 중연원中研院˚ 영재반에 있다가 곧장 동물학과로 올라왔답니다." 지유는 내가 못 맞춘 것에 득의양양해서 설명하기에 바빴다.

"오! 너는 검⟨劍⟩반 아니면 사⟨射⟩반이었겠군. 맞지?" 나는 탄탄을 가리키며 말했다.

"어, 그렇다면 선배도 영재반 출신입니까?" 탄탄이 놀라며 물었다. 나는 민망한 기색을 애써 감추며 고개를 끄덕였다. 이런 종류의 타이틀은 가치가 전혀 없는 것들이며, 오히려 거북한 요소가 더 많다.

"우리는 '사'반 출신입니다. 이과 영재반은 '사'반에 있었으니까요."

"우리? 너는 무역학과에 합격한 게 아니었어? 그럼 문과잖아?" 나는 지유를 가리켰다.

"우리는 같은 반이었어요. 그런데 지유가 고3 때 갑자기 문과로 바꿨어요. 정말 염치도 없게 다른 사람들 삼 년 준비하는 걸 겨우 일 년 준비해서 전국 6등으로 1지망 대학에 합격했고요." 탄탄은 집게손가락으로 지유의 얼굴을 찌르면서 그의 영광을 나누는 희열을 감추지 못했다. 지유는 살짝 보조개를 보였고, 그의 웃음을 따라 보조개의 중심이 사람의 심중에 파고들었

● 　중연원. 여러 분야의 연구를 지원하는 국가 주도의 중앙 연구원.

다. 두 사람은 깨닫지 못하는 사이에 서로 의지하고 함께하면서 부끄러움을 타는 풀잎처럼 말갛게 빛을 발하며 피어난다.

"아무래도 너희들과 인연이 깊은 것 같구나. 너희들이 마음에 든다. 점심을 쏘고 싶은데 갈래?" 하고 말하면서 책상 위에서 내려오니 엉덩이가 좀 저렸다. 내가 엄지를 세워서 '가자'고 손짓하자, 두 사람은 유쾌한 비명을 지르면서 미리 약속한 듯 손을 공중으로 뻗어 하이파이브를 했다.

시월의 태양 볕이 모래알처럼 반짝이며 내리쬔다. 중앙을 향해 무늬를 이룬 색색 파라솔은 벌을 받느라 오래 서 있던 신병들처럼 기호대로 몸을 기울이기 시작했고, 한 무리의 젊고 열정적인 상급생들은 파라솔 아래 앉거나 서서 출렁이는 기쁨을 감추면서 어지럽게 뒤섞여 있다. 그들은 신입생 오리엔테이션이 진행되는 지루한 회의장에서 슬그머니 빠져나와 이 동아리 시장의 군중 속으로 뜨겁게 합류한 것이다. 천편일률적으로 복제된 열렬한 상업적 환대가 이어진다. 들뜬 환락과 복잡한 열기가 뒤섞인 종합 음료 중에 때론 진정성 있는 순백색 우유 크림이 동동 떠 있는 풍경이다. 이것은 한 장의 청춘 스케치다.

정오가 가까워지자 최근 가입한 신입 회원들이 여러 명 달려와 돕기 시작했다. 원칙대로 하자면 아직 회비를 내지 않았으니 회원이라 부를 수도 없고, 여러 번의 동아리 활동 중에 얼굴을 비친 적이 몇 번 안 되는 사람들이었다. 나는 옆에 앉은 한 간부에게 시장 판매대를 부탁하고 파라솔 뒤쪽에서 자전거를 끌고 왔다. 자전거를 끌듯이 타면서 울긋불긋 광고 문구가 지천에 널린 광장을 지났다. 강아지 둘이 내 뒤를 졸졸 따라오면서 때때로 머리와 귀를 맞대고 속닥거렸다. 잠시 후에 나를 어떻게 대막대기로 때리든지, 논리적인 언어로 묶어 함정에 빠트리든지 해서 돈과 사람 양쪽 다 잃게 상의하는 것처럼 보이기도 했다.

"문과로 바꿀 때는 특별한 이유가 있었을 텐데, 왜 하필이면 제일 힘든 무역학과야? 게다가 다른 한 사람은 중연원의 층층 시험을 통과할 정도인 총명한 머리로 왜 하필이면 매일 실험실에 처박혀 있어야만 하는 동물학과를 선택했어?" 나는 두 사람과 얼굴을 마주하고 앉자마자 사람들이 보통 늘 하는 대로 진부한 이야기를 시작했다. 들어간 곳은 서양식 뷔페 레스토랑이었고, 나는 오가는 사람들을 볼 수 있는 창가에 자리를 잡았다. 둘은 자연스럽게 나의 맞은편에 같이 앉았으며 나는 마카로니를, 탄탄은 구운 닭다리를, 지유는 달랑 스테이크 한 장을 담아 왔다.

"그렇지 않을 거예요. 동물학은 무척 재미있는 분야고, 나는 대자연을 좋아하니까 생물에 대해 많이 알 수 있다면 나쁠 거 없죠." 탄탄이 닭 다리를 물고 말했다.

"탄탄은 자기가 선택한 것이고 나는 강요받은 거예

요. 시험 한 달 전에 어떤 책도 보기 싫어서 혼자 화롄
花蓮˚으로 날랐거든요. 바다가 보이는 한 사찰에서 기거
하면서 한 달 동안 정말 한 글자도 안 봤고, 심지어 연
합고사 자체를 잊고 지냈어요. 그런데 시험 하루 전날
인가, 주지 스님이 불러서 가니 엄마가 몰래 다녀갔다
며 내가 절에서 나와 시험에 참가하길 원했다고 일러
주시더라고요. 그래서 시험을 본 것인데, 운이 그렇게
좋을 줄은 몰랐죠. 그냥 한번 참가해 본 것이 전국 6
등이 되었고, 문제를 점치는 직감이 너무 좋았던 것이
결국은 나를 망하게 한 거죠. 시험 결과 발표 후로도
지원서 쓸 생각이 전혀 없었어요. 온종일 침대에 누워
있다가 오직 여덟 시 드라마를 하는 시간에만 잠깐 나
와서 텔레비전을 봤답니다. 내가 방에서 나오기만 하
면 온 집안 식구들이 간절히 바라듯, 아니 어쩌면 불
쌍하게 여기듯, 알 수 없는 눈빛으로 나를 보더군요.
다만 아버지만이 시선을 정면에 고정한 채 한 번도 나
를 보지 않더라고요. 지원서 제출 마감 전날 밤. 나는
기타를 치며 노래 40곡을 불렀고, 전지 예술剪紙 가위
로 '희囍'자 열 개와 '불佛'자 열 개를 자른 뒤에 지원서
의 첫째 칸을 메워 다음 날 재빨리 제출해 버렸어요.
비록 아무도 나한테 무역학과를 선택하라고 말한 적은
없지만, 우리 집에서 그것은 마치 영화 보기 전에 반드

시 애국가를 불러야만 하는 일과 마찬가지로 당연시되는 비합리적인 결론이었어요. 나는 그들과 함께 살지 않을 방법이 없기 때문에, 군이 그들이 나한테 쫓아와 실망했다고 말할 때를 기다릴 필요가 없었죠." 지유는 개의치 않는다는 표정으로 말했지만 그 눈빛 안에 자신에 대한 모질고 독한 견고함이 담겨 있었으며, 와중에도 그는 꿀처럼 달콤한 미소를 잃지 않았다.

"오! 멋진 표현이야. '영화 보기 전에 반드시 애국가를 불러야만 하는, 당연시되는 불합리'라니!" 탄탄은 장난꾸러기 어린아이처럼 내가 듣기로는 꽤 무겁고 심각한 이야기 사이에서도 반짝이는 조개껍질 하나를 주웠다.

"어쩌면 그 모든 일 역시 강요받은 것이 아닐지도. 넌 너에 대해 다른 사람들이 실망하지 않는 쪽을 스스로 선택한 것일 뿐." 내가 말했다.

"그러니까 선배 말은, 내가 비록 진심으로 공부하고 싶었던 건 아니지만 가족들을 실망시키지 않겠다는 목적을, 여전히 **나의 뜻대로** 선택했다는 것이군요?" 지유는 재빨리 반응하며 나 대신 한 발 앞서 해석을 했다. 그 총명함은 이미 교활한 정도에 가까웠지만 오히려 내 심중에서 몇 도 벗어난 방어적인 기류를 보였다. 그래도 지유가 발하는 총기에 감탄하지 않을 수 없었다.

"좀 실망 시키면 어때서?" 내가 물었다.

"맞아요." 탄탄은 냅킨으로 입을 닦으면서 자신도 공감하는 나의 질문에 동조했다.

"선배는 가족들이 선배에 대해 실망하는 것을 견딜 수 있어요?" 지유는 내게 반문했는데, 이것은 문제를 회피하는 최상의 방법이었다.

"나는 철이 들면서부터 가족들이 나에 대한 실망을 서서히 경험하도록 애써 왔어. 그들이 나를 위해 빚은 이상적 모습을 한 조각씩 깨트려 버렸지. 비록 그들에게 고통을 주겠지만 만약 내가 그렇게 하지 않고 자기를 희생해 포장된 모습 안에 숨어 살며 밤낮으로 그들에 대한 원망을 감추느라 끙끙 앓는다면, 결국은 그들에게 주는 고통이 처음보다 적다고 할 수 없는 거지." 나는 성실하게 대답해 줬다.

"그렇다면 선배는 지금 이상적인 모습의 모든 조각을 다 깨 버린 건가요?" 지유가 이어서 물었다. 부드럽고 순하게.

"너무 어려운 일이야. 애써 한 조각을 깨트리고 나면 양쪽 모두 상처를 받게 되지. 그러면 보상이라도 하듯 다시 그들이 구상한 방법을 따라 새로운 한 조각을 만들기 시작하는 거야. 늘 자기모순에 빠져들곤 해. 아무래도 가족에 대한 사랑은 있게 마련이고, 또한 적어도 그들에게 받아들여질 필요는 있으니까. 그러니까 아주 용감하게 그들과 자신을 분리해야만 해. 안 그러면 그들의 사랑과 일용할 밑천으로 자기만의 자유를 누리려고 시도할 때, 격렬하게 충돌하는 날카로운 말 앞에서 그만 퇴각하고 마는 거지." 나의 이런 경험담은 그들에게 털끝만 한 도움도 안 될 것인데도 말을 할수록 듣고 싶어 했다.

"저는 정말 전쟁에서 칼도 한번 못 뽑아 보고 항복해 버린 셈이군요." 지유는 쓴 웃음을 지으면서 자신을 비웃었다. "어떤 면에서는 정신질환자 스스로 자기가 조금만 움직여도 전 세계 사람들이 모두 죽어 버릴까 봐 걱정하면서 꼼짝도 못 하는 것과 얼마간 닮아 있겠네요. 그렇죠?" 지유는 우아하게 말하면서 천천히 탄탄의 빨대를 손으로 꼬았다. 조금은 자학하면서 자신을 들여다보는 담담한 기운이 내게도 전해졌다. 갑자기 나는 지유의 웃음이 화장을 지운 저물어 가는 여자의 주름처럼 느껴졌다.

"뭐 그렇게까지 심각한 비유에 이를 정도는 아니지." 탄탄은 머리를 가로저으며 빨대를 도로 가져가 제 모습이 되도록 만지작거리더니 얼음에 채운 홍차에 꽂아 힘겹게 마셨다. "'라즈拉子·랍자'께서도 방금 얘기했잖니! 실망하는 가족을 인내하는 것은 너무 어려운 일이라고. 게다가 반드시 무역학과에 지원해야 한다는 식으

● 　　라즈. 소설 속 화자의 유일한 호칭. 탄탄은 처음에 앞잡이, 선동하는 사람, 리더 정도의 뜻으로 선배를 놀리듯 별명을 붙여 준 것임. 소설 속 별명이었던 라즈는 근래 타이완에서 여성 동성애자인 '레즈비언(Lesbian)'을 뜻하는 은어로 폭넓게 쓰이게 될 정도로 중국어 문화권에 영향을 줌.

로 아이를 억압하는 너의 집안 태도는 다른 집에 비해 훨씬 견고한 보루였어."

탄탄이 머리를 들더니 눈을 깜박였다. 톡톡 튀던 어조는 낮게 가라앉았지만, 말꼬리는 여전히 살짝 올라가서 지유의 물음에 대한 생각을 제대로 잘 전달하겠다는 식이다. 진심이 어린 낙관적인 범위의 말이었다. 그는 내가 말했던 인내에 관한 대상을 통째로 편집해서 그가 말하려는 것으로 바꾼 후 다시 나의 상표를 붙여 놓고는, 지유의 기분이 아래로 꺾인 변곡점으로 만들었다. 겉으로 보기에 통일된 단순함으로 명랑한 인상을 풍겼던 탄탄은 슬슬 흔적을 남기지 않는 총명함을 내 앞에 펼치기 시작했다. 쉽게 알아채지 못할 어린 짐승의 뿔에서 느껴지는 꼿꼿한 유연함, 소리 없이 모래 속으로 스며드는 물의 투명함을 닮았다.

"그런데 라즈는 도대체 누구야?" 나는 잘 알면서도 항의하듯 목소리를 높였다.

"누구긴 누구겠어요, 선배지." 탄탄이 놀라워하며 나를 보니 꼭 내가 잘못한 것 같다.

"하필 그런 이상한 별명으로 부르기야?" 나는 웃음을 참으면서 일부러 혐오스러운 표정을 연출했다.

"어머?" 탄탄은 더 크게 눈을 뜨고 정색하며 말했다. "내 생각으로는 너무 듣기 좋은 별명인데!" 그는 이 별명이 나를 우러러 찬미하는 의미라며 설명을 늘어놓기 시작했는데, 거의 나를 기절시킬 정도였다.

"왜 탁자나 의자, 거자錕子돌라고 하지 않고? 뭐든 이보단 낫겠어." 내가 말했다.

"선배가 '가판대攤位'에 앉아 있는 것을 봤을 때 저는 곧바로 선배를 '끌다拉'라고 부르기로 작정을 했어요."

"그럼 '子'자는 왜 붙였어?" 사실 나는 탄탄의 창의적인 작명에 호기심이 일었다.

"아, 그거요? 왜냐하면 '끌다'가 움직씨라서 그 글자 뒤를 막아 이름씨로 만든 거지요. 이렇게 만들어 두면 자리를 먼저 차지하는 것처럼 제가 지은 이 별명을 독점할 수 있잖아요. '子'자를 사용해서 선배의 별명을 아무나 도용할 수 없도록 만들어 놓은 겁니다. '子'나 '拉'는 사람들이 수없이 떼어 쓰는 메모지처럼 흔히 쓰이는 글자지만 둘이 모여 이제는 앞에서 이끄는 사람, 바로 '라즈'라는 고유명사가 탄생하는 거죠." 탄탄이라는 이 곤충학자는 자기가 발견한 새로운 곤충에 대해 장황하게 해석을 덧붙였다.

"고맙군." 나는 장난스럽게 눈을 부릅뜨고 그를 보았다.

"다시 한 번 여쭙겠습니다. 그럼 왜 호칭에 움직씨를 썼습니까?"

"흠! 좋은 문제예요." 그는 오른 손가락 둘을 한 번 튀기며 딱 소리를 냈다. "중국인은 어렸을 때 아명을 만들면서 모두 이름씨만을 고집하잖아요. 무슨 아보阿寶니 아화阿花니 얼마나 거슬리는 이름인가요? 보세요.

우리의 '拉'처럼 움직씨를 호칭에 사용하니까, 얼마나 귀가 행복해요?— 라미엔拉麵:수타국수, 라리엔拉鍊:지퍼, 라처 拉扯:잡아끌다, 라피티아오拉皮條:뚜쟁이 짓을 하다."

"옳소! 또 하나 있다. 라니야우拉尿:오줌 누다!" 내가 말했다.

"와우 총명하신 선배님. 바로 그런 거지요! 선배는 정말 고수라니까!" 탄탄이 나를 치며 웃었다. 지유도 폭소를 터트렸다. 그는 나와 탄탄이 주거니 받거니 합작으로 올린 농담 무대를 지켜보면서 계속 손으로 입을 가리고 웃더니 이번에는 아주 뒤집어질 듯 웃어댔다. 지유는 그렇게 시종일관 나와 탄탄이 공들여 연출한 극의 충실한 관중이었다.

"그럼 지유의 별명은 뭐야?" 나는 불복하는 기색으로 지유를 끌어들였다.

"고2 때 붙여준 별명이⋯⋯." 탄탄은 입을 삐죽거리면서 복부 쪽을 가리켰다.

"배肚子:뚜자!" 나는 나도 모르게 크게 외치고는 웃음이 나와 마시던 커피를 뿜어낼 뻔했다.

"그러고 보니 선배랑 나랑 별명을 합치면— '설사拉肚子:랍두자' 아냐?" 지유가 간살스럽게 말했다. 이번에는 나와 탄탄이 반대로 뒤집어질 듯 웃었다. 마침내 얘기의 원흉인 탄탄이 감히 먼저 못 견디겠다 소리치며 손을 흔들어 휴전을 표했다.

라즈. 나는 새로운 이름이 좋다. 한 팀처럼 보이는

'쌍동자매화^{雙冬姉妹花}'도 좋았다. 다만 두 사람을 세는 단위가 '한 쌍'이란 사실이 걸려 한 마디로 표현하면— 웃을 수도 울 수도 없는^{啼笑皆非} 처지가 되고 말았다.

● 쌍동자매화. 타이완의 여성 삼인조 그룹. '쌍동'이라는 마을 출신의 세 자매 가 가수로 활동하면서 지은 이름. 대중적인 인기를 얻었으나, 나중에 고향으로 돌아가서 어머니와 빈랑 열매를 팔며 소박하게 살고 있다고 함.

●● 제소개비. 어처구니없거나 아이러니함, 이러지도 저러지도 못하는 상태를 뜻함.

노트 3—4

○

악어는 냉장고 문을 연다. 냉장고 안의 선반에는 각양
각색의 통조림이 있다. 악어 전문가의 연구 보고서에
따르면 통조림이 바로 악어의 주식이라고 한다. 악어
는 저녁 귀가 후에 텔레비전 뉴스 중 악어에 관한 보
도를 보면서 다른 한편으로는 바닥이 매끄러운 욕조
에서 해면 스펀지로 목욕하는 것을 좋아한다. 작은 티
테이블 위에서 손으로 통조림 한 캔을 집어 잇몸 아래
턱 주머니에 모두 넣고는, 앞쪽에 있는 송곳니로 통조
림 뚜껑에 두 개의 구멍을 낸다. 그의 송곳니는 작고
긴 소라 모양으로 반들반들 윤이 나며, 만져 보면 약
간 간지러운 느낌이 든다. 구멍을 낸 뒤에는 입을 다
물어 보통 때의 평범한 모습으로 돌아온다. 악어는 끝
이 뾰족한 빨대를 좋아하며 빨대를 통조림에 꽂아 안
의 내용물을 빨아들인다. 물속에는 초록색의 플라스

틱 악어 한 개가 있으며, 악어가 머리를 숙이고 두 손으로 장난감 악어의 배를 퍽 소리가 나도록 때리면서 물장구를 치다 보면 얼굴까지 물이 튀어 오른다.

일기 예보 방송 전에 초록색 정장을 입은 아나운서가 매일 시청자를 위한 악어 특집 프로그램을 진행한다. 아나운서가 왼쪽 귀에 끼고 있던 숨김형 이어폰이 보도국 탁자 위로 떨어지자 '징' 하는 소리가 난다. 화면은 바로 방송 평론 전문가의 큰 머리를 비추지 않고, 미처 스크린 쪽을 향하지 않은 채 누군가에게 윙크를 하며 어색하게 웃고 있는 아나운서에게 머물러 있다. 전문가의 목소리—.

"관례에 따라 국가의 품격을 보호하기 위해 방송 매체들은 통일된 규정 하나를 정했습니다. 악어를 보도할 때는 영상 기술적 측면에서 반드시 특수 처리를 해야 하며, 시청자들이 봤을 때 안개 뿌린 효과가 나도록 해야 합니다. 이 효과는 다른 나라의 위성이 영상물을 받아 최신식 영사기로 카피하는 것을 방지하자는 것입니다. 왜냐하면 악어가 우리나라에서 성장한 실제 숫자와 우리나라에서 악어를 보호 또는 소멸시킨 새로운 방법 등 모든 것이 극비에 속하는 사항이기 때문입니다. 실제적 증거가 다른 나라 정부의 손으로 들어가게 하면 안 되는 일입니다. 금세기 들어 여러 선진국들은 일찌감치 이를 차단하는 봉쇄 전략을 취해 왔기에 우리나라는 관련 소식을 접할 수가 없었고, 비로소 근래에 와서야 뒤늦게 악어의 존재에 관한 문제를 중시하게 된 것입니다. 하지만 국민 여러분, 보도를 시청하신 뒤에는 반드시 비밀을 지켜 주십시오. 만약 우리나라의 악어 문제가 심각한 상황에 이르면 앞으로 우리는 국제 사회에서 퇴출당할 수밖에 없기 때문입니다. 정기적으로 열리는 유엔 회의에서 우리나라가 특별보호 대상 관광특구로 바뀌게 되어 구경꾼이 물밀 듯 몰려오고 이를 전 세계가 경쟁하듯 보도할 것입니다. 혹은 세계 지도에서 파내어져 버뮤다 삼각지대처럼 신비한 암흑의 땅으로 불리며 우리나라로 들어오는 모든 교통망은 끊기고 감히 우리나라의 땅을 밟으려는 외국인은 개미 새끼 한 마리 없게 되는 겁니다. 물론 우리 국민도 밖으로 나갈 길이 막히게 되겠지요. 일단 누설이 되고 나면 앞으로 국제 정세가 어떻게 변할지 정말 예측하기 어렵습니다. 어찌 되었든 우리의 악어에 대한 이해도가 손톱에 낀 때만큼이나 적은 마당에, 선진국이 했던 대로 우리도 이를 악물고 자료를 보호해야 하겠습니다. 참담한 현실입니다. 오직 전 국민의 단결만이 미지의 수수께끼에 대처하는 길입니다!"

악어는 욕조 안에서 길고 긴 방송 평론을 듣는 동안 끄떡거리며 졸다가 세 차례나 아래턱을 욕조 가장자리에 부딪혔으며, 때마다 깜짝 놀라 머리를 들고 사방을 휘둥그레 둘러봤다. 특히 누군가가 자기를 지켜보고 있는 양 텔레비전 화면 쪽으로 목을 길게 늘여

살펴보기를 거듭했다. 졸음이 올 때까지 목욕을 하다니 정말 창피한 일이다. 생각할수록 얼굴이 붉어져 악어는 입을 쭉 내밀고는 장난감 악어를 잡아 얼굴에 비비며 볼 마사지를 했다. 정말 고민이다. 도대체 어떻게 해야 안면 홍조와 입술을 삐죽 내미는 병을 고칠 수 있을까? 자신이 최근에 갑자기 전국적으로 주목받는 인물이 되었다는 생각이 떠오르자 더구나 그래서는 안 될 일이지 싶다. 전 국민이 모두 어디서나 내게 이렇게 말하겠지.

헤이, 친애하는 악어야, 안녕?

노트 3—5

○

9월. 화평동로에서는 두 달을 채 못 살았다. 외사촌 형제가 집중적으로 시험 준비를 해야 한다며, 내가 다른 주거지를 찾아 방을 비워 주기를 암시했다. 나는 신속히 정주로에 위치한 어떤 집 옥상 가건물을 찾아 이사했다. 휑댕그렁한 옥상 건물에는 초라한 화장실과 세면대가 있고 오래된 물탱크 외에 따로 협소한 작은 방이 하나 더 있었다.

다른 방에는 얼굴형이 이상한 여자가 살았으며, 나이는 대략 스물 네다섯 정도로 공장에 다닌다고 했다. 그에 대한 인상이라면 수차례 내게 돈을 빌려간 뒤 갚지 않았다는 것과 내 방 창문을 두드려서 대학 생활과 연애 얘기 같은 사생활에 대해 탐문하기를 좋아했다는 기억쯤이 있다. 또한 돈 떨어질 때만 들어오는 그의 동거남은 늘 오밤중에 알몸 상태로 담배를 입에 물고 그를 바닥에 끌어내려 때리곤 했다. 그는 혁대나 신짝으로 그 여자를 때리면서 방 바깥쪽의 넓은 옥상 바닥까지 그를 끌고 다녔다. 하지만 그가 내게 자기 남자 친구에 대해 거론할 때는 여전히 행복한 얼굴이 되어, 오직 그 사람만이 자기를 혐오하지 않는다고 말했다.

옥상의 거주지는 밤이 깊기 전에는 화덕처럼 후끈거린다. 열 시 근처에 숙소로 돌아오면 그 한 쌍의 남녀가 유난히 무서워서 문을 철저하게 잠갔다. 달빛도 없는 바람 부는 밤, 지옥에서 파견된 저승사자가 죽은 영혼들을 끌고 내방으로 뛰어 들어올지도 모른다. 상황이 이쯤 되다 보니 낯선 사람과 한 지붕 밑에 있는 서먹한 기분은 깨끗이 소멸되었고, 이곳은 순수하게 고독을 실천하는 나의 무덤이 되었다.

날이 밝아 오고 자명종이 울리면 나는 바로 일어나 동아리로 출근한다. 세수도 안 하고 이도 안 닦고 날아갈 듯 자전거를 몰고 학교에 가야만 했다. 만약에 간부와 약속을 하거나 다른 학과로 공문을 보내는 일이 없으면, 바로 오후에 있을 회의 자료 준비를 한다. 심지어는 포스터 그리기, 통지서 부치기, 현안 정리, 소모품 구매하기 등 온갖 잡다한 일까지 모두 당장 처리할 일로 간주했던 것 같다. 하지만 항상 오래 머물기에는 부족했다. 무료한 유희를 마무리하고도 이어서 놀게 되듯이 정말 그렇게 바쁜 양 열심히 동아리 일에 매달렸으며, 한껏 엄숙한 이론을 엮어서 스스로를 합리화시켰다. 나중에 사회로 나가 직장 생활을 할 때도 이럴 것이며 기왕에 선택한 일이라면 그 일을 북돋아 활성화시켜야 한다고, 그렇게 하지 않으면 열정은 사라지고 번뇌와 무의미한 의무감에 빠져 일상이 먹혀 버릴 거라고 말이다.

학과 공부는 거의 방치한 상태다. 체육 담당 교수님은 나를 가만두지 않겠다고 벼르고 있으며, 교련 교관은 나를 잡으려고 사방으로 찾아다니면서 도사리고 있다는 소식이 웅얼웅얼 귓전으로 전해왔다. 얼굴을 모래더미에 파묻고, 머리를 한두 번, 심지어 두세 번 잘릴 준비를 했다. 정상인正常人이라면 으레 염두에 두어야 할 생활 속 제도나 미래에 대한 쪽빛 구도, 희망을 품으며 앞으로 밀어붙이는 기능들에 대해 나는 이미 나 자신을 포기했다. 내게는 땅 위 정점에 둔 축을 중심으로 돌고 도는 팽이처럼, 자동성만이 겨우 남아 있다. 말이 좋아 자동성이지, 사실은 목적도 없고 의미마저 상실하고 말았다. 동아리 일에 빠져 열심히 바쁘게 지내다 보면 어느새 활동 센터活動中心˚ 문을 닫는 열 시가 되고 비로소 귀가한다. 갈수록 고속 회전하는 축을 도무지 멈출 수도 없는데 말이다. 숙소로 돌아오면 습관적으로 맥주를 마시고 취함으로써 다음날 자명종이 울릴 때까지 시간을 죽인다.

●　　활동 센터. 학생회관, 혹은 동아리방 건물을 뜻함.

초광楚狂. 과도하게 기운이 넘치는 것처럼 자신을 포장한, 이면의 허세가 눈에 보이는 사람이다. 그는 나보다 세 살 위인 옆 동아리 회장이다. 우리 두 사람은 같은 동아리 사무실에서 탁자 하나를 사이에 두고 일을 한다. 그는 이마가 벗겨져서 반들거리며 머리의 뒤쪽과 중앙에도 머리칼이 없어 윤이 난다. 뚱뚱한 체형에 속하면서도 하반신은 오히려 삼각형을 이룰 정도로 날씬하다. 그는 항상 몸에 달라붙는 보라색이나 카키색 청바지를 입고 가늘고 노란 허리띠를 맨다. 어떤 때는 밤무대의 유명한 진행자처럼 나타났다가, 아니면 정반대로 빈민굴에서 막 빠져나온 사람마냥 휴지 조각처럼 구겨진 티셔츠에 잠옷 같은 헐렁한 반바지 차림으로 나타난다. 털이 숭숭 난 두 다리를 노출한 채 멍든 눈을 안대와 선글라스로 덮어 숨겼다.

항상 저녁 여덟아홉 시쯤이 되면 동아리 사무실에는 우리 둘만이 남게 된다. 보통 때는 두 사람 모두 대단한 사람인 양 과장된 표현을 하는 인물형이라서일까. 잘난 척할 대상이 없어지면 가끔 머리를 들고 서로를 한 번 바라보면서 이해한다는 의미로 입가에 격려의 미소를 짓고는, 암묵적으로 다시 머리를 숙이고 계속 일을 한다. 이런 시간들이 누적되다 보니 차츰 박쥐 동료에게 호감이 생기게 되었다.

"헤이! 뭐 해요?" 나는 회원에게 보낼 서른 장의 개회 통지서를 접으며 물어봤다.

"그림 들어갈 지면에 초안을 그리고 있어." 그의 동아리는 주간 신문 하나를 발간하고 있다. 그는 머리를 숙인 채 대답했다.

"여보세요. 뭐하십니까? 또?" 나는 따분해서 장난기 어린 목소리로 다시 물어봤다.

"삽화 그려." 그는 머리를 더 아래로 숙이는데, 곧 지면에 코가 닿을 예정이다.

"참! 뭘 그렇게까지 해요?" 목석처럼 무관심한 그의 모습을 보자니 더 재미있다.

"요놈의 꼬마가!" 드디어 그가 힘주어 연필을 내려놓고 안경을 벗으면서 일어났다. 그는 두 눈을 부릅떠 무서운 얼굴을 만들고 다가와, 큰 손으로 내 턱을 잡아 흔들면서 말했다. "살고 싶지 않은 거지? 감히 나를 방해하다니! 응?"

나는 그를 사람 모양의 산으로 여기고 등에 올라가 놀면서 그나마 남아 있는 짧은 기지로 만화적인 농담을 유지하고 있는 것이다. 한 공간에 둘이 갇혀 함께 오래 마주하고 있다 보면, 상대를 관찰한 자료가 풍부하게 쌓이게 되고 이렇게 임의로 상상할 수 있는 자료를 제공한 상대방은 차츰 그것들을 투영시킨 병풍이 되어 간다. 피차 병풍의 뒤로 들어가 직설적인 대화를 할 것 같지만 오히려 금기시하는 경우도 있다. 우리 두 사람 모두 그림자 인형극에 도취하는 취미가 진짜 사람을 아는 일보다 앞섰다.

"너 오늘 아주 쇠약해 보인다." 중간 탁자에 있는 사람을 통과해 점심 때 쪽지 한 장이 전달되었다.

"선배가 아끼는 스키니진에 구멍 났네. 참견 마셔!" 한편으로 다른 선배 하나와 얘기를 하면서 쪽지를 전했다.

"두 눈이 부어올랐구나. 눈알을 파 버린 게 아니라면 도랑에 빠뜨렸다가 다시 줍는 중?" 또 다른 쪽지가 왔다.

"눈알이 숫제 없으면서 도랑에 아예 누워 계신 분은 입을 다무시오." 몰래 그를 슬쩍 흘겨 주며 계속 말했다.

"계속 그렇게 힘주어 도랑을 오르락내리락하면서 또 죽을힘을 다해 두 눈이 빨개지도록 크게 웃어 제끼면, 일찍 죽게 되더라고." 이 쪽지는 둥그렇게 뭉쳐져서 날아왔다. 그의 주변은 공적인 대화를 하는 사람들로 둘러싸여 북적였다. 그와 나는 그 틈새를 엿보며 아옹다옹했다.

개교기념일. 온종일 곡마단 무대에서는 함성을 지르고 뛰는 모습이 이어졌다. 해거름 무렵이 되어 사람들이 흩어지기 시작했고, 나도 이만 동아리 학생회관 2층으로 올라가 대나무 봉에 근육을 좀 걸어 볼까 하던 참이었다. 그런데 동아리 사무실 밖에 한 무리의 사람들이 둘러서서 안쪽을 들여다보겠다고 애쓰고 있었다. 문 앞에는 초광네 동아리 부회장이 지친 모습으로 다리를 벌리고 앉아 모두 비키라고 소리쳤다. 안에 있는 사람이 문을 잠근 채 상태가 좋지 않다는 것이었다. 나는 급히 달려 나가 맹렬하게 문을 두드렸다.

"초광 선배! 문 좀 열어봐요! 나예요! 나랑 얘기 좀 하자고요!"

마치 모처에 특별한 감정의 광맥이라도 존재했던 것처럼, 이런 말들이 어디서 날아왔는지 모르겠다. 이윽고 안쪽에 그림자가 어른거리더니 문 여는 소리가 들렸고, 부회장은 놀라워하면서 나를 주시했다. 내가 좁게 열린 문틈으로 재빨리 들어가자, 문이 다시 잠겼다.

"무슨 일이 있었어요?"

나는 의자 하나를 더듬어 찾아 그의 탁자 옆으로 옮겨 가부좌 자세로 앉으면서 소리를 한껏 낮추어 물었다. 사무실의 커튼을 올리자 비밀 영화가 방영되었던 암실에서 그의 벗겨진 머리가 흐릿하게 빛났다.

"동생! 가서 술 좀 사 올래? 그럼 네게 다 말할게."
커다란 수건에 얼굴을 묻고 탁자에 머리를 대고 있던 그가 푹 꺼진 자루에서 겨우 짜낸, 화를 삭이지 못한 힘 빠진 목소리로 애원했다.

"그래도 어떻게 나와 얘기할 생각을 다 하셨어요?" 아마도 초광의 등 뒤로 들어온 석양빛이 그의 슬픔을 달래준 것 같다.

"몽생……. 너도 몽생을 알고 있지? 그가 우리 둘을 연결했어." 그 말까지 듣고서 나는 맥주 한 묶음과 담배 두 통, 짭짤한 안주 거리를 사 들고 돌아왔다. 부회장과 구경꾼들은 돌려보냈지만 축제 분위기를 살리던 장식품들은 여전히 앞에서 흔들렸고, 피아노 연습하는 소리가 끊겼다 이어지면서 공기 중에 떠돌았다.

"오후에 몽생이 왔었어. 너를 찾더군. 바로 조금 전 그와 통쾌하게 한바탕 싸웠어."

"몽생이랑 원수진 거 있어요?"

"어디 원수진 것뿐이겠어? 나는 그놈을 씹어 먹어도 시원찮을 판이야. 뼈를 발라 버리던지……." 한참 만에 머리를 든 초광의 모습은 참혹했다. 코피를 흘린 흔적이 눈가에까지 굳어 있었고 아래쪽 이가 하나 빠졌다. 그는 단번에 술 한 병을 들이켰다.

"너는 상상할 수 있어? 사랑하는 사람끼리 싸우면서 어떻게 이렇게까지 곤죽을 만들 수 있냐고? 어휴. 얼마나 볼만한 쇼였는지! 몽생이 들어오자마자 내 눈에 뜨였는데, 널 보러 왔다는 거야. 내가 화가 나서 탁자 위에 있던 긴 쇠자를 집어 들고 공격했더니 몽생도 만만찮더군. 바로 철제 의자를 낚아채 나를 향해 던지면서 주먹다짐을 시작하더라고. 둘이서 꼭 춤을 추는 듯했어. 음— 선반을 만들던 몽생의 기막힌 손재주와 땀 냄새가 정말 그립다." 그는 만족스러운 미소를 지었다.

"보자마자 싸우는 것은 사랑하는 사이야, 원수지간이야?"

"하우夏宇의 시 중에 「달콤한 복수甛蜜的復仇」라는 시

도 있잖아? 네가 한 번쯤 들어 봤을 시 같아서 예를 든다. 이 시의 제목처럼 서로 사랑하기 때문에 복수하려는 것이고, 복수심 때문에 싸우는 것이고, 또 싸웠기 때문에 사랑하는 것이거든. 이 세 가지는 함께 어우러져 있는 거야. 사랑에 의한 강력한 좌절감이 어떤 지점에 이르렀을 때, 그러니까 애정 욕구에 집착해 온몸을 던져 버리는 짓을 아직 지속하거나 끝내지도 못하고 있을 때, 허무의 동굴에서 빠져 나오지도 못하면서 그렇다고 가벼운 공기 속으로 승천하지도 못했을 때는 오히려 더 큰 절망으로 사랑의 대상에 치명적으로 달라붙게 되는 거야. 이때쯤이면 애정 욕구가 파괴적으로 변질되어 드디어는 자기 스스로를 파괴하면서 출구도 없이 제 자리에서 회전하게 되는 거지. 이건 정말 무서운 일이야. 어느 날 갑자기 발작을 일으켜서 가위로 자신을 마구 찌르게 되더라고. 바로 내가 몽생과 헤어지기 직전에 저질렀던 일이야. 그 후로 나는 가위 끝을 그에게 겨누게 되었어. 파괴의 일부분을 그에게도 나눠 주고 싶은 거지. 약도 없어. 그러면서도 여전히 그와의 관계를 갈망하고 있거든. 사랑의 창고는 다 타 버리고 오직 그에게 던질 불덩어리만 남아서 이것으로나마 그와 교류하고 있는 거야."

"몽생은 전에 한 남자의 목숨을 구해 준 적이 있었다고 말했어요. 설마 선배가 그 사람?"

"하하! 그가 너에게 그런 얘기까지 했어? 그가 그 남자와의 잠자리에 대한 묘사는 안 하든?" 그는 여기까지 말을 내뱉고는 어깨를 움츠리며 잘못했다는 듯이 미안한 기색을 내비쳤다.

"나는 절대로 당신들 개싸움에 끼어들어 중간에서 물려 찢기는 담요 노릇은 안 할 거예요. 말하고 싶으면 말해요. 나는 은밀한 개인사에 대해 관심 없고, 반면에 선배의 시큼한 인생사를 삼킨 뒤 배탈이 나거나 구토하지도 않을 겁니다. 선배가 말하고 싶은 대로 뇌 속에 흐르는 물처럼 자연스럽게 내버려 두면 되는 거죠, 뭐. 그럼 나는 또 이렇게 말할 거고요. 흠, 원래 당신은 그런 사람이었구나!" 나는 그의 번잡한 사설 때문에 그에게 무안을 주고 싶었다.

"이치대로 말하자면 여자아이에게 이런 얘기를 한다는 것 자체가 굉장히 저질스러운 일이긴 하다."

"스스로 하바리란 생각이 들었으면, 더 이상 얘기하지 말아요. 나도 선배의 방송국 노릇 하는 것은 귀찮고."

"그래, 동생, 넌 참 특별해. 정말 특별 그 자체야. 나의 이런 이야기를 들은 후 얼굴색이 크게 변하지 않거나 또는 좌불안석하지 않은 사람은 한 명도 없었고, 대부분 나를 기피했거든. 겨우 한두 사람만이 얼굴에 뾰루지라도 난 양 마지못해서 나와 연락을 유지하고 있지. 저희들이 뭐 잘났다고 우쭐대나 싶어 언제나 그들을 속으로 비웃으면서 나 스스로는 고통스럽게 자선 활동과 보시를 하며 살아간다. 그런데 넌 내 사연을 듣고도 마치 발바닥에 난 티눈 얘기를 들은 것처럼……."

"얼마나 오랫동안 몽생을 사랑했어요?"

"앞뒤로 합해 보면 사 년이네. 이것은 내 입장에서 그런 것이고. 그는 끊겼다 이어졌다 했던 세월을 다 합한 오 년 동안, 그사이 여자에 대한 갈망 대신 나를 대용품으로 여겼던 시간을 제하고 나면 나를 사랑한 기간이 반년이나 될까? 그는 세포 하나하나마다 악한 마음이 서려 있는, 덜 것도 보탤 것도 없는 「나쁜 피^壞_{瘡子}」[●]야."

"초광, 내 얘기를 들어 봐요. 내 앞에서 선배는 그냥 예전처럼 자연스럽게 선배 일을 했으면 좋겠어요. 무척 힘든 건 알겠어요. 내 발바닥에도 티눈이 있어요. 다만 당장 누구에게 이야기할 준비가 안 됐을 뿐. 선배, 할 수 있겠죠?"

어느새 열 시가 가까웠다. 학생회관 밖에서는 대학 축제가 뜨겁게 진행 중이다. 헤비메탈 음악과 사방으로 쏘아 올리는 레이저 광선, 만취한 청춘들이 제멋대로 사랑의 욕망을 구슬피 노래하고 있다.

● 나쁜 피(Mauvais Sang). 1986년 영화로 사랑이 없는 섹스를 통해 전염되는 미지의 병 STBO에 대해 그린 프랑스 감독 레오 까락스의 대표작.

노트 3—6

○

여기까지는 모두 대학 이 학년 일 학기의 편린들이다. 그러니까 1988년 7월에서 1989년 2월 사이의 일이다. 울타리를 부수고 평원으로 돌아온 멧돼지는 뇌진탕 증후군을 앓고 있는 것이 아닐까? 비를 맞으면서 발굽을 머리 위에 올리고 머리를 흔들며 지터벅 춤을 추고 있다. 때로는 신나게 강에서 목욕을 한 후 강기슭에 기대 이렇게 말하기도 한다.

"아참, 내가 다행히 울타리를 부수고 탈출을 했지!"

기억 상실증이 너무 심한 나머지 일 초 전에 무슨 말을 했지, 생각하면서 애를 먹는다. 개미들이 수면 위에 나온 돼지의 반신 위로 새까맣게 올라가 일제히 조신하게 그 절반을 물어뜯고 있다.

수령을 거절했던가? 그는 신화 속의 여제인 여와^{女媧}*가 되어 내가 잃어버린 소라 집 속에 휘감겨 들어가 있다. 해저의 산호초까지 깊이 헤엄쳐 들어가면 그곳에는 여러 모양의 구멍이 있다. 누적된 성장 과정 중에 봉오리가 형성된 분홍 꽃차례, 습하고 어두운 골수 기둥 등 심해 탐험을 하다가 자칫 구멍을 잘못 찾아들기라도 하면, 여와가 바로 소라 집에서 튀어나와 알코올로 굳어 버린 나의 뇌를 녹인다.

겨울 밤. 프로이트의 보고서에 관한 독서 모임을 끝마치고 탄탄과 함께 지하 회의실에서 걸어 나왔다. 가로등이 꺼진, 찬바람이 휘휘 부는 깜깜한 교정에서 나란히 자전거를 몰고 귀가하는 길이다. 탄탄이 말하길, 내게 어떻게 말해야 할지 모르겠는데 고민이 있으며 사실 고민의 실체도 잘 모르겠다고 한다. 다만 이야기할 수 있는 사람이 나 하나이며, 혹시 도움이 될 수도 있겠다는 것이다.

끝이 갈라진 단풍나무잎 사이로 부는 바람처럼 목소리가 끊겼다 이어졌다 가늘게 흔들렸지만, 여전히 그는 **애써 웃고** 있다. 탄탄은 이렇게 내가 미안할 정도로 사랑스러운 아이다. 지유는? 나는 두려움과 적막감에 싸여 있는 탄탄을 한발 앞서며 물어보았다. 자세한 이야기를 듣기도 전에 둘의 자전거는 곧 교문 앞에 이르렀다. 그사이에 지유도 고민에 빠져 있다고 탄탄이

여와. 머리는 사람이고 몸은 뱀 형상을 한 여신. 상고시대 중국인들은 여와가 인류를 창조했다고 기록하고 있음.

말했다. 심각한 일이야? 정상적으로 잘 쉬고 있는 거야? 거의 매주 이 시간마다 나와 짝이 되어 등을 끄고 지하실을 나오는 수은처럼 투명한 아이인데, 나는 함께 있는 긴 시간 동안 어쩌면 그렇게 눈치를 채지 못했을까? 몹시 아끼는 순수한 아이의 **애써 웃음** 짓는 얼굴 이면에 감정의 기복이 심하게 요동쳤다. 그렇게 많은 것들이 쌓여 있음을 나는 몰랐다.

괜찮아요. 곧 좋아질 거예요. 걱정하지 마요. 탄탄은 오히려 넘치는 믿음으로 나를 안심시켰다. 그저 잠시 '황당한 벽荒謬的牆'을 만났을 뿐이지? 한 달 정도일까, 스스로도 근원을 알 수 없는 불면증에 시달리고 있었다. 극단적인 공포심에 시달리면서 갑자기 무서운 것들이 많아졌다. 수업을 하려든, 수많은 다른 일들을 하려든, 문 밖을 나서는 일이 힘들다. 오직 한 가지 즐거운 일이 있다면 금요일에 열리는 프로이트 독서회에서 탄탄을 만나는 일이다. 혼자 있는 저녁을 견딜 수 없다.

무척 아끼는 아이의 기분 전환을 위해 나는 휘파람을 불면서 말했다. 오늘은 예전에 사랑했던 사람의 생일이란다. 이별 후 긴 편지 한 통과 짧은 편지 세 통을 받았지. 그런데 아직 열어 보질 못하고 있어. 어린아이나 힘들어 할 휘파람을 불고 또 불었을 뿐인데, 깨진 유리 위를 걷는 것처럼 갑자기 힘이 빠져서 말을 잇지 못했다.

노트 3—7

○

악어는 근면한 노동자다. 정확히 말하자면, 바싹 마른 1위안짜리 우표를 욕조 가득 붙이는 그런 종류의 노동을 한다. 그는 원래 성모 마리아 빵집의 계산대 옆에서 고객이 산 빵을 포장해 주는 일을 했다. 퇴근 후에는 맞은편 거리에 있는 선물용품 가게로 산보를 가서 예쁘고 특별한 포장지와 리본을 고르곤 했으며, 이것은 그가 오락하듯 즐기는 무척 좋아하는 일이다. 또 악어는 매우 의욕적으로 악어 캐릭터 그림을 그려서 사장이 일하는 사무실 문틈으로 넣어 놓고, 비닐로 된 빵 봉투와 종이 박스에 활용하기를 건의했다.

"소문에 악어는 정식 끼니로 통조림을 먹는 외에 부식으로 빵을 먹는다는군." 고객 A가 말했다.

"이런 사실은 잘 알려지지 않은 소식이라 너까지 알 줄은 몰랐어. 아마 여성지에서 봤나 보다." 고객 A의 뒤에 서 있던 고객 B는 이미 기다란 빵이 가득 꽂힌 빵 봉투를 골라 들고도 다시 또 빵 한 바구니를 집었다.

"어떻게 그 사실을 모두 다 알고 있지? 또 다른 요리 잡지에는 더 자세한 설명이 있었는데, 악어는 무가당 빵만 먹는다더라고. 짠 빵도 안 먹는다니 정말 담백한 입맛이야." 고객 B의 뒤에 서 있던 고객 C의 말이다.

"그렇지만 악어가 제일 좋아하는 빵은 생크림 빵이거든요. 이건 어떻게 말해야 되나요?" 악어가 한편으론 그들의 빵을 포장하면서 전혀 구애받지 않고 말했다.

"네가 어떻게 알아?" 세 명의 고객과 계산대 아가씨까지, 네 개의 입이 동시에 물었다. A는 놀라서, B는 대단하다는 표정으로, C는 기분이 나빠서, 계산대 아가씨는 그의 풍부한 상식에 질투가 나서 내뱉은 말이다.

그날 퇴근 후에 악어는 다시 성모 마리아로 출근할 수 없었다. 심지어 다른 어떤 빵집에도 다시는 발을 들여놓을 수 없었다. 생크림 빵이 너무 먹고 싶을 때는 빵집 앞에 있는 아이에게 50위안을 주고 30위안짜리 생크림 빵을 부탁해서 사 먹었다. 그나마 돈이 너무 없어 나중에는 부탁조차 못했다.

악어는 사직할 때 사장 얼굴조차 안 보고 말없이 나왔다. 왜냐하면 악어가 느끼기에 사장은 벌써부터 그가 악어라는 사실을 눈치챈 것 같았기 때문이다. 분명히 사장이 빵에 관한 얘기를 잡지사에 팔아 버렸을 것이다. 증거라면 잡지 내용에서 생크림 빵이 슬그머니 빠지고 무가당 빵으로 고쳐졌는데, 이것은 바로 빵집 안의 정황을 그대로 표현한 것 아닌가. 사장이 있을 때는 빵 값을 월급에서 깎여 빈털털이가 되는 것을 피하기 위해 할 수 없이 값이 싼 무가당 빵만 골라 먹다가, 사장이 사라지면 이런저런 생크림 빵을 몰래 먹었던 것이다.

악어는 사장 생각이 떠오르자 피부에 초록색 소름이 돋았다. 악어는 이제 마음 놓고 거리를 걷는다. 30 위안짜리 커다란 생크림 빵을 아껴가면서 조금씩 떼어 먹다가 다소 만족스럽지 못하면 조심조심 혀를 뽑아 핥아 먹었다. 출입문 위에 광고지 한 장이 붙어 있다.

핫한 최신 소식 : 악어가 제일 좋아하는 생크림. 생크림 빵 전문점 개장.

맙소사! 나는 생크림 빵을 먹지 않으면 안 되겠구나!

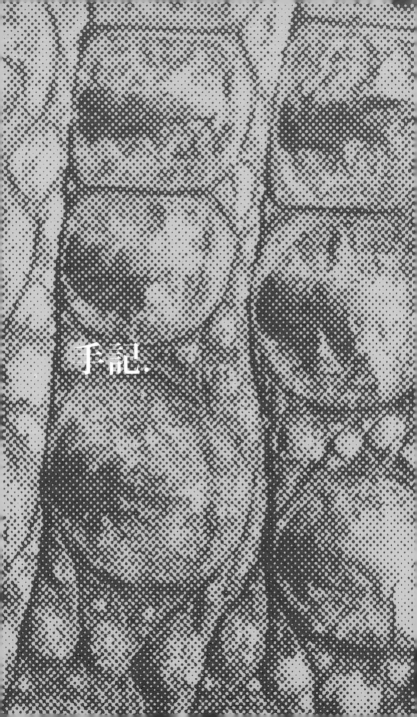

手記.

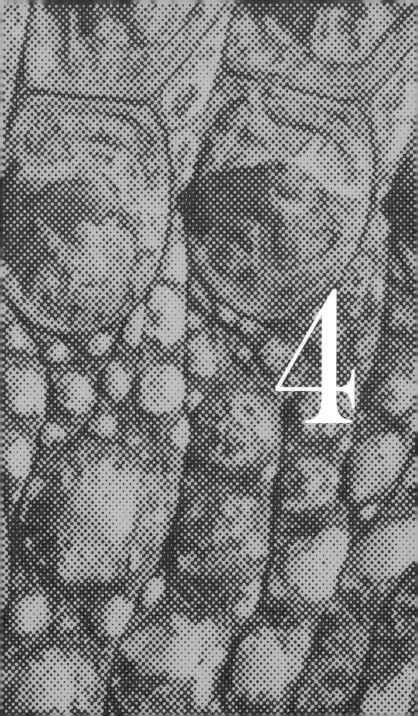

4

4. 황당한 벽

노트 4—1

○

탄탄. 지난 학기, 내게 '황당한 벽'에 관한 이야기를 한 뒤 사라졌다.

지유. 신입생 오리엔테이션이 있던 날, 동아리 신입 회원 모집 때 만난 뒤 동아리에 입단하지 않았다. 그는 공부하기 바쁘다며 핑계를 댔지만, 사실은 아니다. 지유가 빈둥거리는 것을 익히 알고 있다. 가끔 사람이 가장 많은 점심시간을 틈타 바람처럼 동아리 건물로 들어와서는 가장 구석진 곳에 앉아 망연히 나를 바라보곤 했기 때문이다. 한마디 말도 없이. 내가 큰 소리로 그를 부르면서 뭐하냐고 물으면 그는 그냥 미소만 짓고 있을 뿐 대답조차 없고, 내 목소리만 점점 높아졌다. 그러다 잠시 후 가방을 메고 또 바람처럼 떠났다. 마치 유령처럼. 가끔과 가끔 사이, 그의 미소는 갈수록 차가운 눈이 되어 점점 더 성숙한 여성스러움을 발산하고 있었다. 나는 직감으로 그것이 '타락한 아름다움'이라는 것을 알아차렸다.

나는 그들 둘을 좋아하며 그들도 나를 좋아하는 것을 안다. 이것은 어떠한 애정 욕구와도 무관한 '좋아함'이다. 만약 좋아함의 등수를 따지자면 그들은 아마 내가 이 세상에서 좋아한다는 움직씨를 사용했던 사람 중 그 누구보다도 일등일 것이다. 따로따로도 좋지만, 마치 열정적인 수집가가 모은 수많은 도자기 인형 중 가장 값이 나가는 한 쌍처럼, 짝을 이룰 때가 더욱더 좋다.

대학 생활을 하는 동안 용수철처럼 긴밀하게 연결되었던 관계를 제외하고, 내가 알았던 사람들은 대부분 순간 나타났다 순간 사라지는 방식으로 존재했으며 항상 같은 곳에 나타나는 그런 누구는 없었다. 사람과 사람 사이의 관계라는 것이 구름과 별 같았다. 그 한 쌍의 도자기 인형은 내가 스무 살이던 그 해에 갑자기 나의 궤도 안으로 들어왔다가 다시 또 어느새 중심을 이탈해 별이 되어 흘러갔다. 하지만 내게 그들은 깊은 인상을 남겼는데, 이유는 간단하다. 참 아름다웠다.

그들이 내게 주는 의미는 내가 언제나 가지고 다니는 한 장의 그림 안에 농축되어 있다. 개교기념일 아침, 동아리들은 동아리 경비를 마련하기 위해 좌판을 펼치고 음료와 군것질거리를 팔고 있었다. 나는 그곳에 앉아 목청껏 짹짹거리며 호객꾼 노릇을 하고 있었고,

다른 사람들도 훌라춤을 추는 분위기로 바쁘게 돌아 갔다.

때마침 탄탄과 지유가 어디서 튀어나왔는지도 모르 게 나타났다. 지유는 어깨에 기타를 메고 있고, 둘 다 긴 머리를 휘날리고 있었다. 탄탄은 고전풍의 넓고 하 얀 상의에 끈으로 묶어 입는 할아버지 바지를 입고 있 었다. 지유는 훈련병 치마를 입고 흰 남방을 걸쳤는데, 그 모습이 나의 폭소를 자아냈다. 오늘 밤 열리는 학과 파티에서 공연할 예정이라며 차린 모습들이 정말 귀엽 고 아름다웠다. 두 사람은 희희낙락 떠들더니 내 좌판 옆에서 노래를 부르며 사람들을 끌어들여 장사를 돕 겠다고 했다.

이어서 바로 탁자에 비스듬히 걸터앉아 기타 선을 조율하고, 탄탄은 악보를 넘겨주며 준비를 끝냈다. 둘 은 마주 보고 만족스럽게 한 번 웃더니 유쾌하게 합창 하기 시작했다. 첫 번째 노래는 「Cherry Come to」. 한 사람은 거침없이 기타를 치며 연주를 하고, 다른 한 사람은 우아한 스타일로 몸을 흔들었다. Oh, Cherry Come to……

이슬비가 내렸다. 만족스러운 호응 속에서 두 사람 은 서로의 얼굴에 맺힌 물방울을 떨어냈다. 방울방 울 내리는 비는 마치 하늘에서 내려오는 솜털 같았 다. 이미 나는 넋이 빠져 돌아올 길을 잃었다. 하지만 Cherry Come to—를 표절한 물 소리는 내 꿈속까지 따라와 흐른다.

프로이트 독서 모임은 끝났다. 마지막 독서회가 있던 금요일 밤 열 시, 나는 혼자서 불을 끄고 깜깜한 지하실에서 올라왔다. 갑자기 몰아닥친 처량한 감정에 떠밀려 공중전화를 찾아 1위안짜리 동전을 넣고 탄탄에게 전화를 걸었다. 이미 한 달 동안 그의 자취를 볼 수 없었고, 가족처럼 탄탄이 그리웠다.

"탄탄이니? 나, 라즈. 잘 있었어?"

"선배 목소리를 들으니까 너무 좋네. 미안해요. 오늘 너무 힘이 없어서 외출도 하지 못하고 그냥 있었어요."

그동안의 관계를 생각하면 걱정을 했다든가, 보고 싶었다는 말쯤은 할 만도 한데 그러지 못했다. 하지만 그렇게 늦은 밤에 우리 둘은 1위안에 의지해서 따뜻하게 서로 접촉했다. 그 순간은 세상의 온갖 티끌들이 모두 땅으로 떨어져 내렸고, 고요했다.

"널 만나러 가도 될까?"

"지금?"

"응, 지금."

"그래요, 와요, 뭐 어떻겠어요!"

열아홉 살 11개월의 내가 공중전화에 넣은 1위안짜리 동전은 특별한 의미가 있었다. 바닥을 기던 어린 아기가 걷기를 배우고 일어나 디딘 첫발자국과 같은 것. 필요한 사람을 부른 것이다. 당시에는 그냥 어렴풋이 오지랖이 넓어서 한 아이의 병문안을 가는 것뿐이라고 자신을 오해했지만, 사실은 아니었다. 그것은 내 인생에서 중요한 변곡점이었다. 나는 오랫동안 사람 만나는 일을 난감해하고 있었으며, 이런 이유로 거절당하기 전에 세상의 모든 사람을 미리 거절하여 나의 밖에다 두었다. 인간관계가 깊어지는 것으로부터 도망 다닌 나머지 나를 사랑하는 사람조차 바다에 빠진 맹인처럼 미친 듯이 밟아 납작하게 만들었다. 얼굴을 잃은 사람이 자신의 추한 모습을 견딜 수 없어 옆에 있던 거울을 모두 깨 버리는 형국이다. 하지만 탄탄은 내가 처음 주도하여 문을 두드린 사람이다. 가엾게 느껴진 자신을 탄탄이라는 거울에 비춰 보고 싶었던 것이다.

"뭐 좀 먹을래요?" 탄탄이 물었다.

"정말 배고파 죽겠다. 먹을 만한 게 있니?"

"우유, 빵, 과일, 뭐든지 다 있죠. 맞다. 내가 국수를 끓여 줄게요, 어때요?"

"너무 좋지. 국수 먹고 싶어. 내가 좀 거들면 일이 줄겠지?"

"어쩜 이렇게 최악의 손님이 다 있을까! 사양하는 척조차 안 해요?"

심야 열한 시. 식구들이 모두 잠자리에 든 시간. 탄탄은 나를 위해 문을 열었다. 그가 나를 대접하는 모습이 경쾌한 소곡을 노래하듯 해서 나는 유난히 자유롭고 편안했다.

"선배도 살면서 '황당한 벽'을 마주친 적이 있어요?"

탄탄은 국수를 들고 와서 내게 주고 맞은편에 앉았다.

"있지, 오래전, 그러니까 열예닐곱 살 때. 다만 그때는 뭐가 '황당한 벽'인 줄도 몰랐어." 국수는 특별히 무척 맛있었고, 나는 호랑이나 늑대가 고기를 삼키듯 허겁지겁 면을 먹기 시작했다.

"어떤 상황이었어요? 내가 알아도 되는 일이죠?"

"물론이야." 나는 손으로 OK 표시를 한 뒤 말했다. "네가 내게 국수 백 그릇을 빚졌다고 각서를 써준다면 말이지." 희고 굵은 면 가락이 진하고 맛있는 소고기 국물에 잠긴 데다 부드럽고 구수한 커다란 소고기 조각까지 올라앉아 있다.

"참 나, 소고기는 우리 아빠가 삶은 건데. 그럼 우리 부녀는 소고기 노예와 국수집 점원이 되는 거잖아요?" 탄탄은 장난기 어리게 고려해 보는 척하다가 항의를 했다.

"소고기 면이 어떻게 만들어지는지는 내 알 바 아니거든!" 이어서 나는 진지하게 말했다. "그때는 하룻밤 사이에 세상이 온통 변해버린 듯했어. 도대체 어느 부분이 터져서 시작된 변동인지 당시의 나도 명확하게 알 수는 없었지. 갑자기 그냥 전혀 낯선 곳에 혼자 버려져 있더라고. 가까이 있던 한 사람 한 사람이 어딘지 모를 곳으로 모두 철수해 버렸더라. 큰 소리로 울어 봐야 들어줄 사람이 하나도 없을 것만 같았어. 처음에는 아무것도 모른 채 매일매일 과거에 사라졌던 세상이 돌아오길 기다렸지. 이렇게 침묵하며 갇혀 있던 함정으로부터 자신을 애써 끌어올려 놓아도, 매일 아침 눈을 뜨면 갑자기 들어오는 태양 빛에 눈물을 흘리게 되더라고. 오늘도 또한 그렇다는 것을 알지만, 이제는 기다리지도 못하는, 철석같은 불변의 사실이 되고 말았지."

"그런 상황을 선배는 어떻게 마무리했어요?"

"아마도 '황당한 벽을 걸어차' 버려서 괜찮았겠지. 그렇게 막막했던 감정은 얼마간 물러간 셈이지만, 그것은 시작일 뿐이야. 황당한 벽의 서막이 열린 이후, 나와 세상의 관계는 갈수록 나빠지고 있어. 사실 한순간도 싸움을 중단해 본 적이 없단다. 황당한 일? 그건 그래도 가장 경미한 일에 속하지. 희박한 공기 속에서 지속적으로 오래 호흡하다 보면, 강제로 자신을 적응시키게 되거든. 그렇게 하지 않으면, 생각이 떠오르자마자 바로 빠르게 질식하고 마는 거지. 만약에 더욱 강렬하고 절박한 정서를 만나게 되면, 목전의 황당한 벽쯤은 자연히 소멸하게 될 수도 있고."

"끊임없이 싸우면서 한집에 사는 부부 중에 한 사람이 부엌칼이나 권총을 들면 싸움이 끝나는 것과 비슷하군요." 그는 모기를 잡는 양 두 손을 마주치며 웃었다.

"아마도 정말 그럴지 모르겠다, 적어도 내 경우에는 말이야. 그런데 넌 어떠니?"

"아직 하룻밤 사이에 온 세상이 변해버린 지경은 아니지만, 침묵하며 함정에 빠진 기분은 비슷해요. 또 왜 이렇게 변했는지 이유도 모르겠는데 갑자기 앞이 가로막힌 기분도 똑같고, 그래서 '황당한 벽'인 거죠. 잘 가던 자동차가 느닷없이 고장이 나서 중간에 멈춰 서 있다가 폐차장에 버려진 기분이랄까. 나는 어려서부터 지금까지 무슨 일을 하든 자유자재로 힘들이지 않고 편안하게 해결해 온 편이거든요. 아마도 아빠 엄마가 나를 자유롭게 대해 준 원인도 있을 거예요. 그래서 특별히 일 등을 해야 한다거나 예뻐져야 한다거나 혹은 주목받는 사람이 되려고 신경 쓰지 않았어요. 그런데 자연스럽게 일 등도 하고 쉽게 주위 사람들의 호감도 받게 되고, 생김새도 갈수록 괜찮아지다 보니 결국 어렵지 않게 '유쾌한 아이'라는 별칭도 듣게 되었죠. 여드름이 났을 때와 생리가 막 터졌을 때를 제외하고는 짜증 나는 일들은 금방 지나가 버리더라고요. 중학교 시절은 해바라기로 표현하면 딱 어울릴 정도로 규칙적인 생활을 했거든요. 매일 귀가 후에는 먼저 숙제를 끝마치고, 간단히 공부하고 수업 좀 듣고 하면 시험 보기에 충분했죠. 그러니 나머지 시간은 모두 내 시간이었으니. '1001개의 왜?' 같은 과학책 읽기를 좋아했고, 가구를 만들거나 칠하는 것을 좋아해서 지금 내 방 색깔도 그때 칠한 것이거든요. 모든 일이 정말 재미있었어요. 그런데 고등학교에 올라오면서 고민이 생기더라고요. 모두 왜 공부에만 관심이 있을까? 나는 유독 자신을 풀어놓기로 마음먹고, 더는 규칙적으로 숙제를 하지 않았어요. 매번 특활 활동의 대표를 맡으면서 배구팀이나 농구팀을 만든다든지, 남고와 연합 대회를 주선한다든지 하면서 결국은 중앙연구원의 영재반에 들어가 단련을 받은 거예요. 연극 경연 대회 때 공연한 연극은 열렬한 호응을 받았고, 중문연구소 다닐 때 알았던 남학생은 지금까지도 따라다니고 있어요. 성적은 비록 반에서 중간 등수였지만, 다른 애들의 성장 분위기와는 완전 달랐고 나름 무척 당당하게 보냈답니다. 그때가 생각나요. 저녁이면 오빠를 졸라 함께 자전거를 타러 갔죠. 시원한 저녁 바람을 맞으며 오빠는 오빠대로 나는 나대로 자전거를 타면서 말은 없었지요. 그냥 열심히 발판을 밟으면서 한 바퀴 돌고 집으로 돌아오곤 했어요. 여고 시절은 그렇게 보냈고, 그런 기분이참 좋았는데……."

"들어 보니 뭐 별로 요즘 이렇게 변할 만한 이유도 없네. 무슨 일이 있긴 한 거야?"

"대학 생활의 방식 때문일까요? 정말 두려워요. 어쩌면 너무 작아서 현미경으로나 보아야 보이는 생활 속 세균을 발견하지 못하고 계속 카펫 아래에 쌓아 뒀다가, 시간이 오래 지나니까 그 양에 놀란 것인지도 모르겠어요. 대학 생활은 평소 누가 무엇을 하라고 강요하는 것도 없고 스스로 알아서 할 뿐이라 만약에 카펫 아래 처리해야 할 무엇이 쌓여 있다면, 이렇게 느슨해진 상태에서는 진공청소기의 뭉쳐 있는 덩어리를 털어낼 때 일순간 가장 '쓰러지기' 쉬운 것 같아요. 일말의 방어력도 없거든요. 통째로 진공청소기 속으로 빨려들어가는 기분일 때 간절히 끌어내 줄 누군가의 손을 잡고 싶었죠. 지유는 바로 내가 손을 잡고 싶었던 첫 번째 친구예요. 매일 지유랑 같이 있기를 바랐고 심지어는 밤에도 우리 집으로 와서 함께 자자고 했거든요. 저녁에 혼자 방 안에 있기가 두려웠는데, 전에 없던 일이었어요. 특히 저녁의 어둠 속에서 무겁게 가라앉은 시간을 견디기가 힘들었고, 살아 숨 쉬는 사람이 곁에 있으면 훨씬 좋았거든요. 하지만 지유도 마침 수업에 대한 중압감에 시달리면서 대학 생활에 적응을 못 하고 있었고, 또 어찌 된 일인지 설명할 수는 없지만, 그는 내 상태가 좋지 않다는 것을 믿지 않았어요. 갈수록 지유와 대화하기가 힘들어졌고, 나는 마음 내키는 대로 그가 할 수 있는 이상을 부탁했죠. 모든 것을 제치고 나와 함께 다니자고. 말하자면 지유니까, 내가 그런 부탁을 할 수 있었던 것이죠. 하지만 우리 관계는 갈수록 틀어졌어요. 그는 원래 비관적인 데다가 즐거워하는 적이 별로 없어서 전에는 내가 장난을 걸어 웃기곤 했지만, 내가 손을 놓은 뒤로는 더욱 표정이 굳어 있었고 나를 위로할 줄도 몰랐죠. 나는 지유의 그런 얼굴을 보면 더욱 힘들어져 울고 싶었지만, 말 한마디 못하고 참을 수밖에 없었어요. 시간이 흐르다 보니 이런 나의 침묵이 그에게 상처를 많이 준 모양이에요. 내가 함정에 빠진 상황조차 지유와 연루시키고 있네요. 그날 저녁 내가 지유에게 좀 웃으면 안 되냐고 했어요. 그의 무표정한 얼굴을 참을 수가 없다면서. 그러자 지유가 역시 무표정한 얼굴로 일어나 떠나 버렸어요. 그럴 수 없다고. 그러니 다시는 나를 만나지 않겠다고 하면서……."

탄탄은 계속 나를 보면서 말했는데, 눈동자가 빛을 발하며 흔들렸다.

"이런 바보들. 공연히 서로 상처만 주었군. 후회할 거야! 다시 지유를 찾아가 봐."

"지유의 무표정한 얼굴을 다시 본다는 게 두려워요." 탄탄은 허공에서 양손을 마주 잡고 괴로운 표정을 짓더니 잠시 눈을 꼭 감았다. "나도 알고 있어요, 내 잘못이라는 걸. 하지만 누군가 내 옆에 있어 주기를 간절히 원하면서도 그를 돌아오게 할 힘이 없어요. 한번은 우리 집에서 지유네 집까지 걸어가면서 반 시간 정도를 그에게 사과할 말을 궁리하기도 하고, 또 웃기는 이야기까지 생각하면서 갔답니다. 겨우 지유네 집 문앞에 이르러 초인종을 눌렀더니 그는 동생을 내보내돌아가라는 말만 전하더군요. 갑자기 다리에 힘이 빠져서 지유네 집 문 앞에 주저앉아 어쩔 줄을 모르겠더라고요. 집으로 돌아갈 길이 막막했죠. 그 뒤로 여름 방학 내내 안 만났고, 이제는 다시 학교에서 우연히 만나게 되더라도 피차 얼굴을 돌린 채 인사조차 안 하는 사이가 됐어요. 매번 지유와 마주칠 때마다 스스로 피하진 말자고 노력을 했지만 다리가 말을 듣지 않더니 결국은 그날 제대로 망한 거죠. 잊기 연습을 열심히 한 덕분에 이제 낮에는 지유 생각을 별로 하지 않아요. 그런데 여전히 꿈에는 지유가 자주 나타나요. 꿈속에서 나는 우리 이제 싸우지 말자고 말하지만, 지유는 한 마디 말도 없이 그곳에 나를 버려둔 채 떠나 버리곤 해요." 탄탄은 망연히 나를 보았고 나는 그가 꿈에서 깨어났을 때의 슬픔이 어떤 것인지 알 수 있을 것 같았다.

"지유가 나를 책망하는 것은 아닐 거라고 느껴져요. 꿈속에서 그의 눈빛을 보면 그저 슬퍼할 뿐이거든요. 마치 이별의 상처를 통해 돌이킬 수 없는 일을 체득한 것처럼. 화살로 붉은 마음을 뚫었지만, 중요한 것은 화살이 아니라 쏘았던 것, 뚫었던 것, 그리고 선명했던 마음의 움직임이 아닐까요."

나는 머리를 끄덕였다. 탄탄이 꿈속에서 본 지유의 눈빛을 나도 보는 기분이었다. 머리를 가로젓기도 했다. '그러지 말지'라고 힘주어 말하고 싶었다. 이것은 나 자신에게 하고 싶은 말이었으나 말뭉치가 너무 커서 도무지 입 밖으로 뱉어낼 방법이 없었다. 그저 '후회할 거야' 라고 낮게 중얼거리면서 길게 한숨을 내 쉬었다.

노트 4—2

○

만약 인간의 종류에 관한 백과사전이 있다면 악어의 학명은 아마 '남몰래 누군가를 사랑하는 홀라후프(혹은 방범용 벨)'라고 할 것이다. 이상적인 백과사전의 편집자는 비유에 능한 사람이어야 하는데, 이것은 물론 미래 인류에 대한 기대에 지나지 않는다. 홀라후프(혹은 방범용 벨)에 대한 주석은 이렇다 : 기능이 작동되기 시작하면 자동으로 소리를 냄.

악어가 어려서부터 클 때까지 몰래 사랑했던 대상을 모두 합해 본다면 대충 한 트럭쯤 될까, 그렇게 많은 사람을 좋아했다. 그러니까 악어는 행운의 돼지가 모는 트럭의 기사 같은 것이다. 아침저녁으로 만나는 동창생에서부터 구취가 심했던 만화방 주인, 완구점 여인, 저녁이면 땀에 전 셔츠를 입고 쓰레기를 수거하는 '에효*빠빠*' 젊은이까지 있었고, 치과 의사만도 셋이나 됐다. 아무래도 제일 많은 것은 동창생 군으로 어떤 애는 칠판을 닦다가 또는 도시락을 같이 먹다가 사랑에 빠졌고, 또 어떤 애는 침을 흘리며 낮잠 자는 모습을 보다가 발작을 일으키는 등 종류가 하도 다양해 일일이 거론하기도 어렵다. 악어는 이들 옆에서 몰래 사랑의 트럭을 몰고 간 적이 있을 때, 일일이 저마다의 독특한 특징에 근거해 그것들을 차 안에 수집해 놓았다.

악어에게는 커다란 나무 상자가 하나 있다. 엄마들이 결혼하는 딸에게 주는 혼수 상자 같은 것이다. 상자 안은 벌집처럼 네모를 이룬 나무 칸막이가 있으며, 모든 격자 앞에는 목록 카드 일반의 쪽지가 붙어 있다. 쪽지에는 몰래 사랑한 사람을 알게 된 시간, 사랑하게 된 계기, 이름과 특징 등을 밝혀 놓았고 격자 안에는 그, 혹은 그녀를 사랑할 때 썼던 연서를 넣어 뒀다. 악어는 퇴근 후 집으로 돌아와 땀에 젖어 끈적이는 사람의 옷을 벗어 버린 후로는 어디도 갈 엄두를 내지 못한다. 항상 방 안에 숨어들어(말이 좋아 숨는 것이지, 거실의 텔레비전에 출연한 사람이 튀어나와 죄를 지은 사람처럼 숨어 있는 그를 발견할 것 같은 기분으로) 나무 상자를 열고 재빨리 회상 속으로 접어든다. 그들 각자에게 몰입했던 특별한 애정과 감상에 젖어 화장지로 눈물 콧물을 닦아내곤 한다. 악어는 때때로 그리운 사람 목록 한 장을 뽑아 들고, 그로부터 답신이 왔다는 상상을 하면서 다시 연서의 속편을 쓰기도 한다.

안부공방*安部公房*. 이 이름이 악어의 방 커튼에 쏘아 들어온 다음부터, '몰래 사랑'에 약간의 변화가 생겼다. 악어는 짝사랑 대상을 모두 안부공방 몇 호라 부르고, 이로써 목차를 정하기로 했다. 이 작가가 쓴 『타인의 얼굴*他人之臉*』을 읽은 뒤로 복잡하고 다양하게 나타나는 타인을 몰래 사랑하는 근원이 모두 그 책 안에 편집되어 있다고 생각했기 때문이다. 요컨대 이 책 또한 그 책에서 궁극적으로 **행하고 움직이는** 내용을 계발시킨 것이다.

악어 선생 : 당신이 나를 안부공방 1호라고 호칭한 '몰래 사랑' 녹음 테이프는 잘 받았습니다. 정말 감사한 나머지 음모(陰毛)가 다 빠져 버릴 지경입니다. 하지만 본인은 당신의 그 검은 상자 합창단에 가입하기가 두렵습니다. 원래 누구로부터 몰래 사랑을 받는 일은 행복한 일이죠. 하지만 당신은 자기 자신을 모르시는 거 아닙니까? 당신이 지휘봉을 들기만 하면, 우리 안부공방의 비감한 합창 소리가 굉장한 파문을 일으키게 됩니다. 특별히 신문 지면의 한쪽을 빌려 당신과 확실한 선 긋기를 하는 바입니다.

● 　안부공방은 일본 작가 아베 코보(1924~1993)의 중국식 이름. 도시인의 고독과 실존에 관한 허무주의적인 작품들을 남겼으며 대표작으로 〈모래의 여자〉, 〈타인의 얼굴〉이 있음.

노트 4—3

○

4월 1일 만우절이다. 드디어 몽생이 모습을 드러냈다. 나는 계속 그가 나를 찾아오길 기다리고 있었다.

정주로의 옥탑방. 그는 5층에서 위로 열리는 계단 쪽 창틀을 잡고 올라와 옥상 사방에 설치된 철망을 넘은 뒤 기어코 옥탑 안으로 들어와서 내 방 창문을 두드렸다. 밤 열한 시다. 그가 우리 대학 철학과로 입학한 뒤로 거의 일 년 가까이 지난 뒤의 만남이다. 그의 손은 철망에 찢겨 있었다.

"빨리빨리! 나랑 가자. 4월 1일이 곧 지나가겠다. 열두 시까지 못 가면 초광을 만날 수 없게 돼. 넌 나와 초광의 관계를 알고 있잖아. 나랑 같이 초광을 만나 줘. 안 그러면 우리 둘 중 하나는 죽거나 초주검 상태가 될 거야." 그는 한 손으로 나머지 한 손의 피를 닦으면서 냉소를 머금고 졸랐다.

"부탁해!"

몽생은 거의 반년 정도를 띄엄띄엄 띄어 가면서 갑자기 내 앞에 나타나곤 한다. 그의 출현 방법은 마치 대로변을 걸어가다가 느닷없이 등 뒤에서 척수를 빼앗듯, 무방비 상태에서 갑작스럽고 황당하게 등장한다. 그가 처음 출현한 이후 내 몸 안의 모처에는 기다림의 장치가 내장되었다. 대충 성격(혹시 있다면 '자아' 비슷한 것)의 진흙 아래쪽에 수염 모양의 모세근이 그를 기다리고 있다가, 그가 나타나면 오로지 자기만을 위한 양분을 배불리 섭취하는 식이다.

몽생은 나를 데리고 우선 날아가듯이 초광의 숙소로 갔다. 초광의 부재를 확인한 후에 바로 또 고속으로 중산북로의 술집 밀집 지역으로 달려가 샅샅이 뒤지기 시작했다. 결국에는 거리의 쉼터 의자 아래서 초광을 발견했다. 그는 대로변 인도의 붉은색 벽돌 바닥에 대자로 누워 있었다. 흰색 청바지에 카우보이 셔츠를 입고 있는 모습이 막 페인트 통에 빠진 하얀 뚱보 같다. 초광은 취기 가득한 얼굴로 우리를 보면서 해롱해롱 웃었다.

"헤이, 올해는 내가 늦지 않았어. 아직 6분 12초 전이다." 몽생이 소리쳤다.

몽생은 초광을 잡아서 초광의 침실로 돌아오면서 내게 할 말이 있으니 같이 가달라고 정중하게 부탁했다. 그는 초광의 동거자 두 명에게 무서운 표정을 지어 "나

가!"라고 으름장을 놓고, 각각 천 위안元짜리* 큰돈 한
장씩을 쥐어 줬다. 두 사람은 불평하면서도 칼잡이가
왔다는 소식을 들은 양 신속하게 나갔고 모든 일이 솜
씨 좋게 해결됐다. 몽생이 가지고 있는 기백은 공수도
로 목판을 격파하듯, 그의 일을 쉽게 분별하고 실행할
수 있도록 했다.

　나는 침실의 가장 안쪽 벽에 천정까지 설치된 책꽂
이를 살펴봤다. 나무 책장의 칸막이마다 분류표를 정
갈하게 붙였고, 중간에 솜씨 좋게 창문 구멍을 만들어
놓았다. 80%는 영문 서적이고, 그중 책꽂이의 두 줄은
영문 소설과 시이다. 책에는 모두 초광의 이름이 적혀
있었다. 넓은 방에는 네 개의 침상이 있었고, 그중 안
쪽의 두 개 침상을 초광이 사용하고 있었으며, 초광이
사용하는 두 개의 침상 사이에는 커피색의 3층짜리
책장이 놓여 있었다. 방의 반을 초광이 차지하고 있는
셈이다. 침구가 놓여 있는 침상을 제외한 나머지 공간
은 녹음테이프와 CD로 가득 채워져 있고, 책상 옆에
는 카세트테이프와 CD를 들을 수 있는 음향기가 있었
으며 음향기의 좌우 양쪽으로 중형 스피커가 은빛을
발하며 번쩍거리고 있었다. 책상 아래쪽에도 세 칸짜
리 나무 책상을 뉘어 오래된 레코드판을 꽉 차도록 보
관하고, 먼지 방지를 위해 밖으로 비닐을 박아 씌워 놓

● 　당시 타이베이 시내 5층 빌라의 40평 집 월세가 오천 위안 정도였음.

앉다. 항상 사용하고 있는 책상 위에는 벽돌 두께의 무거운 의대 전공 서적들이 나란히 배열되어 있고, 바이런·키츠·예이츠 등 영국 시인의 시집 몇 권이 여기저기 흩어져 놓여 있었다. 초광이 점령한 방의 반쪽에는 책이나 음악용품들 외에 다른 것은 거의 아무것도 없는 것 같았다.

몽생이 녹차 한 컵을 따라와 초광의 입속에 부었다. 초광의 몸을 흔들다가 처음에는 그의 뺨을 살살 쓰다듬더니 장난을 하듯 세게 뺨을 한 대 쳤다. 다음에는 옷소매를 걷어붙이고 반쯤 몸을 구부린 채 리듬을 타면서 힘껏 팔을 휘둘러 초광의 등을 때렸다. 초광은 더욱 히스테릭하게 헤헤거리며 웃다가 몽생의 목을 꽉 잡고 늘어지더니 자기 이마로 몽생의 이마를 찧어대기 시작했다. 마치 돌을 마찰시켜 불을 일으키듯 점점 더 세게 부딪히더니, 결국은 몽생이 화가 나서 그를 힘껏 밀치고 혼자 의자에 앉아 담배를 피우도록 만들었다.

초광은 미친 듯이 울부짖으며 가슴이 무너지도록 눈물을 흘렸다. 큰형大兄 급의 사람이 그토록 눈물로 바다를 이루고 바위를 뚫을 기세로 우는 것은 난생처음 겪는 일이라 잊을 수가 없다. 그의 비통함은 천지간에 한 점 부끄러울 게 없는 그런 슬픔이다. 건장한 몸에서 마지막 실오라기조차 남김없이 거두어 참을 수 있는 만큼은 최대한 참아낸 후에도 여전히 해소되지 않는 슬픔의 바다, 스스로 포효하는 파도가 되어 어쩔 수 없이 눈물선과 성대를 빌려 자연스럽게 터져 나오는 울음이라서 그 소리는 사뭇 곧고 비장했다. 당장 하루아침에 생긴 슬픔에 빠진 것도 아니고, 그 순간의 분위기에 젖어 감동한 것은 더더욱 아니었다. 나도 끝없이 눈물이 흘러내려 소리 없이 울었고, 몽생의 한쪽 눈에도 눈물이 그렁그렁했다. 하지만 내 마음은 오히려 편안하게 가라앉았고, 몽생은 싸늘한 표정으로 눈물을 닦았다. 우리 둘 다 슬펐거나 동정을 한 것은 아니었으며, 아마도 눈물은 스스로 독립적인 생명을 가지고 있는 것 같다. 돌고래가 동료를 부르는 비밀 신호를 들으면 맹목적으로 발원지로 헤엄쳐 돌아가듯 세 사람은 이상하게 같은 진동 파장 속에 갇혀 있게 되었는데, 그것은 말로 설명이 안 되는 생명의 심연 속에 있었던 체험이었다.

"우리 모두 너무 지치지 않았니?" 몽생이 말했다. 견고하게 닫혀 있던 얼음 창고의 문이 비틀어 열리자 따뜻한 기운이 흘러들었다.

"바로 내가 하고 싶었던 말이야!" 내가 말했다. 세 사람 모두 이 말을 하고 싶었던 것 같다. 그 순간 영혼이 갇혀 있던 금종을 초강력 정신력으로 때려 울린 듯, 서로 간에 공감대가 형성되었고 영혼 본연의 모습으로 돌아가 어떤 매개물도 필요 없이 서로 통하는 느낌을 받았다. 서로 간에 티끌만 한 간극도 없는 기이한 상황이 돌아왔다.

"오늘이 도대체 무슨 날이기에 이러는 거야?" 나는 안도의 눈물을 닦으며 물었다.

"나하고 초광이 처음 알게 된 날이 사 년 전 4월 1일이었거든. 삼 년 전 초광이 대학에 입학한 이후 내가 관계를 정리했고, 그 후에도 가끔 초광을 만나러 왔었지만 그마저 점점 드물어졌지. 헤어질 때 초광이 내게 부탁했어. 적어도 매년 4월 1일 만이라도 자기를 보러 오라고. 그날을 잊거나 오지 않으면 곧바로 죽어 버리겠다고 하면서."

"위협한 거 아냐? 사람 목숨이 그렇게 간단할 수 있을까?" 나는 회의적으로 물었다.

"그렇지 않아." 몽생은 눈을 비비며 고개를 가로저었다. "너는 아마 이해할 수 없을 거야. 그에게 있어 나라는 존재는 그의 나머지 생명과 같은 가치를 지니고 있거든. 그렇다고 그가 다른 누구를 위해 산다고 말할 수는 없고. 그렇게 간단한 문제가 아니야. 그가 어려서부터 클 때까지 품어왔던 상처와 슬픔이 포화 상태에 이르렀을 때, 그러니까 초광이 열여덟 살에 나를 우연히 만났던 때가 바로 스스로 살기를 포기하려던 때였어. 그때 내가 그를 붙잡았거든."

몽생은 울다 지쳐 잠시 기대어 있는 초광을 돌아보더니 가볍게 코를 쓰다듬었다.

"말을 하자니 참 희극적이군. 나는 원래 초광을 전혀 몰랐고, 일면식도 없던 사이였거든. 그때는 내가 막

복학해서 고1이 된 지 얼마 안 되던 때였고, 초광은 고 3이었어. 4월 1일 방과 후 내가 교문을 나오는 중인데, 그가 내 옆을 지나가더라고. 그런데 갑자기 이 낯선 남자의 얼굴이 확대경으로 보듯 이 내게로 확 들어오는 거야. 뭐라고 말할 수는 없지만 내 안의 모든 촉수가 싸늘하게 굳어 있는 무표정에 꽂혀 버렸어. 마치 무쇠를 녹여 주조한 듯 괴괴했어. 그는 부패한 나뭇잎처럼 낙담한 모습으로 비틀비틀 걸으면서 비통한 내면의 지도를 생생하게 그리고 있었지. 아, 저것은 어려움에 봉착한 사람이 스스로를 포기하는 표식이 아니던가. 나는 계속 그의 뒤를 따라갔어. 정류장에서 버스를 탔고, 기차역에서 기차로 갈아탔고, 지롱*에서 다시 버스를 탔지. 옆에 앉았는데도 전혀 알아채지를 못하더군. 그는 머리를 숙이고 모든 것들과 절연한 무거운 공기를 덮어쓰고 있었어. 그가 마지막으로 차에서 내린 곳은 이름도 없고 사람도 없는 해변이었어. 그를 따라갔던 모든 여정은 내가 의식적으로 따라갔다기보다 비교적 몽유에 가까운 것으로, 마치 서로가 공유하고 있는 자석에 이끌려서 어떤 의식에 참여한 기분이었지. 아직 바닷물과 어느 정도 거리를 둔 지점에서, 한 조각 돌부리에 가는 길을 방해받고 내 몸이 흔들리고 나서야 갑자기 정신이 돌아왔어. 뇌 속으로부터 행동하라

●　　기룽. 타이완 북해 바닷가에 있는 항만 도시.

는 제시가 떠올랐고, 비로소 나는 십 미터 전방의 그를 따라잡아 팔을 붙잡고 말렸어. '죽지 마!' 해서 모든 것이 다시 또 되풀이되는 고리 속에 있게 된 거지 뭐." 그는 히죽 웃으며 초광의 머리칼을 쓰다듬었다.

"그런 말을 한다는 것이 사실은 무척 바보 같은 일이지. 다른 사람의 생명에 대해 근본적으로 이래라저래라할 권리가 내게는 없는 거잖아. 더욱이 나중에 이 사람이 진흙탕 같은 내용물임을 알게 된 뒤로는 내가 도대체 무슨 근거로 타인의 의지를 간섭할 마음을 먹은 것인지 자신이 더욱 싫어지더라고. 내가 남의 팔을 잡고 저지하려 한 것은 어떤 사고의 과정도 거치지 않고 우연히 발현된 의지였지. 하지만 상대의 것은 생생하게 모든 내용물을 받아들인 뒤 집중적으로 온 마음을 다해 결심한 결과 나타난 절실한 행동 의지잖아. 내 생각은 죽으려는 타인을 다시 살리고 싶어 하지만 살아갈 사람은 내가 아니거든. 어떤 무료한 연관성이 나에게 생각 없이 그런 말을 하게 만든 것일까? 하지만 돌이켜 보면, 비록 고민은 되겠지만 아마도 또 그렇게 행동할 것 같아."

몽생은 머리를 다리 사이까지 숙이고 머리칼을 움켜쥐었다. 초광은 어느새 몸을 세워 앉아서 애잔하게 몽생을 바라보고 있었다.

"몽생, 어찌 되었든 나는 믿고 있어. 다만 죽음에 대해서 너는 여전히 거기까지 가진 못한 거야. 죽음이라는 사실 위에 직접 눕진 못했던 거지. 그것은 네 몸 안에 아직도 죽음에 대해 반항하는 어떤 것이 있다는 뜻이야. 그러니까 그때 그런 말을 했던 너는 다만 죽음이 낯설었을 뿐. 죽음을 저지하고 자기의 세계에 머무르게 하려는 것은 모든 살아있는 사람들의 천성이야. 뭐 특별히 잘못한 거 없어." 내가 말했다.

"죽음에 대한 반항이라니, 정말 그렇구나. 인간이 출생과 동시에 부여받는 원초적 장치 같은 것이군. 그래서 아무리 뇌 속에서는 살기 싫다고 발버둥을 쳐 보아도 몸이 완강하게 버티면서 죽지 못하는 것이겠지. 하물며 다른 사람이 죽는 것도 용납하지 못해서 그를 떠밀어 집으로 돌아가게까지 하다니 정말 웃기는 일이야!" 몽생이 자조적으로 말했다.

"그러고 나서는?" 나는 그 뒤에 어떻게 해서 둘 사이가 이렇게 변하게 되었는지 궁금했다.

"내가 말하지." 눈이 빨갛게 부어오른 초광이 심한 코맹맹이 소리로 말했다.

"몽생이 내 팔을 잡고 '죽지 마'라고 말했을 때 나는 조금 전처럼 그렇게 많이 울었어. 당시 나는 비록 그보다 두 학년 위였지만, 생리적 발육과 사람을 대하는 능력 쪽으로는 그가 나보다 훨씬 성숙했거든. 그는 내게 울지 말라고 명령한 뒤 택시를 불러 나를 데리고 자기 집으로 갔어. 그는 오히려 선배처럼 죽음을 선택한 사정을 말하도록 하면서 강철 같은 기백을 보이면서도 또한 무척 따뜻했단다. 그는 내가 가장 약했던 순간에 내 인생 속으로 끼어들어 왔었고, 나의 모든 욕망이 그의 남성적 기백과 온유함 속으로 빨려 들어갔어. 동생, 믿을 수 있겠니? 나는 마치 혼 빠진 머저리처럼 그의 의지 속으로 녹아들었어. 그가 나의 우상인 양 그의 발아래 엎드려서 그가 요구하는 대로 행했고, 심지어 그가 내 영혼을 가져가든지 아니면 나를 그의 몸 안에 아주 영영 묶어 버리길 갈망했지. 그의 방 안에서는 그도 나에 대한 이런 그의 권력을 받아들이는 듯했고, 해서 가볍게 나를 가져가 버리더라고. 나는 끝없이 눈물을 흘렸고, 듣고 난 후에는 몽생도 울었어. 그의 몸 안에서 나도 느낄 수 있는 모종의 욕망이 분출했고, 그것은 우리가 알지 못하는 영역으로부터 오는 구체적이고 강렬한 것이었단다. 그는 정교하고 따뜻한 손길로 나의 바지를 풀었고, 나는 말없이 따랐어. 그의 촉감 좋은 손이 나의 몸을 어루만졌고 나도 손을 뻗어 그의 손을 끌어와 나의 음경을 잡도록 했어. 이런 욕망은 도대체 어느 곳에서 생성되는지 알수가 없고, 탐구한들 소용도 없는 일이지. 당시 그것은 아마도 남아 있는 '살고 싶은' 욕망을 쏟아 내는 구체적 통로였을지도 몰라. 인간이라는 것이 바로 온갖 욕망의 구멍 같은 존재 아니겠어? 욕망이라는 것은 바로이 모종의 구멍으로부터 흘러나오는 것으로 누구도 막을 수 없는 거야. 우리는 오히려 욕망을 통해 신세계를 구성하고 마주하는 법을 배웠지만, 마주할 수 없다면 죽을 수밖에!" 초광의 떨리던 음성은 차츰 평정을 되찾았다.

"신세계의 구성." 나는 그 함의를 이해할 수 있을 것 같아 머리를 끄덕였다.

"어떤 욕망은 실현하고 난 뒤에 만족했든 못 했든 관계없이 그 자체가 바로 좌절이기도 해요. 바로 '신세계'와 연관된 문제로, 남자에 의해 잡힌 음경의 일처럼 갑자기 원래 자기 세계로 인식된 범위를 넘는 일로서 하물며 그것이 자기 체내에서 일어난 갈망 때문이라면, 자신조차도 자신이 인식하고 있는 근원을 파헤쳐 버리게 되는 거지요. 인간에게 있는 근원적 감정의 좌절을 겪고 나면, 왕왕 상식적인 범위를 넘어서게 되는 거죠. 그래서 원초적인 요소들을 뒤섞어 새로운 비율로 구성하던 중 걸어가야 할 신세계가 목전에 열린 것 아닌가요?" 나는 초광의 이야기를 확장해 말했으며, 와중에 그가 했던 말이 나의 내부에 존재하고 있는 중요한 것에 끈끈하게 달라붙었다.

"동생, 나는 네가 참 좋다. 그런데 너는 어떻게 이런 감정을 이해할 수 있어?" 초광은 자존심을 회복했고, 방금 울고불고했던 일을 부끄러워하는 듯했다. 나는 그의 물음에 대답하지는 않았다.

"그럼 돌발적인 욕망일 뿐? 애정은 없었어요?" 나는 계속 물었다. 몽생은 창가에 서서 고목처럼 칠흑 같은 어둠을 바라보았다.

　"그 후에 확실히 애정이 있었지. 고3 그 한 해는 내가 가장 행복했던 시절이었단다. 그는 항상 나와 함께 교외의 작은 길들을 끝없이 걸어 다녔고, 가끔은 인적 없는 해변을 찾아 수영하면서 석양을 보았지. 뜨거운 모래밭에서 사랑도 나누었고, 나는 시를 읽거나 혹은 오페라의 내용을 그에게 들려주곤 했어. 그런 뒤에 그는 대담하게 나를 가슴 깊이 안은 채 대로를 걸어 돌아왔단다. 배덕한 사랑은 둘 사이에 머리카락 한 올 용납하지 않을 정도로 달라붙어 위험했지만, 진하게 농축시킨 꿀처럼 달콤했어. 하지만 길게 가지는 못했고, 서서히 여자 문제가 얽혀 들기 시작하더라. 처음에는 나를 속이고 여자를 끌어들이더니 차츰 나에 대한 열정이 식었어. 나중에 내게 들킨 후로는 아예 노골적으로 대부분의 여가를 여자와의 약속으로 보내더라고. 더러는 직접 자기의 데이트 스케줄을 내게 알리기도 했어. 조정이 필요하다는 생각이 들어야 비로소 나를 찾아왔지. 나는 정말 그를 사랑했거든. 그의 불공평한 대우를 참아가면서 받아들였어. 한번은 개미를 희롱하듯, 심지어 여자를 데리고 내 방으로 와서는 나 보고 욕실에 숨어 자기가 어떻게 여자를 다루는지 훔쳐보라는 거야. 그 밤 내내 나는 욕실 천장에 올라가 그들을 지켜보다가 나중에는 다리에 힘이 빠져 변기 위로 떨어지고 말았단다. 모든 세세한 몸짓들이 내 머릿속에서 구불거리는 뿌리를 뻗으며 기괴한 거목이 되었지. 마치 온몸이 액체에 잠겨 문드러지고 부어오른 느낌이었어. 머리칼을 손질하는 끝이 예리한 가위를 들고 자신의 허벅지와 왼팔, 배 등을 찌르면서 튀어 나가지도 않고 신음조차 내지 않고 그냥 참았어. 그에 대한 사랑을 철갑을 두른 듯 고수하면서 파괴적으로 표출했던 것이지. 내가 대학 시험에 합격한 뒤 그가 내게 그만 헤어지자고 하더라. 나는 그를 만족시키기에 부족했고, 그는 또 여자가 필요했던 거지. 나에 대한 애정도 이미 순수를 잃었고, 연민에 불과했어. 내가 아직 살아가는 이유는 몽생이라는 사람이 살아있기 때문이거든. 그가 돌아와 나를 사랑해 준다거나 혹은 내게 무엇을 주리라는 희망은 이미 포기한 지 오래고, 그렇다고 내 사랑을 그에게 주기 위해 기다리는 것도 아니야. 그냥 그가 어떤 선의 한편에 있다는 생각이 들면, 그와 같은 쪽에 있으려는 것뿐이고, 아무튼 선의 양편 모두 아득하기는 마찬가지지만, 몽생이 나의 유일한 이정표가 된 셈이지." 초광은 손으로 그의 큰 코를 문질렀다. 입 주변의 수염에 땀방울이 맺혀 있었으며 그의 두툼한 입술에서 마지막으로 흘러나온 말이 허공에 머무는 동안 그의 입술은 아직 미세하게 떨리고 있었다. 그의 남루한 추억 속에는 어쩔 수 없이 어릿광대의 분노가 서려 있었다.

"초광 선배, 이런 얘기를 해도 되는지 모르겠지만,

몽생에게 적어도 매년 한 번은 선배를 보러 오라고 하는 것은 일종의 복수 아닐까요? 어차피 선배에게는 생사 양쪽 모두 망망한 일인데, 그 선택의 책임을 몽생에게 던지는 건 아닌지?"

얽히고설킨 두 사람의 운명을 가감 없이 경청하고 있자니 나의 정력과 지력이 흡수되어 고갈된 느낌이 들었다. 해서 나는 두 사람으로부터 탈출하고 싶었다. 눈앞에서 벌어지는 만길 낭떠러지처럼 위험하고 칡덩굴처럼 감기는 인성의 두려운 광경을 그만 닫아 버리고 싶었던 것이다. 다시 내 안의 사막으로 돌아와 보니 적막하고 황량한 모습이 차라리 이곳보다 편안하다.

나의 물음에 대한 답을 대신하듯이 몽생은 그저 하하 웃었다. 새벽 두 시. 남학생 기숙사의 아래에서 들리는 샤샤샤 슬리퍼 끄는 소리에 맞추어 창문 앞 활엽수의 넓은 잎들이 춤을 추고 있었다. 우수 어린 밤의 운치를 스케치하고 있었다. 어느 때쯤일까, 모르는 사이 몽생은 옷을 벗고 나체로 얼간이처럼 실내를 빙빙 돌아다녔다. 때로는 여성스럽게 엉덩이를 흔들고, 때로는 고심하여 음경을 흔들었다. 스스로 어린아이 같은 몸짓에 취해 있는 가운데 방탕하거나 저속함을 초월한, 오히려 혼탁함을 정화하는 전환이다. 구원을 바라듯, 고통스럽게 팔을 흔들며 손을 높이 들었다.

"개의치 않지? 우리 셋이 성적 동지로 함께 지내면 어떠니? 내가 최선을 다할게. 어차피 세 사람 모두 변형된 성별로 재갈이 물려 있고, 모든 사람이 다 하는 일인데 뭐. 다만 우리는 당나라 삼장법사의 세 제자라는 차이뿐이지. 그 문제는 나중에 다시 얘기해 보기로 하자." 초광이 부끄러운 모습으로 우의적인 손길을 요청했다.

"음, '무성화 공영권無性化共營圈*'을 조성할 수 있겠네. 전문으로 경영하는 욕실 설비를 다 마쳤습니다!"

나는 흔쾌히 이 제의를 받아들였다. 내 개인사에 대한 그의 상상이 역사 수첩을 꿰차고 있는 듯해서 더 이상의 설명은 필요가 없었다. 나는 방심하기로 했다. 나 스스로에 대해 무엇을 말하려고 애쓰지 않기로 했으며, 싫다 불안하다는 말도 하지 않았다. 그냥 자연스럽게 말하고 싶을 때 말했다. 이 두 남자에 대해 공고한 신뢰를 품게 되었다.

"아까 그 문제 말이야, 동생." 초광이 무엇을 찾는 듯 보호하듯 내 손을 꼭 잡았다.

"더 깊게 말해서, 선택과 복수지. 내 몸과 마음은 열여덟 살 바다에 투신할 때 죽었어. 때리고, 죽고, 결합하고. 이 세 가지는 정신과 주치의가 나에게 한 말이야. 열여덟 살 이후 성장한 부분이라고는, 온통 서로 싸우고 가끔 말다툼하는 거야. 후훗. 하지만 심하게 싸우고

---

* 무성화공영권. 성별이 없는 사람들끼리 함께 번영할 구역. 주인공 라즈가 제2차 세계 대전 당시의 정치 슬로건을 패러디해 말장난으로 만든 것.

났을 때 때리고 죽고 결합하는 지점은 더 극적으로 이루어졌지. 난 정말 스스로를 정리하기가 너무 힘들어. 몽생은 스콧 피츠제럴드가 쓴 『위대한 개츠비』같아. 개츠비는 늘 문 앞의 바다를 지켜보고 있어. 멀리. 작고 파란 불빛 하나. 그는 매일 파란 불빛을 보지. 만약 불빛이 꺼진다면 아무것도 없어. 그래서 이정표일 뿐인 거야. 이해할 수 있겠니?"

초광은 아기처럼 웃었다. 나는 밀어닥치는 감정을 어쩌지 못하고 부드럽게 그의 머리를 쓰다듬었다. 초광은 마음을 놓고 앉아 있는 나의 무릎 위로 얼굴을 기대왔다. 몽생도 다가와 초광의 등에 몸을 밀착시켰다. 이슬이 한 방울씩 콧등으로 떨어졌다.

노트 4—4

○

악어 생활 수첩 집 편 : 제1쪽

본사에서 특별히 파견한 조사원이 산 넘고 물 건너 약 백 명에 달하는 전국의 악어들을 방문한 후, 조사한 내용을 통계하여 아래와 같은 악어 생활 양식을 만들었습니다. 최근 악어에 대한 호기심이 뜨거운데 급진적인 신학자가 예측하기로 만약 악어들 사이에 한 분의 신이 강림하시지 않는다면, 곧 신이 그들을 모두 화형대에 오르게 할 것이라고 합니다. 어떤 가능성이든 막론하고 악어의 생활에 대해 모두 빈틈없이 주의할 필요가 있습니다. 학습하든 혹은 멸시해 던져 버리든.

좋아하는 텔레비전 프로그램 :「따르릉50來電五十」, 「예종100綜藝100」, 「700오락실七00俱樂部」

좋아하는 밴드 :「거짓투성이 집滿屋子謊言」, 「수다쟁이들愛說話的頭們」, 「말로만 집안일舌頭的家務事」

사용하는 욕실용품 : 화성和成 HCG 표. 화장지는 서결舒潔표.

사용하는 속옷 : 호문豪門표 화가이華歌爾 시리즈.

항상 하는 가사일 : 뜨개질.

묵념사 : 신이 구원하시길 믿습니다. 신은 세상 사람들을 사랑하십니다.

악어는 실직하고 밖에서 이리저리 배회하던 중에 정류장의 공중전화 옆에서 '증정'이라고 인쇄된 한 무더기의 악어 노트를 발견했다. 발행처는 '기독교의 빛'. 악어는 너무나 무서웠다. 어떻게 이렇게 기독교마저 그를 경계할까? 그는 내심 기뻐하면서 빨간색 볼펜을 꺼내 들었다. 앞부분 여섯 항목을 모두 굵게 밑줄을 긋고, 마지막 항 앞에는 크게 표식을 그려 빨간 선으로 가장자리까지 연결한 뒤 글을 남겼다. '백 퍼센트 정확함. ― 기독교도 가끔은 잘못을 해도 되는군요. 나를 괴롭히지 마세요!' 그는 노트를 펼쳐서 쌓여 있는 노트 무더기의 맨 위에 올려놓고, 교정 후의 판본으로 삼았다. 악어는 몰래 버스 안으로 파고들어 만족스럽게 보조개를 만들어 보였고 버스의 백미러를 주시했다.

향수. 통통한 어린 뚱보가 둥그렇게 퍼진 외투를 입고서, 힘을 준 오른손의 긴 뜨게 바늘을 왼손의 하얀 털실로 감아 힘겹게 뜨개질을 한다. 주위에는 교실 가득 지지배배 참새처럼 재잘거리며 여학생들이 앉아 뜨개질하고 있다. 어린 뚱보 혼자만 온 마음을 기울여서 어리숙하게 뜨개질을 하며 땀을 닦는다. (렌즈를 뒤로 당겨서 풍경을 위로 줌아웃하면) 2층에 정장을 차려 입은 고상한 남녀가 둥그렇게 앉아 있다. 고상한 여자 의 손은 고상한 남자의 팔에 걸려 있고, 고상한 남자 는 손을 배 앞에 나란히 포개 놓고 숨을 죽인 채 경청 하고 있다. 화려하고 우아한 교향곡이 울려 퍼지면서 음악회가 진행되는 중에 어린 뚱보는 살이 한 겹 빠졌 지만, 여전히 펑퍼짐한 외투를 입고서 계속 털실로 뜨 개질을 하고 있다. 털실로 짠 옷의 안쪽을 벌려 바늘 을 넣는 아래로 흰 수건 자락이 끌리자 머리를 숙이고 몰래 중얼거린다. (1·2층의 작은 부분만 비추었던 렌 즈를 다시 뒤로 당겨 건물 전체가 보이도록 풍경을 줌 아웃해 보면) 원래는 3층의 원추형 경기장에 군중이 요란한 광경이다. 중앙의 원형 광장에서 이제는 장작처 럼 말라버린 어린 뚱보가 고독하게 앉아서 한 마리의 하얗고 보송보송한 개를 뜨개질하고 있다. 하얀 털 위 로 눈이 내린다. 아, 타르코프스키°!

● 타르코프스키(Tarkovsky, 1932~1986). 러시아 영화감독. 그의 1981년
   영화 〈향수〉의 영향을 받은 작가가 개체의 고독에 대한 이미지를 형상화하
   고 있음.

노트 4—5

○

1989년에 나는 정주로에 살면서 두 번의 학기[*]를 보냈다. 곧 스무 살 생일을 여기서 맞이하게 될 것이다. 스무 살의 나. 역시 인생에 대해 가장 절망적인 파곡을 보내고 있다. 어떻게 살아가야 할지 정말 모르겠다.

심각하게 진실감이 빠져 있다. 현실 속에서 진행되고 있는 일들, 가끔 걸려오는 가족의 전화, 책상 앞에 붙여 놓은 매주 이십여 시간의 학과 시간표, 교실 가득 종소리에 따라 모였다 흩어지는 낯선 학생들과 강의를 듣고 시험을 치는 일, 동아리 사무실의 탁자에 앉아 오가는 사람들에게 끊임없이 말하고 장난치며 상대하는 일, 몇몇 사람들과 독서회를 만들어 활동하고 토론하는 일, 저녁 시간을 때우듯 가정교사 아르바이트와

● 이 학년 이 학기와 삼 학년 삼 학기의 일.

연극 편집 수업으로 가득 채우고 간혹 몇 명 말이 통하는 사람을 만나면 고담준론을 펼치기도 하지만, 이 모든 것들이 도대체 내게 무슨 소용이 있단 말인가?

나는 그중에 참여하면서 그들을 교란하고 또는 교란을 당한다. 어떤 방식으로 끼어들어 가든 결국은 현실로부터 밖으로 밀려 문밖에 서 있다. 나는 항상 인식한다. 하나의 나는 몸을 열심히 움직이고 입을 화려하게 여닫으면서 그곳에서 어쩔 수 없이 아름다운 시간의 격자를 메우고 있지만, 또 다른 나는 집에서 진창으로 취해 혼미한 상태로 있는 것을. 서머싯 몸이 그의 회고록에서 말한 것과 똑같이 '나의 인생은 유달리 진실감이 없다. 마치 하나의 내가 신기루에서 각양각색의 연기를 하는 또 다른 나를 바라보고 있는 것 같다.' 나는 내가 현실 속으로 온전히 엮여 들어가길 갈망한다.

5월에 동아리 회장 자리를 내려놓았다. 반 고흐의 「감자 먹는 사람들」 그림에서 떨어져 나온 것이다. 그림 속에서 등불은 어둑하고, 얼굴이 부어오르고, 눈자위가 검은 네댓 명의 사람들이 음산하면서 밀폐된 토굴 같은 실내의 식탁 주위에 둘러앉아 감자를 나눠 먹고 있다. 전임 후임 회장의 인계인수 회의에 참석한 탄탄과 초광이 강단 아래쪽에 앉아서 나를 향해 미소를 짓는다. 지유는 오지 않았다.

수령과 헤어진 후 일 년 내내 기생해 살았던 동아

리다. 자신을 억지로 현실 생활의 허리띠에 매달아 보려고 했던 일이다. 하지만 이제 그림 중앙의 등을 지고 있는 사람처럼 떨어져 나오려고 하는 것이다. 강단에 서서 이임사를 하려니 조리가 서질 않고 말이 막힌다. 감자를 나누어 먹는 동작에 비애가 가득 서려 있다. 오래도록 쌓이고 만연해 온 일종의 병통이다. 나와 현실 생활 중간에 세워진 두꺼운 유리벽은 갈수록 두꺼워져서 깨트리기가 너무 어렵다. 문밖의 삶은 이렇게 고단하다.

스무 살이 되는 생일이다. 그만 끝내자! 죽음의 욕망이 한 방울 한 방울씩 내 의식 속으로 침투해 왔다. 생일 전날 저녁에 이 년 동안의 대학 생활 일기와 열어 보지도 않고 묻어 두었던 수령의 편지, 무라카미 하루키의 소설 『노르웨이의 숲』과 아버지의 신용카드를 챙겨 가오슝°으로 가는 밤 기차를 탔다. 도중 기차가 집이 있는 역에 멈추었을 때, 백색으로 밝게 빛나는 기차역의 이름이 눈 안으로 가득 차 들어왔다. 거칠게 호흡하며 질주하는 기차를 따라 눈물이 자꾸 바람에 스쳐 지나갔다. 새벽 한 시가 넘어 가오슝에 도착, 흔들리는 몸을 가누며 호텔로 들어가 514호 방에 투숙했다. 새롭고 근사한 시설, 청결한 침구, 고급스러운 남빛 카펫, 운치 있는 하얀 냉장고, 텔레비전, 음향기, 화장대

● 　고웅. 타이완 남쪽의 항구 도시.

와 아울러 욕실용품이 종이 리본으로 마감된 공간에서 침대에 늘어져 누웠다. 단정한 글씨로 쓴 수령의 편지 봉투를 망연히 올려보다가 열었다.

　너는 이 편지를 열어 보면서 틀림없이 나를 못마땅하게 생각하겠지. 이렇게 시간이 한참 흘렀는데, 왜 아직도 쓸데없는 편지로 편안히 생활하는 너를 귀찮게 방해하느냐고 할 거야. 아직도 깨끗이 정리하지 못하고 치근거리는 거 아닐까, 하고. 여전히 유치하기는. 어쩌면 생전 어른이 되기는 틀린 아이라고 지겨워할 테지. 하지만 그런 것도 아니야. 나는 그저 네게 고백하려는 것뿐이니 들어주었으면 해. 왜냐면 지금의 너는 이미 내가 말하려는 이것과 상관이 없으니 어디에서든 편안하게 들어도 되고, 어떤 영향을 받지도 않을 테니까. 또 과거의 너는 유일하게 나와 관계있던 사람이었기 때문에, 진심으로 내가 하소연할 수 있는 사람이지. 그러니까 너는 그저 이 편지를 열어 끝까지 읽은 뒤 내용을 살펴보는 김에 너에게 감금당한 사람을 한 번쯤 떠올려 보면 되는 거야.

　네가 떠나고 온통 새어 버린 사랑은 누구도 원하질 않았고 비바람 속에 나를 홀로 남겨 놓고 말았어. 너만을 위해 존재하는 사랑을 가슴 가득 품은 채 어디로 가야 할지 몰랐단다. 아무렇게나 지금 내 앞에 나타난 사람을 따라 이곳으로부터 먼 곳으로 데려가 달라는 생각도 안 해본 것은 아니야. 하지만 항상 진정으로 경험해 보기도 전에 너의 영혼과 비교해 조잡하고 거친 타인들을 혐오하게 되더라. 마치 타인이 내 마음을 오염시키고 우리의 사랑을 더럽히는 것만 같아서, 그저 생각만 해도 왠지 억울하고 괴로웠어. 핑계 삼아 너를 미워하고 갈수록 커지는 그리움과 사랑을 떨쳐 보려고 했지만, 그건 더욱 불가능한 일이었고.

매일 너를 미워하려고 애써 봤지만 그럴 수 없었어. 마지막에는 결국 이곳으로부터의 도피나 네가 돌아오기를 희망하는 일을 철저하게 포기하게 됐지. 그 덕에 지금은 네가 버리고 간 나의 공간에서 더욱 편안히 머물 수 있게 되었단다. 환상 속의 너는 내가 원하는 네 모습과 꼭 들어맞아 나는 지금 이 새로운 너와 사랑을 하고 있어. 사람들 속을 걸어가면서 이제는 별로 외롭지 않고, 오히려 스스로 연애 중인 사람인 양 황홀하기까지 해. 가여운 나의 사랑은 네가 떠나고 나서야 비로소 진정으로 태어난 거지. 보살펴 줄 사람이 오직 엄마 하나뿐인 고단한 운명의 사생아처럼.

너를 사랑하는 마음이 갈수록 깊어지니 어떻게 해야 좋을지 알 수가 없어. 정말 네가 예상했던 그대로, 내게 너의 의미가 어떤 것인지 이해하는 일이 너무 늦어 버린 거야. 나는 너와 달리 시작부터 그것이 사랑인 줄을 몰랐어. 너는 사랑할 수 있을 때 최선을 다해 사랑했고, 사랑할 수 없을 때는 사랑을 않기로 준비를 했지. 하지만 멍청한 나는 부지불식간에 네게 끌렸고, 뜨거운 너를 알게 될 때까지 너를 따라다니면서 완전한 믿음으로 모든 것을 네게 주었단다.

가장 가슴 아픈 일은 나에 대한 사랑을 묶어 놓고 정을 끊어 버린 너의 몸짓이 사랑이었는지 아직도 명료하지 않다는 거야. 아니라고 부인하기에는 내 사랑의 정의가 너무 마음에 걸린단다. 아무렇게나 함부로 말하기는 정말 싫어. 이대로 컵 가득 저절로 맑고 달콤한 물이 넘쳐흘러 사랑하는 사람의 마른 입술을 적시도록 내버려 두려고 해. 하지만 이렇게 사랑을 줄 기회조차 없게 될 줄이야. 마지막으로 단 한 번, 내가 너를 생각하듯 하루쯤 나를 생각해 줄 수 있겠니? 끝으로 내 멋대로 네게 따뜻한 한마디를 전한다. ― 사랑해.

1988년 7월 21일

노르웨이의 숲 : '내가 상실한 것은 나오코. 그렇게 아름다운 모습이 이미 이 세상에서 사라져 버린 것이다.'

돌처럼 단단하게 굳은 슬픔을 깨트리자 커다란 파도의 경이로운 물결이 죽음의 벼랑을 덮어 가라앉힌다.

手記.

5. 악어 클럽

노트 5—1

○

1989년, 대학 생활의 세 번째 학년에 접어들었다. 애정 욕구에 사로잡혀 몸부림쳤던 첫해의 연옥 생활을 거쳐 이를 끊고 탈출한 지 18개월이 지났다. 그동안 눈먼 사람이 바다에 들어가듯 수직 하강한 심리 상태는 죽음의 어두운 동굴에 이르고 말았다. 동굴 아래서 유일하게 들려온 소리는 수령이 불러들이는 소리였다. 생과 사의 터널 속에서 나 자신을 저울질하며 부딪치고 있을 때, 그의 목소리는 멀어졌다 가까워지면서 내 귓가에 맴돌았다. 혼돈 안에서 죽음으로 가는 길인 양 나는 그가 소환하는 소리를 따랐다.

오직 수령만이 나의 진실에 속한다는 느낌이었다. 그 일 넌여 정주로의 옥상 방에 살면서 매번 어두운 밤이 찾아올 때마다 홀로 석관石棺* 속에 누워 잠들면서, 수

---

* 석관. 대리석, 석회암, 현무암, 화강암 등을 사용해 만드는 석제의 관.

령 외에 누구도 이 세상에서 나와 상관있는 사람은 없다는 것을 너무 뼈저리게 느꼈다. 내면의 진실과 외부의 현실이 거의 완전히 평행선을 그으며 한 자락 무늬조차 맞아떨어지는 것이 없다. 그의 눈빛, 목소리, 말의 편린들이 흡혈귀처럼 내 몸에 찰싹 붙어 나의 간과 비장의 피를 착취하고 있다. 나는 비록 그것들을 투명한 비닐봉지에 싸 두었지만, 스스로는 그것들과 나를 격리시켰다. 하지만 죽음의 흰 포말이 문틈으로 스며들어 바닥 가득 차오를 때, 나는 놀랍게도 오직 그만이 내 마음속에서 자라난 존재임을 뒤늦게 발견했다.

생각건대 그것은 세계에 대한 일종의 새로운 관점이다. 어쩌면 아주 오래 전부터 나는 이런 관점을 이용해 외부 세계에 저항하면서도, 그것을 발견하지 못했을 뿐인지도 모르겠다. 원래 내 마음 안에서 자라난 것이라야 내게 유용한 것이다. 죽고자 하는 악한 힘에 지배당하는 결정적인 순간에는 상대적으로 내가 세상에서 이십 년간 살면서 끌어안았던 관계와 명분, 천부적인 재능, 소유와 습관까지 그 모든 것들을 다 합해 봐도 텅 비어 소용이 없었다. 어려서부터 가족들이 내 주변을 에워싸며 아무리 사랑을 줬어도 나를 구하지 못했다. 우선 기질이 맞지 않았고, 나 역시 근본적으로 그들이 다가오지 못하도록 마음의 곁을 내주지 않았다. 가면을 쓰고서 비교적 그들의 상상에 가까운 나를 던져 주었다. 그들은 나의 꼭두각시를 안고 화목한

춤을 춘다. 그것은 인류가 평균적으로 상상하는 반경으로 정확하게 원심을 그린 중심이며, 계산을 통해 투영된 가짜 나의 허상일 뿐이다. (내가 무엇인가는 초점 잡기가 어렵지만, 내가 아닌 것은 보자마자 바로 알 수 있다) 그 생의 벽면에서 고통에 의해 벗겨진 나는 한없이 멀리 흩어져 90퍼센트의 인류가 모여 있는 정상적인 심령의 원으로부터 떨어져 나와 있다.

찾아가서 나 자신에 대한 이야기를 털어놓을 사람이 아무도 없다. 나의 이 고통을 줄이기 위해 할 수 있는 일이 아무것도 없다. 내가 스스로를 삶에 고정시킬 만한 이유가 하나도 없다. 얼마든지 이 빌어먹을 엉망진창인 인생을 가슴 벅차게 누리는 것. 그 외에는 아무것도 없다.

도대체 무엇이 진실인가? 내 마음속에 진실이 있는지 알고자 뽑아 든 이 진실이라는 추상 개념조차 모호하기만 할 뿐이다. 하지만 이 글자는 나를 통째로 가두는 지점처럼 보이기도 한다. 마치 감옥에 갓 들어간 죄인이 반드시 입고 있던 옷과 소지품을 비닐봉지에 넣어 두고 대신 보험 상자의 자물쇠를 얻는 것처럼, 나는 모든 생활에 진실이라는 자물쇠를 품고 다니지만 반대로 나는 죄인이 입는 죄수복만을 걸친 꼴이다. 나는 간절히 이 자물쇠를 돌려 생생하게 살아 숨 쉬는 수령의 눈동자와 마주하기를 갈망한다.

이렇게 생겨 먹은 것이 나란 사람이다. 세상 사람들

에게 보이는 한 여자는 세상 사람들의 눈에 비친 한 사람의 환영이며, 이 환영은 그들의 범주에 든다. 하지만 나만의 시선으로 스스로를 들여다보면 그리스 신화 속의 반인반마半人半馬 괴물이다. 놀랍게도 다른 한 여자가 이런 괴물 같은 나를 여전히 사랑하길 원하고 있다. 나를 사랑해 주었던 사람을 따돌리고, 갈망하고 두려워하는 사랑의 대상으로부터 성공적으로 탈출한 뒤로 길고 긴 18개월이 지났다. 그사이 아주 먼 곳에서 촛불 하나가 켜졌고, 촛불이 한 촉 또 한 촉 옮겨 전해지면서 마침내 내 눈 앞까지 당도하여 밝게 빛나는 것이다. 때마침 나의 주위가 완전히 깜깜해졌을 때, 비로소 나는 이 불빛이 따라온 흔적을 발견할 수 있었고, 흔적의 혀가 부드럽게 나를 핥아 주었다. 내가 누구든, 다른 사람이 나를 어떻게 보든, 스스로 자기가 누구인지 알든 모르든 상관없이, 나를 사랑하는 사람이 이 세상에 한 사람 있다. 그는 이미 완전히 나를 받아들였고, 마음속으로 나를 품고 시시각각 반복해 헤아리며 진실로 사랑하고 있는 것이다.

이것은 사실이다! 대학 삼 학년 여름 방학, 나는 막 공관가公館街로 이사를 했다. 어느 청보라빛 깊은 밤, 수령이 나를 진실로 사랑하고 있다는 사실이 나의 뇌리 속으로 들어왔다. 늦여름 초가을이 함께 있는 시절에 밤빛은 요정이 수은을 뿌린 듯 청량하다. 나는 나사복로羅斯福路*와 만나는 길 입구 교차로에 자리한 어떤 악기점 앞의 붉은 벽돌 길에 앉아 있다. 뇌 속으로는 피아노 연주곡인 「Thanksgiving」[**]이 끝없이 파고들고, 종교적 분위기에 휩싸여 조용한 가운데, 나는 천천히 담배를 피웠다. 집을 떠나 홀로 타이베이에서 보낸 지난 5년을 회상해 보니 세월이 데려다 주었던 몇몇 사람들은 세월이 또 데려가 버리고, 아무것도 남아 있지 않다. 이렇게 늦은 밤, 버려진 도시의 모퉁이에서 나는 아직도 홀로 광야의 낭연狼煙[***]을 올리고 있다.

기억의 톱니바퀴가 더디게 엇갈려 움직인다. 어렸을 때 온 집안 식구가 함께 생활하던 모습, 어린 아이들이 하나하나 이어서 집을 떠나고, 내 차례가 되자 마르고 작은 나는 짐을 메고 타이베이로 유학을 왔다. 고등학교 시절 몰래 짝사랑 했던 사람과 함께 성장하면서 웃고 울었던 몇몇 정신적 동료들도 지속적으로 변하는 성장의 급류에 휘말려 각자 떠났다. 억지로 낯선 사람 취급을 하는 것이 아니고, 다시 만났을 때는 이미 과거에 서로 교류했던 감정을 잊어버린 채 울지 않는 가을 매미처럼 입을 다물고 쓸쓸함만 남기는 것이다. 대

- 나사복로. 루즈벨트 길(Roosevelt Road)

- 서양의 가을 연휴인 추수감사절을 의미함. 1982년 최초 발매된 조지 윈스턴의 첫 번째 뉴에이지 앨범 〈디셈버〉에 수록된 피아노 연주곡.

- 낭연. 이리 연기. 전쟁 때에 신호로 쓰던 봉화의 별칭. 이리의 똥을 땔감 속에 넣어서 불을 피우면 바람이 불어도 연기가 똑바로 위로 올라간다는 데서 연유함. 연기에 담배라는 뜻도 있음.

학 시절은 건조한 곳에서 뻣뻣하게 서 있는 것처럼 과립 같은 사람과 사람 사이에서 누구를 만나기는 더 어려웠다. 몇몇 우호적인 사람들이 내게 가까이 다가오려는 시도를 했으나, 나의 내부에서 일어난 정신적 지각변동 때문에 원만하게 타인을 대하지 못하고 관계를 잇지 못했다. 유일한 오아시스인 수령조차 무지개처럼 떴다가 사라졌다. 이후 마치 지구인이 달에 착륙하는 여정처럼 끝없는 무중력 상태의 허공을 떠다니고 있다. 하나 둘 얼굴들이 떠오른다. 얼굴마다 일말의 감정, 사랑, 쓸쓸함 또는 비애가 저장되어 있으나 내게 가장 중요했던 것들은 한 차례 또 한 차례 '분리'되고 말았다. 피할 수 없는 운명적 분리처럼 나와 내가 사랑하는 사람들 사이를 갈라놓았고, 시공간의 변동은 마술을 부리듯 내게 중요한 것들을 변질시켜 사라지게 했다. 마지막에는 내가 점유해 지키고 있는 기억의 보루마저 저 시공의 심술을 이기지 못할 것이다.

붉은 벽돌 바닥에 붉은색과 파란색 유리가 뒤섞여 어른대는 것 같다. '분리'라는 주제가 내 기억 속에 저장된 마디마디를 솟아오르게 했을까. 비 맞은 불쌍한 병아리가 빗방울을 털어내듯, 혼탁한 몸을 흔들어 깨우자 눈물이 「Thanksgiving」의 선율을 따라 흘러내린다. 나는 다리를 벌리고 앉아서 두 다리 사이에 맥주 한 병을 놓았다. 지금 내가 흘리는 것은 고통의 눈물이 아니다. 후회와 각성의 눈물이다. 분리가 무서웠던 것이다. 비로소 보이는 것들. 나는 원래 지나간 몇 년 동안 너무나 깊게 분리를 증오했던 것이구나, 내 마음 저 깊은 곳에서 분리가 존재하는 세상을 용서하지 못했던 것이구나, 나는 어린아이가 얼굴을 가리고 바닥에 버티고 주저앉아 울며 떼쓰는 방식으로 마음속에 사랑하는 사람과의 분리를 회피하도록 의식화했던 것이구나, 그러니까 나는 분리로부터 탈피하겠다면서 더 빨리 분리를 가속화시키는 것이다. 이것이 바로 이해할 수 없는 분리 서사의 배후에서 연출을 해 왔던 속마음인 것이다. 이 분리에 대한 주제는 해저에 묻힌 전설의 아틀란티스 제국처럼 한순간 모습을 갖추어 떠오르곤 한다.

나는 진청색의 긴 운동복 바지를 입고서 천천히 대로까지 걸어갔다. 시끄럽고 비대해진 타이베이에서, 낮에는 더럽고 냄새나는 시궁창 같던 거리가, 심야에 들어서니 조용하고 그윽한 모습을 드러낸다. 육교 계단에 앉았다. 지난날 수많은 적막한 밤에 같은 자세로 얼마나 많은 육교들의 계단에 앉아 있었는지 모른다. 때마다 내 삶에서 중요했던 사람들을 생각하며 앉아 있었다. 그들은 내 인생의 대표적인 편년사編年史다. 지금 육교의 색은 자주색紫色으로 변해 있다. 나는 완벽하게 깨어나 깊이 자각한다. 나는 항상 같은 자리에서 기다리고 있으며 이 다리들도 같은 다리고, 손으로 무릎을 감싸 안은 한결같은 자세로 발아래 세상을 살펴

보는 것이다.

맥주의 맛이 유난히 떫다. 이 년 동안의 고독했던 대학 생활 중에 홀로 몰래 흘렸던 눈물만큼이나 많은 맥주를 마셨는지도 모르겠다. 하지만 맥주와 나 사이의 관계마저 지금 이 순간은 맑게 깨어 있는 상태로 바뀌었다. 뇌리 속에 한 가지 의문이 회오리쳐 들어온다. 만약에 내가 지금 죽어 버린다면, 도대체 나는 이 세계에 어떤 의미로 남을까? 설령 내가 어떤 신분의 사람으로 바뀐다 할지라도, 웅크리고 앉은 자세를 지우는 이상의 의미는 없을 것이다. 도대체 세계는 또 내게 어떤 의미가 있을까? 나는 흥분이 되기 시작했고, 솟구친 감정으로 저절로 몸이 떨렸다. 어떤 것, 나의 모든 심신이 갈망하는 세계, 그 세계가 이렇게 미약한 나의 머리를 쓰다듬어 주길 간절히 바란다. 아직도 내가 너무나 사랑하는 어떤 사람, 지금 나를 구체적으로 이끌고 있는 이 사랑이 나를 아프게 한다.

갑자기 나는 일어서서 육교 가에 헛구역질을 했다. 텅 비어 있는 위 속에서 위벽을 타고 역류하고 있는 위산이 또렷하게 느껴졌다. '내가 사랑하는 사람을 내가 죽였다.'는 말이 억지로 벌어진 입에서 구역질을 따라 토해졌다. 마치 몸 안에 작은 생물이 살고 있어 단체로 힘을 모아 내 입을 벌리는 양 자동으로 튀어나왔다. 이어 나의 흉강에서 '우우' 애절하게 우는 진동음이 터져 나왔다. 바닥에 땅 밑 묘지 형상이 나타났는데, 이것은 내 마음속의 가장 중요한 것을 상징화한 것이다. 나와 세상 사이의 관계를 드러내는 지도로, 진흙 속에 묻힌 모호하고 난해한 실마리를 소가 쟁기질해서 전부 깊이 파 놓은 것만 같다.

나는 크게 목 놓아 울었다. 울음소리가 아무리 클지라도 지나가는 차 소리에 묻혀 그저 잡음에 불과할 뿐이다. 나는 내가 사랑했던 사람들을 하나하나 마음속에서 죽여 무덤에 묻어 버렸다. 나는 바로 이 무덤들의 묘지기이며, 매일 무덤 깊숙이 숨어 그들을 향해 울고 있다. 별이 뜰 때마다 무덤으로 기어 올라가 십자가를 꽂고, 별이 지면 무덤 속에 누워 죽음을 기다린다. 이것이 바로 '분리'의 아틀란티스 왕국이다. 한순간 나는 많은 것들을 알게 되었다. 단 한 번도 내 마음속 알 수 없는 부분을 이렇게 크게 열어서 이미지화한 적이 없었다. 다른 사람들은 모두 죽고, 오직 나 하나만이 살아 있는 나의 세계는 묘지와 마찬가지니 내가 이렇게 슬픈 것이다.

곧바로 나는 수정으로 만들어진 가장 큰 관을 발견했다. 관 안에는 수령이 누워 있고, 앞면에 이 사람은 어리석게도 나를 사랑하고 있다고 쓰여 있다. 지금에 와서 보면 현실적인 측면에서 내 자아에 영향을 끼친 사람이다. 세계에 대한 나의 자각(나라는 존재의 전체적인 구조를 관측하는 데에 있어 이는 중요한 잠망경이다)은 내게 이 여성과의 분리를 선택하게 했으며, 나는 다시 그를 죽여 수정으로 만든 관에 넣었다. 그렇게 함으로써 현실적인 관계의 여러 가지 위협으로부터 도피해 영원히 그를 보존 또는 점유하는 것이다. 그러나 현실 속의 그는 나의 자각과 상반되게 시간을 따라 변화할 것이고, 이 두 가지는 내가 깊이 두려워하고 있는 진짜 분리를 조성하게 될 것이다. 분리를 피하려다가 분리를 가속화시킨다는 것이 이런 의미다.

이것은 내가 왜 18개월 동안 그가 나의 세계로 한 발짝도 더 들어오지 못하도록 했는지에 대한 해명이다. 절대로 그와 말하기 싫고 그가 보기 싫었던 것이 아니다. 반대로 그에 대한 나의 사랑은 더 깊어져 이제는 양면의 동판을 이루었다. 하지만 그의 시신을 수정으로 만든 내 마음의 관에 보존하려는 것이 아마도 진실한 내 모습에 더 가까울지도 모르겠다. 그곳은 영원히 동요하지 않는 내가 믿을 만한 세상이며, 나를 완전히 안심시키는 공간이다. 심지어 생생하게 살아 있는 수령이 내게 꼭 중요하지 않은 것도 같다.

하지만 분명한 건 이 도시에서 생생하게 살아 있는 수령이 나와 함께 살아간다는 것이다. 어쩌지?

노트 5—2

○

1989년. 수령. 공관가. 비련의 두 번째 만남.

"저, 이거 받아!"

어느 이른 아침, 재작년과 마찬가지로 겨울이다. 수영 수업을 마치고 나니 추워서 턱이 덜덜 떨린다. 보기 드물게 일찍 일어난 아침이라 운동장 주변 잔디밭 풀잎에 솜털 구멍같이 작고 여린 이슬이 맺혀 있다. 자전거를 타고 운동장 옆 인도를 지나가는데, 갑자기 자전거 한 대가 내 앞을 가로막아 서더니 편지 한 통을 바구니에 던져 놓고 몸을 돌려 달아난다. 수령이다. 나는 소리를 지를 뻔했다.

"어떻게 여기까지 왔어?"

나는 속도를 높여 그 자전거를 따라잡은 뒤, 그에게 늘 일관되게 사용했던 따뜻하고 너그러운 목소리로 말했다. 천 번도 넘게 상상했던 장면이 지금 정말로 실현된 것이다. 지난 18개월 동안 교정에서 우연히 몇 번 멀리 그와 스친 적이 있었지만, 뜨거운 불에 덴 것처럼 상처가 깊은 나머지 피해서 달아났다. 때문에 만약 그가 정말로 다가와 내 앞에 서서 말을 건다면, 나는 분명히 기절할 것이라고 생각했다. 그런데 막상 실현이 되고 나니 놀랍게도 나는 커다란 목욕 수건으로 상쾌하게 젖은 머리칼을 닦듯이 그렇게 자연스럽고 평온하다.

그는 나를 아는 체하지 않는다. 고개조차 돌리지 않고 열심히 자전거만 몬다. 얇은 막이 그의 눈과 귀를 둘러쌌는지 천천히 발판을 밟으면서 전방만을 주시한다. 당연히 내가 그에 비해 더 남성적일 텐데, 청바지에 긴 보라색 목도리를 두른 그의 모습은 내가 감탄할 정도로 잘생긴 멋을 뽐내고 있다. 나는 그의 옆에서 나란히 자전거를 몰면서 이런저런 궁금한 것들을 물어봤지만 그는 나를 돌아보지 않았고 길 입구에 다다르자 자연히 그가 앞서가게 되었다. 교차로를 건너가는 그를 지켜보면서, 나는 그와 다시 얽히고자 격동하는 마음을 가라앉히며 멈춰 섰다. 망연히 멀어지는 그를 바라보았다.

숙소로 돌아온 뒤 속으로 몇 번 격렬한 싸움을 거친 결과 타협에 이르렀고 다시 학교로 돌아갔다. 그가 수업을 듣는 강의실 뒤쪽에 앉아 비스듬한 앞쪽 창가 자리에 앉은 그를 뚫어지게 바라봤다. 집중해서 강의를 듣는 그의 모습은 여전히 변함이 없는데, 수없이 많은 시공간을 어긋나 이렇게 그를 접하니 그간의 신산함이 파헤쳐져서 날카롭게 일어났다. 잠시 눈을 감았다. 손가락 하나만 뻗으면 그를 잡을 수 있을 듯한데, 실제로는 헤아릴 수 없는 벼랑이 우리들 사이에 존재한다. 매번 나의 시야에 그가 나타나기만 하면 그를 쉽게 잡을 수 있으리라 여기고, 죽을힘을 다해 발돋움을 하며 손을 뻗지만 어째서 나는 눈으로만 자리를 가늠하고 후퇴 또 후퇴하고 말까?

그는 오랫동안 무언의 저항을 하며 우회적으로 나를 피했다. 나는 그가 걸으면 걷고 뛰면 뛰면서 겨우겨우 그의 뒤를 쫓아 맹목적으로 이끌려 왔다. 거미줄에 묶인 벌레처럼. 그가 놓고 간 흰색 편지 봉투에는 한 편의 짧은 시가 들어 있었다. 내게 입은 상처로 인한 슬픔과 숙명적인 감정 같은 것들이 표현되어 있었다. 이렇게 서로 밀고 당기는 가운데 사랑의 욕망은 최고조로 달아오르고, 미칠 것 같은 희열과 고통이 교차되면서 완전히 자신을 잃어버리고 마는 것이다.

그는 머리를 숙이고 걷다가 몇 번을 돌아 원망스러운 눈으로 나를 바라봤다. 호숫가에 이르러서야 걷기를 멈추고 돌아서 내 앞에 섰다. 동그랗게 뜬 눈으로 나를 직시했다. 그는 어색함을 감추고 담대하게 내게 물었다.

"왜 왔어?"

"나도 모르겠어." 내가 대답했다. 어차피 결백한 바에야 그전처럼 두꺼운 낯으로 그를 잡아야 한다.

"모른다면서 **왜 왔는데**?"

맨 뒤의 몇 마디는 거의 울부짖음에 가깝다. 그는 화를 내며 묻더니 혼자 웃었다. 마치 자기가 자기랑 놀고 있는 것처럼. 그는 호수를 마주보며 철재로 된 하얀색 벤치에 앉았다. 손끝으로 빨간색 털옷을 비비 꼬더니 얼굴도 더 새빨갛게 변했다.

"미안. 잠시 자제력을 잃었어. 네가 갑자기 자전거를 타고 내 앞에 나타나는 바람에 참지를 못하고 계속 너를 따라왔어."

"잠시 자제력을 잃었다고? 그럼 네가 잠시 잃은 자제력 다음에 나는 어쩌라고?"

"만약에 변할 수 있다면 변할게. 변할 수 없다면 그냥 예전처럼 똑같을 수밖에."

"똑같지 않아! 이제는 똑같지 않다고." 그는 세차게 머리를 흔들면서 나에 대한 강렬한 불만으로 딱딱한 표정을 지었다. 무슨 큰 죄라도 지은 양 자학하는 모습이기도 하다.

"나는 이제 다른 사람과 함께 지내야만 해."

그가 히스테릭하게 머리를 흔들고 난 뒤 갑자기 이런 말을 뱉었다.

가을. 연이어 삼 년간 똑같은 계절이다. 취월호 위로 가을바람이 솨솨 쓸쓸한 소리를 내며 지나간다. 호

수 면은 가늘게 떨리고 호수를 둘러 싼 나무들은 바스락거리며 하늘거린다. 나는 신속하게 폐 속으로 서늘한 가을 기운을 받아들여 환기시키는 자신을 생생하게 느낄 수 있다. 작년, 재작년, 나는 조물주가 누렇게 시든 색으로 만들어 놓은 가을 들녘에서 이렇게 고독하고 꼿꼿하게 버텨 왔다. 하지만 지금 그 누런 반점은 그의 말 한 마디로 깨어나서 현기증을 일으키며 나를 완전히 고사시키고 있다.

우리는 하늘 끝으로 망명한 연인처럼 서로 끌어안고 같이 울었다. 여전히 가을 들판에서 우두커니 외롭게 버티고 서 있었다. 그는 왜 좀 더 일찍 오지 않았느냐고 나를 원망했고, 나는 그의 고통을 알았다. 나도 왜 다른 사람과 같이 있어야 하느냐고 울부짖었고, 그도 나의 고통을 이해했다.

두 마리 짐승이 최후의 대결을 하는 것처럼 예리한 이빨로 상대의 몸을 물어뜯지만, 이 또한 한 맺힌 사랑이다. 서로의 상처를 핥아줄 수 없이 오직 상대 앞에서 하염없이 안타까운 마음으로 비명을 지르며 울 뿐이다. 더욱이 그가 말한 '다른 사람'도 여자라고 했을 때, 이 말은 치명적으로 나를 깊이 찔렀고 아연해 말을 잇지 못하게 했다.

수령이 말하길, 바로 며칠 전 수령의 생일에 그 다른 이가 준 반지를 받았고, 그와 함께 살기로 했다는 것이다. 동시에 그와 함께 출국해 유학하기로 승낙까지 했다고 한다. 내가 몰래 수령의 집 문 앞에 놓은 장미꽃은 마침 수령이 촛불을 킨 생일 만찬에서 돌아온 뒤에 이미 다른 이가 준 반지를 낀 손으로 주워 올렸기 때문에, 다시 만날 욕망이 퇴색되었다는 것이다. 그날 이전의 장미꽃은 그가 밤낮으로 기다리던 메시지였으나, 이제 와서 다시 생각 없이 미친 춤을 춘다면 이번의 미친 춤은 또 다른 쇠사슬로 고문하는 것이나 다를 바가 없을 거라고.

나를 기다리며 십 개월째 보냈을 무렵, 그는 멍청하게 웃었고 눈동자는 나무토막처럼 딱딱하게 굳었다고 한다. 밤낮으로 허상의 나와 함께하면서 미친 사람처럼 정신이 오락가락했다는 것이다. 결국 그는 다른 사람에게 기대어 그 상태를 탈출하려고 애쓴 모양이었다.

순간 그는 칼끝처럼 예리한 눈빛으로 나를 흘겨보며 말했다. 비교적 나와 '닮은' 다른 사람을 선택하게 됐고, 이질적인 부류인 남자는 배척했다고 한다. 왜냐하면 아름답게 간직하고 있는 나에 대한 기억을 망칠까봐 두려웠기 때문에. 그는 나를 데리고 '다른 사람'과 떠나기로 결심했다는 것이다. 누구도 그의 마음속에 있는 나를 빼앗을 수 없으며, 특히 지금의 나를 잃어버릴 수 없다고 말했다.

마음속 가득 아픔이 밀려왔다. 내가 비이성적으로 결연하게 떠났기에, 그가 받게 된 광기와 병적인 고통에 대한 무한한 양심의 가책이다. 또한 나의 도피 행동에 의해 드러난 그의 자학이 너무 가엽다. 한 사람을 향한 사랑을 지키다 병적인 사랑을 갖게 된 그를 생각하면 더 사무치게 아프다. 더군다나 그가 소중하게 간직하고 있던 나의 의미가 지금의 나를 보며 강렬한 적의로 변해 다시 또 그를 잃게 될까 봐 두렵고 두렵다.

맙소사! 가슴을 치며 발을 동동 구를 일이다. 그가 영겁 회귀˙의 고리 속으로 떨어진 것은 아닐까?

●   영겁 회귀. 영원 회귀라고도 함. 니체가 그의 저서 〈자라투스트라는 이렇게 말했다〉에서 내세운 근본 사상. 영원한 시간은 원형(圓形)을 이루고, 그 원형 안에서 우주와 인생이 계속 되풀이된다는 생각.

노트 5—3

○

수령.

　이젠 바꿔서 내가 너에게 고백할게. 올해 나는 스무 살 생일을 홀로 보내면서 죽으려고 했지만 죽질 못했어. 자신을 던져 버릴 수가 없었거든. 죽음의 절벽을 향해 뛰어내리겠다고 결정을 내렸지만, 몸 안의 결정력이 아직 충분치 않았던 거지. 벼랑으로 향하는 검문소에서 네가 내 마음에 커다란 작용을 했어. 이 망망한 세상에서 그래도 유일한 한 사람, 네가 나를 사랑하고 있다는 사실을 갑자기 깨달았지. 이렇게 내게는 오직 너 하나뿐이었던 거야. 가족들은 비록 나를 사랑하고 심지어 나를 위해 모든 것을 희생할 수 있지만, 그들이 아는 나는 내가 아니거든. 그 어느 누구도 나를 사랑할 수 없고, 아픔도 멈추지 않을 거야. 오직 너만이 나의 심리적 병과 연결되어 있지. 나는 한때 내 안에 있는 비밀의 문을 너를 향해 열었고, 우리 사이의 사랑은 엑스레이처럼 내 어지러운 마음속을 꿰뚫었어. 어지러웠기에 나는 아직도 '유일한 네가 나를 사랑하고 있다.'는 사실을 어느 고랑으로부터 기억해 냈는지 알지 못해. 이 사실은 일찍부터 알 수 없는 은밀한 구석에 나를 고정시켰고, 나더러 태어날 때의 영역을 벗어나지 못하도록 했지.

과거에 나는 알 수 없는 것들을 한순간 깨닫게 되었고 비통함으로 그만 생을 접고 싶었지만, 누가 그려 준 것 같은 나의 실제 생존 영역에서 나를 죽일 능력이 없었어. 유일하게 나를 지탱하도록 했던 비밀스런 사랑마저 일찌감치 스스로 밀어내고 난 뒤로, 나는 완전히 길을 잃고 말았지. 내 마음속 깊은 곳에서 암암리에 빛을 내고 있던 오직 한 가지, 그 일조차 인정할 줄 모르고 현실 세계로부터 도망갔던 거야.

이제 나는 돌아왔어. 그래, 돌아온 거야. 이제 나라는 사람은 180도로 변했지. 나는 너를 보살필 생각이며, 다시 너와 현실에서의 관계를 맺으려고 해. 이것은 치명적 두려움으로부터 활발한 희망으로 변한 거란다. 그렇게 이 애정을 괴롭혔던 치명적인 공포가 신비롭게도 확실히 물러났어. 네 생일에 보냈던 장미는 특별히 무엇을 바꾸려고 보낸 것이 아냐. 어쩌면 너는 황당할 수 있었겠지만, 그런 행동의 의미는 그저 너에 대한 나의 자연스러운 감정을 더 이상 저지할 필요가 없어졌다는 뜻일 뿐.

너와 헤어지고 18개월이 지난 뒤, 나는 다시 너의 집 문 앞에 서 있었어. 금빛 문양이 조각된 하얀 철문은 너무나 환하고 편안해 보였단다. 네가 영원히 그 안에서 살고 있는 것을 아는 바에야, 굳이 조급하게 너를 찾아가지 않아도 너는 바로 나의 영역 안에서 살고 있는 것이겠지. 아름다운 문양이 조각된 철문 안에 말이야. 당시 내 마음속에서 우리의 관계는 이렇게 변했고, 다시는 그 어떤 것도 우리를 갈라놓지 못하리라고 생각했어. 나 자신에게 말했지. 현실 속에서 우리가 어떤 형식의 관계로 존재하든 상관없이, 나는 나의 영역으로 돌아갈 것이며, 정신적으로 수호신처럼 너의 옆에 있겠다고. 그 어떤 것도 생명을 건 우리의 동맹을 막을 수 없을 것이라고.

네가 나를 사랑한다는 믿음 의리 같은 것을 과거의 나는 진정으로 깨닫지 못했어. 오히려 그것이 바로 죽고 싶은 병의 핵심이었단다. 너를 포함해서 나는 진짜 나의 모습을 사랑할 사람이 있다는 것을 믿지 못했지.

왜 몰랐냐고? 이것은 나의 내부적인 문제와 관련이 있어. 사춘기에 이르자 나는 다른 사람에게 연애 감정을 느끼기 시작했는데, 사랑을 느끼는 것이 도대체 무슨 이치로 이러는지 알 수가 없었단다. 내 몸 밖의 또 다른 인류에 대해 갈망하는 이런 일들은 마치 열쇠 같은 것이어서 내 몸 안에 숨겨진 독특한 비밀을 하나하나 쫓아가면서 열어 봤고, 그곳에 새겨진 도안의 원본이 모호함을 벗어나 드러나면서 도저히 받아들이기 힘든 너무나도 확실한 사실을 알게 되었던 것이지. 이것이 앞서 거론했던 나의 내부적인 문제, 내 생존 환경과 고민에 속하는 것들이란다.

너도 알다시피 나는 항상 여자를 사랑했고, 그것이 바로 나의 내부에 있는 도안이야. 하지만 네가 모르는 것도 있어.

너와 함께 있던 당시 나는 너무 고통스러웠고, 그 점에 대해서 너를 이해시킬 수 없었어. 그때는 사는 자체가 고통이었고, 살아 있는 자체가 죄악이라고 여겨져 너와 나를 격리시킨 것이지.

예전에 내가 말한 적이 있을 거야. 네가 너무 유쾌하다고. 그런 네가 나를 너무 쓸쓸하게 했어. 실은 내 스스로를 고통의 석회암 층으로 겹겹이 에워싸 옥죄었기 때문에 네가 나를 접촉할 수 없었던 것이지. 너는 단지 사랑하는 사람의 직감에 의지해 맹인이 점자를 만지듯이 나의 윤곽만을 만질 수 있었겠고, 그사이 고통은 시시각각 나를 찢고 와해시켰으며, 이런 석회암의 내부를 너는 전혀 알지 못했어. 그래서 네가 석회암 안에 들어와 황산을 뿌린 것처럼 나의 고통에는 가속도가 붙어 녹아내리기 시작했고, 그 녹아내린 폐기물이 나를 덮치도록 고통은 끝나지 않았단다. 내가 너를 배반하고 도망갈 때까지도 넌 내게 무슨 일이 일어났는지 알지 못했고, 또한 네 운명이 내게 휩쓸려 어디로 가는지조차 이해하지 못했지.

너로 말하자면, 네가 여자를 사랑하는 일은 남자를 사랑하는 일과 마찬가지로 자연스러운 일이었어. 비극과 불행이 기다린다는 것을 너는 인정하기 싫어했고 믿지도 않았지. 때문에 너는 항상 내 눈앞에서 불꽃처럼 번지는 극렬한 고통을 나의 타고난 비관적인 성격 탓으로 돌렸으며, 정작 너는 연애의 달콤한 행복만을 누리고 남다른 연애의 각별한 격정만을 즐겼어.

나는 너의 젊은 아버지고, 너의 특별하고 아름다운 정신세계를 지닌 연인이며, 이 모든 것이 평범하고, 네가 느끼는 평범한 행복 중 하나였기에 나는 우리들 공동 운명의 중량을 외롭게 짊어져야 했지. 비록 우리들 사이에 사랑이 있지만, 우리는 이 년 동안의 이별 경험이 있잖아.

나는 '독이 있는 음식食物有毒'의 세계에서 살고 있어. 여자로서 여자를 사랑하는 일은 일종의 고칠 수 있는 약이 없는 일이며, 내 삶 속에 사랑이라는 자각이 생기기 시작하면서부터 지금까지 '고칠 수 있는 약이 없다無可救藥'는 말은 나의 모든 고뇌와 아울러 앞으로 내 생애를 관통하는 멍에가 되겠지. 나 자신의 애정 욕구에 순응해서 여자라는 음식물을 섭취하면 내 몸은 중독될 것이니 계획을 세우는 상황에 이르렀고, 나는 문제를 풀기 위해 갈 수 있는 세 가지 길을 생각해 봤어. (1) 음식을 바꾸는 것 (2) 해독제를 발명하는 것 (3) 대안적인 생존 전략을 짜는 것.

음식 바꾸기. 이 방법은 내가 너를 받아들이기 전부터 내 운명을 바꾸기 위해 모든 노력을 기울인 일이기도 해. 사춘기 내내 나는 애정 욕구로부터 스스로를 격리시키는 데에만 모든 정신을 쏟았어. 하지만 자신을 압박하는 것이 도리어 반대 방향으로 향하는 무용지물임을 알게 되면서 잠시 스스로에 대한 공포를 한 테두리 안에 묶어 통제하여 확산을 막는 것만이 유일한 방법이었지.

이건 자기 기만적인 가설이야. 만약 내가 남자를 사랑할 수 있다면, 여자를 사랑하는 고통은 저절로 소멸할 것이라는 생각은 근본적인 자아 인식을 '부정'하는 것이지. 사실 여자를 사랑하는 것과 남자를 사랑하는 것은 전혀 별개의 일이고, 여자에 대한 애정 욕구가 이미 나타난 뒤에는 이후 소실되든 말든, 혹은 기억 속에 어떤 형태로 남든, 그 사실은 이미 나의 내면에 존재하는 것이잖아. 그 사실에 대항하고 그로 인해 발생했던 충돌이 진작부터 존재했던 것처럼, 서로 같은 이치일 거야. 물이 든 항아리에 원래 검정 물감을 풀었다면, 다른 색 물감을 더 넣어 보아도 겉으로 보기에 색이 좀 바뀔 수는 있겠지만 물속에 이미 들어간 검정 물감까지 제거할 방법은 없지.

나는 남자를 사랑할 수 없어. 이것은 보통 남자들이 다른 남자를 사랑할 수 없는 것처럼 자연스러운 일이지. 그래서 음식 바꾸기에 내재된 절대 명령은 오랫동안 나 자신을 모욕한 셈이야. 나 자신이 사회에서 용납되기 힘들다는 것을, 스스로 발견하기 전에 이미 자연스럽게 틀을 갖고 형성되어 있었던 거지. 나는 그저 포효하고, 공포에 떨고, 놀라고, 한탄할 뿐 실제로 어떻게 해볼 수 없는 상황에 당면하게 되어 사실을 부정하고 자신을 학대하기만 했단다. 이런 비애를 네가 이해할 수 있겠니?

너를 사랑하게 되면서 나는 자신을 밖으로 내보냈어. 돌이켜 보면 그것은 더 끔찍한 과정이었지. 앙드레 지드*는 가족

---

* 앙드레 지드(1869~1951)는 프랑스 소설가이자 비평가임. 대표작으로 〈좁은 문〉, 〈돌아온 탕아〉, 〈오스카 와일드〉 등이 있음. 1947년 노벨 문학상 수상 당시 진리를 향한 대담무쌍한 사랑과 예리한 심리적 통찰을 글쓰기로 표현해낸 작가라는 평을 받음.

을 버리고 떠나며 아내에게 이런 고별 편지를 남겼어 : '너의 곁에서 나는 거의 썩어 문드러질 것이다.' 자신을 개방하고 사랑했지만, 해독제를 발명하기에는 너무 늦었고 바로 썩어 문드러지는 과정을 겪게 된 것이지.

짧았던 반년 동안, 우리의 사랑이 완성되어 갔던 역사 속에서 나는 '괴물怪物'이었어. 괴물의 손으로 너를 안고 애무했으며, 괴물의 입으로 너에게 키스했고, 괴물의 욕망으로 뜨겁게 너의 몸을 원했지. 그럼에도 불구하고 괴물에 대한 어떠한 그림자도 없이 순수하게 보는 너의 아름다운 사랑을 받아들이면서, 이 모든 것들이 잔인하게 나를 마모시키고 썩어 문드러지게 했던 거야.

나는 너를 사랑할 자격이 없어. 나는 마음속으로 이 '자격'과 싸우지. 앞으로도 이 괴물의 자아 체험을 몸과 붙은 마음속에서 뽑아낼 능력이 없어. 괴물 체험은 또다시 '무자격'의 상처에 소금을 뿌려댈 거야. 너는 나를 드러나게 하는 영역에 있으므로 너에 대한 사랑이 깊고 굳건할수록, 나 자신의 괴물 형상은 더욱더 흉악스러워져. 지난날 나를 동여맨 붕대를 한 겹 한 겹 열어보니 그 안의 괴물 형상이 상상했던 것보다 훨씬 많았어. 밤이면 밤마다 나는 이 괴물의 출몰로 진저리를 치며 놀라 잠들지 못했고, 살뜰하여 헤어지기 힘든 고통 속에서 지병을 끌어안은 것 같은 몸으로 목젖 근처에서 절망적인 비명을 질러댔지.

그것이 자아 발현인지, 아니면 자아 형성의 곡절인지 알 수 없지만, 아무튼 나는 도망쳤어. 팽팽하게 당겨진 활시위의 화살처럼 이 슬픈 애정의 영역에서 고속으로 벗어났지. 비루한 자신에 대해 폭발적으로 일어나는 열등감과 지독한 혐오감으로 최대한 팽팽하게 활을 잡아당겨 투항했으며, 치열한 싸움 중 적멸했단다. 활의 의지로 나는 튕겨 나가 과녁을 뚫었고, 우리의 운명도 피바다 속에서 이 화살에 의해 비로소 진정 함께 엮였지. 나는 죄악을 저지르는 수법으로, 잔인하게 허리를 꺾어 너를 황야에 버렸어. 애절한 애원을 돌아보지 않았으며, 황당한 배반으로 죄 없이 우는 너의 눈물을 뿌리쳤고, 나에 대한 견고한 믿음의 눈빛을 지나쳤던 거야.

　나는 나 자신을 받아들일 수가 없었어. 사랑에 빠져 있던 나를 해독할 방법이 없었으며, 이 독의 근원은 일찍이 뿌려져 있었고, 전 인류가 내게 심어 놓은 것이니까. 그들은 하나가 되어 독을 넣는 방법으로써 합창을 하면서 북을 치고 함성을 지르지. 나는 아직 다른 사람에게 나를 내보이기도 전에 스스로 그들 대신 먼저 '폐기'의 장을 덮고 잘게 찢어 버렸단다.

　스무 살 생일 전에 나는 네가 나를 사랑한다는 사실을 믿어본 적이 없어. 만약 내가 틀렸다면, 이것이야말로 진정한 죄이며 큰 잘못이지. 자신에 대한 혐오와 저주로 두 눈에 똥칠을 해서 멀게 한 셈이야. 사랑을 너무 갈망했기 때문에, 사랑받을 가능성이 사랑받지 못할 거라는 확신보다 멀리 있다는 생각으로 자존감을 손상시켰고, 나 자신이 사랑받을 만한 가치가 없다고 생각했어. 네가 비록 나를 사랑한다는 표현을 했지만, 그것은 네가 아직 남자와 사랑을 해본 경험이 없고, 우리가 앞으로 사회생활을 하면서 겪게 될 좌절을 모르기 때문이며, 나의 내부에 존재하는 추악한 수렁에 대해 알지 못해서 그런 것이라고 생각했지. 결국 너에게 필요한 것은 남자일 것이며, 나에 대한 감정은 그저 한때의 미혹에 지나지 않아 조만간 나를 떨어진 슬리퍼처럼 쓰레기통에 버릴 것이라고 생각했어.

이제 남은 방법은 한 가지. '대안적인 생존 전략'에 의지해서 살아가는 수밖에. 나는 다양한 방식으로 그 음식을 먹고 싶은 구멍을 메워 갔어. 원래는 덤불로 덮여진 구멍이었으나, 그사이 끌과 정으로 파여진 구멍은 어느새 깊어졌으며, 금식 시기가 지나고서 다시 일어난 식후의 독성을 이기지 못했지. 애정 욕구에 대한 '기아'는 마치 땅 밑 초석처럼 돌출해서 나를 괴롭혔으며, 거대 독버섯인 너와 이별한 뒤 숯덩이로만 남은 내 삶을 급속히 도려내기 시작했단다.

수렁, 너는 내가 너와 헤어진 18개월 동안 어떻게 지냈는지 상상하기 어려울 거야. 나는 시시각각 곧 기름이 바닥날 등불을 품은 두려움 속에서 죽을힘을 다해 군중 속으로 들어가 열심히 일을 하거나, 가볍고도 짧은 감정을 좇거나 알코올에 취해 지내면서, 이 모든 행동을 번갈아 하면서 억지로 하루하루를 살아갔어. 떠돌이 개처럼 여기저기 음식을 뒤적이며 보냈던 창졸간의 낭패한 삶이었지.

아, 운명이 결국 나를 이렇게 대하다니! 내가 고개를 돌렸을 때 네가 불렀고, 다시 돌아봤는데, 운명이란 나를 이토록 학대하는구나 — 너는 나를 데리고 다른 사람과 같이 가기로 결정했다고 말했어. 설마 너는 내가 돌아온 것이 너와 함께하기 위한 것임을 모르는 거니? 네가 냉정하고 아프게 다른 사람의 존재를 내게 알렸을 때, 나는 고생하며 쌓은 우리의 공든 탑이 그 순간 와르르 무너지는 것을 느꼈어. 이것은 정말 어처구니없는 아이러니다. 내가 너란 여자를 떠난 것은 괴물에 속하는 나의 흔적을 네 몸에서 지울 수 있기를 희망했기 때문인데. 모두 타 버린 잿더미의 맨 아래층에 나를 묻고, 네가 나와의 구체적인 관계를 끊는 용단을 내린 뒤, 다시 정상적인 저쪽으로 복귀하기를 바란 것인데. 결혼해서 아이를 낳고, 평범한 범위 안에서, 적어도 전 인류의 문헌과 문명이 모두 지원하고 있는 행불행의 기교를 깨우치면서 사는, 그런 그림 속으로 네가 들어가기를 기원한 것인데.

어차피 너는 나와 같지 않은 사람으로, 여전히 사회에서 각인한 일반 여성이며 네가 나를 사랑하는 것은 음성적 어미의 몸陰性的母體으로 사랑하는 것이며, 너의 사랑은 여느 남성에게로 확장 가능하지. 기본적으로 네가 다른 여성과 다른 점은 다만 포용심이 많은 것뿐. 우리들 관계에서 성질이 변한 것은 나이며, 너에 의해 양성의 몸을 드러낸 나는 인류의 핵심에서 내던져진 사람이야. 하지만 내가 보기에 너는 내던져진 사람이 아니며, 아직 내가 내던져진 곳으로 귀환할 수 있는 사람일 텐데.

하지만 모두 내가 틀렸어. 네가 선택한 새 연인은 나를 난감하게 했으며, 난 모욕을 당한 기분이었지. 아베 코보가 소설『상자 사나이箱男』에 묘사했던 내용인데, 상자 안에 몸을 숨기고 다니는 한 남자가 멀리서 한 장면을 훔쳐보게 됐어 :

자기와 같은 또 다른 상자 남자가 눈앞에서 알몸이 된 여성을 상자 속에서 엿보는 장면을 마주하며 느낀 복잡한 분노와 모욕감이랄지. 어쩌면 적절치 않은 예일 수도 있지만 내가 느꼈던 미묘한 난감함을 조금은 설명할 수 있는 대목이야.

너를 다시 만난 요 며칠 동안, 나는 많은 시간을 들여 너의 세부적인 사연 속으로 들어가 보려고 시도했어. 하지만 매번 그 모욕감에 의해 막혔고, 너의 새로운 연인이 함께 떠올라 연상되는 것을 피하기 힘들었지. 마치 내 윤곽이 그려진 과녁에 너의 연인이 세부적으로 그림을 그려 나가듯이, 밀집된 곳에서 벌어지는 전투 같아. 이번에 네게 돌아오며 마주하게 된 운명의 그물망과 내 안에 새로 생긴 분비물은 당초 예상치 못했던 일이구나!

여기까지 쓰고 나니 피로로 풀린 손이 떨리네. 지금까지도 나는 여전히 너의 사랑을 믿어. 네가 나를 사랑하고 있다는 사실은 일종의 나의 신앙이란다. 그것은 죽음의 경계선으로부터 헤엄쳐 나오도록 나를 지탱했으며, 서로 떨어졌던 18개월의 시공을 헤엄쳐 너에게 귀의하도록 한 힘이지. 하지만 왜 하필 지금 이 시점에 와서야 너는 이런 결정을 내렸을까? 바로 내가 과거에 그렇게 두려워했던 일 - 나를 떨어진 슬리퍼처럼 쓰레기장에 버렸니? 나는 잿더미 속에서 나를 찾지 못했어. 너는 나를 신단에 올려 섬기겠다고 했지만, 향로에 피우는 향불은 다른 사람의 것이네. 나는 어디로 가서 내 신앙을 되찾아야 할까?

다시 담을 넘어 도망간다면 순간 새로이 짜인 그물망이 눈

앞에 펼쳐질 것을 나는 알고 있어. 나는 이제 무자격의 점막을 벗고, 죄책감도 죽음의 물결에 휩쓸려 보내고, 약간의 열등감만을 지닌 채 너와 맨몸으로 포옹할 준비가 되어 있단다. 심지어 너에게 여느 결혼을 선택하도록 하고, 나는 가족처럼 옆에서 지켜보려는 생각까지 했지. 이런 사랑의 결심이라면 충분한가? 충분하지 않은가? 인생이란 것이 내가 추론한 것보다 모호하고 상황도 간단치가 않네. 우리 사이에 가시밭이 가로놓여 서로 마주 서서 바라보며 끌어당기고 다시 밀어내는구나. 두 사람(심지어 세 사람) 모두 살갗이 터지고 살이 파이면서도 또한 피하지 못하고 있구나. 알려 주길. 그저 사랑하는 몸짓만으로 '순결하게' 인내하고 결심하는 것만으로, 충분한가? 충분하지 않은가?

1989년 11월 4일

노트 5—4

○

저먼*과 주네**의 관계에 대해 이야기해 보겠다.

우리나라는 지역이 협소하고 인구 밀도가 높고 생활은 단조로워서 항상 중대한 뉴스거리가 오래도록 끊이질 않았다. '악어 열풍'은 금세기에 가장 밀도 높은 관심사이자 특집 시간이 가장 긴 뉴스로서 사람들이 품은 뉴스에 대한 갈망을 여실히 보여 준다. 이처럼 하늘

●   데릭 저먼(Derek Jarman, 1942~1994). 영국의 영화감독. 동성애자로 알려진 그는 주류 문화의 저편에서 파격적인 실험영화 창작에 매진한 작가주의 감독이자 인권 운동가임. 도버 해협이 보이는 바닷가의 외딴 집에서 영화 〈화원〉을 촬영한 뒤로 지병이 악화되어 나머지 생을 울타리 없고 해안선이 한눈에 들어오는 화초 정원을 가꾸며 보냄.

●●   장 주네(Jean Genet, 1910~1986). 프랑스의 시인이자 소설가. 사생아로 태어나 탈영병, 좀도둑, 보헤미안으로 유럽을 방랑하며 전위 작가 중에서도 독특한 세계를 확립한 것으로 평가됨. 동성애자로서의 정체성은 주네의 글쓰기를 지배하며, 대표작으로 자전적인 소설 〈도둑 일기〉, 〈장미의 기적〉 등이 있음.

과 땅 사이 꼼꼼한 그물망 같은 감시(악어 상표의 총
판은 한 마리당 백만 원의 현상금을 악어 잡는 사람
에게 걸었음) 때문에 악어는 어쩔 수 없이 일을 접고,
잠시 집에 숨어 여러 해 동안 저축해 놓은 돈으로 살
아갔다. 자기가 아무 이유 없이 전국 최고로 환영받는
인물로 뛰어오른 것을 생각하면, 전 국민이 계속 악어
찾는 즐거움을 누릴 수 있도록 잠시 숨어 있는 불편
을 참는 것도 영광이라고 느꼈다. 오죽하면 대통령조
차 취임식 연설 중 마지막에 이런 말을 덧붙였다 : '국
민 여러분께서 미래에는 악어를 좋아하듯 저를 좋아
해 주시길 희망합니다.'

악어는 혀로 입술을 핥았다. 사실 그는 전국의 텔레
비전 방송에서 전 국민에게 이렇게 말할 수 있길 얼마
나 원하는지 모른다.

"안녕! 나 여기 있어!"

1991년에 대학교 졸업장을 받은 뒤 나는 헤밍웨이와
포크너를 공부했다. 스스로를 세상에 드러나면 안 되
는 천재라고 느끼고, 집에 틀어박혀 '작가의 꿈'을 꾸
었다. 삼 개월이 지나 원대한 꿈이 깨진 뒤로 떠밀리듯
집 밖으로 나와 어느 다예관茶藝館의 점원으로 들어갔
다. (상상은 좋은 것. 포크너가 말하길 작가에게 가장
좋은 직업은 술집을 여는 것이라고 했다. 낮에는 글을
쓰고 밤에는 다양한 사교 활동을 풍부하게 접할 수 있

다는 지론이다. 다예관의 환경도 제법 근접하다고 본다) 어느 날 밤, 문 닫을 시간에 가장 늦게 일어난 손님 하나가 계산대 앞의 게시판에 몰래 광고문 한 장을 붙여 놓고 나갔다.

소집령 : 여러 곳에 있는 친애하는 악어 여러분 주목해 주십시오. 다음 모임 시간은 12월 24일 밤 열두 시, 장소는 악어 술집 100호실, 가명 성탄 무도회가 열립니다.
— 악어 클럽* 올림

악어는 그 소집령을 보고 난 후, 너무 흥분해서 며칠 동안 잠을 이루지 못했다. 자신 외에 다른 악어들이 있다는 것은 생각지도 못했는데, 하물며 이미 클럽까지 조성되어 있다니! 그렇다면 그는 갈 곳이 있고, 누군가와 이야기도 나눌 수 있는 것일까? 악어는 감격해서 커다란 눈물방울을 흘리면서 두꺼운 솜이불의 네 모서리를 빨았다.

성탄절 전야 열두 시에 악어는 시간에 맞추어 모임 장소에 도착했다. 술집 입구에서 흰색 정장을 입은 두 명의 도우미가 악어의 외투를 벗겨 받아 들었다. 악어가 어색해서 기둥 모서리로 움츠러들자니, 그들이 악어에게 가명으로 하는 서명을 부탁했다. 악어는 '주네'

---

* 원서에는 구락부(俱樂部)라 표기되어 있음. 클럽으로 순화.

라고 서명하면서 낮은 목소리로 그들에게 물어 봤다 :
"여기 있는 모두가 악어입니까?"

도우미는 살짝 머리를 끄덕였다. 악어는 부끄러워서 서명하고 있는 탁자 아래로 뚫고 들어가고 싶은 심정이던 중에 '주네' 옆에 서명한 '저먼'을 보았다.

안은 이미 수십 명의 사람들로 가득 찼고, 넓은 대회장과 화려한 장치를 바라보며 마치 집에 온 것 같은 따뜻함을 느꼈다. 악어는 어떻게 모든 악어들이 하나같이 꽉 끼는 '사람 옷'을 입고 있을까 놀라웠으며, 정말 모두가 자기처럼 부끄러움을 탈 줄은 몰랐다. 문득 악어의 뇌 속에 한 장면이 떠올랐다 : 춥고 어두운 겨울밤에 모두가 하나로 뭉쳐 껴안고 있는 모습.

무도회가 반쯤 진행됐을 무렵, 근처 마이크에서 진행자의 목소리가 들려왔다.

"본 열 번째 악어 클럽을 후원하고 주최해 주신 화학 원료 기업에게 감사의 말씀을 드립니다. 연구자들이 근 반년 동안 비밀리에 연구해 온 악어를 본뜬 사람 옷으로 인해, 오랫동안 악어 모습을 감추길 갈망한 분들에게 적지 않은 행복을 드리게 되었습니다. 그저께 또 다시 새로운 품종의 '사람 옷 3호'가 연구 제작 결과로 만들어져, 잠재적 악어 경향의 악어들도 만족하게 되었죠. 여러분들도 잠시 후에 입고 있던 헌 옷을 버리고 새 옷으로 갈아입어 보시기 바랍니다. 끝으로 이어지는 음악은 더 빨라질 것입니다. 모두 너무 더울

테니까, 내가 하나, 둘, 셋 소리를 지르면 다 같이 동시에 사람 옷을 벗어 버리기로 합시다."

하나 둘 셋 소리를 지른 후 무도회장 전체에 불이 켜졌다. 수십 명이 동시에 함성을 질렀다.

"악어!"

이런 일이 일어나기 삼십 초 전, 나는 전등 담당자를 밀어내고 총 전원을 꺼 버렸다. 다시 악어 옆으로 가서 그를 끌고, 전기가 들어오지 않는 틈을 타서 신속하게 얼굴을 가린 뒤 뒷문 쪽으로 숨어 '사람 옷'을 입고 도 망쳤다. 일 분 후 클럽은 이미 물샐틈없이 막혀 버렸으며, 안에 있는 사람은 놀라고 겁에 질려 탈출하고 근처의 흥분한 주민들은 또 밀치고 들어가면서, 정말 '짓밟고 가다'라는 말에 정확히 부합되는 일이 벌어졌다. '저면'이라는 가명으로 참가했던 나는 악어가 문을 열고 들어서는 순간 곧바로 그가 광고문을 붙였던 손님임을 알아봤다.

저면은 곧 죽게 될 영국의 영화감독이다. 금마장金馬獎 타이완국제영화제에서 그가 찍었던 「화원The Garden」을 본 데다가 당시 내가 악어를 다예관의 지하실에 숨겨준 계기로 나는 악어가 자료를 넘겨주고 저면이 기술을 제공한 이 소설을 쓰기로 작정했던 것이고, 다시 돌아가 졸업식 장면부터 쓰기 시작했다.

"우우. 하마터면 영원히 사람 옷을 입고 사람들 만

나는 것을 못할 뻔했어. 왜 나를 끌고 왔지?" 악어는 다예관의 방석 위에 누웠다. 솜 방석이 가득 깔려 있는 목재 바닥에서 그는 몸을 뒤집어 벽에 두 다리를 의지하더니, 힘껏 벽을 걷어차며 항의했다.

나는 손을 흔들었다.

"모두들 그렇게 나를 보고 싶어 해. 너……설마 잘 몰랐어?"

악어는 억지로 두 번째 말을 하고는 말을 더듬었다. 그는 자신이 사람과 단둘이 마주한 적이 없었다는 것을 깨달았다. "그런데 도대체 내가 무엇이 다르지?"

나는 고개를 가로저었다. 가명으로 쓴 주네에 대해, 악어는 어떤 유명한 사람도 주네보다 대단한 사람은 없다고 했다. 그는 어려서부터 프랑스의 교도소에서 성장했으며 각종 죄명으로 평생 감옥을 드나들다가, 마지막에는 사랑스런 작품으로 천재적인 작가라는 인정을 받아 사르트르의 보호 아래 대통령 특별 사면을 받게 되었고…….

V8 카메라를 악어의 맞은편 벽에 고정시키고서 한편으로 나는 야채 라면을 먹으며 다른 한편으로 접안 렌즈에 눈을 대고 초점을 맞추었다. 형광 스크린 속의 악어는 춤을 추듯이 손과 발을 움직이며 혼잣말을 시작했다. 만갱만곡滿坑滿谷*에 가득가득 쌓아두었던 말들

● 　만갱만곡. 골짜기가 가득 차고 굴속이 가득 찬다는 뜻으로 모여든 사람이 아주 많다는 의미로도 쓰임. 〈장자(莊子)〉 제14 '천운(天運)'편에 나오는 고사성어.

이 악어의 입에서 튀어나왔다. 말은 갈수록 빨라져 나중에는 고속 방영처럼 겨우 길게 이어지는 즈—즈—즈 소리만 남게 되었다. 이렇게 악어는 연속으로 3박 3일 동안 자지도 쉬지도 않고 말을 했다. 나는 몽롱한 중에 그가 했던 마지막 말을 이렇게 기억한다.

"나 화장실 갈래!"

노트 5—5

○

비 온 뒤 무지개가 떴을 때 우리는 함께 부두에 서서 깊게 가라앉은 슬픈 작은 섬과 손을 흔들어 이별했다. 그 끝에는 아무것도 없었으며, 오직 우리가 서로 관망했던 애정 욕구만이 남았다. 지난날의 누추했던 올가미를 지금껏 탄식하며, 마치 따로 낯선 그림 전시회를 열어 놓은 듯 헛되이 망각의 우산 한 자루만을 남겼다. 사랑을 갈망하는 사람들이 안개 속을 걷고 있다. 삼각형을 구부려 동그라미로 만들고, 동그라미는 통째로 화살촉이 되며, 화살촉은 다시 삼각형을 찌른다. 도로 이정표가 하나 또 하나 이어서 일어나고, 우회전해서 교차로를 지난 뒤, 일방통행 도로에서 길을 잃고, 빽빽한 숲의 해역으로 와 있다.

문학원 앞쪽 홀에 있는 게시판 위에서 검정 가죽의

작은 수첩을 발견했다. 인적 사항 면에 몽생의 이름과 주소, 전화번호가 적혀 있었다. 수첩 안에는 잡다한 단문들이 빼곡하게 적혀 있었고, 매 문장들의 글씨는 모두 갈겨쓴 것으로 아마도 품에 넣어 다니다가 속기했던 모양이다. 수첩에서 몽생의 이름을 발견하자 내 눈에서 갑자기 눈물이 계속 흘렀고, 마침 그 페이지를 적시고 말았다. 어떤 연유로 나와 이 사람의 은근한 관계는 내 슬픔을 꽉 물고 놓아주질 않을까?

"이봐, 몽생. 내가 너의 검정 수첩을 주웠어. 찾고 싶으면 당장 나와서 얼굴 좀 보여."

"뭐야, 날 보고 싶어? 조심해. 나를 사랑하지 않도록."

몽생을 못 본 지 또 거의 반년이 흘렀다. 그는 머리카락을 바짝 다듬고 무릎까지 오는 두꺼운 모직 코트를 입고서 나타났다. 목에 무늬가 있는 진녹색 실크 목도리를 두르고, 속에 베이지색 체크 셔츠를 입은 모습이 마치 독수리 귀족 같아 보였다. 우리는 담배 연기로 가득 찬 어떤 지하 술집에서 만났다. 천장이 무척 낮은 위층에서는 머리카락을 길게 풀어 헤친 외국인 밴드가 헤비메탈 음악을 연주하며 노래를 불렀다. 마치 원시 동굴로 들어가는 느낌이 들었다.

"몽생, 오늘은 우리 떠들고 노는 건 안 했으면 좋겠는데, 어때? 내 생각에……."

"나란 사람이 네게 어떤 의미를 갖기 시작했니?" 몽

생은 오른손을 들어 내 말을 저지하면서 한편으로 멍한 눈빛으로 밴드를 응시하며 낮은 목소리로 내게 물었다.

반년 동안 몽생이 투명한 은색으로 변한 것 같아 나도 그에게 가까이 다가갔다. 레이저 광선 안에 들어간 손은 형광색으로 물들었고, 나머지 다른 한 손은 원래의 살색을 유지하고 있다. 몇 개의 조명등을 제외하곤, 모든 불이 꺼져 있는 좁고 밀폐된 공간 안에서 탁자마다 앉아 있는 사람들은 빠르게 스케치한 소묘 중 목탄으로 처리한 음영처럼 보인다. 헤비메탈 음악의 두드림을 따라 마치 검은 성냥갑 속 성냥개비들을 무한한 우주를 향해 쏟아내는 것 같다.

"저쪽을 봐. 커다란 탁자에 둘러앉은 십여 명 남자들. 모두 기이한 옷차림을 하고 있지. 또 보자. 저기 다른 탁자에서 고개를 숙이고 앉아 있는 두 여자. 그들 모두가 성별이 없는 사람들이야. 어쩌면 간단한 성별 부호에 그들의 주술을 더해 대항하고 있는지도 모르지." 또 몽생은 밴드 메인 보컬을 가리켰다. "저 사람이 이 술집 사장이야. 우리는 그를 낫싱Nothing이라고 불러. 바로 이 바의 이름이지. 보이니? 그의 얼굴에 난 스무 바늘의 꿰맨 상처. 낫싱이 스무 살 때 자신을 과도로 그었던 흔적이야. 당시에 낫싱은 상처를 내면서 맹세하기를 : 다른 사람이 만들어 준 나를 이렇게 지워 버리겠다, 지금의 나는 진정한 내가 아니다, 하면서 그

일 이후 간단한 배낭을 지고 세계를 돌아다녔어. 진정한 자기를 찾겠다며 고행을 시작한 거지."

"몽생, 그런 이야기 듣기 싫다. 나는 너랑 이야기하고 싶어."

몽생은 등받이 없이 다리가 긴 둥근 의자에 두 다리를 벌리고 앉아서 손으로 다리 사이의 의자 테두리를 잡고, 박자에 따라 다리를 흔들었다. 그의 몸이 미친 환락 속으로 빠져드는 가운데, 그의 세포는 극렬하게 뛰었지만 두 눈에 영혼이 없었다.

무대 중앙의 대머리 낫싱은 그의 노랫소리가 잦아들고 드럼 소리가 강렬하게 벽을 울릴 즈음, 몽생을 향해 유혹의 눈빛을 보내며 손가락으로 고리를 만들어 무대로 올라오라고 손짓을 했다. 몽생은 소환되자마자 곧바로 민첩하게 외투를 벗고 빙그르 몸을 돌려 무대의 연못 속으로 뛰어들었다. 장내의 모든 사람들이 그를 보자 열렬한 박수로 환호하며 모두 탁자를 치고 발을 굴러 소리쳤다.

Bony. Bony — Bony. Bony.

몽생은 마이크를 잡고 이상한 뉘앙스의 영어로 빠르게 말했다. 대충 그가 노래를 안 부른지 이미 일 년이 지났는데, 모두들 아직 자기를 이렇게 기억할 줄 몰랐으며, 오늘은 특별한 친구와 같이 왔기에, 특별히 헌정의 노래를 부르겠다고 했다.

이어 뒤로부터 아주 느린 곡조의 연주 소리가 울려

퍼지면서 몽생과 낫싱은 흑인 영가 한 곡을 함께 불렀다. 가슴 앞으로 무늬 있는 실크 스카프를 늘어뜨린 몽생의 얼굴에 유난히 요염한 광채가 드러났다. 음악의 선율을 따라 두 사람이 얼굴을 맞대고 꿈틀거렸으며, 점점 가까워진 하반신이 부드러운 마찰을 시작하자 장내는 비명소리와 환호로 뒤덮였다. 두 사람은 분위기에 취한 듯, 서로 혀를 내밀어 애무하기 시작했고, 밴드가 갑자기 연주를 멈추면서 격정은 고조에 달했다.

"뭐야, 이 정도 클래스를 못 참겠어?" 몽생이 여자 화장실의 문 밖에서 내게 물었다.

둘의 격정적인 무대를 보면서 나는 몽생과 함께 마시던 두 잔의 브랜디를 한꺼번에 들이켰고, 잠시 후 위장이 뒤집혀서 급히 화장실로 뛰어들어 구토를 했다. 내심 소화하기 힘든 충격을 받았다.

"아냐. 받아들이지 못한 것이 아니고, 다만 내 몸이 저항하고 있을 뿐이지. 머리와 몸이 따로 논다." 겨우 여기까지 말을 잇고 나는 또 다시 와락 구토를 했다.

"너 괜찮아?" 몽생이 놀라서 손잡이를 돌려 문을 열려고 했다. "불쌍하군. 정말 한심하다. 예전에 내가 여기 메인이었을 때는, 낫싱과 그가 데려 온 여자 멤버랑 그 자리에서 일을 벌이기도 했지. 심지어 무대에서 배설까지 했는데, 네가 봤다면 구토하다 죽지 않은 게 도리어 이상한 일이었겠군!"

"몽생, 너는 내 문제에 대해 알고 있었겠군. 그렇지?"

나는 변기 위에 앉아 안정을 취하며 말했다.

"너와 처음 마주친 순간에 바로 꿰뚫어 봤지." 그도 바닥에 앉아 화장실 문 통기창 틈을 사이에 두고 나를 봤다.

"몽생, 나는 졌어. 너랑 초광처럼 죽음의 경계로 떨어져 못 나오고 있지." 말하고 나서, 나는 처음으로 사람과 사람 사이에서 해방감을 느끼며 편안하게 소리를 내어 울었다.

"빌어먹을 성모 마리아. 하나님이 선택한 백성이 여기 또 하나 있군!" 몽생이 힘껏 문짝을 찼다. "우리 같은 사람들은 서로 다른 개인의 역사 속에서 걸어왔어. 저마다 가진 병력 카드病歷表는 다르지만, 공동으로 함께 죽음의 분위기인 이 별로 들어서게 된 거야. 죽는다고 해서, 정말로 모두 다 성공적으로 죽음에 이르는 것도 아니더군. 어쩌면 내가 아흔 살까지 버틸지도 모르지. 나를 죽고 싶게 하는 어떤 역사도 내게는 그저 헛소리야. 기억이 있는 다섯 살 때부터 그냥 숨 쉬는 것만으로도 두려웠어. 천천히 깨달았지. 너 아니? 정말 무서운 게 뭔지? 시간이야. 하하. 공기와 시간, 이 두 가지로부터 숨을 수 있겠니? 이런 사람을 신이 먼저 선택하지 않는 것은 왜일까? 하지만 우린 가장 우수한 인재들이 아닌가!"

"몽생, 나는 너만큼 심각하진 않아. 그나마 내 몸 안에는 아직 자기 자신도 모르게 죽음으로 치닫는 것을 막는 부분이 있지. 신체적인 본능뿐 아니라 내 의식이 원치 않고 있어. 스무 살 때 위험한 상황을 버티고, 오히려 자살의 위협으로부터 벗어나 살길이 열렸지. 이 별에서 나는 이미 한 가닥 살길이 있음을 알게 됐어."

나는 여기서 멈추었다. 갑자기 천근 무게의 수치심이 나의 입술에 내려앉았다. 이렇게 몸에 부착된 듯 수시로 전해지고 아무 때고 나타나는 수치심은 마치 보이지 않는 내 몸의 외피처럼 나를 동여매곤 한다. 또한 오래도록 횡포를 부리며 나와 타인들 사이에 경계선을 그어 왔다. 다시 울고 싶은 슬픔이 밀려왔다.

"몽생, 나는 어떤 여자를 진정으로 사랑하고 있어. 그것이 살아남을 이유야." 말을 마치고 나니 눈물이 끊임없이 흘러내렸다. 나는 흐느낌을 멈추려고 애썼다. 오만했던 내가 결국에는 겉을 둘둘 말고 있는 가죽에 구멍 하나를 냈지만, 외피와 안 사이의 갈등을 생각하니 마음이 너무나 아파왔다.

"어서 나와. 너무 축하한다. 너를 한번 안아 주고 싶구나." 몽생은 통기창 쪽으로 혀를 내밀고 귀신 얼굴을 익살스럽게 만들어 보였다. "한바탕 오줌 축포를 싸서 축하해야 해." 곧이어 청바지의 지퍼를 여는 소리가 들리더니 몽생은 화장실에 딸린 휴게실로 몸을 던져 한 바퀴 빙빙 돌며 오줌을 뿌렸고, 어떤 사람이 비명을 지르며 뛰어나가는 소리를 들었다.

"아무것도 중요하지 않아. 다시 죽음의 척추를 향해

좀 더 깊게 뚫어 나아가야 해. 죽음은 모든 진실의 근원이거든. 현실은 헛되이 쌓아 올린 천 겹의 층과 같은 것이지. 한 층 한 층 냄새나는 껍질 주머니를 벗어 던져야 해. 너의 8대조 조상님, 부모, 수족, 살갗 외에 떼지어 몰려다니는 일만 개의 머리조차, 살갗 아래서 너의 영혼에 반대하는 네 몸까지도 모두 총살을 시켜서 희디 흰 하얀 배肚*를 노출시켜야 한다고. 죽음의 깊은 곳에서는 너 자신이 아무것도 아니라는 것을 맛볼 수 있지, 그저 허기진 흰 배일 뿐."

몽생은 화장실 문 앞에 서서 진지한 목소리로 내게 말했다.

"몽생, 그렇지만 내가 내 통로를 발견했을 때, 그 길은 외부 세계에 의해 다시 막혀 버렸어. 내게는 오직 그것을 뚫는 길밖에 없는데, 그만 뚫을 의지를 상실하고 또 다시 나락으로 떨어져 돌아왔단다. 나는 지금 생사의 교차점에 있는 터널 입구에 소리 없이 머무르며 표류하고 있는 중이야. 다만 외계의 변화구가 내게 충돌해 난류 속으로 휩쓸리기만 기다릴 뿐이지."

"내가 아직 네게 '여신'에 대한 이야기를 안 했지?"
몽생이 한숨을 쉬며 말했다.

"나는 마음속으로 은밀하게 어떤 '여신'의 그림자를 사랑하고 있어. 초광보다 훨씬 전에 알았던 사람이지.

● 　배. 복부와 위, 혹은 마음을 뜻함.

여신은 내가 막 불량 서클 생활을 마치고 학교로 돌아왔을 때 참가했던 교내 합창단의 지휘자였어. 당시 나는 여신에 비해 내가 부족하다고 생각했고, 감히 여신의 곁으로 가까이 다가갈 수가 없었지. 그때는 내 정신이 어디가 고장 났는지, 어이없게도 합창단 안의 칠팔 명 단원들과 형제자매처럼 지내면서 순수하고 친밀한 감정까지 나눴어. 그들과 함께할 때면, 나는 저절로 정상인처럼 평범한 행동을 하게 됐고 그들은 나의 다른 한 면에 대해 전혀 알지 못했지. 나는 그들과 함께하는 그런 순수한 느낌이 좋았어. 그중 한 사람에게 접근해서 그를 할퀸다면, 나 자신을 혐오하게 될 거라 여겼어. 그냥 그렇게 여신이 다른 남자 지휘자를 좋아하는 모습을 지켜보면서 지냈던 거지."

나는 눈을 감고 몽생의 모습을 상상했다. 반지르르 뒤로 빗어 넘긴 머리칼. 검게 반짝이는 두 눈동자. 예리하게 쏘아볼 때는 사람의 가슴을 뛰게 하지만, 또한 온유하게 대할 때는 사람의 혼을 낚을 수도 있는 눈이다. 이마는 높고 시원해서 잘 정돈된 초원 같고, 마르고 긴 얼굴에 두 볼이 약간 움푹했다. 표정에 어울리는 볼 근육이, 항상 눈동자의 색깔에 따라 조화롭게 바뀌는 그는 훌륭한 배우다. 표정 변화가 풍부한 몽생의 얼굴은 보고 있는 내가 눈을 쉴 수 없을 만큼 다채롭게 변해서, 그가 표출하는 것을 그냥 보고만 있어도 좋았다. 하지만 몽생이 이렇게 보석처럼 아름다운 몸 안에 감추어 둔 것은 치명적인 절망의 씨앗이다.

"참 어리석지? 사실은 전혀 사랑도 아니야. 이렇게 여러 해 동안 나는 갈수록 깊게 여신에게 빠져들면서도 그와 가까워진 적은 단 한 번도 없었고, 오히려 여신의 환영만 점점 부풀어 올라 암 덩어리처럼 커져 있었지. 나는 거리에서 아무 여자의 몸에서나 여신의 눈썹, 코, 심지어 종아리뼈의 각도까지, 그의 그림자를 찾고 있어. 어떤 여자와 진전된 감정이든 마지막에는 모두 여신을 배반했다는 자학에 이르러, 기분이 뭉개진 케이크처럼 되고 말았지. 그렇지만 참 우습지. 전에 나는 목욕을 하면서 여신을 자위의 대상으로 떠올려 봤는데, 여러 번 시도를 해 봐도 발기가 되질 않더라고! 여신은 내 생각을 단 일 초도 한 적이 없을 텐데, 이쪽에서 나는 한 마리 벌레처럼 순간순간마다 그의 그림자를 핥아먹고 있었지. 젠장—"몽생은 바닥에 앉아 혼잣말을 하듯 중얼거렸다.

"난 네게 이런 점이 있는 줄은 몰랐어." 나는 이미 문을 열고 몽생 옆에 서 있었다. 마음 깊은 곳으로부터 연민의 정이 솟아올라 나는 그의 머리를 꼭 껴안았다.

手記.

6

6. 해피 뉴 이어

노트 6—1

○

악어가 다예관의 지하실에서 지내는 동안 그의 적응력은 놀라웠다. 이 점만으로 평가한다면 악어는 금마장을 받거나(하필 왜 금마장이냐면 아마 이 상의 시상식만이 유일하게 악어가 사람 옷을 입을 필요가 없을 듯해서) 혹은 우량아 상을 받을(확실히 일회용 기저귀 개량의 영감을 주는 데에 공헌이 클 테니까) 자격이 있다.

악어의 생활은 무척 규칙적이다. 지하실이라서 날이 밝아도 햇빛을 볼 수 없지만 자명종 없이 아침 여섯 시만 되면 그는 자동으로 일어난다. 악어가 입고 있는 브라운 체크무늬 잠옷은 주인아주머니의 아들이 입던 것으로, 팔과 바지의 단이 짧게 잘려 있다. 그는 또 악어 장난감 대신 자기가 스스로 만든 완구를 손으로 안고 있는데, 그것은 십여 개의 작은 손수건으로 동그란 원형을 만들어 다시 커다란 수건에 감싼 완구다. 악어는 매일 잠잘 때마다 이것을 안고 잔다.

스스로 물건들을 U凹자 모양으로 쌓아 만든 물건 더미가 악어의 침상이며, 그는 일어나자마자 몽롱한 상태로 눈도 뜨지 못한 채 구석에 있는 오줌통을 향해 똑바로 걸어가 앉아서 일을 본다. 그러고는 아직 하늘이 어슴푸레할 때를 틈타 지상으로 올라와 배수구에 그 오줌을 쏟아 버린다. 이때야말로 악어가 하루 중 지상으로 올라와서 바람을 쐴 수 있는 유일한 시간이다.

아침을 먹기 전에 그는 습관대로 운동을 한다. 그의 운동이란 위로 뛰어 올라 천장을 만지는 것으로, 이렇게 백 번을 반복한다. 이웃 사람들이 그가 악어임을 찾아낼까 봐 두려운 까닭에 이사를 자주 다니다 보니, 이런 운동만이 어떤 거주 환경에서도 지속적으로 할 수 있음을 발견하게 되었다. 악어 통조림이 없으므로, 그는 창고 안에 있던 훠궈火鍋 냄비를 이용해 세상에 없는 이상한 요리로 세끼를 해결했다.

아침나절에 악어는 거의 무언가를 읽으면서 보낸다. 그는 거의 글자만 보이면 모두 읽는다. 지하실에 쌓여 있는 물건의 표시나 반입 기록장도 읽는다. 가장 좋아하는 읽을거리는 오래전 발간된 낡고 너덜너덜한 『심령 잡지靈異雜誌』다.

오후에는 탁상용 라디오를 들으면서 손으로 하는

여러 일을 한다. 어떤 때는 뜨개질로 털옷을 짜고, 어떤 때는 중국 매듭을 만들고, 또 더러는 모형을 만들기도 한다. 악어는 이 모든 수공품을 나에게 준다. 내가 지출한 금액에 맞먹게 환산하는 의미로 내가 아무리 거절을 해도 말릴 수가 없다.

저녁이 되면 악어는 텔레비전(이것은 나의 작은 텔레비전이다)을 시청한다. 그러다 열 시가 되면 자동으로 물건 더미 침대로 올라간다. 만약에 내가 이야기라도 하나 들려주겠다고 하면, 그는 기뻐하며 이야기 하나에 일 위안짜리 동전 하나씩을 돼지 저금통에 넣었다.

"저면, 내가 방송국에 편지를 써서 노래 신청해도 돼?"

"좋아. 그런데 네 이름은 뭐라고 써서 보내려고?"

"악어!"

"그건 안 돼. 사람들이 모두 너를 보려고 몰려올 거야. 무슨 노래를 신청할 건데?"

"내 자작곡인 '악어의 노래'를 신청하려고 해. 저면에게 바치는 노래."

악어에게는 참 이상한 습관이 하나 있다. 그는 사람 옷을 입었을 때만 용기를 내 나를 보면서 말을 한다. 지하실에 있을 때는 대부분 사람 옷을 입고 있지 않기 때문에, 나와 이야기 할 때마다 그는 항상 V8 촬영기의 렌즈를 대면하고 말을 한다. 내가 만약 악어의 표정을 보려고 한다면 바로 촬영기의 접안경을 마주해야 볼 수 있다. 이렇게 보는 것이 피곤해지면 악어는 눈 깜박할 사이 장막 뒤로 숨어들어 말을 한다. 이것은 악어의 요청에 따라 쳐 놓은 커튼이다.

악어는 타고난 배우다. 촬영 렌즈를 마주하고 이야기하는 것은 그의 유일한 '소통 방법'이다 : '나는 아마도 역사적으로 이런 일을 발견한 첫 번째 사람일 것이다.' 내가 부재중일 때도 그는 렌즈를 마주하고 나와 이야기를 한다.

"헤이, 악어. 너는 어떻게 '주네'를 알게 됐지?"

"응, 그건 '아기와 엄마'라는 책을 읽고 알았지. 책에서 말하길, 주네는 프랑스 사람으로 고아였고 어려서부터 옥에 갇혀 자랐으며 죄수들을 엄마 아빠로 여기며 살았는데, 나중에 그의 친모가 찾아왔지만 만나기를 거절했다고 해. 그는 형무소를 집 삼아 살다가 만기를 채우고 출옥하면 고의로 죄를 짓고 다시 옥으로 들어갔다는 거야! 저면, 교도소 안에서도 텔레비전을 볼 수 있니?"

"볼 수 있어. 그렇지만 방송으로 노래를 들을 수는 없지. 악어, 너는 생식 활동을 할 수 있어?"

"그걸 어떻게 알겠니? 아직까지 다른 악어를 만난 적이 한 번도 없는데."

노트 6—2

○

대학교 사 학년, 나는 마지막으로 한 번 탄탄과 지유를 동시에 봤다. 동아리 회장 자리를 내려놓기 전 한차례, 동아리 전체 회원 모임에서다. 장소는 정주로의 5층 옥탑방, 내 자취방이었다. 십여 명의 사람들이 협소한 방에 빽빽이 모여 앉았다. 카드놀이를 하는 사람, 열심히 먹는 사람, 술을 마시는 사람, 이야기하는 사람, 서로 붙어서 의지하며 잠을 자는 사람 등 깊은 겨울밤에 시끌벅적하게 무리를 이루어 무척 따뜻한 시간을 보냈다.

나는 처음부터 끝까지 녹음기 옆자리에서 디제이를 맡은 두 사람을 주시했다. 둘 다 열광적으로 서양 음악을 좋아하는 '음악 바보樂癡'들이다. 탄탄과 지유는 서로 몸을 기대고 나란히 바닥에 앉아 서로만의 암호를 나누면서 앞으로 틀어 줄 음악의 순서를 의논하고 있었다. 다음 선곡 리스트를 공개할 때마다 성실히 수다스럽게 곡의 내용과 분위기, 일화에 대해 소개하던 그들의 격정적인 목소리와 뜨거운 눈동자, 삶에 대한 충만한 열정을 영원히 잊지 못할 것이다. 음악이 두 사람의 내면을 긴밀하게 밀착시켜 하나로 만드는 것 같다.

탄탄과 지유가 특별히 다른 사람들을 배척하는 것은 아니지만, 여러 사람들 속에서 가장 부드러운 한 줌의 모피 같은 부분을 자연스럽게 형성한다. 아마 그들이 서로 옆에 앉아 예전에 함께했던 모습 그대로 최후의 음악을 공유해서일 것이다.

사람들이 하나 둘 잠을 자자 탄탄은 조용히 키보드를 쳤다. 오랫동안 만나지 못한 두 사람 사이에 어색한 분위기가 흘렀지만, 근황을 서로 어떻게 털어놓을지도 몰랐다. 지유는 그저 심오한 눈빛으로 탄탄을 봤다가 나를 보더니 외투를 걸치고 창가로 가서 고요하고 밝은 보름달을 바라보았다. 이 한 장의 커피색 사진은 내가 무척 아끼며 보물처럼 간직하는 것이다. 시간이 흐르고 일들이 스쳐 지나가서 여러 해가 바뀌면 아마 아무도 다시 말하거나 떠올리지 않겠지만, 나는 여전히 숨겨 간직할 것이다. 왜냐하면 나는 탄탄과 지유가 공유했던 '아름다운' 감정의 한때를 지켜본 마지막 증인이기 때문이다. 또한 이 두 여자아이에 대한 기억으로 나의 내면에 결핍된 완미한 감정의 전형을 대신 보상받는 기분이 들기도 한다.

그날 이후 탄탄과 지유에 대한 기억은 둘로 나뉘었

고, 두 사람은 내 대학 생활 속에서 따로 나타났다. 둘 중 하나를 만날 때마다 그들은 최대한 다른 한 이름이 거론되는 것을 피했다. 하지만 시간이 아무리 흘러도 나는 두 사람 다 서로에 대한 그리움을 마음 깊이 묻어 두었음을 알 수 있었다. 또한 나 역시 내 마음속에 그들 각자와 나누었던 대화를 나란히 합쳐 두었기에, 마치 그 둘이 함께 생활하고 성장하면서 내 마음속 방에 나란히 앉아 예전처럼 즐겁게 대화하는 것만 같다.

둘과 나의 인연은 모두 깊다. 만나자마자 바로 의기투합했으며, 그들이 서로 헤어진 뒤에도 여전히 각자 내게 무한한 믿음을 주었다. 어느 때를 막론하고, 혼자 그들 중 누구라도 우연히 마주치게 되면 언제나 자연스럽게 내면의 퇴적물을 깨끗하게 파내 버리고는 다시 함께 앉아서 배가 아프도록 웃었다. 서로 간에 조롱을 하며 말장난을 즐겼다. 설령 나와 그들 사이의 우정이 산발적으로 이어졌다 하더라도 일 년이라는 긴 시간이 흘렀고, 이 기간 동안 나는 완전히 나 자신을 숨긴 채 탄탄과 지유에게 관심과 사랑을 쏟았다. 둘은 여전히 가장 따뜻한 눈빛으로 나를 주시했고, 가장 진실한 언어로 신임하는 마음을 전해 주었다.

그래서 스무 살 생일이 지난 뒤, 자연스럽게 나의 숨겨진 부분을 꿰뚫어 본 몽생과 초광을 제외하고 나는 후폭풍에 상관없이 이 두 아이들과 직면하기로 결심했다. '보호자'의 가면으로부터 걸어 나와 둘에게 내 진실한 내부 상황을 드러내기로 한 것이다. 그 후로는 내가 밤마다 공포를 느끼듯이 그들이 나를 두려워하면서 침을 뱉고 모욕을 주든 말든, 혹은 신임을 주었던 내게 도리어 속았다고 생각을 하든, 혹은 나를 어떻게 대할지 몰라서 어색함과 경계심을 참으며 동정심에 억지로 나랑 이야기를 이어가든 상관없다. 두 사람이 내게 베푼 신임의 기초가 있었기 때문에, 감옥에서 나오고 싶은 충동과 사람들에게 속을 보이면서 만나고 싶은 갈망이 시작된 것이다. 과거라면 이런 심경은 곧바로 끊어 버렸을 일이다. 나는 또 한 번 인류를 믿어 보기로 했다. 성적 욕망과는 거리가 먼, 평등하게 진정한 이해와 포용을 전제로 한, 완전한 신뢰의 관계를 건립해 보기로 한 것이다.

이러한 영감을 실현시키려면, 모욕을 받게 될 좌절의 부담까지 짊어져야 한다는 사실을 나는 잘 알고 있다. 하지만 이 또한 내가 세상에 대한 믿음을 배우게 될 첫발로서, 내게는 중요한 전환점이다. 이렇게 작은 한 발짝을 모색하는 일이 어쩌면 다른 사람들에게는 별 게 아닐지 모르겠지만, 내게는 원래 잘 보이던 사람이 갑자기 실명을 당한 뒤에 길에서 지팡이를 짚고 처음으로 장애인 안전 유도 블록 찾기를 배우면서 첫 번째 벽돌을 찾아내는 일과 같다.

훗날 두 아이는 사람들의 마음을 사로잡는 아름다운 여성이 되었고, 각자 그들을 사랑하는 남자들과 우

여곡절 끝에 연애를 시작했다. 둘은 영원히 헤어졌지만, 서로 또렷이 기억하고 있다. 세상에서 서로를 가장 사랑했던 첫 번째 사람이 여자였다는 것을. 가장 아름답고 순수했던 감정을 지녔던 인생의 한 자락이었지만, 다시 돌이킬 수 없음을 둘은 동시에 인정했다. 왜냐하면 세월이 그들로 하여금 남자를 원하게끔 몰아갔으며, 더 이상 여자를 사랑하는 일은 부적합하다고 재촉했기 때문이다.

어느 날 저녁 나는 또 기대치 않게 우연히 교문 앞 지하도 입구에서 지유를 만났다.

"이봐요, 라즈. 절 모르십니까!" 손에 꽃다발을 든 지유가 귀가하는 나를 막아섰다.

"누군가 했어! 한 달이 멀다 하고 머리 스타일을 바꾸는데, 반년에 한 번 거리에서 붙잡히는 사람이 무슨 재주로 너를 알아볼 수 있겠니?" 나는 놀라서 말했다.

"에이, 딴소리는 그만두시고요. 난 지금 학생회관에 헌화하러 가는 길입니다. 첼로 연주하는 남자한테 이 꽃을 바치려고요." 그는 장난스럽게 윙크를 했다. "빨리 새 전화번호나 불러 봐요. 보아 하니, 선배 또 집도 새로 바꿨지요?" 나는 그가 웃겨서 머리를 끄덕이고 줄줄 새 전화번호와 주소까지 불러 주었다.

"선배도 너무함! 이거 좀 봐요. 이 전화번호부만 보아도 라즈 면은 번호가 한쪽 가득 메워져 있잖습니까." 그는 번호를 받아 적으면서도 화난 시늉을 하며 나를 탓했다.

"전화번호는 뭐 하려고? 생전 네 전화 받은 적도 없는데."

나도 화살을 한 번 날렸다. 우리 둘은 사람들이 오가는 지하도 입구에 서서 마치 서로 싸우는 듯 말했다. 지유는 붉은 벽돌 길의 난간에 기대어 있었다. 머리는 반년 전 역시 거리에서 우연히 만났을 때보다 더 짧고 더 꼬불거리는 파마를 하고 있었고, 거친 느낌의 황갈색 천으로 넓게 마름질된 무릎까지 내려오는 상의를 입었으며, 아래는 몸에 달라붙는 검은 줄무늬 바지를 입었다. 벙벙한 잠옷을 뒤집어 쓴 것 같은 느낌이 들지만 그의 몸에는 무엇을 걸치든 편안하게 어울리며, 자연스러움이 풍기는 여성미가 있다. 지유의 여성성을 연상케 하다가도 어느새 조용히 자제를 시켜 주는 그런 아름다움이다.

"정말로 선배한테 전화를 하기는 했어요. 요전 한 번은 무료한 새벽에 갑자기 선배 생각이 나더라고요. 또 한 번은 꽤 최근인데, 우리 언니가 실연하고 자살을 시도하는 바람에 옆에서 지키다가 기분이 좀 그랬거든요. 하지만 두 번 다 걸자마자 그냥 끊어 버렸음! 정말이에요." 한껏 애교를 발산하는 지유는 사람의 마음을 끄는 특별한 매력이 있어서 그에게 설복당하지 않을 수 없다. 다만 그렇게 웃게 하면서도, 지유의 얼굴에는 우울함이 가득했다.

"알았어. 좋아, 학생회관까지 자전거로 데려다줄게. 가면서 좀 더 이야기도 하고." 언제나 그렇게 그와는 바쁘게 어깨를 스쳤고, 바쁘게 서로를 훑고 지나쳤으며, 바쁘게 시간의 부스러기를 주워 모아 말을 주고받았다. 언제나 이 아이는 내 마음 깊은 곳에 안쓰러움을 남겼다. 마치 내가 아이의 가족인 양 저절로 마음이 쓰였으며, 이렇게 인생의 고뇌가 찾아온 시절을 어떻게 대면해야 하는지 이야기해 주고 싶었다. 나는 지유를 깊게 이해하고 있다.

우리의 관계는 극히 미묘하다. 나와 지유 사이에도 미묘한 암묵적 약속이 작용하는 듯하다. 서로 민감한 부분에 발을 들여놓지 않고, 상대의 사생활에 함부로 뛰어들지 않으면서도, 우정은 두텁게 쌓아 조심하고 절제하면서 부평초浮萍草*같은 만남을 유지하고 있는 것이다. 그러다가 떠다니던 부평초끼리 서로 만나지면 순간 오래 쌓여온 거대한 우정으로 영원히 다음에 언제 다시 만날지도 모른 채, 말로 표현할 수 없는 감동을 느끼며 헤어진다. 사람과의 교류가 부담스러워서 우리가 이러한 거리를 유지하는 것이 아니라, 지유의 심중에 존재하는 모종의 독특한 절제다. 이러한 절제는 그가 첫발을 디뎠을 때 자신을 보호할 수 있도록 하고,

---

* 부평초. 개구리밥과의 여러해살이 수초. 물 위에 떠 있는 풀이라는 뜻으로, 정처 없이 떠돌아다니는 신세를 이르는 말로도 쓰임.

타인에 대한 강렬한 사랑의 갈망으로 인한 붕괴를 피할 수 있게 하는 것이다. 나는 지유가 나를 존경하는 것을 알고 있다. 지유는 나를 수양 형쯤으로 여기면서, 서로 같은 삶의 분위기에 처한 이유로 깊은 이야기를 할 수 있고 삶이 내포하는 의미를 공감할 수 있지만, 오히려 내게 가까이 오길 원하지 않았으며 내게 의지하는 것을 피했다.

"라즈, 사람은 어떻게 해야 자신을 변화시킬 수 있어요?" 지유가 좀 큰소리로 내게 물었다. 학생회관까지 데려다줬더니, 지유는 꽃을 첼로의 친구에게 대신 전해 달라 맡긴 뒤 나를 붙잡아 두고 다시 뛰어나왔다. 우리는 문학원 정문의 회랑 아래 앉았다.

"그거야 네가 변화시키려는 것이 무엇인지를 봐야지? 가슴을 부풀릴 것인가, 엉덩이를 축소시킬 것인가?" 지유는 나를 매섭게 노려보며 내 몸을 뒤져 담배를 찾아냈고, 자기는 맥주를 내게 상납하고는 기둥에 기대 연기를 내뿜으며 몽롱한 말투로 말했다.

"라즈, 내가 어제 저녁에 정식으로 한 남자와 헤어졌다면 믿겠어요? 완전히 나를 이해하지 못하는 남자랑 말이죠. 더 신기한 것은 내가 그런 남자와 놀랍게도 일 년을 함께 지낼 수 있었다는 거예요. 언제나 일요일 여덟 시만 되면 텔레비전 앞에 앉아 「다이아몬드 무대 鑽石舞臺」를 보는 남자였어요. 그 프로그램이 저속해서가 아니라, 그냥 텔레비전을 보고 있는 그의 모습이 참을 수가 없었어요. 영화도 그는 성룡이 나오지 않고서는 극장에서 거의 한 시간을 참지 못하며, 모든 시간을 오직 자기가 관심 있는 한 가지 일, 전공하는 화공과 전공 서적을 읽는데 쓸 뿐이죠. 그는 무척 똑똑해요. 필력이 좋아서 붓글씨도 아주 잘 쓰고, 피아노도 잘 쳐요. 그런데 이 모든 것들이 그에게는 무용지물이고, 자기에게 필요할 때만 한 번씩 꺼내 자신을 자랑한답니다. 일종의 부속품 같은 거죠. 그는 처음부터 끝까지 공리주의자예요. 그러면서도 무척 자신 있게 살고, 자기 일생의 계획을 분초까지 나눠 계획을 세워 놓았답니다. 심지어 나까지 계획에 잘 세워 두었는데, 바로 자기한테 필요한 아내 역인 거죠. 그가 생각하는 사랑이란 게 이런 거예요. 아마 나를 아낄 거고, 의식주면에서도 별 문제가 없을 거예요. 그는 공부를 하거나 일하다가 피곤해지면 나를 불러서 잠자리를 해요. 그러고는 혼자 만족해서 잠을 자죠. 이 인간은 그 부분만 유난히 밝히더라고요(하)! 내가 헤어지자고 했더니, 그는 내가 미쳤다며 평소 하던 습관대로 그냥 나가라고 하더군요. 헤어질 결심을 하기까지 한참을 끌었죠. 라즈, 나는 두려워요. 내 몸을 다독여 안아 줄 한 사람, 그 한 사람을 찾지 못할까봐 걱정이에요. 나 너무 비겁하죠? 어제 실연당한 언니가 자살을 기도했던 일을 수습

● 다이아몬드 무대. 가수들이 나와서 노래 부르는 쇼 프로그램.

하면서, 털끝이 쭈뼛해지더군요. 나중에 나도 혹시 저러는 거 아닐까? 단숨에 오밤중을 틈타 그의 집으로 가서 담을 넘어 들어갔어요. 그러고는 내가 그에게 썼던 편지들을 훔쳐 와서 울면서 모두 불태워 버렸죠. 마치 그를 잘라 모질게 다져 버린 양, 지금은 속이 후련해요. 비로소 알게 됐죠. 그동안 내가 그를 얼마나 미워했고 얼마나 나 자신을 미워했는지. 나는 어쩌다 이런 사람이 되었을까요?" 지유는 다소 과장되게 웃으며 말했다. 목소리가 높고 쟁쟁한 것은 무디어진 아픔을 깨닫고 자신도 모르게 흥분한 것이다.

나는 눈을 감고 지유가 담을 넘을 때의 민첩하고 용감한 모습을 상상해 보았다. 빗방울이 가늘게 흩뿌리기 시작했다. 나는 외투를 벗어 지유를 덮어 주었다. 헤아려 보니 탄탄을 제외하고, 그는 대학 생활 이 년 동안 이번 남자까지 이미 세 명의 남자를 바꾸었다. 지유는 예술적 재능이 뛰어나며 성격이 극단적으로 복잡한 기인인 것이다. 교내에서 그는 너무나 쉽게 시청사視聽社* 최고의 기타연주자로 발탁됐고, 연극부에서는 연기에 심취해서 공연 무대 위에서의 극중 배역은 그의 대학 생활 중 새로운 아편이 되었다. 지난 이 년 동안 지유는 거의 무대 위에서 시간을 보냈으며, 그의 예술적 풍류와 운치는 다양하고 정교하며 능숙해져서

● 시청사. 교내 보컬 그룹을 양성하는 예능 지원 동아리

변화무쌍하기가 비할 데 없었으며, 동성 이성을 막론하고 저항할 수 없는 그의 눈빛에 모두 매료되었다. 여기서 나는 어쩔 수 없이 탄탄이 전에 했던 말을 떠올렸다.

"라즈, 지유는 정말로 신비로운 여자예요. 그의 영혼은 마치 바늘 끝에서 자라는 것 같아요. 그는 좁고 좁은 무소뿔 속에 갇힌 듯하지만, 그 무소뿔은 또한 심오하기 이를 데 없어서 영원히 파헤칠 수가 없는 느낌이죠. 지유의 뇌리 속 가장 깊은 곳에 또 무엇이 있을지 알 수가 없어요. 얼음처럼 차갑다가 또 횃불처럼 뜨겁지만, 그 두 가지가 절대 충돌하는 법도 없어요. 고등학교 때, 어떻게 그렇게 함축적인 방법으로 대범하게 나와 사랑할 수 있었는지 도무지 생각이 안 나요. 우리는 누가 누구를 유혹한 일도 없이, 그냥 시간이 지나면서 자연스럽게 서로 사랑하게 되었죠. 우리 둘 모두의 마음속에 이건 우정과 다르다는 느낌이 있었지만, 그것이 도대체 무엇인지 상관이 없었으며, 뭐 나쁠 것도 없다고 생각했어요. 마치 호기심 많은 두 어린아이들처럼, 매일 들떠서 기다리고 마중하면서 뭐 어떠랴 했던 거예요. 저는 원래 지유와 그리 친하지도 않았고, 친구 좋아하고, 놀기도 좋아해서, 성적도 반에서 중간 정도였어요. 반면에 지유는 무척 조용하고 공부도 열심히 하는 아이라 항상 등수가 앞 몇 명안에 드는, 약간 무서운 아이였죠. 그런데 그 당시에 생물 실험 대회가 열렸고, 저는 무척 참가하고 싶었어요. 지유가 실험을 잘한다는 것을 알고서 두꺼운 얼굴로 그에게 다가가 같은 조가 되어 달라고 부탁했죠. 연합고사를 앞두고 전국 대회에 참가한다는 건 정말 미친 짓인데, 놀랍게도 지유가 허락을 하더군요. 이렇게 해서 실험 연습을 하던 어느 날, 둘이 함께 실험 용기 눈금을 보다가 내가 문득 지유에게 말했어요. 네 눈이 참 예쁘다고. 그 순간 나는 내가 구원받았음을 알았어요. 오랫동안 누구도 사랑할 수 없을 거라는 두려움을 갖고 있었는데, 지유의 눈동자를 보는 순간 언제 어디서든 그를 기다리게 됐고, 매일 등교하는 일이 소풍을 가는 것처럼 즐거워졌답니다. 한 사람 속에서 나를 꺼내어 준 그에게 감사할 뿐이죠. 대회 전날 저녁, 우리 둘은 남쪽으로 가서 성공대학교 기숙사에서 묵게 되었어요. 한 침대에 좁게 누워야 해서, 처음에는 둘 다 긴장을 했나 봐요. 침대 테두리 쪽을 향해 모로 누웠고, 둘 다 서로의 몸에 닿을까 신경을 썼어요. 결국 나중에는 제가 참지를 못하고 지유에게 물었답니다. 지금 네 몸까지의 거리가 얼마나 되니? 두 사람 모두 우스워서 웃다가 결과적으로는 아주 편안하게 단잠을 잤어요. 둘째 날, 우리 둘은 실험 대회에서 대상을 받았답니다. 오랫동안의 피나는 노력이 드디어 열매를 맺게된 거지요. 둘은 감격해서 소리치고 뛰면서 머리를 풀어 헤치며 자축했고요."

술을 마시다 사래가 든 지유가 또 담배 연기로 장난을 치며 나를 웃기더니, 갑자기 엄숙하게 말했다.

"라즈, 나는 오래 전에 선배가 내게 했던 말이 머릿속에 자주 맴돌아요. '건강한 사람만이 연애를 할 수 있다. 애정으로 병을 치료하려다간 결국 병세만 더욱 악화될 뿐.'이라고 했죠. 바로 내가 애정으로 병을 치료하려다 백전백패한 장본인이라는 걸, 너무 잘 알겠어요. 하지만 나는 이 방법을 벗어날 길이 없어요. 아마도 나는 영원히 선배가 말했던 것에 도달하지 못할 거예요. 이런 것들이 내게는 너무 쉽게 다가와요. 선배는 아마 이해를 못하겠지만, 웬일인지 내 주변의 남자나 여자나 모두 나를 좋아해요. 하지만 거절하는 것이 좋아하는 것보다 더 귀찮고 힘든 일이더라고요. 항상 누군가와 다니다 보면 내 마음속에서는 장부 계산을 하듯, 얼마간 함께 있다가 마침 한참 뜨거워질 때, 이미 도망갈 상황을 상상하게 되고 말지요. 처음부터 끝까지 모두 내가 편집하고 연출하고 연기함으로써, 사실 좋고 싫음을 내가 결정하는 것이죠. 이렇다 보니 나 스스로 연애에 빠지도록 자신을 압박하는 꼴이 되고 말았어요. 적어도 고민해 볼 수 있는 사람도 실제 사랑의 대상이 되었고요. 연애 없이 사는 날들을 정말로 상상할 수 없을까요? 저는 약해서 살아갈 수 없을 지도 모르겠어요. 알아요, 선배? 대학에 들어온 요 몇 년 동안 매일 늦게 일어나서 항상 수업 시간을 못 맞췄고, 온종일 멍하니 있다가 문밖으로 나가 무작정 걸어 다니곤 했어요. 복화교를 지나서 어딘가로 갔다가 다시 걸어 집으로 돌아왔죠. 복화교 위에 이르면, 그곳은 항상 안개가 피어오르는 느낌이었어요. 나는 이렇게 매일 안개 속을 헤매며 몽롱한 가운데 한 번도 사람을 본 적이 없는 것 같은 느낌에 휩싸이죠. 나는 드러나는 것이 무서워요. 언제까지 이렇게 걸어야 할지 모르겠어요. 어떤 때는 걷고 또 걷다 보면 내가 복화교의 강물 위를 걸어가고 있는 환각에 빠지기도 하지요. 번뜩 정신을 차리면 황망히 다리 끝으로 걸음을 재촉하면서 최근까지 함께 생활했던 '그 사람'의 모습을 보기를, 목소리라도 듣기를 원한답니다. 어떤 때는 이런 생각도 해요. 만약 아무것도 하지 않고 만나는 사람도 없이 '그 사람'의 틀 안에만 있으면, 어쩌면 나는 안개 속에서 날아오를지도 모른다고. 내 삶은 도대체 어디가 문제일까요? 아무리 죽을힘을 다해 채워 나가도, 끝이 없는 이 공허로부터 도망갈 길이 없어요. 이 공허가 나의 그림자라는 생각이 들어요. 사실 사랑은 비록 내게 풍부한 고통을 주었지만, 그것은 문제의 주인공은 아니며, 한낱 내 손안에 있는 인형극에 불과할 뿐. 나의 깨진 구멍이 너무도 크고 커서, 돌이켜 아무리 생각해 봐도 누구도 나를 만족시킬 수 없겠지요. 남자와 함께 있을 때는 영혼이 아름다운 여자에게 마음이 꿈틀대고, 여자와 함께 있을 때는 남자의 몸이 생각나 죽을 지경이에요. 정말이지, 한심해요. 내가 그런 남자와 함께 있으면서 자신을 파괴했다니!"

지유는 주량이 별로 세지 않다. 조금만 마셔도 금방 얼굴이 새빨갛게 변하고 호흡이 둔해지며 표정 변화도 극히 심해서, 잠시 마음속 슬픔을 흔들어 무언의 고통을 표출하는가 싶다가도, 또 잠시 후엔 천진하게 즐거운 모습을 보였다. 이성은 점점 물러가고, 지유의 눈동자와 수족의 움직임 사이에 자연스럽게 방탕한 기운이 흘렀다. 나는 그 퇴폐미가 조금도 거슬리지 않았으며, 내 마음속에 존재하는, 그에 대한 존귀한 인상을 조금도 훼손시키지 않았다. 다만 그가 갑자기 옷을 떨어뜨리며 장난스럽게 나를 유혹할까 봐 조금 걱정은 되었다. 이 대목에서 탄탄의 기억이 또 내 머리에 떠올랐다.

"몇 달 지나지 않아 지유는 문과 반으로 바꾸었고, 그 무렵 우리는 항상 같이 앉았으며, 나는 귀가할 때마다 웃기는 얘기를 준비했지요. 지유를 알고 나서야 그가 지독한 음악광이라는 것을 알았어요. 음악에 대한 광범위한 지식을 지닌 사람은 아마도 반 전체에서 그가 유일했을 겁니다. 지유는 고등학교 때 이미 유행가는 듣지 않고 새로운 음악에 심취해 있었죠. 지유와 대화하기 위해 나도 그를 따라 U2부터 듣기 시작했어요. 매일 집에 돌아가면 노래 가사를 번역해 부를 수 있도록 공부했죠. 점심 먹은 뒤 낮잠 시간은 가장 아름다웠던 때지요. 나는 재미있는 얘기로 지유를 웃겼고, 그가 전파한 노래를 함께 부르면서, 그렇게 긴 시간을 온전히 계속 그의 눈동자를 볼 수 있었으니까요. 어느 날 방과 후에 모두들 집으로 돌아가고 교실에 우리 둘만 남게 됐어요. 그가 내 머리를 잘라 주겠다고 하더라고요. 하늘은 점차 어두워졌지만, 그 끝에는 아직 붉은 오렌지색이 내려 앉아 있었죠. 나는 그렇게 그곳에 앉아 얌전하게 머리를 맡긴 채, 지유의 손가락이 움직이는 촉감에 취해 있었어요. 지금까지도 손길이 느껴져요. 아마도 그때 우리는 동시에 한 가지 일을 하고 싶었던 것 같아서, 나는 '잠깐만'이라고 말한 뒤에 교실 문을 잠그고 불도 끄고, 천천히 부드럽게. 우리는 서로에게 첫 키스를 했어요."

나는 머리카락을 지붕 밖으로 늘어뜨려 비를 맞고 있는 지유를 유심히 지켜보았다. 비안개에 젖은 그의 옆모습은 유난히 밝게 빛나며 아름다웠다. 나는 엄숙한 어조로 말했다.

"지유, 한 가지 네게 알리고 싶은 것이 있어. 이 일은 얼마 전 탄탄에게는 했던 말이지만, 네게는 계속 숨겨왔지. 내가 예전에 지나가는 말로 얼핏 이야기했던 비참한 연애 이야기 말인데, 그 상대가 사실은 여자였어. 그동안 너를 속여서 미안해."

지유는 잠시 동작을 멈추더니 갑자기 몸을 돌려 정

신이 맑아진 모습으로 돌아와, 무척 온유한 눈동자로 나를 보았다. 이제금 다시 생각해 보아도 마음이 풀리는 표정이었다. 지유는 정이 넘치는 열정을 담아 나의 머리를 쓰다듬으며 말했다. "정말 힘들었겠어요. 어때요! 말하고 나니까 좀 시원해요?" 나는 마음이 신산해서 얼굴을 못 들고 머리만 끄덕였다. "이게 뭐 미안할 일입니까? 겨우 '그녀'를 '그'로 말한 것뿐인데, 글자 하나만 빼 버리면 마찬가지죠. 더욱이 나 역시도 탄탄과의 일을 선배한테 말하지 못한 부분이 있었어요."

지유는 내 앞에 쪼그리고 앉아 나의 괴로운 눈동자를 응시했는데, 그것은 진실한 마음을 전달하려는 움직임이었다. 하지만 그는 이내 자세를 바꾸어 망연히 앞쪽을 주시하면서 회상에 빠져들었다.

"문과 반으로 들어온 뒤, 나와 탄탄은 정말 미친 듯이 열애에 빠져 들었어요. 거의 매일 붙어 있다가, 나중에는 아주 우리 집으로 들어와 살았어요. 우리 집 삼남매는 타이베이 시에서 집 한 채를 얻어 각자 자기 방을 쓰며 독자적으로 지냈으니까요. 오빠나 언니나 모두 낯선 사람 같았지요. 나와 탄탄은 같이 자고, 기타를 치고, 음악을 들으면서 공부는 열심히 안 했지요. 우리는 함께 목욕도 하고, 등하교도 같이 했어요. 탄탄은 내 대신 책가방을 메기도 했고, 수업 사이 십 분 동안의 휴식 시간조차도 계단 입구에서 나를 따로 만났죠. 그는 당시에 용돈의 전부를 내게 물건을 사 주는

데 써 버렸어요. 그림을 잘 그리는 탄탄이 직접 카드를 그려 주었고, 수공예 솜씨도 뛰어나서 수많은 장난감을 만들어 준데다 거의 매일 내게 장미꽃을 선물했답니다.

연합고사가 코앞에 닥쳤는데도 열애는 사그라지지 않았고, 나는 오히려 두렵기 시작했어요. 나도 진심으로 탄탄을 사랑했지만, 마치 마귀에라도 홀린 양 내게 집중하는 탄탄을 보자니 미칠 것 같은 공포가 밀려오더라고요. 계속 이런 식으로 가다 보면 어떻게 되겠어요? 당시에 나는― 결국 우리는 둘 다 여자가 아닌가! 라는 생각을 했고, 강박 상태 속에서 이성도 사고력도 잃어버린 채 오직 나를 질식시키는 이 모든 것으로부터의 탈출만을 바랐어요. 그래서 탄탄에게는 알리지 않고, 연합고사도 치르지 않고, 화롄의 화롄사로 도망간 겁니다. 화롄에서 매일 밤마다 눈을 감으면 나를 열망하는 탄탄의 뜨거운 두 눈동자와 마주쳤고, 나는 그 환영을 없애느라 혼신의 노력을 다했지요. 다시 돌아왔을 때 비극은 이미 조성되었더군요. 탄탄은 나에 대한 열망을 참기 힘들어서 이미 남자의 위로를 받아들였군요. 선배가 우리를 만났던 때는, 내가 둘 사이의 모든 것을 마음속에서 일찌감치 부순 뒤였어요. 그렇지만 이후에도 우리는 자주 연락하고 가끔 통화도 하지요. 탄탄은 나에게 열렬히 자신을 따라다니는 두 남자에 대해 하소연하면서 선택의 고민을 늘어놓기도 하

고, 나는 탄탄에게 지금 만나고 있는 남자친구의 '그
것'이 얼마나 크고 긴지 묘사해 주기도 하면서……."

"허튼소리!"

탄탄을 겨냥한 뒤의 말은 지유가 스스로를 조롱하
는 말이면서 자신을 자해하는 말로 들렸다. 듣다 보니
나는 지유를 대신해 마음이 아파 와서 눈시울이 뜨거
워졌다. 한편으로 우습기도 했고 또 애석하기도 했다.

비는 갈수록 거세게 내렸다. 나와 지유는 한바탕 웃
고 나서, 겉옷 하나로 함께 비를 가리고 고성방가하며
서로를 풀어놓았다. 우리들 소리가 밤비 내리는 교정
을 채웠다. 우리는 바짝 붙어 어깨동무를 하고 휘청거
리며 걸어갔다. 나는 자전거로 지유를 집까지 바래다
주었는데, 복화교를 지나 집에 가는 내내 그는 머리를
쳐들고 비를 맞으며 알 수 없는 소리로 떠들었다.

"라즈, 키스 한번 해 줄까요?" 문 앞에서 지유는 또
한 번 나를 놀렸지만, 사실 진심이 담긴 말이기도 했다.

"그 권리를 잠시 보류하도록 하지!" 내가 말했다.

노트 6—3

○

때때로, 어떤 슬픔이나 고통은 그 깊이를 말로 표현할
수 없으며, 어떤 사랑은 그 깊이로 인해 다시는 사랑
을 할 수 없게 한다. 그것은 몸 안에서 발생한 뒤, 그곳
을 완전히 초토화시킨다. 돌이켜 보면 모든 것은 화석
이 되어, 뇌리에 깊이를 정해 보존하도록 설계되었다가,
머릿속에서 일정 시간 동안 왱왱거리고 나면 나중에는
화석 계곡의 풍경화마저 텅 비게 되는 것이다.

　'사람의 가장 큰 슬픔은 과거에 가장 갈구했던 욕망
을 상실하는 것이다.'

　1989년, 수령은 나와 다시 만난 뒤로 히스테릭한 상
태에 빠졌다. 수령은 나를 무서워했다. 마치 내가 자
기를 잡아먹기라도 하는 것처럼, 망치고 부스러뜨리는
양 내가 한 발짝 다가서서 그를 손으로 만지면, 수령은
온몸을 떨면서 놀라는 표정으로 나의 손과 눈을 거부

했다. 나의 강렬한 침략에 항거하기 위해서 그가 그토록 나의 접근을 싫어한다는 느낌을 받았다. 심지어 수령은 날카롭고 야박한 말로 거침없이 나의 일거수일투족을 심하게 트집을 잡으면서 어떤 원칙도 없이 비이성적으로 나를 찔러 상처 입혔다. 그는 최대한 나에 대한 감정을 걸어 잠그며, 거의 결벽에 가까운 자세로 나를 거절했다. 혼자만 깊이 빠져 탐닉하며, 완전히 독재자의 자세를 취했다.

하지만 수령이 더욱 두려워하는 것은 내가 두 번째로 떠나는 일이다. 마치 못 쓰게 된 대교를 여러 해 동안 수리한 뒤 또다시 두 번째 붕괴에 봉착하게 된다면, 그 붕괴의 중량감을 상상할 수 없는 것과 같다. 그는 한 묶음의 철사로 나를 단단히 감아 두고, 다른 한쪽은 자신의 손에 단단히 묶고, 매일 내가 아직 거기에 있는지 당겨서 확인해야만 비로소 나와 함께 있는 꿈 속으로 들어간다. 수령은 무슨 일이 있어도 나를 다시 놓지 주지 않겠다고 단언했고, 나에게 어떤 참기 어려운 고통이 따른다 해도 앞으로 다시는 자신을 버리고 떠나지 않겠다고 반복해서 보증하길 원했다. 그럼에도 수령은 내가 자신을 만나거나 어떤 식으로든 생활에 개입하는 것을 허락하지 않았다. 강의실 밖에 숨어 바라보는 것조차 책망의 대상이었고, 수령의 실생활에서 내가 실마리일 수 있는 모든 일은 그를 위협하는 것이 되고 말았다. 나는 그저 수령의 정신 속 특별한 암실에 숨어, 기다리고 또 기다리고 끝없이 기다릴 뿐.

밤이 깊을 무렵이면 말릴 수도 없이 수령의 손은 내 전화번호를 눌렀다. 그는 항상 내가 돌아왔는지 아닌 지가 헷갈린다고 했다. 도대체 수령은 누구와 이야기 하는 것일까. 실제의 나인가, 아니면 내 혼령에게 말하 는 것인가. 수령은 정신적인 통제력이 갈수록 약해져 서 스스로 말하기를 몽유夢遊 중에만 나와 이야기할 수 있다고 했다.

수령은 어린 아기로 돌아갔다. 흰 잠옷을 입고 침대 에 누워서 전화기를 들고 명상하는 식으로 나와 함께 있다. 그는 명랑하게 흥분한 투로 말하면서 천진하게 자기 마음대로 내게 애교를 부리며, 아무 자각도 없이 미쳐 날뛰는 병적인 태도로 내게 의존한다. 예전에 우 리는 마치 전 세계에 오직 우리 둘뿐이었다고 여기며, 스스로 그런 상황으로 들어가도록 최면을 건다. 우리 사이에 한 번도 이별의 아픈 상처가 없었고, 수령의 새 생활도 없으며, 그 내부의 혼란스러운 충돌도 없고, 다른 사람은 없다는 듯, 그대로 새벽까지.

그런 일이 있고 나면 나는 수령에게 왜 나를 거부하 고 두려워하느냐고 물었다. 제발 선택하라고 애원하고, 아직도 나를 사랑하느냐고 다그쳐 묻고, 제발 나를 원 하는 마음을 막으려고 애쓰지 말라고 애원했다. 그러 면 또 갑자기 수령은 거의 미친 사람이 되어 목이 쉬 도록 울면서 이제는 나를 볼 수 없다고, 나와 함께 생활하는 모습을 상상할 수가 없다면서, 자기가 사랑하지 않는다고 여기는 내가 밉다고 했다. 왜 자기가 이러는지 말하고 싶지 않으며 말했다가는 또 내가 도망갈 것이라고……

광란의 인자가 수령의 피 안에 잠복해 있고, 병세의 그림자는 겹겹이 그를 둘러쌌다. 갈수록 미쳐 날뛰는 몽환의 공포가 그의 수면을 방해했고, 강박적인 손 씻기의 횟수도 점점 더 늘어났다. 나는 완전히 무능력한 상태로 오직 확실하고 진실한 정신만을 유지할 뿐. 마치 가장 위험한 인화물처럼 조금도 수령에게 다가갈 수가 없다. 나는 다만 광기 어린 악몽으로 수령이 가위에 눌릴까봐 걱정하면서 꼼짝없이 죽음을 기다린다. 사디스트虐待狂와 마조히스트被虐待狂의 관계 속에서 완전히 신선한 비참함으로 충만해진 나는 갈증으로 허덕이며 방울방울 떨어지는 사랑의 독액을 마셨다.

노트 6—4

○

11월, 겨울의 한기가 삼엄할 때다. 그 시절 마치 사형수가 형장으로 가기 전에 마시는 최후의 단 술처럼, 우리에게 마지막으로 허락된 달콤한 기억이 있다.

수령이 나를 한 번 만나 보겠다고 해서, 우리는 함께 술집으로 가서 맘껏 취해 보기로 했다. 그런데 술집 입구에서 수령은 또 황망히 도망갔고, 나는 그의 야윈 그림자 뒤를 쫓아가서 말없이 화평동로까지 걸었다. 수령은 비로소 내가 불쌍해진 건지 갑자기 뒤돌아서서는 중흥호中興號 막차를 타고 칭화 대학에 가자는 천재적인 제안을 했다.

우리는 대학 안 호숫가에서 잠을 잤다. 나는 드디어 여학생 기숙사에서 그의 가장 친한 친구인 자명을 만났다. 지난 몇 년 동안 그는 수령과 함께하며 이런 시련을 지나왔다. 나는 이미 오래전부터 자명을 알고 있었으며, 이 사람에게 깊이 감동받기도 했다. 자명은 듣던 대로 소박하고 진실한 사람이었다. 나는 바로 그 자리에서 자명과 수령 사이의 향기 짙은 친밀감을 강하게 느꼈으며, 마치 다림질하듯 따뜻하게 퍼지는 온기가 마음 깊은 곳까지 흘러들어 왔다.

산 중턱에 자리한 호수는 밝고 맑게 빛났으며, 호수 옆으로 새로 건축한 물리 대학이 보였다. 사람은 이미 자취를 감췄고 공기 중에 풀 향기만이 은은하게 퍼져서 싱그러운 기운이 언덕 가득 충만했다.

나와 수령은 둘 다 자연의 향기와 아름다운 산의 빛깔로 영혼을 깨끗이 씻어 냈다. 도시에서의 갈등은 자연스레 사라졌고, 피차 꾸밈없이 솔직하게 마음을 드러냈다. 이때의 수령은 예전의 열정적이고 순수했던 그로, 하얗고 여린 작은 꽃송이같은 수령이 약간의 유치함과 촌스러움을 띠고 원래 그대로의 모습으로 산에서 나타났다. 수령은 그리움으로 차오른 뜨거운 눈물을 흘리면서 두 팔을 벌리고 나를 향해 다가왔다.

나는 그의 단추를 잘 채워 주고, 외투를 단단히 여미면서 면 셔츠로 세심하게 여러 겹 감싸 주었다. 수령은 두 손을 뻗어 내 목을 바짝 끌어안고 말했다. 우리 이렇게 그냥 죽자.

노트 6—5

○

"오늘 저녁 때 집 근처 미용실에서 긴 머리카락을 잘 랐어."

"왜 잘랐는데?"

"난 이렇게 살기 싫어. 비밀 하나 알려줄까! 나는 내 자신이 너무나 싫단다. 하하. 너희 둘 다 내 긴 머리칼 을 좋아하잖아. 너희들이 날 좋아할 수 없게 하려고. 기분이 어때? 짧은 머리의 내 모습이 멋있어. 똑똑하 고 능력 있어 보여. 음, 직장 여성 같잖아. 하하. 너희들 은 항상 나를 유약하고 무슨 '온실 안의 꽃'으로 생각 하지만 나는 싫어. 내 친구들은 나를 욕하더라. 내가 모든 것을 엉망으로 만들었다며 흉을 보더라고……. 그들은 모두 너를 좋아하지 않아."

"네가 머리카락 잘랐더니 그는 뭐래?"

"그는 화가 많이 나서 나랑 싸웠어. 그는 이런 것에

무척 신경 쓰는 편이지. 하지만 그가 아무리 여러 번 잔소리를 해도 난 역시 이렇게 할 거라고. 뭐 어때? 못 할 게 뭐가 있냐고. 근데 너는? 넌 어떻게 생각해?"

"좀 아쉽지만, 네가 자르고 싶으면 잘라. 고등학교 때 짧은 머리의 네 모습이 아직 생각난다. 그때 참 예뻤어. 꼬마 병정 같았지. 오래 못 봤네. 그럼 앞으론 네가 머리 기른 모습을 못 보겠구나."

"하하. 잠깐 너를 속인 거야. 머리카락 아직 그대로야."

펑후澎湖* 의 바닷바람이 울부짖는다. 성난 파도는 모든 것을 뿌리째 뽑아갈 듯 해안가의 바위를 거칠게 때렸다. 화상을 입고서 나는 혼자 펑후로 도망쳤다. 길고 긴 제방 위에 쓸쓸히 홀로 앉아서 밤을 새웠다. 들려오는 온갖 소리들.

첫째 날 밤, 수령의 친구 집에 전화를 했더니 그들이 말하길 수령이 진흙처럼 술에 취해 질척대며 울고불고 난리가 났단다. 응, 너였구나. 축 늘어지는 칭얼거림. 그들은 전화기로부터 수령을 떼어 놓고, 수령이 몸을 가눌 수 없고 말을 할 수도 없다고 했다. 수령, 나는 지금 해변의 제방 옆에 있는 공중전화로 너와 이야기하고 있어. 바다가 바로 내 옆에 있단다.

"어제 밤에 나는 더 무서운 악몽을 꿨어. 네게는 이

● 타이완 본 섬으로부터 서남쪽으로 먼 바다에 위치한 경관이 뛰어난 외곽 섬.

야기 안 해 줄래. 좋아, 네가 내 기말 보고서를 써 주면 말해 줄게. 꿈속에서 흑표범을 만났어. 표범이 내 방으로 들어오려고 해서 난 너무 무서웠어. 재빨리 방문과 창을 모두 닫아 잠그고, 책상까지 밀어 문을 막았지만, 표범이 계속 문밖에서 손톱으로 긁는 소리가 들렸어. 나는 놀라서 황급히 침대 위로 올라갔어. 이불을 끌어 덮으려는데, 세상에! 표범이 거기 있잖겠니. 까맣고 반질반질하게 윤이 나는 표범이 큰 눈을 번뜩이고 있었어. 난 소리를 지르다 깼어. 아…… 텔레비전에서 본 '고슴도치와 앵두 공주' 이야기도 해 줄게. 왕자는 공주와 결혼하고서 숲속의 어느 성에 살았대. 그런데 매일 밤 공주가 잠이 들면 왕자는 어딘가로 사라졌다가 날이 밝고 나서야 돌아왔어. 왕자는 사냥을 하고 왔다고 했지. 어느 날, 왕비는 공주에게 알려 주었대. 왕자의 겉옷을 숨기라고. 다음날 아침 깨어났을 때 공주는 숲속에 있었고 옆에는 고슴도치 한 마리만 있을 뿐 성도 보이지 않았지. 그 고슴도치가 바로 왕자였으며, 그동안 왕자는 밤이면 고슴도치로 변하는 자신의 모습을 공주에게 보이지 않으려고 했던 거야. 고슴도치는 숲속으로 떠났고, 다시는 찾을 수 없었대. 공주는 왕자가 본 모습으로 영원히 돌아올 수 없더라도 그와 함께 살기로 마음먹고, 왕자를 찾기로 마음먹었어. 그렇게 공주는 전국을 유랑하다가 십 년이 흐른 어느 날 마침내 한 낡은 방에서 그 고슴도치를 발견했대.

공주가 몸을 숙여 고슴도치에게 입맞춤을 하자, 고슴도치는 다시 왕자로 돌아왔고, 그 후로 왕자와 공주는 행복하고 즐겁게 잘 살았대……."

"그게 아니야. 무라카미 하루키가 말하길 그 후로 왕과 시종이 모두 하하 웃었대."

바다는 깊이를 알 수 없게 검다. 두 대의 오토바이가 넓게 포장된 비탈길로부터 미끄러지듯 다가와 내 근처에 섰다. 네 명의 날다람쥐들이 내게 일 미터 안쪽으로 바짝 붙어 나를 가늠했다. 나는 잿빛으로 말라 죽은 나무 같이 아무런 의식이 없었다. 반응이 없자, 위협적인 오토바이는 날카로운 소리만 남기고 떠났다.

너는 왜 나한테 말도 없이 그렇게 멀리까지 갔니.

수령, 나는 화상을 당했어. 상처에 기포가 생겨서, 방금 약국 주인이 잘라냈단다.

화상은 네 잘못으로 입은 거잖아. 그래, 안 그래.

평후는 너무 춥고 너무 아름답다.

넌 너무해.

눈물. 바다도 다시 운다. 아직도 서로 사랑하는 것이다!

"속 시원히 한 번 말해 봐. 그와 나는 어떻게 다르니?"

"너는 멋있어. 그는 좀 뚱뚱하지. 하하. 그렇지만 그와 함께 있으면 나는 무척 자유롭고 편해. 그가 나를 만지는 것이 좋아. 마치 장난하는 것 같거든. 나는 네가 무서워. 만약 네가 그처럼 생겼다면 나는 너무 싫어했을 거야. 으으, 너 또 아무 말이 없구나, 그러지 마. 나는 네가 그럴 때 정말 무서워. 나도 모르겠어. 내가 왜 이렇게 너를 괴롭히는지. 너를 너덜너덜 찔러도 피를 흘리지 않아서, 너를 찔러 죽이는 줄도 모를까 봐 정말 두려워."

"꼭 이렇게 나를 찔러야만 안심이 되겠니?"

"나는 내 스스로 문을 열어 두고 너를 들어오게 할까 봐 두려워. 하지만 네가 문밖에서 자고 있다는 것을 알고 있기 때문에, 또 안 열지도 못하는 거야. 그래서 문을 열어 뒀다고 스스로 말하고는, 자신에게 무엇이든 찌를 수 있는 긴 물건으로 너를 막아야 한다고 일깨우고 있을 뿐이야."

"괜찮아. 나는 네게 다른 사람과 가지 말라는 말을 할 수 없어. 분명히 괜찮다고 말할 거야. 정말로 어쩔 수 없구나."

"알아."

"너는 다른 사람은 아끼면서 나는 아끼지 않지."

"바보, 내가 너를 아끼지 않는 것은 사랑하기 때문이야."

순찰 군함이 바다에서 청남색 등을 쏘고 있다. 멀리서. 얼마 전 일들이 천만 가지의 소리로 뇌리에 파고든다.

"지금 자연스럽게 너와 무척 가깝다고 느낄 수 있는 건 지난날의 바탕 때문이겠지. 사실은 지금의 너는 내게 무척 낯설고 까마득하게 느껴져." 수령이 말했다.

한 차례 또 한 차례. 더 이상 내 머리에 충격을 주지 마. 날 용서해, 수령. 난 병이 났어. 무엇이든 해서, 사분오열로 갈라진 병의 진행을 멈춰야 해. 타라, 타올라. 내 심장까지 모조리 태워 버려라. 이것은 끔찍한 삶이다. 목재 별장의 따뜻한 황색 등불마저 어지럽구나. 요즘은.

"나는 너를 정말 아낀단다." 수령이 내 상처를 어루만진다. 포옹은 눈물 없는 긴 상처와의 이별 노래다.

노트 6—6

○

두 달 동안. 처음부터 쭉 돌이켜 봤으나, 제자리였다.

평후에서 돌아온 뒤, 상황은 이미 살상력이 높은 화살 끝에 놓여 있었다. 갇혀 있는 두 마리의 화난 짐승은 둘 다 마지막 몸부림을 치느라 서로의 상처를 핥아 줄 여지가 없었다.

수령은 눈에 띄게 나를 피했는데, 더는 사랑하지 않아서도, 풀어 줘서도 아니고, 내 몸에서 나는 피비린내를 다시 맡을까봐 두려웠기 때문이다. 사랑은 구더기가 끓는 썩은 고기로 변하는 것이 아니라고, 그는 스스로를 속이려고 애썼다. 반면에 더 마음을 다잡아 생활하면서, 부패한 고기 덩어리 같은 나를 자신의 시야에서 멀리 차 버렸다. 그러면서도 다른 사람들과 더 잘 어울리며 같이 여기저기를 드나들었다. 전화도 없고, 한 줄 쪽지도 없다. 그래도 편지를 쓴다. 한 통 또 한

통. 나는 내 사랑 노래가 며칠 못 부르고 끝날 것임을 알고 있다. 그저 목이 쉴 때까지 온 힘을 다해 부를 뿐이다. 마치 수령에게 전할 미래의 양식을 비축하듯.

묵묵히 소리 없이. 나는 나에 대한 수령의 신경이 완전히 마비되었으며, 거절하는 마음조차 붕괴되었음을 짐작했다. 이런 상태에서도 아직 나를 데리고 갈 좁은 길을 찾을 수 있다고 믿는 것이다. 수령은 이성을 발휘하고 있다.

이성의 아랫부분은 철저하게 함몰된 광기다. 성탄절에도 기다렸고, 설날 전야에도 기다렸다. 하지만 수령은 더욱더 차가운 수법으로 만남을 피하며 내가 냉정한 고압 전류에 감전사하도록 내버려 두었다. 수령은 일체 조력자가 없기 때문에, 이러한 상태를 조금도 깨닫지 못했다.

"이렇게 늦게 찾아와 귀찮게 해서 미안하다. 일기만 직접 네게 주고 갈게. 옛날에 내가 했던 말 때문이야. 만약에 네가 나를 싫다고 한다면, 나는 곧 너에게 일기를 주고 떠나겠다고 말했지. 대학 일 학년 때의 일기는 내가 지금 너에게 줄 수 있는 유일한 것이야. 지금의 나는 네가 원하는 내가 아니고, 넌 오직 과거의 나만을 사랑할 뿐이니까. 너를 사랑하는 지금의 내가 할 수 있는 일은 과거 나의 물건을 선물하는 것뿐이네." 나는 수령의 방 침대 옆에 무릎을 꿇고 앉았고, 여러 날 잠을 못 자 몸이 허약해진 탓에 목소리마저 떨렸다. 새해 다음 날의 일이다.

"그러지 마. 싫어……." 수령은 침대 위에 누워 있었고, 침대 덮개는 바닥에 떨어져 있었다. 한순간 그는 경악한 표정을 짓더니 머리를 흔들었다. 마치 마른하늘에 날벼락이라도 맞은 양. 수령은 고개를 깊이 돌린 채 목이 잠겨 소리를 흐렸다. 나를 쳐다보지 못하고, 일기만 가슴에 품어 안았다.

"내 생각에, 요 며칠 동안 네 마음속으로는 이미 답을 내린 것 같다. 그저 말을 못 할 뿐인 거지. 너는 계속 침묵하면서 내게 아무것도 알려 주지 않고 있잖아. 긴 긴 기다림이 나를 너무 깊이 아프게 하는구나. 할 수 없어. 내 식으로 답을 내리는 수밖에. 네가 인정하든 안 하든. 네 답은 NO, 그렇지 않나?"

나는 이성적이고 비장했다.

"그래, 그래, 그래. 네가 다 맞아. 내가 너를 저버리는 거야!" 수령은 몸을 돌려 이글대는 분노의 눈빛으로 나를 쏘아보았다. 눈에 억울함을 담은 눈물이 흘러내렸다.

"왜 너는 이렇게 조금도 나를 이해 못하게 변했지?"

"알고 있어. 나를 너무 사랑해서 네가 이렇게 변한 걸. 나 다 이해하고 있어. 설령 죽인다 해도 너는 절대로 내게 가라는 말을 못하겠지. 정말 이해하는 걸. 하지만 이미 눈앞에 펼쳐진 사실을 네가 자꾸 외면하고 있잖아. 타조처럼 하루 미루고 하루 셈하고 있을 뿐인

거지. 나 너를 너무도 잘 이해하는 걸. 네 성격상 나에
대한 두려움은 갈수록 심해질 테고. 봐, 너는 갈수록
나 보기를 겁내고 있잖아?"

수령은 마지못해 머리를 끄덕였다.

"우리 이제 헤어지자. 상황이 좋아질 리가 없어. 죽
음을 기다리는 결과란다. 계속 이어지면 세 사람 모두
고통스러울 뿐, 결국은 누군가가 더 이상 참을 수 없게
되겠지. 나도 이제 다시 자신을 해치는 일은 하기 싫
어. 네가 NO라는 말을 뱉어 나를 모욕하지 않았으면
해." 겉으로는 강하게 말하지만, 사실 나는 불쌍한 약
자다.

"좋아, 말할게. 요 며칠 동안 사실 나는 생각을 정리
했어. 왜냐하면 내 주변의 모든 사람들이 나를 몰아세
웠기 때문이야. 하지만 나는 참았어. 매일 너에게 이야
기하고 싶었지만, 말을 꺼낼 수가 없었어. 이야기를 잘
못 꺼냈다가 조금 어떤 기미라도 노출시키면 네가 다
시 도망갈까 봐 겁이 났거든. 그래서 나는 어떻게 이야
기를 해야 너를 이해시킬 수 있을까 고민했어." 얼핏
낯설게 느껴지는 굳세고 의연한 빛이 수령의 얼굴에
떠올랐다.

"네가 다시 돌아오고 나서 네게 참 못되게 굴었다는
걸 알아. 나도 내가 왜 그러는지 알 수 없었어. 당연히
네가 주어야 할 수많은 사랑을 모든 다른 이들에게 주
면서, 남에게는 무척 부드럽게 잘 대해 주고는, 돌아서

서 너를 학대했지. 아마도 나는 스스로를 망치는지도 몰라." 수령은 말릴 수도 없이 소리 내어 울기 시작했다.

"너는 모르겠지. 나는……." 수령은 잠시 멈췄다가 용감하게 말을 이었다.

"나는 너를 정말 사랑하고 있어. 하지만 지금의 네가 아니라, 대학 일 학년 때의 너를 말이야. 나도 모르겠어. 도대체 무슨 차이가 있는지. 때로는 틀림없이 너고, 빨리 네 곁으로 달려가 예전에 미처 주지 못한 모든 것을 주면서 너와 사랑을 나누고 싶어. 하지만 잠시 지나면 또다시 너는 다른 사람으로 변해 있지. 지금의 넌, 그래, 멀고 낯설단다. 세상에, 난 어떻게 해야 하지? 나는 과거의 기억에 의존해서 현재의 너와 함께하고 있어. 내게는 지금의 네가 '완전히 새로운' 사람이라는 것을 차마 말할 수 없었단다."

나는 이미 이불에 엎드려 소리 죽여 오래 울었다.

"넌 왜 돌아왔지? 나는 이미 너를 내 안에 잘 넣어 뒀는데, 왜 다시 돌아와서 혼란스럽게 하냐고. 나는 평생 너를 사랑하고 싶어!" 수령이 격해져서 히스테리를 일으켰다.

"나는 계속 너를 찌르겠지. 네가 내 옆에 오는 것이 싫어. 왜냐하면 네가 내 마음속의 너를 망가뜨리기 때문이야." 수령이 마치 나를 모르는 사람인 양 쏘아보았다.

"절대로 네가 그를 망치지 못하게 할 거야. 누구도 그를 망칠 수 없어. 그는 오직 나만의 것이라고. 너는 나를 버리고 떠났잖아. 나한테는 이제 그 하나 밖에 없어. 그는 내가 새로 탄생시킨 너, 가장 사랑스러운 너라고." 수령은 의기양양하게 웃었다.

"제발, 부탁이야, 그를 망가뜨리지 말아줘." 수령의 히스테리가 점점 심해졌다. 마치 애처로운 어린 아이처럼 나를 향해 합장하고 무릎을 꿇었다.

수령의 이야기에는 내가 몰랐던 진심 어린 정이 있다. 그토록 심원하고, 그토록 사로잡힌, 그토록 어리석은 마음이라니! 나는 수령이라는 여성이 지닌 앵무조개처럼 섬세하고 치밀한 영혼에 감탄했다. 그는 바다 조개가 진주를 품듯 운치 있는 사랑을 품었는데. 나는 그를 누릴 운명을 갖지 못했으니, 더 이상 무슨 말을 할까?

"내가 왜 그를 망가뜨리겠어?" 나는 슬픔을 참고 조심스럽게 물었다.

"네가 나를 건드리는 게 싫어. 우리는 순수하게 정신적인 사랑만 해야 돼. 반드시."

수령은 거의 책망하는 투로 말했는데, 미묘하게 자존심이 상한 내 마음은 걸레가 되어 버렸다.

"괴로워하지 마. 네가 원하는 것이 정신적인 사랑이었잖아. 나는 네가 그런 것이 싫어서 고통스럽게 도망친 줄 알았는데. 자명이 그러더라. '그 사람이 널 떠난 이유가 사랑해서라면 너는 영원히 그를 사랑할 수 있다'고. 그 말대로 나는 일찌감치 너를 영원히 사랑하기로 했어. 그렇게나 심오하게. 정말 우습지? 나라는 사람 전체가 너랑 똑같이 변한 거야. 나는 너를 계승했어. 알겠니? 그런데 지금 넌 다시 돌아와서 한다는 말이 성적인 문제를 극복했다는 거야. 넌 플라토닉 사랑을 원치 않아. 과거의 너는 내가 생각했던 그런 사람이 아니겠지만, 나는 이미 그렇게 여겼어. 그러니까 더 이상 내 마음 속의 우상을 깨트리지 말아 줘. 네가 그마저 망가뜨린다면 내겐 아무것도 남지 않게 될 것이고, 오직 너를 원망하는 수밖에 없을 거야!"

수령의 표정과 눈빛, 목소리 모두에서 극히 부드러운 잔인함이 전해졌다. 나는 결국 그의 자학적인 속사정과 진정으로 마주할 수 있었다.

"나는 정말로 많이 성장했어. 더 이상 과거의 아이가 아니란다. 우리 '성'에 대해 한번 얘기해 보자! 나는 항상 성이 나쁠 게 없다고 생각해 왔어. 나도 그가 참 예쁘다고 느꼈고, 다른 사람과 함께 있을 때면 자연스럽게 그들과 친밀한 신체 접촉을 할 수도 있지만, 너와는 그게 안 돼. 네가 여자라서 그런 것이 아니고, 성 자체의 문제도 아니고, 너에게 가까이 다가가고 싶은 욕망이 없어서도 아니야. 바로 너라는 이유 때문에……."

수령의 눈빛이 강렬하게 빛났다. 아마도 *그*가 가장

용감했던 순간의 말일 것이다.

"이제 그만하자. 나는 너와 이런 식의 대화를 못하겠어. 너와 얘기를 하려고 하거나 네 생각만 하면, 비할 수 없는 고통이 밀려와." 가장 굴욕적인 순간이었다. 굴욕감이 내 심연 깊은 곳에 숨어 있다가 분출되었고, 피와 살 속에 독충처럼 파고들어 돌아다녔다. 나는 더이상 버티지를 못하고 슬프게 목 놓아 울었다.

"나도 알아. 네게는 너무 잔인한 일이야. 마치 불덩어리가 타고 있는 양 너는 강렬했어. 설마 내가 그걸 잊었겠니? 너는 정말로 나를 태워 재로 만들었단다. 지금 내가 이렇게 여기 있는 것도 네가 나를 데리고 들어왔기 때문이야. 모두 너라서. 너는 어떻게 나를 내버려 둘 수 있었니?" 수령은 나를 끌어안았다. 나를 위로했다.

"나라고 왜 결단을 내릴 생각이 없겠니. 네가 돌아온 뒤로 나는 이미 세 번이나 그에게 나를 찾아오지 말라고 말한 걸. 하지만 너는 여전히 날 신뢰하지 않고 계속 저만치 떨어져 있었어. 만약 네가 영원히 그렇게 불안정하지만 않았어도, 나는 평생토록 너를 따르려고 했어." 수령은 나의 눈물을 깨끗이 닦아 주며 마치 경건한 신도처럼 내 눈에 입맞춤을 했다.

"물론 나도 그를 사랑하지. 그는 항상 내게 정말 잘해 줬어. 전혀 새로운 관계였지. 내가 스스로 내 의지대로 서로를 이끌 수 있는 관계였고, 그는 항상 한자리

에 있을 수 있고, 있을 줄 아는 사람이니 내가 그를 아
프게 할 이유가 하나도 없어. 그렇지만 사실 이건 중요
하지 않아. 관건은 너야. 아무리 애써 봐도 너와 함께
생활하는 내 모습이 떠오르질 않아. 이제 그만 나를
떠나 현실에서 너를 사랑할 수 있는 사람을 찾아!"

수령의 울음소리가 다시 또 극렬해졌다. 너무 오랫동
안 온실에 있으면서 쌓인 절망감이 그의 심장 밑으로
부터 폭발했다. 나는 그가 어떠한 고통을 겪었는지 더
체감했다.

"찾을 수 없어. 너보다 더 나를 사랑하는 사람을 찾
을 수 없을 거야. 나는 오직 너만을 원한다고."

"찾을 수 있어. 틀림없이 찾을 수 있지. 넌 이렇게 좋
은 사람인데……."

수령의 목소리가 점차 약해졌다. 눈이 빨갛게 부어
올랐고 울다 지쳐 피곤한 몸을 누이면서 내게 이야기
를 해 달라고 했다. 나는 유럽으로 가겠다고 말했다.
수령이 나중에 나에게로 와서 의지할 수 있도록 기다
리겠다고. 그때 수령은 빨강 주황 노랑 초록 파랑 보라
여러 피부색의 아이들을 데려와도 된다. 왜냐하면 예
전에 그가 여러 피부색 아이를 하나씩 낳고 싶다고 말
한 적이 있기 때문이다. 그때가 되면 우리는 비로소 아
름다운 가정을 이룰 수 있을 것이다. 수령은 미소를 지
으면서 잠들었다. 꼭 빨간 사과처럼 보인다. 이따금 선
잠을 깨면, 내 손을 끌어 잡고, 어린아이처럼 떠나지

않는다고 약속해 달라며 중얼거렸다.

나는 마지막으로 수령의 모습을 눈에 담았다. 부드러운 긴 머리는 면 이불 밖으로 흩어져 있고, 하늘색 일본식 잠옷, 가늘고 길게 균형 잡힌 몸, 희고 부드러운 피부, 특유의 은은한 향기, 눈물 자국이 난 아름다운 얼굴, 감겨 있는 감동적인 두 눈동자. 손에는 아까운 듯 일기 한 권을 안았다. 해피 뉴 이어.

이 모든 것, 그의 모습을 간직한 채. 나는 문고리를 조용히 돌려 문을 닫았다. 희미하게 밝아 오는 새벽빛을 밟으면서 나는 영영, 영원히 떠났다. 안경을 깜빡 잊어 눈이 어두운 사람처럼 새벽길을 더듬더듬 걸어갔다. 집으로 돌아가고 싶어서. 집으로.

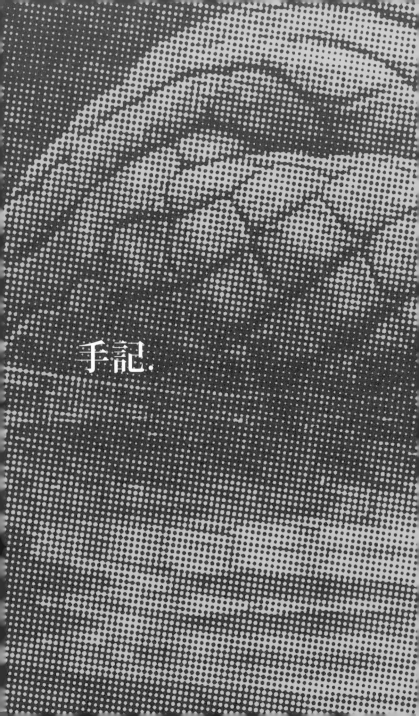

手記.

7. 악어 보호법

노트 7—1

○

나의 삶 속에는 수많은 이미지가 존재한다. 그들은 내
가 미처 생각하지 못했던 무게로 내 삶의 회랑 가운데
어느 특별한 전환점에 한데 응축되어 있다. 하지만 나
는 한 번도 이 의미 있는 이미지意象의 주요 인물들에
게 고별인사나 감사의 말을 전한 적이 없다. 그렇게 나
는 입을 꾹 다물고 내기를 하듯, 그들이 나의 회랑을
그냥 지나치도록 내버려 두었다.

노트 7—2

○

이번 노트에서 나는 세 사람에 대해 쓰려고 한다. 이 세 사람은 곪아 터지고 녹슬어 버린 나의 마지막 대학 생활 일 년 동안 깊은 인연을 맺었던 사람들이다. 특별한 인격의 소유자인 그들은 내 생명에 꿋꿋하고 힘 있는 어떤 기운을 불어넣었으며, 한편으로 나는 그들에게서 말로 표현하기 어려운 장엄한 인성을 보았다. 그들의 인성과 나의 인상이 심도 있게 교류하는 순간 그 강인함과 장엄을 체험했으며, 사람과 사람 사이의 관계에서 성적 욕구와 개인적 운명을 초월하게끔 했다. 그 관계에는 오직 감동과 말 없는 눈물만이 있었는데, 이는 마치 갓난아기를 볼 때 절로 흘러나오는 감동적인 연민의 눈물 같은 것이었다. 영혼이 아플 때 오로지 진심 어린 눈물만이 더 살아갈 수 있도록 존엄을 되찾게 해 준다.

몽생. 악의 반, 선의 반으로 시작된 그와의 인연은 한결같이 진심 반, 장난 반의 관계였다. 이 미치광이는 내가 수령과 두 번째 이별을 한 뒤 한동안 관계를 주도하면서 나와 가깝게 지냈다. 지금까지도 나는 그의 동기를 명확하게 알 수 없다. 어쩌면 자멸로부터 나를 구하기 위해서였는지도 모른다. 하지만 또 아니면 나를 더 철저한 타락으로 몰아붙였던 것일 수도 있겠고.

나는 변신하기로, 나를 진정한 여자아이로 바꿔 보기로 마음먹었다. 탄탄의 격려에 힘입어서 중대한 결정도 내렸다. 다시는 여자를 사랑하지 않겠다고, 지극히 '정상적인' 행복만을 추구할 것이며, 과거의 나를 단칼에 쳐내겠다고 결심한 것이다.

긴 성장의 역사에서 나는 이름 없는 본성의 채찍질에 쫓겨 여성을 갈망했다. 이런 갈망이 실현되든 안 되든 나는 항상 그것으로 인해 시달렸다. 갈망과 시달림은 마치 피부의 양면 같은 것이므로 항상 내게 있어 '음식 바꾸기'는 허망한 생각이라고 확신해 왔으며, 내재된 본성에 둘러싸인 연옥으로부터의 탈출은 가망 없는 일이라고 단정했다. 이번 한 번이다. 이런 나를 단칼에 쳐내기로 했다. 막상 해 보니 뜻밖에도 뇌 속을 변화시키는 일은 너무나 쉽고 간단했다. 그 기간 동안 나는 마치 영혼을 잃어버린 사람처럼, 더 이상 누구도 그리워하지 않았으며, 독보적으로 놀라웠던 내 개인사의 단편도 나를 별로 간섭하지 못했다. 앞서 초과했던 슬픔의 중량이 오히려 나를 가볍게 나부끼게 했다. 한 가지 지침이 내 머릿속에 떠올랐다. 나는 내 마음대로 살 수 있다. 나는 어떤 일을 해도 된다.

이런 상태에서 나는 제멋대로 지냈으며, 자극을 찾아다녔고, 각종 가능성을 만들면서 그 모든 것을 그토록 짧게 순간적으로 소멸시켰다. 그렇게 거의 매일 밤마다 바깥으로 나돌았다. 레스토랑이나 클럽, 술집, 새로 사귄 친구들의 숙소까지. 나는 남자들의 구애도 받아들이면서 매우 대담하게 또는 애매한 태도로 남자를 유혹했다.

몽생은 그 대상 중 하나였다. 그는 매우 민감하게 내 중대한 변화를 알아챘다. 나는 여성화된 옷을 입고 이성의 눈길을 끄는 분위기의 언행으로 나를 꾸몄다. 몽생은 깊게 묻지 않았고, 다만 예전과 달리 안타까운 태도로 나를 대했다. 그는 별일 없이 며칠 간격으로 나를 보러 왔고, 마치 약속이라도 한 것처럼 나도 그를 기다렸다. 마음으로는 느껴졌다. 아무 남자든 빨리 사랑하게 되길 원했지만, 몽생은 나에게 웃기게만 느껴졌다. 염화미소와 같은, 나도 알고 그도 아는 속임수로 꾸민 만남이었다. 아주 오랜 뒤에 그때 몽생의 눈빛과 우리가 나눈 말을 회상해 보고서야 비로소 그가 나를 사랑해 보려고 했음을 깨닫게 되었다. 그의 동기가 무엇이든지 간에 말이다.

"이봐, 너 만약 남자를 찾지 못하면 나한테 와." 몽생이 말했다. 그날은 내 생일이었다. 그는 억지로 나를 끌어 교정에서 술을 사겠다더니 생일을 축하해 주었다.

"몽생, 너도 내가 남자를 만나야 된다고 생각해?" 그날은 대학 생활 4년 동안 처음으로 누구와 함께 보낸 생일이었다. 몽생에게는 그저 한 번쯤 기분 내는 일에 불과했지만, 나는 내심 감동했다.

"나는 아무것도 믿지 않아. 사람들은 정말 우습지. 그렇게 힘들게 자신을 변화시키려고 애써서 좋은 게 뭔데? 모두들 말하지. 최선을 다하지 않아서 넌 망했다고. 그렇지만 사람들이 어떻게 알겠어. 내가 내 생명을 지키려고 자기들의 백배로 노력했다는 걸. 이제는 어떤 노력도 하고 싶지 않아! 너는 심리학에서 말하는 무력감이 뭔지 아니? 나는 지금 이대로가 좋아. 어디까지 엉망이 될 수 있는지, 갈 때까지 가 보는 거야. 제일 좋기로는 내게 감각이 되살아나서, 내 자신을 끝낼 수 있게 되는 거지." 몽생은 히죽이며 말했다. 그는 자작곡 하나를 생일 선물로 주었다.

"그렇지만 정말로 너는 나보다 먼저 죽으면 절대 안 돼. 네가 죽으면 나는 더 무료해질 거야. 너는 나를 위해 잘 살아 있어 줘." 그는 손으로 내 어깨를 누르며 진지하게 말했다. 진심 어린, 순도 높은 정이 우리 사이에 깊은 공감대를 형성해 서로를 이해하게 했다. 문득 몽생이 말했다. "생일 선물로 너와 한 번 자야할 것 같은데, 어때!"

"좋지!" 나는 기꺼이 동의했다. 그 순간 '섹스'의 의미
는 우리 사이에 이미 어떤 금기나 감정적인 충격을 상
실한 것이었다. 심지어 범죄나 쾌락도 아니며, 말 그대
로 순수하게 몽생이 내게 주는 특별한 선물로서, 이상
할 정도로 깊은 믿음이 그 안에 존재했다.

교내 경찰의 순찰차가 지나갔다. 우리는 은밀한 풀
숲으로 숨어들었다. 둘 다 옷을 풀었고 나는 아무런
느낌 없이 바닥에 누웠다. 그냥 좀 미쳤다는 느낌이 들
었을 뿐. 갑자기 몽생이 큰 소리로 울기 시작했다.

"자기를 학대하지 마. 너답지 않아!" 그는 마치 자기
비극인 양 울부짖었다. 나는 몽생이 마음 아파하는 모
습을 처음 보았다.

청량음료가 정수리에 부어지는 느낌이다. 마른 대지
가 갈라지고 있다. 이 고삐 풀린 미치광이가 나를 위
해 슬퍼하고 있다. 얼마나 사랑스러운가. 완전히 마비
된 감각 속에서 나는 도대체 무슨 일이 일어나는지 잘
알 수 없다. 그때 아득하게 먼 곳으로부터 소리 하나가
날아왔다. 장난은 끝났어. 쓸데없는 일이야.

노트 7—3

○

탄탄. 그는 내가 손을 내밀어 구원을 청한 첫 번째 사람이다. 만약에 내가 대학 생활 중 자기 파괴와 반대되는 방향의 삶에 대해 배운 것이 있다면, 전적으로 탄탄에게 고마워할 일이다.

"탄탄, 나 지금 너희 집에 가도 될까? 결국 수령과 헤어졌어. 나 지금 심리적으로 너무 위험해서 혼자 집에 있기 무서워!"밤 열한 시였다. 나는 구조 신호를 보냈다.

"물론이죠. 빨리 와요. 기다릴게!"전화기 너머로 따뜻한 목소리가 들려왔다.

택시를 타고 서둘러 탄탄의 집으로 가는 동안 현실 속의 수많은 기억들이 내 머리 속에서 서로 맞물려 맴돌았다. 지난 일 년여 동안 중요한 순간마다 모두 탄탄은 나와 함께였으며, 그와 나의 관계는 마치 질긴 노끈처럼 엮일수록 두터워졌다. 둘이서 얼마나 많은 밤을 긴 이야기로 지새웠던가. 진흙탕에 빠진 느낌일 때마다 얼마나 많은 날을 오직 탄탄의 그 따뜻한 방을 떠올리고, 그의 유머에 빠져들었던가. 얼마나 많은 중요한 순간에 때맞춰 탄탄이 내 옆에 있었던가.

혼자 화상을 입고 평후로 떠나기 전, 궁지에 빠진 채 짐을 꾸릴 때 갑자기 탄탄이 초인종을 눌렀다. 그렇게 달려온 그는 평소처럼 조용히 내 감정에 진지하게 귀를 기울였고, 고도의 지혜를 발휘해서 나를 괜찮은 방향으로 인도했으며, 내 삶에 달라질 여지가 아무것도 없다고 생각하지 않도록 애를 썼다. 탄탄은 휴학을 할 거라며, 자기도 불면증을 잘 치료해 볼 거라고 내게 말했었다. 자신조차 복잡한 상황에 있으면서도, 그는 여전히 유머러스하고 명랑하며 통찰력 있는 특유의 천성으로, 내 절망의 문을 열고 뛰어 들어온 것이다.

탄탄은 나를 쑹산 공항까지 배웅하며, 살아서 타이베이로 돌아오라고 말했다. 출국장 입구로 들어서면서 뒤돌아 그를 보았는데, 그의 얼굴에 여전히 간절한 격정기가 흘렀다. 진정한 정신적 세계 속에서는 그만이 유일한 가족이었다. 탄탄이 그곳에 꿋꿋이 서서, 나를 향해 현실의 피안으로 오라고 손짓하고 있는 것이다. 다른 사람들, 수령, 몽생, 초광, 지유……. 그들 모두 환영 속 인물 같다. 그들과 나는 같은 쪽에 서 있고, 탄탄만이 다른 쪽에 서 있다.

"탄탄, 나는 아직도 이렇게 폐인 같아. 그렇게 많은 시간이 흘렀는데도, 난 왜 좋은 쪽으로 변하지 못한 걸까? 매번 그렇게 많은 힘을 쏟아 쌓아 올린 현실 생활의 건물은 한순간에 와르르 무너지지. 그러고는 일체를 또다시 영에서 시작해야 하는 거야. '높은 건물을 짓는 것을 보았고, 손님 접대하는 것을 보았고, 건물이 무너지는 것을 보았지.'*이 세상은 정말 사람을 잡아먹는 곳이야. 정말 싫어."

"라즈, 지금 너무 피곤해 보여. 우선 누워 한숨 자요. 내일 깨어나면 세상이 좀 달라져 보일 걸요?" 탄탄의 방은 아래층에 있었고, 그의 식구들은 모두 잠들었다. 그는 나를 위해 살금살금 우유를 데우고 과일을 잘라 왔다.

"혹시 또 이사해요?" 탄탄이 내게 물었다.

"응. 내일 바로 집 보러 다니려고. 당일 바로 이사까지 할 수 있다면 제일 좋고. 계속 그곳에 산다면 나는 아마 미쳐 버릴 거야. 수령이 또 전화를 걸지는 않을까, 편지를 보내거나 나를 찾아오지는 않을까. 그냥 이런 생각으로도 참을 수가 없어! 어렵사리 마음속으로 **기다려, 기다리라고, 제발 기다리라고** 제재를 해도 그냥 강박적으로 우편함을 열어 보고 전화를 받게 될 테

---

* 중국 청나라 때 문인 공상임의 희곡인 〈도화선(桃花扇)〉의 경구를 인용해 읊은 것. 원문은 '眼看他起高樓, 眼看他宴賓客, 眼看他樓塌了'

니까. 이사를 해야 내 손이 하는 짓을 끊어 버릴 수 있겠지!"

"선배가 또 이사할 거라면, 차라리 내가 이번 기회에 부동산 중개인을 할까 봐. 몇 달 간격으로 비는 선배 방을 다른 사람에게 소개하면, 돈벌이가 쏠쏠할 것 아닌가."

"그럼 아주 나까지 중개하지 그래. 광고문에 한 줄 더 붙이는 거야 : 매주 일요일 밤에 특정인과 동침도 주선함. 어때?"

"그건 안 돼요. 선배는 피임할 줄 모르니까." 탄탄이 웃으며 말했다. "선배는 다른 것 말고 지금 집 전화번호나 잘 외워 둬요. 지난번엔 원래 살던 집 주인에게 보증금을 돌려받겠다고, 나한테 전화를 걸어 살던 집 전화번호를 물어봤잖아요. 겨우 하룻밤 지났을 뿐인데!"

"너 불면증은 좀 어때? 아니면 밤 시간을 활용해서 가내수공업으로 돈이나 벌지. 예를 들면 아스파라거스 벗기기, 귤 까기, 어망 짜기 등등."

"옳거니. 하나 더 보태지. 주머니에 수놓기." 그는 이어서 말했다. "휴학하길 잘했어요. 지금은 아주 규칙적으로 지내거든. 거의 열한 시 정도면 잠을 자요. 잠자리에 들기 전에는 요가를 하고, 만약 침대에 누워 또 쓸쓸한 종류의 그다지 좋지 않은 감정이 올라오면 곧바로 만트라大悲咒를 외워요. 엄마가 가르쳐 주신 건데, 그러면 천천히 마음이 좀 편안해지면서 꿈속으로 빨리 들어가져선 이상하고 재미있는 꿈들을 꾸게 되죠. 사범 대학 분교 쪽에서 매주 월 수 금 요가를 배우는데 이것도 정말 좋아요. 나는 앞으로도 계속 요가를 연습해서 요가 수련자가 되려고 해요."

"요가랑 불교의 수행법이 달라?"

"요가는 대단히 개방적이죠. 요가는 성행위를 반대하지 않아요. 섹스 역시 요가의 한 방법일 뿐이니까요! 이를 반대하는 종교들은 모두 후대 사람들이 만든 편견을 받아들이는 것일 뿐, 붓다도 섹스 자체를 반대한 적이 없어요. 정말 신나는 일이 될 거예요. 라즈. 나는 A와 함께 요가를 수련해서 나중에 요가 수련 센터를 세울 거예요. 사람들에게 전문적으로 오르가즘에 도달할 수 있는 방법을 알려 주려고요. 진정한 오르가즘에 도달하면 우주적 감각을 느낄 수 있거든요."

"좋은 생각이야. 너는 꼭 텔레비전에 나올 거다. 그런데 동물학과는 어쩌고?"

"어휴. 그건 정말 문제예요. 과학이 재미있긴 한데, 참 무료한 일이죠. 그렇게 많은 시간을 들여서 그렇게 무미건조한 것들을 배우다 보면, 전에 선배가 말했듯이 벽돌을 던지고 싶은 생각이 든다니까. 어떤 과목은 정말 나무를 씹어 먹는 기분이 들고. 그렇게 어렵고 힘들게 공부해서 얻는 것이 겨우 흥미가 쏠리는 한두 가지 뿐이니, 어느 세월에 생물을 연구해서 인간의 영혼을 알 수 있겠어요. 내가 특별 추천 학생이기 때문에 학과장님이 나를 무척 아끼거든요. 그저께 과 사무실에 들려 복학에 대해 문의하고, 학과장님과 나의 불면증에 대해 허심탄회하게 이야기를 했어요. 그 교수가 꼭 부처 같이 생겨서는, 걱정스러운 눈으로 나를 보니까 나도 모르게 눈물이 왈칵 나오지 뭐예요. 그랬더니 마치 아버지처럼 나를 안아 주지 뭐예요. 라즈, 나 빨리 가서 그 교수나 유혹할까요. 그는 분명히 나를 좋아하고 있어요." 그는 장난스럽게 말했다.

"좋지. 학과장을 유혹하다니 얼마나 멋진 일이야! 그런데 임신만은 하지 마." 나도 무슨 그럴듯한 일이라도 말하듯 대꾸했다.

"그거야말로 걱정할 필요 없어요. 나는 열여섯 가지 피임법을 꿰고 있다고요. 이래 봬도 내가 우리 엄마까지 가르친 사람입니다!" 그는 득의양양해서 말했다. "라즈, 우리 공부하지 말고 장사하면 어떨까요? 아버지가 싱거勝家 미싱을 사 줬거든요. 나는 재봉질이 재미있어요. 요즘은 매일 재봉틀 앞에 앉아 차분하게 인격을 도야한답니다. 나를 위한 작은 가죽 가방을 만들기도 하고, 과외 학생에게 필통도 만들어 주면서……."

"맙소사. 재봉질로 인격 도야 씩이나?" 나는 혀를 내둘렀다.

"이거 어때요. 라즈, 이 잠옷도 예쁘지 않아요? 선배에게는 특별히 야한 잠옷을 만들어 줄게요. 좋죠?" 탄탄은 자기가 입고 있는 잠옷을 펼쳐 보였다. 하얀색 실크로 잘 만들었다. 얇은 옷의 질감이 좋아 보였으며, 정교하고 아름다운 그의 몸 위에 걸치니 더 우아하고 고귀해 보였다. 탄탄은 생활이 예술인 사람으로, 그를 생활 예술가라고 불러도 전혀 과찬이 아닌 것이다.

"됐어. 관둬. 이런 노출이 심한 잠옷을 내가 입으면 아마 도살업자 같을 거야."

"아참, 맞다, 지난주에 꿈을 하나 꿨어요. 나랑 지유가 교실에서 교련*을 하고 있는데, 선배가 녹색 연미복을 입고서는 교실 창밖에서 나한테 나오라고 손짓하는 거예요. 꿈속에서 본 그 연미복을 만들어 주면 어떨까요? 내가 우선 그림으로 그려서 선배한테 보내 볼게요."

"보렴. 네 꿈이 얼마나 나를 잘 이해하는지. 한술 더 떠서 연미복을 입혀 준다고!" 나는 농담조로 빈정대면서 말했다.

"아무튼 장사하는 거 어때요? 내가 재봉질을 하거나 손으로 쓸 만한 걸 만들면 선배가 내다 파는 거예요. 아니면 우리가 함께 창의적인 회사를 설립하는 거죠. 라즈, 언젠가 내가 했던 말이 생각나요? 점쟁이 말이 내가 만약 자원 재활용 쪽으로 일을 하면 대박이 날

---

* 교련. 군사 훈련과 국가 안전에 관한 수업. 군사 정권의 잔재로 여겨 한국에서는 1992년에 폐지, 2007년 교육 내용과 이름이 생활 안전, 응급 처치 중심으로 개정되었음.

거라고 했다니까요! 최근 신문에는 어떤 화장품 회사가 세계를 순회하면서 화장법을 배우고 싶은 인재를 모집한다는 내용이 실리기도 했는데, 나도 당장 등록하고 싶은 충동이 일더군요. 뭣 하러 그렇게 여러 해를 참아가며 의미 없는 시간을 보내야 해요? 차라리 자유롭게 재미있는 일을 찾아서 해 보는 게 낫지 않아요?"

"장사는 한번쯤 해 볼만 해. 하지만 장사를 너무 오래 하다 보면 똥이나 쓰레기로 변할 지도 몰라. 다만, 너와 함께라면 무슨 일을 하든 안심할 수 있지. 우리는 반드시 성공할 거야."

"응. 나도 그렇게 생각해요. 우리 둘이라면 많은 일을 할 수 있을 거예요."

새벽 1시가 넘어 버려 두 사람 모두 좀 출출한 느낌이 들었다. 마침 탄탄의 집이 야시장 근처에 있어서 우리는 어깨를 나란히 하고 천천히 걸으며 먹을 것을 찾아 나섰다. 대부분 장사를 접은 썰렁한 야시장 안을 우리는 마치 황혼의 두 검객처럼 흔들흔들 뽐내면서 누비고 다녔다.

"고등학교 시절이 너무 그리워요. 그때 우리는 '13인의 무사十三太保'가 있었거든요. 날마다 재미있는 일이

• 　13인의 무사. 주인공 열세 명이 모두 초고수인 장철 감독의 무협 영화. 1970년에 만들어진 작품으로 프랑스 68혁명의 정신을 담았다는 해석이 있음.

넘쳤고, 하루하루 참 생기 있게 움직였죠. 그때는 군중 속에 속한 기분이 들었어요. 그런데 지금은 모든 것이 남자에게 묶여서 오직 사랑뿐인 생활이고, 다시 군중 속으로 돌아갈 길을 잃은 것 같죠. 모든 게 지유 때문이에요. 지유가 그곳에서 날 끌어냈고, 그 후로는 계속 누군가가 뛰어 들어오더군요."

"아주 둥지를 튼 사람들도 있잖아! 탄탄, 지금의 남자들과는 어떻게 지내?"

"남자들이라고요?" 탄탄은 목소리를 높이더니 나를 한번 흘겨보았다. "그렇게 많지도 않아. 겨우 서너 명 정도인데요, 뭐. 그래도 가장 중요한 사람은 역시 A죠."

"그럼 나머지 사람들은 다 비고란으로?"

"그들 스스로 오겠다면 내가 어찌 말리겠어요? 이 대목에서 라지성羅智成의 시가 생각나네. ─ 그렇게 많은 별이 몰래 나를 좋아한 줄은 알지 못했다." 그는 어쩔 수 없다는 식으로 농담을 했다.

"내 곁에 이런 능력자 동생이 있다니 정말 자랑스럽군. 네가 이당화李棠華 서커스단보다 더 대단하다. 양 손에 각각 남자를 하나씩 돌리면서 머리 위에 또 다른 남자를 이고 있다니 놀랍다, 놀라워."

"게다가 나는 다리 하나를 들어 올려 비교적 가벼운 다른 남자 하나를 더 돌릴 수도 있답니다." 탄탄은 돌리는 자세까지 연기하며 내게 보여 주었다. "휴, 역시 오래된 문제죠, 뭐. 라즈, 만약 A의 머리에 B의 돈과

집, C의 상반신과 D의 하반신을 함께 모을 수 있다면 내가 여기서 이렇게 '과일을 고를' 필요가 있겠어요?"

"천천히 두고 봐. 통일된 사랑이 찾아오겠지. 지금 시행하고 있는 '어장 관리'도 훌륭하지만! '삶이란 갈수록 점점 심오해지는 각성이다. 그 깨달음이 가장 깊은 곳에 이르렀을 때 우리는 하나가 된다.' 라고 어떤 철학자도 밝힌 바 있으니까." 내가 위로의 말을 던졌다.

"나는 스무 살 생일에 꼭 특별한 일을 해보려는데, 취월호에서 수영을 하려고요."

탄탄의 침실로 되돌아왔고, 나는 또다시 울적해졌다. 탄탄이 나를 위해 기타를 치며 노래를 불러 주겠다고 한 것이다. 탄탄과 기타와 노래. 이 세 가지가 어울리면 수많은 아름다운 추억이 되살아나고, 그 추억들 하나하나로 다시 목이 멘다.

가장 먼저 떠오르는 장면은 역시 지유와 탄탄이 동아리 홍보를 위해 빗속에서 노래하던 모습이다. 겹겹이 따라오는 영상은 마치 '행복'의 정의와도 같다.

다음 장면에서는 탄탄의 밴드가 처음으로 무대에 올라 공연을 한다. 탄탄에게 꽃다발을 주려고 간 내가 덩달아 신이 나 흥분해 있다. 저녁 일곱 시에 학교 총무처의 '소복小福*'앞. 정식 무대는 아니지만 열정적인

●   소복. 학생들이 자주 찾는 간단한 물건과 먹을 것을 파는 매점.

학생들이 밴드를 둘러싼다. 민소매에 꽉 끼는 청바지를 입고 옷을 허리에 대충 묶은 탄탄은 마치 거친 전위 가수 같다. 그는 무대 위에서 키보드를 누르면서 노래를 부른다. 탄탄이 크게 내지른 팝송이 절정에 이른 순간, 나는 몹시 감격하면서 우리가 얼마나 내면 깊은 곳이 닮았는지를, 내가 얼마나 그와 같은 사람이 되기를 원하는지를 명료히 깨닫는다. 아마도 세상에서 그녀를 가장 좋아하는 사람은 나일 것이다.

"탄탄, 나 수령이 보고 싶어." 다시 슬픔이 밀려왔다.

"나도 지유가 너무 그리워요." 탄탄도 어린아이처럼 따라서 가라앉았다.

"탄탄, 그 노래 있잖아. 「Cherry Come To」. 그 곡 좀 들려줘."

"그 노래는 안 돼요. 견딜 수 없다고! 대신 다른 곡인데 예전에 나랑 지유가 가장 좋아했던 'The Smith'라는 밴드가 있어요. 그들은 5인조 남성 밴드인데, 보컬과 기타리스트가 연인 사이죠. 기타리스트는 아버지고, 보컬은 어머니랄까. 그들은 서로 미소 지으면서 「나는 너의 이빨을 뽑아 버릴 거야」를 부르죠. 또 다른 곡은 「맨체스터 책임져」인데, 그들이 맨체스터에서 자랐기 때문에 자기들을 만든 맨체스터가 책임지라는 내용이에요. 그 곡엔 남의 재앙을 보고 기뻐하는 심술이 가득하죠. 한 곡 더, 이 곡은 해변을 걸어가고 있던 그가 자기를 유혹하려는 여자를 보고 만든 노래거든요. 'She is so rough, l am so delicate' 그는 그토록 거칠었고, 나는 그토록 섬세했지……." 탄탄은 마치 취한 듯이 달콤한 표정으로 허밍을 하면서 내게 노래를 들려주었다.

"탄탄, 왜 지유를 다시 안 찾아가?" 나는 용기를 내서 금기시된 질문을 던졌다.

"다신 그 얘기를 꺼내지 마요. 내가 무슨 낯으로 그를 보겠어요? 라즈, 알아 둬요. 나는 지난 이 년 동안 완전히 여자로 변했어요. 이제는 모든 게 달라져 버렸죠. 나는 순결하지 않고 그를 대할 용기도 없어요. 그냥 아름다웠던 추억 그대로 그곳에 머물게 두려고요. 아마도 지금까지 살아오면서 그때가 가장 순수했던 것 같아요. 오직 그만이 나를 아무것도 돌아보지 않고 뛰쳐나가게 했으니까." 그의 목소리가 점점 약해졌다. 나는 탄탄을 토닥토닥했다.

"그건 그렇고, 라즈. 나는 선배가 지금의 문제를 잘 넘기리라고 믿어요. 인간은 원래 양성 동물인데, 한 가지 성만을 고집하는 것이야말로 왜곡된 거예요. 선배도 자기 안의 음과 양, 양성을 모두 다 잘 발전시킬 수 있을 거예요. 그렇게 되면 선배는 자유롭게 누구든지 사랑할 수 있게 되는 거죠. 양으로 음을 극복하고, 음으로 양을 다스리기만 하면 되는 거예요. 선배는 너무 쉽게 절망해 버린다니까. 시각을 바꿔 보면, 꼭 이래야만 할까요? 선배도 자기 안의 여성을 발전시켜

봐요!"

"나도 남자를 좀 사랑하고 싶지. 그런데 아름다운 여자들이 너무 많군!"

"타이완 속담에 '북경까지 끌고 가 봐야 소는 역시 소다.'라죠. 그래요. 하지만 여자들이 정말 아름답고 신비롭긴 해요!" 탄탄은 쯧쯧 혀를 차면서도, 나와 함께 마치 걸신들린 것처럼 여자가 어떻게 좋고 어떻게 예쁜지 떠들기 시작했다. 항상 놀던 대로 장난을 치면서 피차 웃음을 참지 못했다.

"탄탄, 나 배고파." 나는 그를 향해 떼를 썼다.

"그렇겠네. 빨리 광합성을 해서 우리 라즈 선배를 살려야지." 탄탄도 장난을 쳤다.

"그러면 나는 '광합성 중인 나의 동생'이라는 소설을 써야겠군." 우리는 그렇게 깔깔거렸다.

그날 밤 탄탄은 침대를 내게 내주고 자기는 바닥에서 잠을 잤다. 부드러운 베게의 감촉이 너무 안전하게 느껴졌다. 나는 탄탄의 앞에서 고통의 깊이를 보이지 않았다. 감당할 수 없이 잔인하게 마음을 숨기면서 의지는 산만하게 흩어져 버렸다. 파산이 임박했음을 헤아릴 수 있었다. 때때로 가족끼리도 너무 깊은 사랑 때문에, 너무 무거운 감정으론 감히 접근할 수도 없다. 서로의 경계선이 붕괴되면 그 정을 어떻게 감당할 수 있겠는가!

여기서 이렇게 잘 수 있는 것만으로도 이미 모든 것

이 너무 좋다. 내일 아침에는 일찍 일어나서 정신 차
리고 방을 구해 보자.

노트 7—4

○

소범小范. 다섯 살 연상의 이 사람은 가장 늦게 나의 삶으로 들어온 사람이다. 내 운명을 수렁보다 더 깊게 더욱 황폐한 곳으로 떠밀려 들어간 지점에서 지리멸렬 갈피를 잡을 수 없었던 청춘기를 봉합시키는 대수술을 해 주었다. 그 후로 나는 봉합선이 가득한 완성된 얼굴을 갖게 되었다. 그가 내 얼굴을 봉합해 주었지만, 나는 겨우 그에 관한 편린만을 묘사할 수 있으며 이로써 비망록 중의 중요한 한 단락을 쓰게 되었다. 소범에 대한 기억의 조각을 기록하면서는 내 얼굴의 봉합선이 살 속으로 파고들어 마치 고기에 톱질을 하는 듯한 아픔이 밀려온다.

"휴, 열여섯 살 때 속아서 집을 떠났던 생각이 나네요. 당시 엄마가 기차역까지 나를 데려다 주었지요. 같은 마을에 살았던 아이와 함께 타이베이에서 고등학교

를 다니려고 중홍호 열차를 탔답니다. 처음에는 엄마
가 기차역 개찰구에서 웃으면서 손을 흔들었어요. 그
런데 기차가 떠나려고 하니까 갑자기 눈물이 그렁그렁
해져서 사람들을 헤치고 개찰구 앞까지 나오더니 어린
아이처럼 막 울더라고요. 그때는 엄마가 왜 우는지도
모르고 왠지 그냥 슬펐을 뿐인데, 몇 년이 지나고 나서
야 깨닫게 되었어요."

아직도 나는 소범과 나누었던 첫 음성들을 들을 수
있다. 우리는 같은 기관에서 자원봉사를 했는데 저녁
교대 시간마다 여럿이 함께 도시락을 먹었다. 나는 장
난 대왕으로 통했고, 그 사이사이에 이따금 감성적인
이야기도 넣어 재간을 부렸다. 소범은 멀리 구석에 떨
어져 앉아 조용히 밥을 먹는 동료로서 평소 거의 말이
없고, 오가는 말들을 경청하면서 우리를 향해 미소를
보내곤 했다. 그가 어쩌다 대화에 끼어들 때는 항상 기
발했고 모두를 웃게 했다. 그런 그가 갑자기 내 말을
이어받았다.

"속았다는 표현이 정말 적절하네. 나도 너와 비슷한
나이에 집을 떠나 타이베이로 온 지 어느새 십 년이
지났지. 매번 연휴 때마다 도원의 본가에 가 보면, 집
은 그저 잔소리를 하는 노인 둘만 있는 곳으로 변해
있어. 일정 기간마다 돌아가 의무감에 그 곁에서 텔레
비전을 봐 드리는 게 전부지! 실은 속아서 집을 떠나
온 뒤에 다시는 집으로 돌아가지 못한 거야."

사람과 사람은 이렇게 한마디로 마주친다. 나보다 나이가 훨씬 많은 이 사람이 나와 같은 주파수의 언어를 사용하고 있다는 것을, 또 내가 하는 말을 이해할 수 있다는 것을 직감했다. 나는 소범이 두려워지기 시작했다.

"혹시 혈액형이 A형입니까?" 나도 모르게 나는 그에게 다가가 말을 걸었다.

"보기에 내가 A형 같아? 아무도 내가 A형이라고 짐작을 못하던데. 넌 어디를 보고 알았어?" 내가 이끄는 일방적인 물음에 소범은 어떤 생소함이나 거리감도 보이지 않았으며, 친절하고 조용한 대답만이 돌아왔다.

"의존심을 보고요."

"의존심? 내게 의지하는 마음이 있어 보인다고? 아, 넌 참 독특한 시선을 가졌구나. 나의 많은 친구들 중에서 나보고 의존적이라고 말해 준 사람은 한 명도 없었거든. 다들 오히려 내가 좀 더 의지하기를 바라기도 한단다. 특히 내 약혼자가 그렇지. 어디 더 말해 주겠니? 나 굉장히 궁금해."

"아니, 아닙니다. 제가 한 말은 근거 없는 말이에요. 그냥 직감일 뿐이지. 소범 씨는 겉으로 볼 때 굉장히 독립적으로 보입니다. 소범 씨에 대한 나의 첫 인상은 무척 여성스럽고 온화한 느낌이었어요. 두 번째는 간결하고 민첩하다는 느낌을 받았어요. 이 사람은 말을 하거나 일할 때, 어쩜 저렇게 적절하고 기민할까 감탄했답니다. 마치 다른 사람이 전혀 필요하지 않은 것처럼 보이기도 해요. 혼자서 남에게 기대지 않고 많은 일을 신속하고 완벽하게 해 내는 사람이며, 태도는 부드럽지만 자기 일에는 또 구석구석 엄격한 잣대를 대는 사람이죠."

"네 말이 맞아. 나는 무엇이든 혼자 해 내는 걸 좋아해. 살면서 인생의 난관이나 좌절을 겪었을 때, 나는 다른 사람들이 문제를 어떻게 해결할지 조언해 주는 것은 듣지만, 기타 위안의 말들은 원치 않아. 조용히 듣고서 혼자 방에 갇혀서 어찌 하나 고민하는 편이랄까. 심지어 약혼자한테도 내면의 감성적인 얘기는 거의 안 하고 살아." 소범은 우스갯소리 삼아 덤덤하게 말을 이어 갔다. "내가 그와 어떻게 통화하는 줄 아니? 전화가 와서 받으면 그가 나야 라고 말하지. 그러면 나는 안다고 말해. 그러면 그가 별 일 없냐고 물어 보고, 나는 없어 라고 대답. 그러면 그가 그럼 이만 전화 끊겠다고 말하고 내가 응 하고, 툭, 그게 다야." 나는 그의 말에 숨겨진 아픔을 느꼈다.

"어쩌면 소범 씨가 드러내는 것과 정반대일 수도 있죠. A형의 의존심이 마음속 깊은 곳에 숨어 있기 때문에, 당신은 그 의존심을 사용할 수 없었던 거죠. 의존심이 아직도 순수함을 유지한 채 깊은 곳에서 잠을 자고 있는 거고. 오래 전부터 잘 알고 지내는 제 친구 하나는 그 의지하는 마음을 유감없이 발휘하는 아이였어요. 그래서 나는 유난히 이 방면에 후각이 예민하답니다. 소범 씨의 동작 하나하나에 자연스럽게 의존적인 기질이 배어나요. 당신이 스스로 의존심을 쓰지 않으니까. 당연히 의식이 따르지 못하고 실생활 속에서 지나치게 독립적으로 행동하게 되는 거예요. 이제는 의존심을 좀 내보내 주시는 게 어때요?"

"어디 가서 그런 나를 찾지? 나는 너무 일찍 의존심을 잊은 걸!" 소범이 말했다.

노트 7—5

○

소범은 내가 만났던 사람 중 가장 절망적인 여성이다.
그는 절망을 기억했고 절망 속에서 생활했으며, 내부
에서 표출되는 모든 것은 절망의 기미뿐이었다. 나는
그의 절망을 사랑했고, 그의 절망에 흔들렸고, 그의 절
망에 무너졌으며, 그의 절망으로 인해 헤어졌다. 그의
절망은 곧 그의 아름다움이다.

매주 당직 시간마다 나는 은근히 그와의 만남을 기
대했다. 낮에 그는 구국단救國團*의 직원이고, 밤에 그는
약혼자와 몇몇 친구들을 모아 펍Pub**을 열었다.

● 중국청년구국단. 본사가 타이베이에 있는 중국의 청소년 단체. 1952년에
   타이완 초대 대통령인 장개석의 추천을 받아 세워졌음.
●● 펍. 영국과 아일랜드에서 발달한 술집 형태로 주로 맥주를 마시는 곳.
   Public House의 약자임.

매주 토요일 오후는 그의 당직이며, 나는 그의 업무 파트너로서 기량이 막상막하인 동료였다. 그는 당직을 할 때 업무에 지쳐 늘 초췌한 얼굴이었으며 눈에 보이니 안쓰러운 마음에 나는 무심코, 또는 작정을 하고 그를 돌보았다. 그는 내게 미소를, 지친 미소를 보냈다.

소범은 내게 자주 물었다. 왜 하필 자기 곁에 왔냐고. 나는 당신이 너무 총명하기 때문이라고 대답했다. 그럼 그는 다시 묻는다. 왜 하필 자기냐고. 그럼 나는 당신이 너무 아름다워서라고 말한다. 설마 너는 내가 아무것도 줄 수 없다는 걸 모르는 건 아니겠지. 그는 걱정한다. 어차피 다른 여자들도 나를 원하지 않으니까 신경 쓸 거 없어. 내가 한가로이 말한다. 너는 견딜 수 없게 될 거야. 그가 말하면, 나는 그때 가서 다시 말하자고 했다.

약혼남이 그를 데리러 오지 않으면, 소범이 나의 자전거 뒤에 타는 날이다. 그는 자전거 뒤에 자신을 태울 수 없을 거라며 나를 미덥지 않아 했지만, 내가 그에게 고집을 부렸다. 나는 그를 태우고 바람처럼 빠르게 자전거를 몰았다. 그는 그렇게 가벼웠다. 내가 빨간불을 아슬아슬 지나치거나 급회전을 할 때면, 그는 어린아이가 되어 거리에서 즐겁게 환호성을 질렀다. 그를 태우고 이렇게 자전거를 빨리 몬 사람은 아무도 없었다고 그가 감탄했다. 도중에 우리는 자전거 도로의 경사가 급한 편인 대교도 건너야만 했다. 주변의 자동차

들은 빠른 속도로 획획 지나갔지만, 오직 우리가 탄 자전거만이 위태하게 느릿느릿 움직였다. 나는 등이 땀으로 흠뻑 젖도록 페달을 밟았고, 그는 뒤에서 목청껏 응원을 했다. 힘내라! 영차! 영차!

평소에 그는 불쌍할 정도로 즐거움을 느끼는 능력이 없지만, 이때만큼은 눈에 띄게 명랑해진다. 그가 시종일관 명랑함을 유지해 자연스럽게 즐거움을 전염시킨다. 또한 그는 인성에 대한 이해가 매우 깊었기에, 어렵지 않게 자신을 균형 잡아 우아함을 유지한다. 마치 훌륭한 연주자의 손에 들린 악기 같다.

소범을 싣고 가다 보면 그의 무게가 나한테 온전히 실리는 듯해서 그 순간에는 마치 그가 내게 속한 느낌마저 든다. 힘들게 자전거를 몰아 대교 위로 올라서면 막힌 데 없이 트인 사방에서 시원한 바람이 서서히 불어온다. 다리 양쪽 옆으로 맑고 깊은 강물이 흘러가고, 황혼의 하늘에는 홍조를 띤 구름들이 흩어지며, 왼편에서 둥글고 작은 석양이 점층적인 빛을 발한다.

나와 소범은 심호흡을 하면서 내내 말을 아껴 침묵 속에 잠긴다. 나는 다리의 힘을 빼고 최대한 속도를 늦추면서 영원히 이 다리가 끝나지 않기를 희망한다. 소범은 내 등 뒤에, 나와 그렇게 가까이 있었다. 나는 그의 호흡이 특별하고도 깊은 위치에서 시작되는 것을 느낄 수 있다. 언젠가는 서로 소박하게 맨 얼굴로 만나는, 이런 날이 올 것이라고 상상했는데 막상 그런 날이

왔지만 손발이 묶여 있다. 그는 내게 직장을 그만두고 나면 다시 볼 수 없는 거냐고 물었다. 너그럽게 받아들이겠다는 태연한 어조다. 그러고 나면 그는 일순간에 오래전부터 익숙했던 침울한 기질로 돌아가 깊이를 알 수 없이 가라앉는다.

나는 그 영혼의 깊은 바닥을 너무 잘 알고 있다. 언젠가부터 이런 종류의 사람에 대한 통찰력을 갖게 된 것이다. 사실 거의 천부적인 재능이다. 언제 사라질지 확언할 수 없지만, 당신이 계속 펍을 여는 한 보러 갈게요. 내가 말했다. 하얀 비둘기가 무리를 지어 날아오른다. 그 순간 완전히 자유롭고 철저하게 뼛속까지 파고드는 사랑의 감정이 나를 습격해 왔다. 누구에게도 쓴 적이 없는 나의 사랑을 모두 이 사람에게 주게 될 것이라는 예감이 들었다. 한 폭의 안개 자욱한 회색빛 그림은 나와 소범 사이의 모든 것을 포괄하는 이미지다.

소범은 내가 남몰래 자기를 사랑하는 것을 알고 있다. 그는 내 시련과 곡절을 알고 있으며, 내가 자기 영혼의 맥락을 깊이 가늠하고 있다는 것을 알고 있다. 또한 그는 내가 자기를 잘 이해할 수 있다는 것을 알고 있으며, 정신적으로 자신이 내게 의지하고 있다는 것도 알고 있다. 심지어 그는 내가 어떻게 자기 시야에서 사라져 버릴지도 알고 있다. 다리 위에서 오고 간 말들 속에서 이 모든 것을 짐작할 수 있었으며. 나 역시 그가 나에 대해 감정이 생겼다는 것을 알아차렸다. 그는 자신을 깊이 감춰 두어 타인의 두드림에 절대로 흔들리지 않지만, 내가 사라질까봐 걱정한다. 나를 향한 그의 감정은 복잡한 것이다.

수령이 나를 괴롭히던 그 시절에 나는 한 달 동안 사라졌다. 펍에도 가지 않았고, 모든 사람과 연락을 끊은 채 녹초가 되어 굳은 몸으로 집에 틀어박혔다. 갑자기 한 통의 전화가 걸려 왔는데, 소범의 부드러운 목소리가 들려왔다. 듣고 있니. 내가 왜 네게 전화를 했는지 나도 몰라. 더욱 이런 전화가 네게 무슨 의미가 있겠냐만, 그저 네가 살아 있는 것만 확인하고 싶었어. (여기까지 말하고 그는 울고 있음이 분명했다. 그는 애써 흐느낌을 참았다) …… 나 자신을 위해서 이런다고 생각해 주겠니? 네가 한 달 동안 당직 날 오지 않으니까. 네게 무슨 일이 생긴 게 분명하잖아. 그렇지만 내가 무슨 자격으로 네 생활을 참견할 수 있겠어. 넌 정말 너무해. 너는 그렇게 내 모든 일에 관여하고 돌봐 주면서 너 자신의 일은 단 한 번도 내게 말하지 않는구나. 이렇게 일이 생기면 혼자 집에 숨어 괴로워하잖니. 나는 도대체 너를 위해 무슨 일을 할 수 있는 거야? 여기서 그냥 이렇게 네가 혼자서 일을 다 정리한 뒤에 다시 희희낙락 당직하러 오길 기다릴 수밖에 없는 거니? 너는 정말 나를 쓸모없는 사람으로 만드는구나. (그는 다시 떨리는 비음이 되어 처음부터 끝까지

이성적으로 말하려고 애를 썼다)

　가장 미쳐 있던 그 밤, 결국 나는 펍으로 소범을 찾아갔다. 나는 이미 취해 있었고 내 옆에서 이것저것을 챙겨 주면서 아무것도 묻지 않고 그냥 내 옆에 앉아 있었다. 그는 평온한 목소리로 내가 자리를 비웠을 때 있었던 재미있는 이야기들과 그의 근황을 들려주었고 나는 웃으면서 들었다. 너무 심하게 웃을 때는 몸이 흔들렸고, 웃으면서도 한편으로 눈물이 쉴 새 없이 흘러내렸다. 그는 강인하고 이해심 가득한 시선으로 내 눈동자를 바라보았고, 나도 그의 멀고 깊은 눈동자 속으로 들어갔다. 그는 계속 세세한 일들에 대해 나직하게 말하면서 손으로 부드럽게 내 눈물을 닦아 주었다. 나는 또 심하게 웃으면서 내가 얼마나 지금과 같은 사랑을 받기를 갈구했는지 생각했다.

　취기가 올라와 나는 화장실에서 한가득 구토를 했다. 추한 모습을 소범에게 보이고 싶지 않아 나는 그에게 상관하지 말라고 했다. 속을 깨끗이 비워낸 뒤 나는 펍의 은밀한 구석으로 숨어들었다. 자제력을 잃고 스스로 화상을 입은 것이다. 그에게 보이지 않을 것이라 생각했는데, 뒤돌아보니 그가 바 테이블 안쪽에 서 있었다. 한편으로는 주문받은 술을 잔에 채우면서 계속 나를 주시하고 있었다. 두 눈에서 눈물이 소리 없이 흘렀다.

노트 7—6

○

반년 뒤에 나는 소범의 아파트로 이사했다. 그가 들개
처럼 유랑하는 나를 받아들인 것이다. 그와 동거했던
그 몇 개월은 대학 생활 사 년 동안 거의 유일하게 '행
복'했던 시기라 말할 수 있다. 마치 죽음 직전에 반사
광이 비치는 것처럼.

절망, 고통, 부패, 고독의 그림자가 나를 휘감았다. 언
제라도 내일의 세계가 나를 모질게 끌고 가서 집어삼
킬지도 모른다. 마치 세기말에 자유분방하고 화려한
생명감을 향유하듯, 나는 잠시 맑은 정신으로 또렷하
게 살아 있었던 것이다. 나방이 불에 뛰어들 듯 나는
분출하는 열정을 소범에게 완전히 쏟았고, 댐에 갇혀
있던 나의 사랑이 미쳐 날뛰면서 흘러나오도록 내버려
뒀으며, 무섭게 소범을 사랑했다. 나는 아무것도 고려
하지 않았고, 어떠한 염치도 없었다. 비열했다.

소범은 유일하게 나와 섹스를 한 여자다. 그것은 내 생애에서 가장 아름다웠던 기억이다. 그렇기에 여기까지 읽고 나면 내가 얼마나 이 여성을 묘사하는 것에 서투르고 무능했는지 느껴질 것이다. 하지만 여기에 쓴 것들이 단편적인 조각들이라고 해서 그럴싸한 가짜 글이라고 또 어찌 잘라 말할 수 있겠는가. 나는 이를 악물고 그에 대해 썼다. 선홍색의 작열감*이 내 몸 안에서 혹독하게 타올라 그를 떠올리면 진저리를 치며 비명을 지를 지경이다. 그와의 일은 내 생애 가장 황홀했던 순간이었으나, 부끄러운 아픔의 기억이다. 왜냐하면 소범 마음속에 나라는 사람이 도대체 어떤 존재였는지 전혀 알 길이 없었기 때문이다. 아마 죽는 날까지도 알 수 없을 것이다.

●　작열감. 온몸에 열이 심해지고 쐐기풀로 찌르는 듯 아픈 감각.

노트 7—7

○

"소범, 왜 그래. 도대체 무슨 일이야?"

나는 방에서 그를 기다리며 불을 끄고 침대에 누웠
다가 열쇠가 문을 돌리는 소리를 듣고서 방에서 뛰쳐
나갔다. 열두 시. 그는 창백한 얼굴로 집에 들어와서는
곧장 자기 방으로 들어가 옷을 갈아입고, 주방으로 가
서 물을 끓였다. 나는 걱정스럽게 따라 들어가고 나오
며 그의 표정을 살폈지만, 그는 이따금 내게 밍밍한 미
소를 지으면서 초췌한 모습으로 식탁에 우두커니 앉
아 있을 뿐이었다. 매일 저녁 그가 집에 돌아오면, 우
선 내 방문을 노크하고 나와 이야기를 하는 것이 일상
이었다. 그런데 오늘은 마치 혼이 나간 듯 평소와 다른
행동을 했고, 심각하게 어떤 충격을 받았음을 예감했
다. 마음이 저려 왔다.

"뭘 보니?" 소범은 식탁 앞에 앉아 웃긴다는 듯 피

곤하다는 듯, 마치 지켜보고 있는 나를 새삼스레 발견한 것처럼 한마디 던졌다.

"지금 자기한테 무슨 일이 생겼는지 보잖아!" 한마디 말도 없어 답답하던 차에, 나도 좀 화가 나서 말했다.

"너한테 보이기 싫어." 치기 어린 그의 말이 돌아왔다.

소범은 일어서서 고개를 저었고 한숨을 내쉬더니, 또 치기 어린 눈으로 나를 노려보았다. 이어 주방으로 가서 우유를 따르더니 곧장 자기 방으로 들어가며 문까지 쾅 닫아 버렸다. 심지어 문 잠그는 소리가 들렸다. 한마디 말도 없이.

이것은 그만의 괴벽으로 마치 내가 영원히 들어갈 수 없는 금지 구역이 있는 것처럼 군다. 몇 개월을 서로 의지하며 동거했고, 우리는 수백 시간 동안 수많은 이야기를 나누었다. 나는 소범과 몹시 친해져서 세세한 속사정을 거의 알고 있으며, 눈을 감으면 그의 마음 지도가 떠오른다. 그는 그렇게 너그럽게 내가 자기를 욕심껏 알 수 있도록 허락했다. 하지만 유독 그 금지 구역 한 곳만은 완강하게 고독으로 가득 채웠다. 아마 그는 영원히 총 한 자루를 끼고 잠들 것이다. 함께 자는 사람이 누구든.

나는 문을 두드렸다. 일 분이 멀다하고 두드렸다. 무모하고 염치없는 나의 일면이다. 나는 돌격을 강행하면서 그를 심각하게 침략했다. 이런 일이 있을 때마다 처음 반 정도 기간에는 그가 억지로 참았으나, 후반에는 그도 어쩔 수 없이 내 다리를 걷어찼다. 말하자면 우습지만, 그가 혼자서 고통을 감당하는 것을 참을 수 없었다. 나는 간절히 문 열기를 요구하며 방문 앞에 앉아 기다리고 기다렸다.

"제발 나 좀 혼자 내버려 둘 수 없니?" 잠긴 문을 열어 두고 소범은 다시 침대로 돌아가 앉았다. 어둠 속에서 머리를 숙인 그의 이마 앞에 머리카락 한 가닥이 떨어졌을 뿐인데, 그는 마치 참을 수 없다는 듯 내게 화풀이를 했다.

나는 침묵했다. 조용히 그를 바라보기만 했다.

"왜 말 안 해?" 그는 머리를 들어 천장을 보더니 눈자위를 움직이면서 화를 삭였다.

"그 사람이랑 싸웠어요?" 나는 조심스럽게 말을 꺼냈다.

"내가 말 없는 것은 자기한테 이미 익숙하겠지만, 자기가 침묵하면 나는 너무 두려워." 내가 침대 끝에 앉자 그는 고개를 돌려 나를 똑바로 보았다.

"이건 주기적으로 찾아오는 순환일 뿐이야. 얼마쯤 지나고 나면 또 사람을 지치게 하는 거지. 태엽을 감아도 소용이 없어. 이렇게 여기에 누워서 꼼짝도 못 하겠고. 또 잠도 안 와. 잠깐 잠이 든다 해도 악몽에 시달리니 근본적으로 한숨도 못 자고 마는 거지. 일어나면 잠들기 전보다 더 피곤해. 조금 전까지 여기 누워서 네가 문 앞에 있다는 것을 알았을 때, 뇌리 속 아주 작은 곳에서 문을 열어야 한다는 신호가 왔지. 하지만 일어날 수가 없었어. 내 몸은 너무 많은 과거의 기억들에 점령당한 것 같아. 수백 개의 전류처럼 내 머릿속을 돌아다니면서 집중을 방해하는 데 그것의 정체가 무엇인지도 모르겠어. 그러다 갑자기 죽고 싶어지는 거야. 한동안 괜찮았는데, 그냥 이대로 죽었으면 좋겠다." 소범은 허탈하게 웃었다.

"누워 봐요. 한숨 푹 자도록 해. 내가 여기 앉아서 지켜 줄게." 나는 그에게 이불을 덮어 주었다.

"방금 차 안에서 둘 다 돌아 버릴 뻔했어. 그가 또 나 보고 그 늙은 사장이랑 결혼을 하라는 거야. 그 소리를 듣자마자 심장이 얼어붙었지. 당장 차에서 내리려는데, 그가 난폭하게 내 손을 잡고 못 내리게 하다가 충동적으로 차를 몰아 담장을 박았거든. 아무래도 머리를 운전대에 세게 부딪힌 거 같아. 그를 할퀸 다음 손을 뿌리치고 차에서 내려 집으로 달려왔어. 휴, 장장 십 년이네. 그와 엮인 지 십 년이 지났는데도 나는 무슨 업보가 있어서 아직도 이러고 있는지 모르겠어. 그와 그토록 긴 세월을 함께 보냈는데, 그는 아직도 나와 결혼할 용기가 없다 하고. 나는 또 그 이유조차 모르겠고. 얼마나 황당한 일이니? 그는 오전고五專高* 이 년 선배였어. 학교 입학과 동시에 들었던 동아리 안의 일

---

* 오전고. 5년제 전문 교육기관으로 고등학교와 전문대학을 통합한 학교.

곱 명이 극단적인 보수 집단으로 변했고, 그때부터 함께했던 사람이야. 학교를 졸업하던 그해에 우리는 약혼을 하기로 했지. 그런데 약혼식 당일에 그가 갑자기 사라진 거야. 그의 홀어머니와 남동생조차도 그의 행방을 몰랐어. 일 년이 지나도록 아무 소식도 없더라. 약혼식을 올리려던 당일, 나는 어쩐 일인지 간염에 걸려 바로 병원으로 이송되었고 삼 개월 입원 치료를 받았지. 그 무렵 나는 살이 십 킬로그램이나 줄었고, 지금의 마른 모습으로 변해 버린 거야. 그 삼 개월 동안 나는 누구와도 말하지 않았고, 눈물이 마를 때까지 울기만 했어. 그 뒤로 나는 어떤 회사에 입사해 일을 하기 시작했고, 우리 사장을 무척 좋아하는 엄마 때문에 사장의 구애를 받아들이게 됐어. 사장은 나보다 나이가 훨씬 많은 사람이지만, 자상하고 성숙한 남자야. 돈도 많아서 우리 집안까지 도울 수 있어. 집에 오면 마치 아버지처럼 부엌에 들어가 내게 요리를 만들어 주는 사람이지. 그를 전혀 사랑하지 않기 때문에, 내게 너무 잘해 주는 것이 미안하기도 해. 나는 지금 약혼을 했는데도 사장은 여전히 나를 쫓아다니거든."

소범은 한숨을 내쉬더니 내 손바닥을 잡고 장난을 쳤다. 나도 그의 머리카락을 쓰다듬었다. 그의 기억을 따라 내 마음속의 그도 더욱 깊이 새겨졌다. 나는 더 세심하게 그의 독특한 정서를 헤아릴 수 있었다. 그는 허무하기 때문에 무엇에도 거리낌이 없었다.

"일 년 뒤 그가 다시 나타났어. 비로소 그의 그동안 행적을 알게 됐지. 동부의 작은 산간 마을에 있는 초등학교에서 아이들을 가르쳤다더라. 약혼식 날 도망갔던 일에 대해서는 한마디 설명도 없이, 대학원을 다니면서 날마다 내 옆에 나타났어. 그는 마치 아무 일도 없었던 양 자연스러웠고, 나는 그를 거절하지 못했어. 도대체 이해가 되니? 간에 병이 생겼을 때 그는 거의 내 목숨을 앗아갈 뻔했어. 그제야 내 마음속에 존재하는 그의 무게를 알게 됐고, 스스로도 깜짝 놀랐지. 그가 돌아온 뒤로도 나는 마치 속이 텅 빈 사람처럼 거의 마음을 잡을 수 없었지만. 오로지 일만 하며 집 하나를 살 만큼 돈을 벌어 우리 부모님을 안착시켜 드렸지. 하지만 그가 다시 날 떠날 줄은 상상도 못했어. 하루는 밤에 그가 나를 집에 바래다주면서, 내 손에 반지 한 세트를 쥐어 주더라. 그가 말하길 이건 지나가 버린 의식을 대신하는 것으로 우리는 이미 약혼한 사이가 아니냐는 거야. 그날 밤부터 나는 일종의 흥분을 안고 오직 한 순간만을 기다리는 기다림의 연속인 생활에 돌입했어. 수년 전에 올린 연극의 막이 다시 올라가는데도, 나는 여전히 신앙 같은 믿음으로 또 기다리는 중인 거지. 너무 재미있는 인생 아니니?" 그는 갑자기 말을 끊고 내게 반문했다.

"힘들지 않아? 좀 쉬지 그래?" 나는 사랑스러운 감정을 어쩌지 못하고 소범의 이마에 키스했다.

그는 나를 의식하지 않는 듯 약간 상기된 모습으로 계속 이야기했다. 이야기하는 동안에 스물여섯 여인의 성숙한 매력이 흘러나와 한 파랑 한 파랑 나를 젖게 했고, 나를 끌어당겼으며, 나를 점유했다. 소범의 아름다움은 감각적인 것이 아니고 정신적인 혹은 윤리적인 것이다. 그의 언어는 지극히 숙명적인 기운을 내포하고 있으며, 원시적이며 신비롭다. 이것은 천성적인 절망의 피가 흐르는 것으로 그는 철두철미하게 운명의 본질을 통찰하고 있다. 너무 일찍 너무 오랫동안 깊은 곳에 스며들었으므로, 그는 세간의 모든 형상들을 족히 품어낼 수 있었으며, 그 가운데서 자유자재로 막힘이 없었다. 또 그는 인성의 오묘한 이치를 뚫고 들어갈 수 있는 유연성을 가졌다. 이 부분이 바로 내가 그와 함께 지낼 때 놀라웠던 부분이다. 그는 놀랍게도 나를 어떻게 대할지 알고 있었다. 일종의 내가 나 자신에게 대하는 방식으로 그는 나를 대했으며, 이 모든 것은 그의 성숙한 인성에서 비롯된 것이다.

"너는 그와 내가 너무 안 어울리는 걸 알 거야. 우리 두 사람은 한 번도 상대에게 자기 속마음을 얘기해 본 적이 없지. 데이트를 할 때도 꼭 필요한 일상어 외엔 하지 않아. 다른 대화는 거의 없지. 우리는 친구들과 함께 있을 때가 좋은데, 그때는 둘 다 신나게 놀면서 농담도 많이 해. 그렇지만 다른 때에는 심지어 그가 아무 생각 없는 사람이 아닐까 의심까지 들어. 그는 오직 그것만 해. 어쩌다 그런 사람이랑 같이 있는지, 때로는 나도 참 어이가 없어. 괴로울 때면 너와는 이야기를 나눌 수 있지만, 그와는 대화를 할 수 없지."

나는 이불 속으로 파고 들어가서 소범과 함께 누웠다. 그는 일어나 슬픈 영화에 어울릴만한 음악을 틀었다.

"나는 지금까지 실패자로 살아왔어. 기억나는 것이라고는 여기 뿐. 어디 가본 적도 없단다. 나는 너희 같은 부류의 사람들이 너무 부러워. 너나 그 모두. 너희는 무슨 일을 하든지 모두 성공하는 것 같고, 자신감도 있지. 너희는 너무 자유로워서 어떤 곳이든 갈 수 있을 것 같고, 나는 어디로 갈 거라고 자신에게 말하겠지. 너희는 그렇게 '우수'하고 잘났어. 전에는 그와 함께 있으면 마치 나도 그의 '우수'함을 공유하는 기분이었지. 나는 그의 뒤에서 무척 안전하게 숨을 수 있을 것이라 생각했어. 그런데 언제부터였는지 모르지만, 나는 여기에 만족하면서 타고난 열등감 속에 쪼그리고 앉아 있어. 내가 어디론가 가는 건 모두 나 자신 때문이 아니야. 모두 내 주위의 그 잘난 '우수 인간'을 따라가기 위한 것일 뿐. 나는 너희들의 우수함을 너무 사랑하니까!" 마지막 말은 그가 냉소를 머금고 한 것이다.

소범이 몸을 돌려 눈물을 닦으면서 소리 없이 안으로 울음을 삼켰다. 그가 내 앞에서 보인 슬픔은 내가 보았던 것 중 가장 무거운 슬픔이며, 그의 절망 또한 비할 수 없이 날카로웠다. 그는 평소 거의 자기 일로 눈물을 흘리지 않는다. 겉모습은 유약하지만 강인한 성격이며, 마치 절망이 그를 재로 만들지라도 꿈적하지 않을 것처럼 그는 온몸으로 절망에 맞선다. 그래서 그는 절대 약한 모습을 보이거나 자기 연민에 빠지지 않는다. 나는 항상 그의 강인한 견딤이 잔인한 정도에 이르렀다고 느꼈으며, 그는 자신에게든 타인에게든 그토록 잔인하게 견뎠다. 그래서 내가 그에게 준 사랑은 모두 부서졌고, 심지어 짓밟히고 말았다.

절망으로 인해, 그는 자기 앞의 어떤 무엇에도 승복하지 않을 것이다.

기묘하게도 소범의 슬픔은 나를 깊은 통증에 시달리게 했고, 나의 내장 어딘가가 쑤셔 오기 시작하면 온몸에 열이 오르고 심장 박동이 급격하게 빨라졌다. 육체적 고통이 성적인 흥분을 일으켜서 나는 고통 속에서 그의 벌거벗은 몸을 한없이 갈망했다.

나는 소범의 몸을 돌려 격정적으로 키스했다. 소범의 얼굴, 목, 어깨, 등까지. 그의 긴장한 몸이 말없이 나를 받아들였다. 어둠 속에서 음악이 부드럽고 느리게 흘렀고, 새하얀 우유색 커튼이 가볍게 흔들렸고, 밤의 색은 보일 듯 말 듯했다. 사이를 두고 차 소리가 스쳐 지나갔고, 공기의 입자가 손으로 만져질 것 같았다. 그는 고통스럽게 견디며 자기를 자극하지 말라고 내게 말했다. 아무도 이 일을 책임질 수 없으며, 이건 내게 너무 불공평한 것이라고 했다. 나는 대답 대신 뒤에서 그를 끌어안았고, 다시 그를 돌려 힘껏 안고 더욱 깊은 애정의 욕구 속으로 헤엄쳐 들어갔다.

그 뒤로 내 몸에는 그의 체취가 남아서 언제 어디서든 그 향기를 떠올릴 수 있었다.

"네 눈을 보고 싶어. 나중에 나는 어쩌려고 이러니?" 그가 말했다. 물처럼 부드럽게. 소범이 나를 받아들인 것은 거절하지 못했기 때문이다. 사랑이 아니었다.

노트 7—8

○

'악어 클럽'의 사건 이후, 사회 전반이 악어로 인해 온통 야단법석이 났다. 사람들이 클럽에서 악어를 실제로 목격한 뒤로 악어에 대한 소식은 순전히 억측을 자아내는 사람들의 뇌 운동에서 엄격하게 고증해야 할 연구 과제로 바뀌었다. 악어 연관 뉴스도 신문에서 '다이애나 왕비 영국 황실 입주'가 헤드라인을 장식했던 지면 가장자리에서 '우리 민족 혈통이 혁명적으로 돌변할 것인가?' 라는 전문 주제가 다뤄지는 전면 코너로 위치가 바뀌었다. 평소 세 사람만 모이면 사분오열하던 사회가 이제는 악어를 색출하는 것을 최우선 과제로 삼으면서 대동단결했다. 모두들 약속이나 한 듯 악어 관련 정보는 오직 사적으로 교환하면서, 공공 장소에서는 늦가을 매미처럼 아무 소리를 못 낸다. 유독 악어를 두려워하고 놀라워하면서, 모두들 경각심을 높이고 사방을 둘러보며 악어의 종적을 정찰했다. 그들은 믿는 것이다. 이렇게 하면 사람들이 더 이상 악어에 대해 주의를 하지 않는다고, 악어가 착각할 것이라고.

그리하여 각양각색의 악어 전문가가 생겨났다. 날마다 새로운 박사들이 신문 지면상에 악어 연구 내용을 발표했고, 방대한 자료를 가진 대학교수 하나는 방송국과 계약을 맺고 '심야 악어의 창'이라는 프로그램의 진행을 맡았다. 그중 가장 권위 있는 분야의 사람들은 유전 공학자, 발달 심리학자, 내무부 관리, 법률학자 등이다.

유전 공학자들의 주장에 따르면, 그들이 수집한 악어 세포의 조직을 연구한 결과 악어는 인류와 다른 종에서 연원한 인류의 일종으로서 인류와의 교배에 의해 출현한 새로운 혼혈 인류종일 가능성이 80% 정도 된다고 했다.

발달 심리학자들의 주장에 따르면, 악어는 인류의 돌연변이라고 했다. 그들이 연구 관리하고 있는 몇몇 악어 배출 가정의 사례를 살펴보면, 아이가 태어나서 사춘기에 이르는 동안에 점차 보통 인류와 다른 모습을 보이며 드디어 악어의 외형을 갖추고 성장했을 때 어디를 봐도 이상한데 상세히 말을 하지 않는 특성을 보인다고 한다. 열네 살이 되면 아이는 스스로 '사람 옷'을 만들 줄 알게 되고 가정을 떠나게 된다는 것이다. 악어로 자라게 된 원인은 아직 밝혀지지 않았지만, 사회 심리학적인 측면에서 만약 악어 돌연변이를 계속 방치한다면 우리 사회 곳곳에는 갈수록 악어가 활보할 것이며 사회 전반에 걸쳐 악어의 생태가 유행하고 비정상적으로 유포될 것이라고 학자들은 지적했다.

법률학자들이 설명하길, 우리나라의 오천년 문화적 전통을 보존하고 사회 제도를 군건하게 지키기 위해서는 마땅히 사전에 근로 기준법, 재산법, 혼인법 등을 수정해야 한다고 했다. 악어족의 직업 범위를 특정 관광업과 서비스업으로 제한해 복무하도록 하고, 대신 비교적 무거운 세금을 공제해 줌으로써 아무런 제약 없이 악어의 사회적 자원이 점차 세력화하는 것을 막아야 한다고 했다. 아울러 악어는 인간과 결혼할 수 없으며, 악어끼리도 서로 결혼하지 못하도록 명령했다. 그러자 내무부 관리는 재빠르게 텔레비전 방송으로 성명을 발표했다. 최근 '악어보호단체' 활동이 나날이 거세져 매일 타이베이 시내를 돌아다니면서 국회 앞에서 '악어보호법' 제정을 요구하는 시위로 압력을 넣는다는 것이다. 그들은 반드시 '악어생태보호구역'을 만들어야 한다며 그렇게 하지 않으면 악어가 멸종할 위기라고 생각한다고 전했다. 이에 내무부 관리는 악어 생존권을 조건부로 보장하는 헌법 제정을 거듭 천명했다.

떠들썩했던 한 달이 지난 후, 보건부는 비밀 연구의

성과를 발표했다. 보건부가 지난 12월 24일 '악어 클럽'에 참가했던 열여섯 명을 추적 조사한 결과, 한 달 사이 5%의 사람에게서 피부 변화가 발생했다고 전했다. 피부의 일부가 붉게 변했고, 촘촘하게 검은 반점이 생겨났으며, 그들 모발에서 검출된 미세한 원형 세포는 고배율 현미경으로 관찰하고서야 비로소 난형 물질이라는 것을 알게 되었다고 했다. 보건부 대변인은 다음과 같은 두 가지 놀라운 결과를 발표했다

"이 미세한 알이 만약 악어가 분비한 특수 치사물이 아니라면, 바로 악어가 낳은 알이다. 악어는 일종의 난생 동물이지만 악어의 생식 방법은 직접적인 성교에 의한 것이 아니며, 배출한 알을 인간의 체내로 들여보내서 원래의 인류를 새로운 악어로 '제조'하는 것이다."

사회 전체가 충격에 휩싸여 떠들썩했다.

'악어보호단체'와 '악어멸종행동연맹'(약칭으로 '아보'와 '아멸')은 전국적으로 공개 토론을 거행했고 방송 3사가 저녁 여섯 시 황금 시간대로 편성해 방송했다.

"악어 연구 결과가 어떠하든 논쟁할 바 없이 악어가 순수한 인간이 아닌 것은 틀림없는 사실입니다. 아무튼 우리들 절대 다수, 백분의 99.9의 사람과 같지 않다면 그것은 비정상적인 것입니다. 여러분은 이런 변태적인 인자가 사회 곳곳에 퍼지는 것을 참을 수 있겠습니까? 여러분은 미래에 우리 사회 구성원 모두가 악어로

변하길 원하십니까?" 아멸이 말했다.

"아멸. 하지만 당신들은 실제로 악어를 한 번도 본 적이 없습니다. 그러면서 어떻게 악어가 미래 사회에 미칠 영향을 미리 견지할 수 있습니까?" 아보가 말했다.

"아니, 여보세요. 지금 이 난리를 겪으면서도 아직도 악어가 사회에 미치는 영향이 크지 않단 말입니까? 실제로 악어를 직접 본 사람도 있지 않겠습니까? 악어가 사람과 다르다는 것은 이미 틀림없는 사실입니다. 아니라면 우리 사회가 왜 이렇게 불안에 떨겠습니까? 우리는 악어가 '사람 옷'을 입고 있는 모습을 생생하게 상상할 수 있습니다. 붉은 반점이 난 악어 피부를 생각하면 징그럽기 짝이 없고, 인간과 똑같은 모습을 한 그가 알을 낳는 모습을 생각하면 너무나 끔직해서 구토가 날 지경입니다." 아멸이 말했다.

"그렇지만 악어도 사람에 의해 태어난 존재입니다. 사실 당신들이나 우리 몸에도 미세하지만 그런 요소가 있을 가능성이 있는 거 아닌가요? 그렇지 않고서야 당신이 어떻게 그처럼 자세하게 상상할 수 있겠습니까?" 아보가 말했다.

"악어는 절대로 인간이 낳은 것이 아닙니다." 아멸이 말했다.

"당신들 주장대로라면 앞으로 악어를 모두 감금해야 하는데, 그렇다면 만일 당신이 낳은 아이가 악어라면, 혹은 당신들 자신이 어느 날 갑자기 악어로 돌변한다면, 그때는 어쩌시겠습니까?" 아보가 말했다.

"절대로 그런 일은 없을 겁니다. 만약 정말 그렇다면 아이를, 우리들 자신을 고발할 겁니다. 그렇다면 당신 방법은 뭐요?" 아멸이 말했다.

"사실 우리의 목표는 같은 겁니다. 현존하는 악어를 보호하고 그들이 자연스럽게 살아가도록 하자는 거지요. 하지만 악어는 위험하니까, 사람들에게 경계심을 가지도록 할 필요는 있습니다. 그래서 엄격하게 악어 명단을 작성하고, 전국의 악어를 모두 관광 특구에 집중시켜 생활하도록 하자는 겁니다. 그렇게 되면 저절로 악어를 감시하고 관리할 수 있게 되며, 재앙이 확산되는 것을 방지할 수 있게 됩니다. 또 활동 표본을 만들어서 실질적으로 사람들이 악어가 되는 것을 막을 수도 있습니다." 아보가 말했다.

대대적인 토론 후 하루 걸러서 보건부와 경찰서에서는 합동 공고문을 발표했다.

—

오늘부터 앞으로 한 달을 '악어의 달'로 정하고 전국에 있는 악어의 자수를 접수하도록 한다. 이 달 안에 보건부나 경찰서에 등록하는 악어는 추후 이름을 공개하지 않고, 치료와 생활을 보장해 줄 것이다. 하지만 시일을 넘겨 발견된 미등록 악어는 엄벌에 처할 것이며, 형벌 내용은 별도 논의하겠다. 이상.

手記.

8

8. 헤이 여러분 악어입니다

노트 8—1

○

살아가면서 이상적인 영원한 사랑을 꿈꾸는 것보다 차라리 황당하고 결핍된 사랑의 의미를 하나하나 직면하면서 책임지는 편이 낫다.

노트 8—2

○

수령은 내 마음속에 끊임없이 살아 있다. 그것은 물방울 같은 종의 추이며, 기억의 깊은 골짜기에서 들리는 발자국 소리다. 또한 현실의 잡다한 소리를 일시에 덮어 버리는 두드림이었다가 다시 아무 소리도 들리지 않는 유토피아가 되어, 밤 깊은 듯 고요하다.

1989년 12월 16일

수령. 오늘은 펑후에 도착한지 둘째 날이고, 하늘은 이미 석양이 가장 아름다운 때를 지나 있다. 나는 일기장과 한 자락 맑은 마음을 가지고 여관 안뜰에 있는 베란다로 왔다. 원래는 동그란 흰색 의자에 앉아 어둠 속으로 숨어드는 온갖 색들을 구경하면서 빠르고 변화무쌍한 빛의 향연을 훔쳐다가 너에게 아름다운 세계를 전하고 싶었다. 하지만 이제 바다에는 어둡고 희미한 오렌지빛만 겨우 남았을 뿐, 어둠으로 움츠러든 시야로 인해 정경이 거의 모호해져 버렸다. 나는 정말 견딜 수 없다. 그 아름다움이 다하기도 전에 이내 노쇠해져 버리는 사물을 참을 수가 없다.

하지만 나는 또 금방 어둠 속의 바다에 익숙해질 것이고, 밤과 해풍의 선율을 따라다니면서 흥분하겠지. 안 그러니? 어제 홀연히 보았던 어둠 속의 바다 또한 바로 그랬어. 하지만 지금의 나는 어쩔 수 없이 어두워진 오렌지색 바다 위에 몇 개의 별로 떠 있는 푸른 등불을 간절하게 바라본다. 밀려올 때의 기다림을 품에 안고 뒤로 물러서서, 삽시간에 다가온 칠흑의 어둠을 피하면서 상습적으로 처량함에 젖는다.

매번 너와 이야기할 때마다 나는 당황한다. 나의 언어들은 입에서 나오자마자 마치 고삐 풀린 야생마처럼 갈팡질팡한다. 그것들이 내 속내를 진실로 묘사하도록 통제할 수 없다. 산산이 부서진 나는 마치 해수면 위를 떠다니는 으깨진 얼음 조각들처럼 밟으면 뒤집혔다. 끝끝내 심지어 네게 편지로 쓰려던 것조차 다 쓰질 못했다. 침대에 누워 엎치락뒤치락했고, 뇌 속에서 천백 가지의 소리들이 충돌했다. 아무리 애를 써도 일어나서 방 정리조차 할 수 없었고 펜을 들어 지면을 채우는 일은 불가능했다. 이런 상황이 두 달 간 이어졌고, 나는 너무 두려웠지만 감히 네게 말하지 못했다.

나는 펑후로 도망을 왔다. 내 생각에 나는 이미 진영이 무너진 군대다. 이 황망한 느낌은 마치 패전해서 뿔뿔이 흩어져 거의 남지 않은 병사들을 눈앞에 보면서도 깃발을 높이 들어 투항하지 못하는 충성스런 기수의 마음 같다.

1989년 12월 28일

너는 내게 기다림이라는 벌을 내렸다. 네가 내게로 와서 그 길고 긴 침묵이 무엇을 위한 것인지 말해 주길 기다린다. 나는 성실하게 이 난관을 뛰어넘길, 아직도 네게 남아 있는 사랑이 내게 주는 궁극의 의미를 뛰어넘길 기다린다. 나는 두 눈을 크게 뜨고 지켜보려고 한다. 누에고치에서 실을 다 뽑아낸 후, 우리 관계는 도대체 어떤 의미로 남을까?

사랑에는 결코 어떠한 종말도 없다. 사랑할 수 있을 때 사랑을 하고, 사랑할 수 없다면 사랑하지 않으면 되는, 이 과정 자체가 궁극적 의미이다. 운명이 내게 검은 구슬 혹은 하얀 구슬을 던져 버릴 때, 나는 어찌해도 그것을 피할 수 없으며 오직 성실하게 한 알 한 알 꿰어서 넘길 뿐이다. 삶의 깊이는 난관을 관통한 궤적이 쌓여 생기는 것.

내가 헌신적으로 대해야 할 사람은 네가 아닐까, 답을 기다리고 있어. 만약 내가 그렇게 대할 사람이 아닌 사람에게 그렇게 군다면, 나는 그저 헛되이 상처받고 스스로를 모욕하는 것일 뿐.

1990년 1월 3일

섭섭하다. 티벳 라마 왈 : '출가는 이 세상을 위한 것이 아니다. 떠나는 사람들을 받아들이는 것.' 영원히 너와 나에 대한 일기를 볼 수 없게 되었다.

고통이 마치 구멍 난 주머니처럼 멈추지 않고 끝없이 새어 나온다. 나는 그 떨어진 구멍을 어떻게 오므릴지 모르겠다. 어떻게 해야 다음의 말을 실천할 수 있는 건지도 모르겠다. 무라카미 하루키 왈 : '6년 동안 나는 세 마리의 고양이를 묻었다. 약간의 희망은 태워 버렸고, 약간의 고통은 두꺼운 모직 옷에 둘둘 말아 흙 속에 묻어 버렸다. 이 모든 것은 통제할 수 없는 대도시 안에서 벌어진 일이었다.' 나는 지금의 정신 상태를 끝낼 방법이 없다. 고통이 끝없이 밀려와 머리를 폭발시킨다.

1990년 4월 19일

수령, 우리는 헤어질 수밖에 없다. 사 개월 동안 나는 아주 새롭고 낯선 곳에서 지내면서 이렇게 또 오래 생각에 젖어 있다. 사랑에 관해서는, '영원'과 '이별'이 나의 주제다. 나는 일상적으로 밤새 통곡하며 일상적으로 침통하게 눈물을 흘린다. 수많은 시간과 정력을 쏟아서 너를 상실한 일에 대해 생각한다. 영원히 너와 생활할 수 없기에, 내 기억의 어두운 무의식 속으로 너를 밀어 넣으려고 이렇게 슬프고 아픈 것이다. 하지만 슬픈 내 영혼의 수많은 말들을 쌓느라고, 나는 서서히 지쳐가고 있다. 이제는 피 흘리는 내 상처를 치료하기 위해 반복해서 마음속에 방송을 한다. 어쩌면 이별이 가장 아름답지는 않더라도, 오히려 최선일 수는 있다.

열정만으로는 사랑을 할 수 없다는 것. 이것은 내가 얻은 가장 큰 교훈이다. 대학 일 학년의 나, 대학 삼 학년의 나, 심지어 지금의 나조차도. 모두 너의 삶에 평안을 줄 수 없었으니까. 우리의 사랑은 아름다웠지만 우리의 삶에는 너무 잔인했어. 그렇지 않니?

미친 사랑 속에서 서로 하나가 된다는 일종의 환상적 상상이 충동적으로 일어났다. 이런 상상의 희망과 열정은 그렇게 강렬했지만, 현실의 굴곡과 좌절은 또 그렇게 복잡해서 저항도 할 수 없이 사람을 기형적인 미치광이 완벽주의자로 변하게 했다. 상상을 파괴하던 날들과 금이 간 사랑을 찢어 놓았던 모든 일들이 참을 수 없는 지경에 이른 것이다. 나는 혼자 쓰게 웃는다. '이별 이외에는 바늘 하나도 꽂을 여지가 없다.' 한 차례, 또 한 차례씩. 우리는 통제하기 어려운 광기 속으로 빠져들어 마치 우리 서로 불러들였던 이 사랑의 본질이 악마인 듯하다.

이제 다시는 서로 다가서지 말자. 훼멸은 멈추지 않을 것이다. 너의 미래에 대해 들려주고 싶다. 내가 상상하게 했던 모든 것들을 네 안에서 부셔 버리고, 한 사람을 사랑하도록 노력하길. 하지만 너무 지나치게 사랑하지 말고 적당히 사랑하길. 하지만 전혀 사랑하지 않는 것도 안 되겠지. 이런 사랑이라면 너는 현실 속에서 어떻게 그를 대해야 좋을지 알게 될 것이고, 힘자라는 데까지 충분히 상대방에게 잘 할 수 있을 것이다. 이런 이유로 네가 나를 사랑하지 않게 되더라도 상관없다. 네가 지금도, 미래에도 잘 살아가길 바라. 아마도 나는 슬픔에서 완전히 벗어날 수 없겠지만, 다른 사람을 사랑하도록 노력하길.

나는 이미 영원한 아름다움을 품고 살려던 잠재적 희망을 포기하기로 결심했다. 바다를 보러 가서 울면서 자신에게 말했다. '나는 영원히 아름다운 것을 가질 수 없어. 심지어 기억조차 할 수 없어서 다시 그것을 사랑하게 될지라도. 왜냐하면 바로 아름다움은 그 스스로 자연적인 생명력이 있기 때문이지. 만약 내가 영원히 아름다움을 소유하려 한다면, 바로 그 아름다움을 목 졸라 죽이게 될 것이다.' 나는 너를 내 마음속에서 풀어 주기로 결심했다. 이별의 의식은 아름다움에게 필연적인 것이다. 아름다움은 누구에게 영원히 보존될 수 없는 것이며, 오직 그것을 포기하고 선량하게 돌이킬 때 비로소 영원 속으로 흘러들게 될 것이다.

사랑이 깊을수록 번뇌와 슬픔도 깊어진다. 상대도 당신과 똑같이 고통스러운 것이다. 결국 우리가 생존하는 곳 대부분은 추하고 냉혹한 영역인데, 선량함만이 이 영역을 융화시킬 수 있다. 그래서 사람과 사람 사이에 존재하는 영원한 요소는 기본적으로 일종의 선량함에 속하는 것이다. '나는 네가 잘 살아가길 바란다.' 이것은 우리의 열정과 심미적인 여정을 넘어서는, 더욱 선량한 바탕으로 대하는 방식이다.

1990년 7월 13일

수령, 오늘 저녁에 나는 소범의 아파트로 이사를 왔다. 새로운 생활의 시작이다. 생활에 관해서는, '현실'이 나의 주제다. 어떻게 나의 감각을 환상으로부터 끌어내어 현실 속으로 들어가게 할 것인가. 어떻게 나의 진실감이 현실이라는 영역을 단단히 부여잡게 할 것인가. 어떻게 나의 사상과 감정을 현실적 소재에 집중해서 투입시킬 것인가. 홀로 병들어 있던 이 반년 동안 나는 현실과 가장 가까이 있었으며 또한 현실로부터 가장 멀리 벗어났다. 지독한 타격을 입고 '현실'과 '정신'이 격렬하게 뒤엉키는 바람에 나는 그들 각자의 속성과 그들이 삶 속에서 맡고 있는 역할을 뼈저리게 경험했다.

나는 자신의 현실에 대한 갈망과 과거에 오래도록 현실과 격리되어 고통당한 정신으로 인해 통곡했고, 회한에 젖었고, 감동했고, 떨었다. 정작 육체를 파괴하려는 경계에 직면하면 오히려 반대로 생을 마감하고 싶지 않은 욕망이 끓어오르고, 현실 속으로 돌아가 다시 살아가고 싶은 강렬한 외침을 체험하게 된다. 몸속으로 '삶은 일종의 은혜로운 선물'이라는 소리가 흘러가며 그 몇 년간 우리가 학대하며 더한 모든 죄악을 세척한다. 또한 나와 삶 사이의 파괴적인 원한도 정화된다.

이것 좀 봐. 놀랍게도 내가 마치 태양을 연민하는 이슬처럼 자신의 연약한 생존을 안타깝게 여기면서, '이번 생을 다시 일으키라.'는 원초적인 생에 대한 의욕을 격발할 수 있어!

노트 8—3

○

그 위험했던 밤을 지나고도, 나는 계속 소범의 옆방에서 살고 있다. 그가 영원히 끝내지 못하는 일이 있다. 매일 아침 소범은 지친 몸을 끌고 일어나 방문을 열고 좁은 틈으로 나를 훔쳐본다. 그 순간 나는 언제나 곧바로 눈을 떠서 그를 불러 세운다. 소범이 들어와서 내 침대맡에 앉으면 우리 둘은 어린아이들처럼 떠들며 장난을 친다. 내가 몇 곡의 기상곡(Don Mclean의 'American Pie'나 Den Forgber의 'The Leader of Band' 같은)을 틀고 이불을 개면 그는 우유를 마시는 김에 내게 커피를 타 준다. 그러고는 둘이 작은 식탁에 앉아 아침을 먹는다. 그가 신문을 펼치면 나는 옆에서 쓸데없는 질문을 해대면서 방해를 한다. 일에 필요해서 그는 아침마다 신문을 군데군데 보는데, 나는 항상 우스갯소리를 하면서 일부러 신문을 못 보게 한다.

소범이 대부분의 시간에 쓰는 안경은 비교적 장중한 느낌으로 거리감을 주는데, 유일하게 아침에만 쓰는 굵은 테 안경은 촘촘하고 둥근 렌즈 층이 보여서 훨씬 소박하고 귀여운 느낌을 준다. 나는 그를 웃지도 울지도 못하게 하는 이 시간이 가장 좋으며, 그저 한순간이라도 그가 단순한 생활을 할 때마다 알 수 없는 행복감에 젖었다.

그러고 나면 소범은 방으로 들어가 옷을 갈아입고 화장을 한다. 꾸미는 것에 대해서라면, 그는 다 큰 개구쟁이 남자아이가 굳이 여성스럽게 단장하려는 것처럼 꾸민다. 아름답고 우아한 모습으로 능숙하게 치장을 하지만, 자신의 꾸민 모습에 대해서는 지나치게 조소한다. 한번은 자신이 화려한 드레스를 입고 리셉션에 참석해서 사장과 춤을 추다가 치맛자락을 스스로 밟은 적이 있었는데, 집으로 돌아오는 내내 깔깔댔다며 그는 신이 나서 내게 말해 주었다. 그의 외모적인 습성은 나와 마찬가지로 대강대강 차림이며 일체 신경을 쓰지 않는다. 심지어 나보다 더 털털한 느낌이다.

그가 출근 준비를 할 때 나는 내 방의 카펫 위에 앉아 조용히 담배를 피운다. 그가 방문을 나오면 그는 곧 바깥세상에 속하는 사람으로 변한다. 그 순간 나와 그사이에 선명하게 불거진 현실적 거리가 나를 상심하게 한다. 그런 다음 그는 살그머니 아파트를 나가는데, 거의 나한테 들키면 안 된다는 자세로 이 공간을 떠난다.

　나는 항상 귀를 세워 그 방 안의 모든 움직임을 쫓아다닌다. 전화벨 울리는 소리, 그와 약혼자가 만남을 약속한 시간, 그의 조용한 걸음 소리, 조심스럽게 문 닫는 소리. 하루 또 하루, 나는 그의 문 닫는 소리를 들으면서 매일 한 번씩 그와 이별한다. 그에게는 나 하나 잃는 것쯤은 상관없는 일이다. 소범은 완전히 다른 한 남자의 차원에 속한 사람이다.

　몽롱한 가운데 자다 깨다하는 사이, 열쇠를 문 자물쇠에 넣어 돌리는 소리가 내 꿈속으로 들어와 나를 깨우면 그가 돌아왔음을 정확히 깨닫는다. 나는 전업 문지기다. 그가 집을 떠난 후 온종일 나는 혼미한 가운데 기다리고 또 기다린다. 반드시 출석해야만 하는 소수의 과목을 수강하거나 꼭 밖에 나가야만 하는 상황을 제외하고, 나는 거의 대부분의 시간을 집에서 보낸다. 다채로웠던 사교 활동을 접었고, 몇몇 남자들과의 애매한 관계에 종지부를 찍었으며, 아무 일도 하지 않는다. 다만 혼미한 상태로 잠만 잔다. 심지어는 책도 눈에 들어오지 않는다. 초조함과 극도의 흥분이 맞물려 나는 수면이 포화된 사이사이에 다량의 일기를 쓴다. 앉든 걷든 눕든 내 머릿속에는 소범과 나누었던 말들이 끊임없이 솟아오른다. 마치 내 마음 저 아래에서 매분 매초마다 소범과 대화하는 느낌이다. 그와 그렇게 나눈 말이 너무 많아서 만약 일기에나마 도배해

놓지 않는다면, 나는 아마도 스스로 분출시킨 끈끈한 분비물 속에 갇히게 될 것이다. 체내 분비물을 제조하는 공장에서 기계가 쉬지 않고 제품을 생산해 내는데, 대부분의 생산품이 유통되지 못하고 창고에 쌓이고 또 쌓인다. 창고는 이제 폭발 직전이다.

길고 긴 혼몽 상태가 끝나고 열쇠 소리가 나를 구원하면, 나는 꼿꼿하게 정신을 바로 세우면서 깨어난다. 방문 앞까지 기어 나가서 문을 살짝 열고 가느다란 틈으로 그를 훔쳐보면 오늘 그의 심기가 좋은지 나쁜지 어렵지 않게 금방 알아차릴 수 있다. 기분이 좋지 않을 때의 그는 현관에 들어서자마자 신발장 앞에 서서 나를 향해 귀신 얼굴을 만들어 보이면서 보일 듯 말 듯 씁쓸한 미소를 짓는다. 그것은 하루 종일 함정 같은 적진으로 돌격을 하고 돌아온 뒤 하루의 짐을 내려놓는 모습이며, 총명하고 능력 있는 얼굴 위로 노출하는 가장 순수한 표정이다. 그의 그런 표정은 열 살 남짓한 여자아이의 표정을 닮아서 애련한 마음을 일으킨다. 소범의 얼굴은 너무 여위어서 양쪽 볼이 움푹 들어갈 정도지만, 소녀처럼 천진하게 웃을 때면 마름열매 같은 보조개가 생겨 귀엽고 달콤하다. 그럴 때면 그가 나보다 다섯 살이나 많고 곧 결혼할 사람이라는 것을 잊고, 충동적으로 그를 품에 안고 싶어진다.

다른 때의 그는 옷을 갈아입기도 전에 문틈 사이의 나를 향해 이야기를 시작한다. 생생하고 유창한 말씀

씨로 수많은 자료를 쏟아 내는 것이다. 그가 어떻게 고지식하고 진부한 그의 상사를 상대했는지, 어떻게 사무실이 비어 있는 틈을 타 세 대의 전화로 동시에 옛친구 세 명과 장거리 통화를 했는지, 얼마나 빠르게 산처럼 쌓인 공문서를 잘 처리했는지, 어떻게 점심시간에 아주머니들에게 떠밀려 억울하게 미용실을 가게 됐는지, 그날 들린 술집에서 어떤 특별한 음악을 들었는지, 어떤 재미있는 손님을 우연히 만났는지, 심지어 옛날 사장 K가 어떻게 술집에서 또 하루 저녁을 끌면서 귀찮게 매달렸는지까지, 다 말해 준다.

소범이 쉬지 않고 말하면서 다른 한편으로는 옷을 갈아입고 야식을 준비하고 방 정리를 하면 나는 열심히 만족스럽게 들으면서 오직 말을 듣기만 하면서 비로소 나의 하루를 시작하는 것이다. 그가 만든 음식을 먹고 내가 목욕 준비를 하면, 어떤 때는 그가 의자를 욕실 문 앞에 가져다 놓고 앉아 문을 사이에 둔 채 일정치 않은 소리로 어떤 영화 줄거리를 들려주기도 한다. 내가 한참 동안 반응이 없으면, 흥분된 감정을 억제하지 못한 그는 욕실 문을 열고 쳐들어 가겠다며 장난스럽게 나를 위협한다. 그가 들려주는 영화 이야기는 그 모든 화제 중에서 가장 큰 즐거움을 준다. 정교하고 뛰어난 그의 말솜씨 때문만이 아니라 그가 영화의 분위기에 온전히 빠져들 때, 유일하게 자신에 대한 의식과 외부세계에 대한 경계심을 깡그리 잊기 때문이다. 그러한 단면적인 순간에, 나는 마음을 놓고 그를 대담하게 관찰하고 속속들이 이해하며 그의 찬란한 빛을 마음껏 내 몸 안에 흡수하는 것이다. 또한 소범 역시 드물게 찾아오는 이 자아 망각의 순간에서만이 그 머릿속에 상존하고 있는 절망 인자의 간섭을 받지 않는 것처럼 느껴져 내 마음도 잠시 가벼워진다.

잠들기 전 몇 시간, 그는 방에서 조용히 책을 읽는다. 나는 거실 탁자에 앉아 그와 동무해 책을 읽는다. 내 방에서는 서정적인 음악이 흐른다. 이따금 그는 방에서 나와서 내 옆에 앉아 나를 본다. 피곤해진 그가 불을 끄고 침대에 올라가 잠을 청할 때까지 방문은 열려 있다. 그의 방문은 내가 독서하는 곳과 마주보는 위치다. 아무 때고 들어가 그를 볼 수 있게 허락하는 것이다. 그는 쉽게 잠들지 못한다. 한참을 지나 문앞에 서서 그가 잠들었다는 확신이 들면 나는 조용히 그의 방으로 들어가서 이불을 잘 덮어 주고, 잠시 바라보다가 소리 없이 문을 닫고 나온다. 그런 다음 내 방으로 돌아와 잠잘 준비를 하거나, 밤새 거실에서 독서를 하면서 착실하게 그의 잠을 지킨다. 이런 밤이면 마치 우리가 가장 가까운 한 쌍의 지기, 혹은 연인 같은 느낌이 든다.

그렇지만, 우리의 의례적인 대화는 영원히 그의 생활 중에 또 다른 의례적인 고리를 뛰어넘곤 한다. 소범은 절대로 나와는 자진해서 약혼자에 대한 이야기를 하지 않는다. 마치 약혼자가 그의 생활 속에 존재하지 않는 것처럼. 그는 갈수록 나와 약혼자를 철저하게 분리시키면서, 자신의 생활을 두 부분으로 갈라놓는다. 그가 나를 받아들인 뒤 새롭게 생긴 혼란이다. 내가 거실에서 그의 잠을 지킬 때, 어쩌면 약혼자로 불리는 또 다른 한 사람이 건물 아래서 지키고 섰을지도 모른다. 그의 방 창문에 불이 꺼지는 것을 보다가 오토바이에 시동을 걸고 떠날지도 모르는 것이다. 하지만 이 모든 것에 대해 소범과 나는 알고 있다.

노트 8—4

○

수령이 내게 'NO'라는 손짓을 보낸 후, 나는 이미 내가 원하는 인간 세상의 사랑이 어떤 것인지 알 수 없게 되었다. 나는 한 여성을 움직일 수 없을 것이다. 사랑에 빠질 때마다 그 대상에게서 내가 마땅히 취해야 할 사랑의 조건을 구성하는데 실패했으며, 나는 결국 사랑을 하지 말았어야 했다. 그런 나를 알았기에, 소범에게서 뭔가를 얻으려고 기대하는 마음을 조금도 갖지 않을 수 있었다. 그저 아직 그와 함께할 수 있음을 소중히 여기면서 잘 보살필 뿐이다. 내게 가장 필요한 것이 있다면 내가 사랑하는 사람을 사랑하는 데 집중할 수 있는 것이고, 마침 내 옆에는 소범이 있으니까. 이것이 내가 허락받은 유일한 권리다. 말하자면 소범으로부터 엿듣는 '찰칵'하는 열쇠 소리의 행복 같은 것이다.

어쩌면, 아마도 그는 나를 사랑하는지도 모르지만 그가 내게 주는 사랑은 오만한 사랑이다.

소범은 바로 이런 사람이다. 친밀한 관계에 대해 어떤 갈망과 상상도 없다. 또한 강한 두려움까지 품고 있으면서도, 자신이 대가를 치를 수 없다고 생각하면 감당하기를 거절한다. 그는 모든 에너지를 이미 또 다른 친밀한 관계의 부담을 떠안는데 모두 써 버렸으므로, 다시 같은 종류의 애정 욕구에 얽히기를 거부한다. 친밀한 관계에 따르는 어떤 대가를 치르느니 차라리 이런 사랑을 아예 차단하려는 것이다. 그가 경험한 바로는, 마치 사람이라는 것이 모두 그가 벗어날 수 없는 부담스런 존재이며 사람이 그에게 주는 사랑 또한 모두 그를 괴롭히는 악몽인 듯하다. 때문에 두려움은 바로 그가 가진 애정 욕구의 핵심이며, 그는 다른 사람이 주는 사랑을 거부하면서 차라리 자신을 친밀한 영혼이 필요 없는 사람으로 훈련시킨다.

소범은 미처 방어할 준비를 못한 상황에서 내게 침입을 당했고, 비록 혼란스러웠지만 그래도 내가 애인으로서 주는 사랑을 받아들였다. 하지만 나를 안착시키거나 소화하진 못했다. 겨우 소극적인 태도를 취하면서, 내가 더 깊게 침투하지 못하도록 소극적인 방어를 취할 뿐. 나중에는 점점 갈피를 잡을 수 없게 틀어져서, 아예 나를 상관하지 않고, 내가 그를 대하는 대로 따르면서 무감각과 무미건조로 저항할 뿐이었다. 그래서 우리는 한 지붕 아래 같이 살면서도 서서히 악순환의 관계, 즉 저항과 저항의 보루로 맞섰던 것이다.

소범이 내게 허락한 모든 내용은 이성적으로 절제된 궤도 안에서만 그를 사랑하도록 나를 통제하며, 내가 그를 향해 비이성적인 열정에 빠지지 않도록 방지하는 것들이다. 그는 적나라하게 서로 끌어안는 친밀한 정서를 원치 않으며, 그냥 멀리서 지켜보기만을 원한다. 아울러 내가 그의 옆에 계속 있을 것이라는 확신이 들면 그것으로 족하다. 그는 이렇게 멀리서 나를 관찰한다. 이렇게 무감각하다 보니 어쩔 수 없이 그는 항상 내가 자신에게 원하는 것이 무엇인지 찾지를 못했고, 설령 찾았다 해도 내게 직접적인 것을 주지 않는다. 대신 주변 것을 줌으로써 이를 실마리 삼아 그를 추적하게끔 한다. 더욱 한심한 일은, 어떤 때 그는 아예 내가 원하는 것을 정반대로 준다. 때문에 나는 갈수록 그에게 원하는 것을 말할 수 없게 되었다. 이것은 소범이 선택한 것으로 나를 지키기 위한 자세다. 그는 마치 안전판 같은 모습으로 내가 더 치명적인 상처를 입지 않도록 보호하려고만 했다.

그렇기에 내가 분명하게 단비 같은 사랑을 갈망해봐도, 갈수록 우리 사랑은 가물고 궁핍해졌다. 아무리 그가 자신을 절제하든 혹은 그가 나를 사랑하든, 내 입장에서는 그 모든 것이 너무 오만하고 엄격하여, 그를 견딜 수 없게 했다.

소범에 대한 나의 지속적인 사랑을 중지할 수 없기에 '내 마음속의 그를 다치게 할 수 없다.'는 것을 최고의 지령으로 삼았다. 반드시 그에 대한 나의 열정을 잠가 없애야 하며, 그에게 가까이 가고 싶은 나의 열망을 감시하고 통제해야만 한다. 아니면 다시 그 옆에 더 이상 머물 수 없게 된다. 이런 생각들은 우리 사이를 어색하게 하고 다시 나쁜 기운을 불러들이는 듯했다. 나는 그냥 내 귀만 그에게 주면 그만이다. 이 귀는 그가 흘리는 어떤 언어도 경청하며, 나를 부르는 그의 어떤 소환도 받아들이며, 언제고 그가 나를 필요로 하면 곧바로 달려갈 수 있게 하는 것이다.

모종의 형체가 없는 더 높은 합작의 이익을 위해, 우리는 모두 상대를 잃는 것을 원치 않았다. '비틀린' 무형의 약속에 서명을 한 것이다. 언제 형성되었는지 모를 한 가닥 야만적인 신앙으로 나는 그가 진심으로 나를 사랑한다거나 혹은 나를 사랑하는 일을 감당할 내공이 있다고 믿지 않는다. 이 불신으로 그에게 강력하게 저항했다. 쇠약해져서 그가 가장 필요할 때, 가장 의지하고 싶을 때마다 나는 항상 그로부터 더 벗어나려고 했다. 그렇지 않으면 나는 아마도 그에 의해 파괴될 것이다. 그런 순간이 와서 나의 내부에 문제가 생긴다면, 더 이상 균형을 잡으며 그를 대하는 지금의 역할을 감당할 수 없을 것이다. 내가 심연에 빠져 임의로 자신을 처치하려 할 때면 그는 나에 대해 어떤 연관도

가지지 못하게 될 것이며, 나는 철저하게 그의 접근을 원치 않을 것이다. 이런 것이 바로 뒤틀림이며, 무서운 불신이다.

마침내 중대한 충돌이 터졌다.

"들어가도 될까?" 그가 내 방문 옆에 기대서서 나를 탐색하며 물었다.

"들어와. 내 방문은 항상 당신을 위해 열려 있잖아?" 나는 침대에 누워서 조용히 말했다.

그는 어젯밤 귀가하자마자 곧바로 방 안에 틀어박혔다. 아무런 말도 없었고, 아무리 문을 두드려도 문을 열지 않았다. 지난번 경험으로 인해 나는 걱정을 누그러뜨리고 밤새 방문을 열어 둔 채로 그가 스스로 나와서 내게 무엇인가를 이야기하기를 기다렸다. 단지 그의 방문 틈 사이로 메모 한 장을 밀어 넣었다.

소범, 오늘 밤 당신에게 심각한 사정이 생겼다면 그대로 표출해요. 괜찮아. 나는 다만 이 말만 전하고 싶어. 모든 것이 다 괜찮다고, 알죠? 이번에는 당신 때문에 괴로워하거나 좌절하지 않을 거예요. 이럴 때 당신은 오직 혼자만이 자신의 기분을 해결할 수 있다는 것을 알았기 때문이죠. 내가 들어가기만 하면 정신이 없어진다고 당신이 말했잖아요. 비록 내가 당신에게 충분한 안정감을 주지는 못하겠지만, 당신이 벌거벗은 마음으로 나를 대할 수 있었으면 좋겠어요. 아마 언젠가는 그렇게 되겠지요. 아마도. 하지만 여전히 나는 모르겠어요. 이럴 때 나는 진심으로 당신을 안아 줘야 하는 건가, 아니면 조용히 냉정하게 당신만의 공간을 내어 주어야 하는 건가?

목이 아파서 나중에 말을 못하게 될까 봐 걱정이 되어, 우선 당신을 위해 여기 내 느낌을 몇 자 적어 둡니다. 나는 오늘 밤 남은 시간을 모두 내 방에서 당신과 함께 할 거예요. 편안하고 따뜻한 마음으로 당신이 오길 기다리고 있을게요. 당신에게 미소 지을 수 있을 때까지 기다릴게요.

하루 전은 일요일이었다. 아침 여덟 시에 나는 그가 문 여는 소리를 들었다. 기다렸지만, 그는 내 방문 쪽으로 오지 않았다. 내가 나갔다. 그는 주방에서 계란을 굽고 물을 끓이면서 바쁘게 움직였다. 표정을 살피니 아무 일도 없는 양 평소와 같았다. 다만 좀 냉랭한 기색이 얼굴에 한층 감돌았다. 나는 무슨 일이 있었느냐고 조심스럽게 물어보았다. 그는 곧바로 별일이 아니며, 나와 상관없는 일이라고 말하고 계속 자기 일을 했다.

나는 더 이상 묻지 않았다. 커다란 바위 같은 알 수 없는 좌절감에 짓눌려 마음이 답답해졌다. 나는 방으로 돌아와서 문을 열어둔 채 잠을 잤다. 열 시간 이상을 잤는지 어쨌는지, 아무튼 하늘이 어두워질 때까지 잠을 잤다.

"어떻게 그렇게 오래 잤어?" 그는 문 근처 바닥에 앉아서 내게 물었다.

"모르겠어. 저절로 그래요. 아마 필요해서겠지."

"지금까지 내가 있을 때 이렇게 길게 잠든 적이 없었던 거 알고 있어? 내가 있을 때 정신없이 잠만 자는 것을 보니 아마도 나 때문인 것 같네." 그는 약간 괴로운 듯이 말을 했다. 그의 얼굴이 유난히 창백하고 깨끗하게 보였다.

"내 문제니까 당신은 신경 쓸 거 없어요. 정신없이 자는 동안 나 자신의 문제를 해결할 수도 있고."

"무슨 문제인데? 나를 또 어떻게 상대해야 하나, 그런 걸 생각하니?"

"아니, 이미 지금은 그런 문제를 넘어섰어요. 나는 근본적으로 당신을 상대할 필요가 없죠. 나는 나 자신만 '상대'하면 그만이니까."

"넌 또 무슨 새로운 결심을 하는 거 아니야? 나는 바로 너의 이런 모습이 두려워." 그가 실망해선 말했다.

"나는 아마 어떤 결정도 하지 못하겠죠. 만약에 할 수 있다면 좋겠어요. 나는 근본적으로 당신을 떠날 수 없어요. 나도 당신 곁에 머물면서 당신을 보살피고 싶거든요. 하지만 이제 나 자신부터 추슬러야 할 것 같고. 그렇지 않으면 당신한테 짐만 되고 말테니."

"보살핀다고? 보살피겠다고? 너는 항상 나를 어떻게 보살필까 그 생각만 하고 있어. 나는 네가 대단한 성자가 되는 걸 원하지 않아. 넌 항상 자신이 뭘 원하는지 말을 안 해. 다른 사람이 원하는 걸 기다렸다가 그에게 맞추기만 하지. 그러고는 깨끗이 고갈되고 말잖아. 내가 보기에 너는 점점 말라만 가고, 내 앞에서 이리저리 방황하고 있으니까. 난 정말 어떻게 널 대해야 할지 모르겠어."

"그렇게 힘들어요? 그렇다면 앞으로 당신 앞에 얼쩡거리지 않을게요. 더 이상 서로 당겼다가 밀었다가 줄다리기하지 말자고요."

"이게 바로 너의 새로운 결정이니? 그동안 나는 뭘 한 거야? 그냥 네 옆에 의미 없이 있기만 한 거니?" 소범의 안색이 확 변했다. 침범할 수 없는 엄숙함이 감돌더니 고개를 돌리고 바로 자기 방으로 들어가 힘껏 문을 닫았다.

나는 가슴이 울렁거리고 불안해졌다. 머릿속이 하얗게 되면서 '그를 괴롭혔다'는 생각이 나를 예리하게 찔렀다. 잠시 후 나는 비틀비틀 그의 방문 앞까지 가서 자제력을 잃고 문을 두드리며 소리쳤다.

"소범, 문 열어. 내가 잘못했어요. 다시는 그런 말 안 할게요. 내게 욕을 하라고. 제발 문 좀 열어 줘!"

문이 열리는 소리를 듣고서 나는 돌진했다. 소범은 넋을 잃고 바닥에 앉아 있었다. 얼굴은 이미 눈물로 범벅이 되어 있고 그는 나를 보지도 않고 내 말을 들리지도 않는 양 머리를 헝클어트린 채 모호한 눈동자로 먼 곳을 보고 있었다. 그의 이런 모습을 보고 나는 너무 놀랐다. 갈기갈기 찢어졌던 나의 마음이 금방 한 묶음의 강한 의지로 모아졌다. 나는 이것이 바로 하늘이 내게 준 최고의 징벌임을 알았다. 그의 강건함을 심지어 나는 존경할 수밖에 없다. 만약 그가 패배해서 완전히 무너져 내린다면, 마냥 그를 애지중지하던 내 마음은 나 자신을 가루로 만들 것이다. 이미 내가 미쳐 버리지 않았다면.

"소범, 내 말 좀 들어줘. 내가 설령 죽을 만큼 고통스럽더라도, 나는 포기하지 않을 거예요. 우리는 평생 좋은 친구로 남아야 해요." 나는 내게 남아 있는 가장 큰 힘으로 그를 꽉 안았다. 그는 조금 마음을 돌려 내 머리를 쓰다듬었다.

"넌 정말 바보야! 내가 네게 주었던 것들이 전부 땅바닥에 쏟아졌잖아. 아무래도 낭비한 느낌이 들어." 그는 화가 나서 기운 없이 말하고는 곤혹스럽게 웃었다.

"나는 당신에게 무엇을 원할 수가 없어요. 만약 당신이 내게 독이 있는 것을 주지 않는다면, 나는 아마도 자동으로 그것을 바닥에 떨어트리게 될 거예요. 만약 내가 또 조금이라도 당신을 필요로 하고 당신에게 의지하려 하고, 당신이 입을 열거나 혹은 내게 무엇을 줄 때까지 기다리지 않는다면, 나는 곧 약한 마음에게 죽도록 시달리게 될 거고. 그런 다음에는 구덩이마다 가득 찬 원망이 산과 바다를 뒤덮으며 몰려와서 결국은 아무것도 남지 않게 되겠죠. 내가 당신을 필요로 하고 의지하려는 나의 마음을 싹둑 끊어 버려야만, 당신 옆에서 깨끗하게 당신을 대할 수 있는 거예요. 나는 당신에게 필요한 걸, 필요로 하는 방식으로 주려고 했죠. 하지만 아직 아주 잘하고 있지는 못하는 것 같고. 가끔 당신이 나에게 의지하길 기다릴 때, 당신이 아무렇게나 자연스럽게 던지는 차가운 시선에도 나는 쓰러지곤 해요. 아주 미묘한 차이인데도, 마치 링 위에서 주먹 한 대를 맞고 링 밖으로 날아가는 기분이 들거든요."

"원하는 것이 있으면, 그냥 말해도 좋잖아!" 그가 내 얼굴을 만지면서 가슴 아파했다.

"지금에 와서야 비로소 당신이 예전에 '나는 네가 원하는 것을 줄 수 없다'고 했던 그 말의 의미를 제대로 깨닫게 되네요. 당신은 내게 주고 싶지 않은 것이 아니군요. 예전에 내가 말했죠. '내게 당신을 보살필 수 있도록 해 주기만 하면, 그것이 바로 내게 보답하는 가장 좋은 길'이라고요. 그런데 그건 당신이 어떤 누구에게도 줄 수 없는 것이었네요. 이렇게 기본적인 것도 할 수 없으니, 내가 원하는 것은 근본적으로 공허할 수밖에 없는 거죠." 나는 날카롭게 그를 힐끗 보았다.

"나는 너무 잘 알고 있어요. 여기서 죽더라도 당신은 내가 당신의 애인이란 것을 절대로 인정하지 않을 거예요. 세상에 대한 당신의 요구는 너무 높고, 당신의 사랑과 애인에 대한 상상력은 근본적으로 제가 맞출 수 있는 영역이 아니죠. 당신은 그토록 오만해요. 당신 자신은 느끼지 못하고 있지만, 당신은 오직 자신보다 더 오만하고 자신을 절망시킬 수 있는 사람만을 사랑할 수 있겠지요. 하지만 나는 꼭 그와 반대인 사람이네요. 나는 한없는 온유함과 끝없이 비열한 방식으로 당신을 사랑하지만, 이건 절대로 당신이 원하는 것이 아니에요. 우리들이 상대에게 주는 것은 이렇게 영원히 어긋나고 있어요. 지금, 어쩌면 당신은 내가 필요할지도 몰라요. 하지만 내가 당신에게 어떤 의미가 있는지는 절대로 알지 못하겠죠. 아주 먼 어느 날, 문득 깨닫게 될지도 모르지만." 내가 단숨에 말을 끝마치자 그의 얼굴에 어쩔 수 없다는 표정이 스쳐 지나갔다.

"어쩌다 이렇게 된 건지 나도 모르겠다. 널 이렇게까지 대할 필요가 없는데! 너와 있는 동안 나는 '돌로 만든 벽'이 되려고 모든 노력을 기울였어. 나는 스스로를 무감각해지도록 강박하고 너를 거부하도록 강요했지. 그렇게 하지 않으면 너를 항상 잃어버리고, 또 잃어버릴 테니까. 내가 그 일부라도 조금 줍게 되면 너는 더 많이 잃어버릴 것이고, 근본적으로 나는 너의 상실을 되돌리지 못하겠지. 그동안 나는 네게 많은 기회를 주었고, 이번에는 내가 할 수 있는 최선을 다했어. 방금 나는 당장 널 떠나서 다시는 보지 말까 생각했지만, 이건 신체 반응일 뿐이지. 만약 그렇게 한다면 나 역시 너로부터 얻은 모든 것을 부정하는 것일 테고, 결국 떠나지 않겠다고 마음먹었어. 너라는 사람을 다시 붙잡아 둘 수 있는지 한번 더 가늠해 보기로 한 거야." 그는 한숨을 내쉬면서 말했다.

"고마워. 고마워요! 지금부터 나를 아파트 관리인으로 생각해요." 내가 말했다.

"안 돼. 네가 아파트 관리인으로 곁에 있는 건 싫어." 소범이 고개를 가로저었다. 눈에 부드러운 정이 담겨 있다.

노트 8—5

○

비참한 관계에 말뚝처럼 박혀 엎드려 있다. 나와 소범은 피차 속속들이 알고 있다는 이유를 핑계 삼아 어려움 속에서도 서로 의지하며 겨우겨우 관계를 유지해 왔다. 하지만 상황은 점점 악화되어 무너져 내렸다.

소범의 약혼자가 대학원을 졸업하고, 군 입대 때문에 남쪽으로 가게 된 일주일 내내. 한 주 동안 소범은 유난히 초조해하며 정서 불안 증세를 보였다. 입대 후에 의심 많고 비관적인 성격의 약혼자한테 혹시 무슨 일이 생길까봐 걱정을 태산같이 했다. 이 한주 동안 그는 특별한 정서의 기류 속에 휩싸였다. 나는 약혼자의 군 입대로 인해 그의 민감한 실오라기들이 활약하기 시작했음을 알았다. 그것들은 그가 이미 파 놓은 정서의 무덤으로 그를 이끌었다. 매일 매시 나는 그를 관찰했다. 우리 둘 사이에는 마치 지구만큼의 해자˚가 있는

● 해자. 묘지의 경계

것 같았고, 그는 오직 약혼자의 고성에 머물면서 고개를 내밀어 나를 보지 않았다. 그 스스로도 자신이 약혼자의 공기 속에서만 숨 쉬고 있음을 알지 못했다. 상심한 나는 오히려 다친 마음을 감추며 숨어들었다. 오직 그를 주시할 뿐. 그도 나의 존재를 살피거나 느끼지 못했다.

어느 날 밤, 문이 열리길 기다리며 새벽 세 시까지 그를 기다렸지만, 그는 돌아오지 않았다. 전에 없었던 일이었다. 나는 그의 방으로 들어가 바깥으로 나 있는 모든 창문을 열었다. 찬바람이 몰려들었다. 몇 시간을 초췌하게 서서 지나가는 차를 세다가 사이사이 그의 친구들에게 전화를 걸어 묻기도 했다. 어느 순간 갑자기 차가 창문 바로 아래 멈춰 섰다. 나는 소범이 돌아왔기를 기대하면서 창문을 닫고 내 방으로 돌아가려던 중, 무심코 다시 한 번 내려다봤다가 차 안에서 은밀하고 다정하게 서로 포옹하고 있는 두 사람을 보게 되었다. 약혼자가 돌아온 것이다. 나는 두 사람의 긴긴 포옹을 지켜보면서 그들의 열정과 깊은 사랑을 짐작할 수 있었으며, 나 자신을 억제하며 그 장면을 보고 또 보았다. 그런 가운데 모종의 뭔가가 끊어졌고 핏덩어리 하나가 땅바닥으로 떨어졌다. 나는 내가 이미 끝났음을 알았다. 나는 납덩어리에 짓눌린 마음으로 조용히 내 방으로 돌아와 책상 앞에 앉았다. 소범은 올라와서 움직임이 없는 나를 보더니 내 앞으로 다가와 약간 미안한 기색으로 나를 살폈고, 나는 평소 모습을 유지하려고 애를 썼다. 그는 내 마음속에 무슨 일이 일어났는지 전혀 알지 못했다.

그들을 지켜보는 순간, 내게 어떤 잔인한 일이 일어났는지, 사람들에게 설명할 길이 없다. 그 남자는 나의 환경과 내 마음속에 이미 존재했던 사람이며 일찌감치 그러한 모습으로 나와 소범의 관계에 연계되어 있었다. 나 역시 이미 그의 자리를 받아들였고, 소범을 차지하려는 생각이 조금도 없었다. 하지만 내가 받아들였던 사실들이 손바닥 주변에 펼쳐지면서, 그 자리에서 '행복에 젖어' 나를 때리니까, 내 이마가 벼락을 맞은 것처럼 갈라져 열린 것이다. 그 순간 나와 소범의 세계는 이전 관계에서 만들어진 세계와 질적으로 달라졌다. 시시각각 몰려드는 그때 그곳의 기억으로 인해 이마에서 고름이 흘러나온다. 나는 의미 없는 희생을 했고, 스스로 노예가 되어 자신을 파괴하고 낭비했다.

나는 아주 입을 닫아 버렸다. 더 이상 무슨 말을 하거나 싸우지도 않았다. 나 자신이 곪아 버려서임을 나는 안다. 나는 계속 소범의 옆방에서 지내면서 매일 그를 볼 때마다 미소를 지으려고 노력했다. 마치 매일 바다 밑을 걸어가면서 소리 없이 숨죽이며 물거품을 토해 내는 기분이었다. 실패로 무너진 날들을 세면서 그저 몸이 썩어 문드러질 날만을 조용히 기다릴 뿐.

시도 때도 없이 눈물이 났다. 길을 걸으면서, 버스에

서, 다른 사람과 이야기하면서, 강의를 들으면서, 시험을 보면서, 방 안에 있으면서, 잠을 자면서, 꿈꾸면서, 마음 저 아래에서 아무도 모르게 울었다. 흉강에서 나만이 들을 수 있는 나의 특이한 울음소리가 시시때때로 들려왔다. 이렇게 꼬박 두 주일을 울고 나서 나는 더 이상 울지 않았다. 겉보기에는 정상적인 생활을 했지만, 나는 이미 집에 있는 시간이 드물었고, 혹 집에 있을 때에도 소범과 마주치는 일이 드물었다.

두 달 후에 돌아 버릴 듯 심난한 순간이 왔다. 나의 졸업식 전날이었다.

저녁에 모처럼 일찍 아파트로 돌아왔는데, 갑자기 누군지 모르는 사람에게서 전화가 걸려 왔다. 나보고 빨리 어떤 병원으로 가서 소범을 만나라고 했다. 그에게 급성 간염 증상이 나타나 동료들이 병원 응급실로 데려갔으며, 그가 계속 나를 찾는다는 것이다.

택시를 타고 가는 동안 놀란 마음 한편으로 모종의 냉혹함이 나를 가라앉혔다. 나의 목구멍에 마치 날카로운 칼 한 자루를 숨긴 듯했으며, 지금이 나의 잔인한 운명과 대결할 때라고 생각했다. 나는 독하게 다짐했다. 만약 이번에도 내가 그에게 연연해한다면, 그것이 어떤 굴욕이라 해도 나는 죽을 때까지 그를 따르게 될 것이다.

약물 냄새가 무겁게 가라앉아 있고, 푸른 냉기마저 감도는 응급실에 들어섰다. 나는 한눈에 소범을 발견했다. 그는 내과 복도 옆에 임시로 마련해 둔 병상에 누워 있었다. 나를 보자, 그의 검게 부어오른 눈자위에서 거리낌 없이 눈물이 흘러나왔다. 그는 내 앞에 젖은 모래처럼 연약하게 무너져 내렸고, 울고 또 울고 그저 울기만 했다. 끝없는 눈물이 그의 내부에 있는 강인한 보루를 밀고 솟아올라 왔다. 그는 자신의 우는 모습을 완전히 열어 보였으며, 나는 그 화면을 평생 기억하겠다고 마음먹었다.

바로 이 화면. 이 화면은 내 삶에 있어 유래가 없는 가장 깊은 위치로 나를 데려갔다. 세상에, 내가 어떻게 그 화면을 표현할 수 있을까? 마르셀 뒤샹은 '순간의 묵시로 한 권의 책을 쓸 수 있다.'고 말했다. 이 화면이 바로 묵시에 해당한다. 이 여성이 무너지는 그 순간을 지켜보면서 나는 완전히 그의 삶 속으로 끌려갔고, 강제로 그의 삶과 함께 꼬여 버렸으며, 나도 그의 붕괴 점에서 함께 붕괴해 버렸다. 나는 완전히 사라졌다. 하지만 다른 일부가 나와 소범 사이의 그런 융합을 알 뿐, 내가 안 것은 아니었다.

붕괴를 따라온 것은 짓눌림이다. 그의 커다란 상심에 공감하면서 그 상심에 짓눌렸고, 그를 감당하고 싶

● 마르셀 뒤샹(Marcel Duchamp, 1887~1968). 미의 개념을 새롭게 정의한 프랑스의 혁명적인 예술가이며 소변기나 자전거 바퀴 등 다양한 소재를 활용해 '레디메이드'란 개념을 창안하고 다다이즘, 초현실주의, 개념미술에 광범위한 영향을 미침.

었기에, 그와 함께하고 싶었다. 그의 가장 깊은 곳에 들어가고 싶은 갈망 때문에 나는 짓눌렸다. 오직 멈추지 않는 진동만이 내 몸 속에 있었다. 나는 사랑으로 진동했고, 갈망으로 진동했고, 미움으로 진동했고, 고통으로 진동했으며, 모든 것이 하나로 회전하면서 송곳이 되어 갔다. 나는 비로소 완전히 깨달았다. 내 마음속 소범의 진짜 모습은 본디 바로 이 화면의 모습이다. 마침내 그 모습이 드러났을 뿐이다.

나는 여기에 있고 세상으로부터 철저하게 떠밀려 왔다. 나는 '잔인'한 실체에 충돌한 것이다. 내 마음이 어떻든 상관없이, 이 순간 내가 아무리 소범과 융합해서 함께하겠다고 외치든 어떻든 상관없이, 내가 그를 사랑하고 싶은 갈망 때문에 짓눌리고 있든 어떻든 상관없이, 세계는 근본적으로 나를 상관하지 않는다. 현실 조건이나 사람과 사람 사이의 어쩔 수 없는 대우 때문이 아니다. 당장 눈앞의 여성이 직접 내게 말한다 해도 상관없다. 심지어 '불공평'이나 '도덕'의 문제도 없다. 이유는 세계가 나를 전혀 돌아보지 않기 때문이다. 어쩔 수 없다. 이 시점에서 세계는 이런 모습을 드러내면서 나와 인사를 하는 것이다. 세상에 대한 원망이 최고조에 달하고 무관심한 상관없음이 드러날 때, '잔인'은 상심이나 애수와 관련 없는 것이 된다. 완전한 해탈의 경지에 이르러 다만 더 잔인할 수 있으면 그만이다.

"오늘, 그가 보낸 편지 한 장을 받았어. 내가 사 년 동안 기다렸던 일이 마침내 일어나고 말았어. 그가 군대에서 보낸 것인데, 나와 결혼하지 않겠다고 결정했더군. 그는 자신이 다른 여자를 임신시켰고 이미 임신 오 개월째며 그것도 우리의 후배라고……. 그러고는 말하길 자기는 너무 가난해서 처음부터 나와 결혼할 자격이 없었다는 거야."내 손을 꼭 부여잡고 있는 소범은 머리카락이 눈물로 젖고, 양 볼이 움푹 들어가도록 갑자기 수척해져서 사람 꼴이 아니었다. 여기까지 말한 다음 그는 고개를 돌렸다.

"그는 일부러 그랬다는 거야. 일부러 다른 여자를 임신시킨 거라고. 방금 그의 어머니가 나를 보러 왔어. 말씀하시길 몇 시간 전에 그도 군 병원으로 이송됐다는 거야. 총기 사고로. 모든 것이……일부러 그렇게 한 거라고."그는 다시 고개를 돌려 내 손에 얼굴을 파묻었다. "그 사람 아직 살아 있대. 네가 내 대신 그를 좀 만나 줄래?"그는 얼굴을 들어 백 퍼센트의 믿음을 실은 눈빛으로 나를 아프게 찔렀다.

"그를 만나 보긴 할게! 그런데 나 잠시 뒤에 일이 있어 가 봐야 할 것 같아."나는 얼굴을 마주하지 못하고 말했다.

"너… 가겠다고? 설마 지금처럼 네가 필요할 때……. 네가 항상 원했던 순간이 바로 지금 아니야?"그는 잘못 없다는 듯 힘없이 말하면서 눈물을 닦았다.

"소범, 내 말 좀 들어 봐. 이 일은 한참 된 일이에요.

계속 당신한테 말을 못했을 뿐이죠. 나는 안 되겠어요. 벌써 두 달이나 됐죠. 그동안 끊임없이 지탱해 보려고 애썼어요. 하지만 이제는 버틸 수 있는 힘이 모두 바닥 났군요. 예전에 당신에게 해 준 역할을 다시 할 방법이 전혀 없어요. 갈수록 상황이 심각해지니까. 당신에게 내가 무슨 생각을 하는지 입을 열 수 없었고, 심지어 당신과 한 공간에 있는 것조차 힘들어요. 입을 열기만 하면 당신에게 크게 소리치고 싶었고, 같이 있으면서 당신에 대한 원한이 산과 바다가 뒤집힐 정도로 커졌어요. 나는 이런 사람이 아니거든. 이렇게 악한 것들을 원치 않아. 사랑은 선하고 아름다워야 하잖아요. 나는 이제 그런 사랑의 미덕을 돌이킬 수 없으니까, 사랑하지 않는 길 밖에 없어요. 내가 이런 결단을 내리게 된 것은 나 스스로의 문제지, 누구의 잘못도 아니에요. 나는 당신과 당신의 비극으로부터 탈출하려고 해요. 이제 썩어서 못 쓰게 되어 버렸죠. 소범, 이제 잠시 좀 쉬어야 될 것 같아요!" 나는 마치 말하는 사람이 내가 아닌 것처럼 담담하게 말을 끝냈다.

"알았어." 그는 딱 한 마디만 남기고, 온몸을 돌려 버렸다. 그렇게 영원히 돌아누웠다.

노트 8—6

○

밤 열한 시, 초광이 내가 사는 곳에 왔다. 그는 자전거를 끌면서 걸었고, 나는 그와 나란하게 나사복로를 산보했다.

6월의 타이베이. 화려함이 퇴색한 한밤중 대로에 우아함이 남아 있다. 몇 그루의 목면나무에 불꽃처럼 빨간 꽃이 어제보다 몇 송이 더 피었다. 수은등 아래 조명을 받은 목면나무 꽃은 유난히 빛을 발해서 마치 활짝 웃고 있는 듯하다. 나사복로 여기저기에 서 있는 이 몇 그루의 목면나무는 내게 얼마나 익숙한지. 해마다 첫 번째 오렌지 레드 빛의 목면화가 터지길 기다렸다가, 바다를 이루는 수많은 꽃의 마지막 한 송이까지 또 벗겨지고 시들어, 검게 말라 버린 나무 기둥까지 세었다. 목면나무는 내가 대학에 입학해 얻은 첫 번째 증표이며, '목면 길' 노래는 선배들이 우리 신입생을 환영해 주면서 불러 주었던 가장 감동적인 노래다. 어두운 강의실의 작은 촛불 아래 나는 여전히 그리운 수많은 얼굴들을 만날 수 있다.

"너 목면나무를 보고 있니?" 초광이 의미심장하게 내게 물었다. 초광은 통 넓은 흰 카우보이 바지 위에 물빛 남색의 반팔 티셔츠를 입었고, 항상 남아 있던 수염도 면도해 특별히 말끔해 보였다. 오늘 밤 그는 내게 전혀 새로운 느낌을 준다. 마치 표백액으로 표백하고 온 느낌이다. 초광의 삶은 항상 변화무쌍해서 극적인 면이 있으며 언제고 내 앞에 나타날 때는 도깨비 집에 들렀다 온 느낌을 준다. 매번 더욱 새로운 표정과 새로운 면모로 분해 나타나면 그가 공언한 바를 믿어 보지만, 사실 나는 그가 잘 살고 있는지 어떤지를 속속들이 알지 못한다.

"초광 선배. 버스를 타고 학교 앞에 내릴 때마다 첫 번째 목면나무에서 가장 처음 핀 꽃을 보게 되면, 나는 너무 흥분해서 내 마음속의 옛 애인에게 말했어요. 저것 봐! 목면 꽃이 피었어! 이렇게 사 년이 흘렀네요."

"어쩌면 좋냐! 예전 어느 날 밤에 몽생이 바로 그 학교 앞에 있는 목면나무 아래에 똥을 쌌거든. 오 년 동안 내가 매번 그 목면나무를 본 것은 아니지만, 이렇게 말할 거야. 몽생, 저기 좀 봐. 저기 네 똥 나무가 있어!"

"초광, 몽생은 요즘 어떻게 지내요?" 내가 물었다. 우리는 교문 앞에 앉았다.

"동생, 내가 널 찾아온 이유가 바로 그 일에 대해 말하려는 거야. 몽생이 내 세계에서 아주 증발해 버렸어." 그는 흥분하며 말해서 얼굴에 붉은 기운이 감돌았다. "자그마치 칠 년이야. 그런데 한순간 깨달음의 경지에 올랐는지, 마치 옷에 묻은 물감을 빨아 버리듯이 말끔히 증발했어. 아주 깨끗하게. 왠지 모르게 너에게는 알려야 할 것 같았어. 그래야만 이런 일들이 제대로 막을 내릴 것 같더라고." 그의 말투가 노숙하게 시작되었다가 천진하게 돌아왔다.

"내가 뭐 증인은 아니지만, 초광! 나는 정말 선배를 대신해서 기뻐." 나는 나도 모르게 그의 손을 꼭 잡았다. "어떻게 된 일이에요?"

"지난달 내가 자전거를 타고 가다가 그만 택시에 부딪혀서 다리가 부러졌거든. 병원에서 깁스를 하고 일주일 동안 누워 있었거든. 나는 택시에 부딪혔던 그 순간 내 영혼이 빠져 나갔다고 확신해. 내가 내 몸 바로 위에서 내 몸을 보고 있더라고. 바로 그 짧은 일 분 사이에 몇 년 간의 내 인생이 영화를 보듯 파노라마처럼 펼쳐지더라고. 아주 자세히. 그 후에 나는 다시 내 몸 안으로 돌아왔어. 통증이 느껴지기 시작한 그 순간, 나는 몽생이 이미 내 몸 안에서 사라져 버린 것을 알았지. 깁스를 하고 병원에서 일주일 동안 움직이지 못하면서, 나는 지나간 모든 일을 꺼내 검토했어. 얻은 결론은 바로 이거야. 사랑하자. 나는 항상 하나를 사랑하면 하나를 의심해 왔지. 하지만 나는 이제부터 누구라도 사랑할 자신이 있어. 나는 바로 '사랑'이 내가 항상 찾아왔던 근원적인 것임을 깨달았어."

"초광, 그럼 선배는 '사랑이란 그 사람에게 영원히 당신을 사랑한다고 말하는 것'이라는 말을 믿어요?"

"동생. 너도 나처럼 많은 고통을 겪고 있다는 것을 느낌으로 알고 있어." 그는 내 머리 위에 손을 얹더니 따뜻하게 쓸어내렸다. "나는 정말 내가 충분히 성장해서 너에게 어떤 계시를 줄 수 있길 바란다." 그는 잠시 묵상을 하다가 말했다. "내 생각에 지금의 너는 분명히 그 말을 할 수 없을 거야. 과거의 나도 할 수 없었고. 하지만 지금의 나는 그 말을 할 수 있다고 믿어."

"그렇지만 매번 누군가를 사랑하기로 할 때마다 어떻게 그 사랑을 계속 유지할 수 있다고, 더 만족할 수 있는 가능성을 거절할 것이라고 약속할 수 있죠? 또 스스로 어떤 단계에서 내적 구조가 터지려고 할 때 어떻게 계속 관계를 안정적으로 운영하면서 유지할 수 있는 능력을 지닐 수 있을까요?"

"지금 내 머릿속에 한 가지 그림이 떠오른다. 그림으로는 그릴 수 있는데, 말로는 표현할 수가 없네." 그는 서둘러 땅바닥에 이상한 그림 하나를 그렸다. "진심으로 사랑할 수 있는 능력이 있다면 가능하지." 그는 혼잣말을 하듯 나직이 말했다.

"그럼 선배는 진심으로 사랑해 본 적이 있어요?" 나는 엄숙하게 물었다.

"동생, 나는 지금 진실한 사랑을 하고 있는 중이야!"
그의 눈이 빛나기 시작했다.

"한 이 년 동안 소심한 열여덟 살 풋내기가 계속 나를 쫓아다니고 있었지. 그는 해양 학교 학생으로 자주 바다로 나가 뱃일을 하느라고, 우리의 만남은 끊겼다 이어졌다 했단다. 그동안 나는 줄곧 그 아이를 제대로 본 적이 없었는데, 그것은 몽생이 나를 완전히 사로잡아서 사랑을 할 수 없게 만들었기 때문이야. 지난날 나는 이 풋내기 선원을 한낱 유희의 대상으로만 생각했어. 그는 내게 깊이 빠져 있었기에 항상 질투심 때문에 나와 싸웠지. 나는 그 아이를 내치지는 않았지만, 그는 여자들과 시간을 보내며 나를 화나게 한 거야. 그런데 사고 이후로 나는 비로소 그를 제대로 보게 됐어. 그 아이의 실속 없이 허세만 부리는 외양 아래 진정한 사랑의 빛이 반짝이고 있더라고. 내가 그의 진심을 은폐하고 있었던 거지. 지금 우리는 단수이의 작은 나무집에서 함께 살아. 모든 살림을 나눠서 하고 있지. 나는 그 아이에게 말했어. 지금부터는 진짜로 사귀는 거라고. 만약 그가 성장하지 않으려 한다면 바로 떠날 거라고도 했어. 내가 말한 건 딱 두 가지야. 평등과 진실. 나는 너를 이해하고, 너도 나를 이해하려고 노력해야 한다. 나도 다른 사람의 보살핌이 필요하니까. 또한 모든 일은 숨김없이 털어놓기로. 변심했으면 변심한 대

로. 반죽음이 되도록 싸울지언정 서로를 기만하지 말
자고 했단다. 이렇게 시작한 만큼, 그와 오래 함께 살
수 있을 것 같아."

우리는 신생남로 쪽으로 걸으면서 대화를 이어갔다.
노란 수은등 불빛 아래 그의 얼굴이 유난히 따뜻하게
보였다.

"초광, 양성적인 남자끼리 만나면 충동할 염려는 없나
요?"

"하나를 바꿔 함께 산다면 사실 쉬운 일이 아니겠지.
하지만 그와 함께하면 우리는 동시에 상대의 남자이면
서 여자로 살 수 있거든!" 그는 변화무쌍한 표정으로
우쭐대며 말했다.

"동생, 내가 이번에 마음먹고 널 찾아온 이유는 네
게 말해 주고 싶은 게 하나 있어서야. 나는 네게 아주
깊은 감정을 느꼈는데, 너는 성실하지 않아. 만약 네
가 지금처럼 자신의 감정에 솔직하지 않고, 자신이 원
하는 것과 성실하게 마주하지 않는다면 아마도 영원히
진심으로 누군가를 사랑할 수 없게 될 거야."

"선배, 저기 교차로에 있는 높은 빌딩 좀 봐요. 어느
새 모든 창문마다 불빛이 보여. 내가 일 학년 때는 겨
우 다섯 집이 들어와 살았는데!" 나는 몸을 돌려 초
광을 향해 예를 갖춰 90도로 절을 했다. "초광 선배가
한 말을 기억에 오래 잘 담아 둘게요. 그동안 나를 여
러 가지로 보살펴 줘서 고마웠어요. 졸업 후에도 두루

건강하길 바라요." 나는 자전거를 탄 초광이 눈에서 멀어질 때까지 목송했다.

노트 8—7

○

사망 경험 1

"어떤 면에서 나는 이미 죽었다. 어려서부터 지녀 왔던 기질들, 예컨대 지나친 긴장, 지나친 민감함, 지나친 자의식, 그리고 오만과 이상, 이 모든 것들이 그 사건을 따라서 함께 사라져 버렸다. 최후에는 마침내 나의 천진함마저 소실된 것 같다. 비록 다른 사람들에 비해 늦은 감이 있지만. 모든 청춘들처럼, 나도 한때는 눈이 높았으며, 나 스스로 잘 이해하지는 못했던 열정과 죄의식으로 충만해 있었다."

사망 경험 2

"더 이상 내가 즐겁지 않은 사람이라고 생각하지 않는다. 반대로 나는 내게 '곤란한 문제'가 있는 것을 안다. 이것이 바로 일종의 낙관적인 사고방식이다. 왜냐하면 문제란 항상 답이 있게 마련이니까. 하지만 즐겁지 않음은 나쁜 날씨처럼 어찌해 볼 수 없는 일이다. 일단 그런 느낌이 들고 나면, 그 다음에는 일체 답을 얻을 수 없다. 심지어 죽어가면서도 얻을 수 없다. 그러니까 나는 내가 즐겁든 안 즐겁든, 너무 상관하지 말자. '문제'와 '문제의 문제'는 존재하지 않는 것이다. 이런 것이 바로 즐거움의 시작이다."

—〈자살 연구〉에서 인용

노트 8—8

○

졸업식. 나의 졸업식을 보러 온 사람이 아무도 없다. 나는 검은 예복을 입은 사람들 사이를 베틀에 북 나들 듯 오가며 누볐다. 이렇게 큰 교정 안에 내가 보고 싶은 사람이 한 명도 나타나지 않았다. 나는 그냥 걷기만 했다. 어디로 가고 있는지도 몰랐다.

　오후가 되자 갑자기 폭우가 쏟아졌다. 사람들이 모두 경황없이 흩어졌고, 귀가하거나 아니면 양쪽 건물 아래로 숨어들었다. 잠깐 동안의 비로 야자수 중앙대로가 텅 비었다. 넓은 길이 반들반들 빛을 내며 아름다웠다. 하늘 아래 아무도 걸어가는 사람이 없었고, 싱싱한 꽃나무들이 축제의 주역이 되었다. 나는 홀로 학사복의 앞섶을 풀어 제치고, 야자수대로를 걸어갔다. 가슴을 활짝 열고 온몸으로 비를 맞았다. 수백 개의 눈들이 양쪽 건물 안에서 나를 주시했다. 어둠이 내릴 때까지. 나는 움직이지 않고 교문 앞 광장에 앉아 한 그루의 대왕 야자수 아래에서 비를 맞았다. 빗방울이 때린 눈자위가 부어올랐다.

귀가 후에 수령의 특별한 전화 한 통을 받았다. 그가 졸업하고 학교를 떠난 지 장장 일 년이 흘렀다.

"나야!" 그의 목소리는 가늘었고 미세하게 떨렸다.

"응!" 내가 대답했다.

"너랑 삼 분만 이야기해도 되겠니?" 그는 소심하게 물었다.

"응!"

"네게 비밀 하나 알려 줄게. 오늘 아침에 내가 미쳤나 봐. 아침에 아빠 엄마 할머니까지 모두 나를 깨우러 왔지만, 일부러 일어나지 않았어. 나는 끝까지 안 일어났지. 오늘 출근할 생각이 전혀 없었거든. 아무한테도 말하지 마. 사실 나는 오늘 너의 졸업식에 가려고 했어. 하하. 결국 아빠 엄마는 굉장히 화가 나서 상관 안 한다며 나가 버렸고, 할머니만 남았지. 나는 몰래 일어나서 옷을 바꿔 입었어. 계속 바꿔 입고, 또 바꿔 입고. 하지만 가장 예쁜 옷을 찾을 수 없지 뭐야. 나는 너에게 가장 예쁜 모습을 보여 주고 싶었거든. 그때 갑자기 전화벨이 울렸어. '그'였지. 왜 아직도 출근을 안 했냐고 묻더라. 머릿속에서는 너를 보러 갈 거라는 말이 뱅뱅 돌았지만, 아무리 애를 써도 말이 밖으로 나오질 않다가 갑자기 자제를 못하고, 크게 '아—'

소리를 지르고 말았어. 나는 전화기를 내던지고, 온 힘을 다해 '아—' 하고 소리치면서 울고불고 난리를 쳤는데, 나 자신도 내가 무슨 짓을 하고 있었는지 몰랐지. 나중에는 할머니가 내 방으로 달려와 나를 붙잡았지만 내가 계속 소리를 지르니까, 갑자기 할머니의 심장병이 도져서 바닥에 쓰러지고 말았어. 할머니가 죽겠다고 하시더라. 나는 너무 무서웠어. 할머니께 약을 드리고 있는데, 경찰 한 사람이 찾아와서 벨을 눌렀어. 이웃이 신고를 했다나. 그 와중에 나는 진정한 척을 하면서 경찰을 돌려보냈단다. 할머니가 바닥에 누운 채로 나보고 빨리 병원에 가 보라고 했어. 나는 네가 와서 나를 병원에 데려갈 거라고 말했고, 너를 기다리는 중이라고 했어. 그러고는 전화기 옆에 앉아서 쉬지 않고, 너의 새로 바뀐 전화번호를 돌렸지. 반 시간이 넘도록 전화를 걸어도 여전히 뚜뚜뚜 소리만 나더라. 너는 나를 속였어. 네가 말하길 내가 미칠 것 같아 너에게 전화를 하면, 너는 항상 거기에 있을 거라고 했잖아……."

나는 전화를 끊었다. 눈을 감았다. 마음속 깊이 한 가지 생각만 떠올랐다. 어서 몽생을 찾아보자.

몽생. 요즘 몽생이 밤에 학교 후문 쪽에 있는 폐쇄된 경비실 안에서 잠을 자고 있는 모습을 자주 봤다고 누군가가 내게 말해 주었다. 나는 저녁 내내 자전거를 타고 학교 안팎을 돌며 몽생의 자취를 찾아다녔다. 내가 몽생을 발견했을 때 그는 학교 후문 근처에 있는 암적색 빌딩 입구의 공중전화가 설치된 구석에서 웅크리고 서서 마약을 주사하고 있었다.

몽생은 병원에서 보았던 전형적인 마약 중독자의 모습으로 변해 있었다. 두 눈은 검게 움푹 패었고, 혼탁해진 눈빛은 마치 초점이 없는 듯했다. 더군다나 가느다란 실핏줄이 눈동자에 가득했고, 얼굴 살은 뜯어 먹힌 듯 말랐다. 그는 쪼글쪼글 구겨진 반바지를 입고서 꺾어 신어 슬리퍼가 된, 다 해진 흙투성이 천 운동화를 신었다. 잿빛 외투에 싸여 있는 그의 몸은 지퍼를 올리지 않아 맨살이 들여다보였고, 앞가슴에 두꺼운 붕대가 몇 겹 말려 있었다.

나는 그의 왼손을 잡아 보았다. 몇 줄기 혈관을 따라서 작은 주사 바늘의 구멍이 촘촘하게 문신을 한 것처럼 박혀 있었다. 나는 몇 발자국 뒤로 물러나서 바닥에 쪼그리고 앉아 담배 한 가피를 물어 불을 붙이고 즐기듯이 빨아들였다. 참 고요했다.

"축하한다. 드디어 졸업장을 편취해서 손에 넣었구나! 나는 말이다. 일찌감치 퇴학당했단다." 그는 무척 과장되게 낄낄대며 웃었다. "어때? 지금 몹쓸 종자인 내 모습을 보니, 감상이 어떠신가? 정말 약해 빠진 놈. 세 살짜리나 가지고 놀 만한 이따위 시시한 방법을 쓰다니! 뭐 이런 말을 하고 있겠지!" 그는 더 격렬하게 웃으면서 몸을 가누지 못할 정도로 기침을 했다.

"입 좀 다물어!" 나는 무서운 눈빛으로 그를 쏘아보았다. 그랬더니 그는 화를 내며 손을 뻗어 담배를 만지작거렸다. "가슴은 어떻게 다친 거야? 솔직하게 말해! 너랑 허튼소리나 하러 온 거 아니니까."

"그럼 뭣 하러 여기 오셨나요?" 그는 조롱하며 말했다. "이거? 지난주에 초광에게 정면으로 찔렸어. 제기랄! 그 멋진 칼은 내가 그놈에게 선물한 거였는데……. 찌르려면 제대로 찌르던지, 의사의 수술 솜씨라도 시원치 않던지. 이참에 나를 아주 하늘나라로 보내 주었으면 좀 좋아. 모두가 편했을 텐데 말이야. 병원에 실려 갔더니, 또 재수 없게 나를 살려 놨어. 봐라, 천 년까지 미칠 재앙이다!" 그의 웃음소리가 건물 전체를 울렸다.

"나를 죽이는 것은 괜찮아. 하지만 이 어르신을 무덤 같은 곳에서 며칠씩 가만히 누워 있게 하는 건 쉽지 않지. 총명한 나는 곧바로 탈출을 했고. 그 뒤로 나의 악마 같은 신부께서 전보를 받고 내 시신을 수습해 주려고 오셨겠지."

"헛소리 마. 어제 저녁에 초광 선배가 나를 찾아왔더군. 최근에 차 사고를 당했고, 너는 이미 마음속에서 증발해 버렸다고 했어. 그는 지금 새로운 생활을 시작해서 행복하게 지내. 내 눈으로 똑똑히 봤거든. 그는 이제 완전히 변했어." 나는 분노해서 말했다.

몽생은 애매하게 웃었고 오랫동안 대답을 하지 않

왔다.

"그는 전혀 변해지 않았어. 그의 몸 안에는 원래부터 수많은 초광이 존재하거든. 과거에 네가 대체로 안정적이며 견고한 모습의 초광과 교류할 수 있었던 건 그나마 그때 가장 큰 초광이 존재했기 때문이야. 필요할 때는 집중해서 사람들과 정상적인 교류를 할 수 있었던 거지. 최근 일 년, 그는 그동안 받았던 정신과 의사의 치료를 중단했어. 서서히 불필요한 말들을 지껄이면서 또다시 여러 초광 사이에 세력 범위를 긋기 시작했지. 지금은 비교적 큰 초광도 없으니 수시로 채널을 돌려가면서 이야기할 가능성이 있지."

그는 재미있는 이야기를 하듯 이런 말도 했다.

"나는 그런 그의 변화에 익숙해져 있었어. 요즘 들어 보이는 그의 이런 행태가 나쁠 거 없다는 생각도 들어. 그렇게 지내면, 굳이 힘을 들여 주력 부대를 동원해서 여기저기 전쟁을 치르러 다닐 필요도 없겠지. 아무튼 모든 초광이 밖으로 나와서 바람도 쐬고, 돌아가면서 왕도 되어 보고. 이런 방식으로 사는 그가 오히려 우리보다 오래 살 수 있을 거야. 하긴 오직 나만이 각각의 초광과 같이 지낼 수 있었네. 아주 흥미로운 일이야."

나는 놀라서 어안이 벙벙했다.

"몽생, 사 년 전에 네가 내게 요구했을 때처럼 지금도 나랑 함께 죽고 싶니?"

"나의 신부야. 지금은 싫어. 나도 무척이나 그러고 싶지만 그럴 수가 없구나. 사 년 전에는 너를 하나도 사랑하지 않았거든. 하지만 사 년 후 나의 반쪽 양성이 너를 사랑하는 것 같고, 다른 반쪽 음성이 초광을 사랑하는 것도 같고. 하하. 그렇지만 나는 또 누구도 사랑할 수 없어. 왜냐하면 나의 뇌 안쪽 다른 부분, 저 뒤쪽 아주 깊은 곳에서 나 자신을 모두 통합시켜서 '여신'의 유령에게 팔았기 때문이지. 재밌지! 무슨 컴퓨터 프로그래밍 같지 않니?" 그는 눈을 감고 뇌 속 지도를 상상하는 것처럼 보였다.

　"다시 말하자면 지금 내게 있어 죽음은 예전과 달라. 나의 내공도 과거에 비해 더 높아졌고. 진정한 죽음은 살았거나 죽었거나 모두 마찬가지야. 굳이 내가 찾으러 다닐 필요도 없는 거지. 그 산 전체가 내 등을 눌러 올 때까지, 나는 가만히 기다리고 있어. 특별히 무엇을 할 필요도 없고. 그냥 그것이 하는 대로 내버려 두면 되는 거야."

　"몽생, 그렇지만 세계가 이렇게 매분 매초마다 파괴되고 있잖아. 사랑도 깨지고, 희망도 깨지고, 신념도 깨지고. 마치 화산 입구에 서 있는 것처럼. 내가 사랑했던 사람들이 하나하나 화산 속으로 떨어지는 것 같고, 몸의 세포 하나하나가 모두 불에 타 사라지는 것 같단 말이야. 고통스러운 의식은 일 초를 무한대로 연장시키고 '훼멸의 시간이 다가왔다.'는 소리가 뇌를 걷어차는데, 설마 넌 이렇지 않니? 지금 내 머리 속에 있는 모든 생각은 나를 파멸로 이끌고 있어. '멈춰!' 혹은 '뒤로 돌아가!' 라고 할 새도 없이 나는 나 자신을 데리고 돌아올 길이 완전히 없어졌단 말이야. 그런데 너의 말대로 죽음을 구할 필요가 없다면, 이 기나긴 시간을 어떻게 견딜 수 있겠니?"

"그냥 '나'라는 존재를 토해 버려!" 그는 일어나서 벽에 기대 심하게 구토를 했다.

나는 재빨리 피하면서 계단 아래로 뛰어 내려갔다. 나는 광장에 서서 하늘을 향해 큰 소리로 '아— ' 소리를 질렀다. 목이 쉴 때까지.

"몽생, 너 정말 그러다 죽겠어!"

십 미터나 떨어진 곳에서 나는 그에게 외쳤다. 목구멍 안에서 저절로 슬픔에 잠긴 소리가 흘러나왔지만 눈물은 나오지 않았다.

"너는 나보다 더 불쌍해. 왜 넌 아무도 사랑하지 않는 거니? 왜 너는 완전히 너 자신을 던지지를 못해? 왜 누구와도 진정으로 관계를 만들지 않아? 너는 그저 멀찍이 서서 스스로 만들어 낸 웃긴 말들을 지켜보고만 있잖아. 혹시 '여신'도 마음속으로 너를 사랑하고 있을지, 혹시 그가 네게 오지 않는 게 바로 너를 사랑하는 그의 방식일지. 생각해 본 적이나 있어?" 나는 쉰 목소리로 외쳤다. 목구멍에서 꿀꺽대는 이상한 소리가 났다.

"입 닥쳐. 더 이상 말하지 마. 다 소용없어." 그는 두 손으로 머리를 감싸고 격렬하게 흔들었다.

"너는 절대로 나약하지 않아. 너는 용감한 부분이 백 가지도 넘어. 오직 한 가지 부분이 약할 뿐이야. 바로 사랑이지. 우리 고통이 극한점에 이르기 이전부터 어쩌면 이 세계는 모든 것이 허무한지도 모르겠어. 너무 하찮아서 말할 가치조차 없는 것이 바로 우리 눈앞에 있는데, 계속 거기에 있는데, 네가 인정하지 않는 것뿐이야. 넌 한 번이라도 생각해 본 적이 있니? 초광에게 얼마나 너의 사랑이 필요한지. 네가 그에게 주는 사랑이 어떤 종류이든 상관없이, 네가 아무렇게나 움직이는 손놀림 하나도, 그에게는 너무나 커다란 의미라고. 만약 내 짐작이 틀리지 않는다면, 이 모든 도피와 부정은 사실 네가 진정으로 사랑받기를 두려워하는 데서 오는 거야."

몽생은 날카로운 비명을 질렀고, 독하게 나를 저주하며, 멈추기 어려운 듯 파란 전화기에 머리를 박아댔다.

나는 몽생의 주머니에서 백 위안을 훔쳐 학교 후문으로 달렸다. 후문은 잠겨 있었다. 나는 요란스럽게 벽돌 담장을 기어올랐고, 깨진 유리 조각을 박아 놓은 담장 꼭대기를 넘어가면서 손바닥을 베었다. 내가 담장 위로 올랐을 때, 마침 보름달이 떠 있었다. 트뤼포가 만든 영화 「400번의 구타」의 마지막 장면이 떠올랐다. 소년이 감옥을 탈출한 뒤 바다로 갔을 때, 얼굴에 특별히 떠오른 표정이 있다.

반드시 막겠다.

노트 8—9

○

'악어의 달' 마지막 날이다. 정오부터 타이완텔레비전 공사TTV에서는 계속해서 특집 방송 예보를 송출 중이다. '우리 타이완TV는 첫 번째 악어가 보내온 비디오테이프 원본을 받았습니다. 저녁 일곱 시 뉴스 시간에 특집 방송할 예정이니 많은 시청 바랍니다.'

일곱 시가 되자마자 집집마다 사람들이 텔레비전 앞에 모여 앉았으며 중국TV와 중화TV는 아예 만화영화를 방영했다.

앵커가 비디오테이프를 방송하겠다며 시작을 알리고 '악어의 유언'이라는 제목이 올라왔다. 흰 종이 덮개를 덮어쓴 머리가 충격을 주면서 갑자기 화면으로 들어오더니, 악어에게 빨리 준비하라고 소리친다. (내레이션 : 감독 '저먼'입니다) 흰 종이 덮개는 신속히 사라졌지만 흰 장갑을 낀 손가락이 여전히 화면 한 구석에 나타났다. (내레이션 : 카메라를 제대로 고정시키지 못했군요) 이어서 한 사람이 오줌통을 받쳐 들고 계단을 올라가는 뒷모습이 보이다가 문이 닫혔다.

다시 화면은 해변으로 건너뛴다. 아주 큰 나무 욕조가 모래사장 근처의 얕은 물가에 떠 있고 한 사람이 몸을 구부린 자세로 욕조 안에 누워 있다. 그는 흰 머리 덮개를 썼고 흰색 긴 겉옷으로 온몸을 꽁꽁 감쌌다. 욕조 가장자리에 구멍을 내서 꽃을 둘러 꽂아 장식했다. (내레이션 : 본 영상은 영화 '정원'을 부분 모방했습니다) 이어서 오줌통에 걸터앉은 한 사람이 나타나더니, 일어나 몸에 꽉 끼게 입고 있던 코르셋을 벗고 말을 하기 시작한다. 카메라가 물건이 가득 차 있는 지하실을 이리저리 비춘다.

"헤이, 여러분. 안녕하세요? 악어입니다. 아마도 내가 유일한 진짜 악어일 겁니다. 나는 오늘이 오기까지 정말 힘들게 기다렸어요! 여러분이 나를 잡으려고 그렇게 열심이니, 미안합니다. 나는 정말…… 정말 여러분을 좋아합니다. 처음 시작할 때는 방송 예능 프로그램에서 여러분과 이야기하고 싶었어요. 수수께끼를 내고 응답자에게 상을 주는 프로그램이었는데, '우정'이 무엇이냐는 질문을 던지기에 나는 백 개나 되는 우정에 관한 엽서를 보내 봤습니다. 하지만 그들은 역시 나를 뽑지 않았어요. 나중에는 '중국시보' 신문사에 몰래 제보 전화를 했답니다. '악어'를 발견했다고. 모두들 어쩌면 그렇게 열정적인지, 나는 여기저기 숨어 지내며 계속 참았어요. 여러분의 흥을 깰까 봐 걱정했거든요. 하지만 나는 정말 행복해요! 지금 내가 입은 옷은 직접 만든 코르셋입니다. 왜냐하면 내 피부가 어려서부터 푸릇푸릇했기 때문입니다. 엄마가 말하길 어린이들이 보면 놀라겠다고 했지만, 그렇다고 새빨간 것도 아니잖아요. 이빨은 상처를 입어 뾰족뾰족해진 탓에 마우스피스를 물게 된 것뿐이고요. 뭐 별일도 아니죠. 세상에나! 나는 알에서 태어나지 않았습니다. 믿기 힘들다면 직접 여러분께 보여 드리지요. (화면이 갑자기 끊어짐) 혹시 내가 사라진 건가요? 모두가 계속 나를 좋아할 거예요. 에고! 이제는 슈크림을 먹을 수 없어요. '주네'처럼 감옥에서 살아야 하거든요. 참, '악어의 노래'를 좀 틀고 싶은데, 그래도 될까요?"

화면은 다시 해변으로 건너뛴다. 악어는 나무 욕조 안에 앉아 있고, 욕조 주변에는 횃불이 연이어 꽂혀 있다. 계속 화면 구석을 가렸던 손가락이 갑자기 욕조를 밀었다. 욕조는 천천히 깊은 바다를 향해 밀려가고, 갑자기 욕조 전체가 불길에 휩싸였다. 카메라 렌즈가 점점 앞으로 가까이 다가가자, 스크린은 온통 불바다가 되었다.

내레이션 : 저먼이 말합니다. "나는 할 말이 없습니다……. 여러분이 행복하고 즐겁기를 빕니다!"

옮긴이의 말
황당한 운명과의 불화

○

그것은 오랜만에 찾아온 설렘이었다. 2017년 봄, 움직씨 출판사를 통해 추먀오진의 『악어 노트』를 처음 만났을 때 잊고 있던 추억이 삼십 년의 시공을 넘어 나에게로 소환되었다.

1987년 여름, 나는 타이베이의 국립타이완대학 중문연구소를 졸업하고 귀국길에 올랐고, 이 책의 작가 추먀오진邱妙津은 막 같은 대학의 심리학과에 입학했다. 비록 엇갈린 인연이었으나 추먀오진의 『악어 노트』 속에 나오는 대부분의 공간은 바로 그 시절 나의 애환이 담겨 있었던 공간들이다. 해서 이 책을 번역하는 내내 작가가 마치 젊은 날의 나와 교류가 있었던 듯 때로는 나에게 하소연을 하려고 먼 길을 돌아 찾아온 듯한, 이상한 착각에 빠져들기도 했다.

『악어 노트』의 영문 번역자 보니 휴Bonnie Huie는 이 책

을 울면서 번역했다고 토로했는데, 아마도 작가의 자전
적 이야기가 주는 아픔과 눈부신 재능을 단칼에 묻어
버린 그의 비극적 운명에 대한 안타까움 때문이 아니
었을까 싶다.

『악어 노트』는 일인칭 주인공 시점으로 일기의 형식
을 취하고 있으며, 사 년 동안의 대학 시절을 학기별로
나누어 총 8장으로 구성했다. 이야기는 주인공이 졸
업장을 받으면서 시작되지만 회상이 아닌 일기를 보여
주는 식으로 전개되며, 때문에 독자는 주인공이 바로
작가 자신이란 사실을 쉽게 알아차릴 수 있다.

이야기 속에서 악어는 화자인 '나'의 변형된 모습이
며, '나'는 유일하게 '라즈'라는 별명으로만 불린다. 악
어는 알이 부화할 때 온도에 따라 암수가 결정되는 특
성을 지닌 파충류로서, 규범적인 성 정체성에 의문을
느끼는 '나'를 상징한다. 주인공의 호칭인 라즈는 레즈
비언을 암시하는 말이라고 해석할 수도 있지만, 앞에
서 이끄는 선구자의 뜻을 내포하고 있다. 처음 '나'를
라즈라고 불러준 후배 탄탄은 라즈가 작명에 대해 불
만을 표하자, '우러러 찬미하는 뜻', '앞에서 이끄는 사
람'이라고 장황하게 해석을 덧붙이고 있다. 이 말은 바
로 앞서 잔인하게 수령을 뿌리쳤던 라즈가 자기의 과
오에 대한 대가로 인간의 두려움에 대해 부단히 말하
겠다고 한 내용과 이어지는 부분이다. 작가의 서언대
로 추먀오진의 작품은 이후 성 소수자 인권 운동과 이

성애 중심인 혼인법 개정에 많은 영향을 주었으며 논바이너리^{non binary, 여성도 남성도 아닌, 성별 이분법에 따르지 않는 성} 문학의 효시이자 고전이 되었다. 이제 중화 문화권에서 라즈는 더 이상 고유 명사가 아니다. 동성애를 통칭하는 의미로서 '라즈 도서전', '라즈 영화제' 등 보통 명사로 쓰이고 있다.

청소년기를 거치면서 자신이 여자를 사랑하는 여자임을 알게 된 라즈는 매순간 애정 욕구에 대한 치명적인 공포감과 죄의식으로 시달리며 스스로를 반인반수의 괴물로 인식하게 된다. 해서 그는 대부분의 인류가 모여 사는 '정상성'의 범주로부터 소외될 수밖에 없는 자신의 황당한 운명을 증오한다. 또한 분리를 조장하는 사회 분위기를 비판하며 악어의 모습으로 세상을 풍자한다. 그러나 악어가 만난 사회는 사자·호랑이·표범이 우글거리는 산속이며, 혹시 미미하게나마 존엄을 지켜보겠다는 의지를 보일라치면, 어느새 맹수들이 끝없이 번식하는 불가항력의 정글 속에 갇히게 된다. 결국 악어는 세상의 편견에 밀려 스스로를 소멸시키는 방법을 선택하고 불꽃과 함께 사라진다. 하지만 마지막 순간에도 악어는 남은 사람들의 안녕과 행복을 바랄 뿐, 세상에 대한 어떤 회한이나 원망도 없다. 추먀오진은 '세상은 결국 잘못한 것이 없다. 나의 정신이 나약한 것일 뿐. 우리가 세상의 폭력을 막을 수 없으니 오래도록 마음의 병을 앓게 되는 것'이라고 말한 바, 이 말은 반어적인 표현으로 편견에 따른 우리 사회의 벽이 얼마나 견고하고 높은지를 함축하고 있다.

라즈는 타이완 최고의 명문 여고를 거쳐 모두들 선망하는 대학에 들어왔지만, 불행했다. 일반적으로 사람이라면 누구나 누리는 원초적 감정의 좌절을 겪고, 자신의 황당한 운명과 불화한다. 이러한 갈등의 이면에는 불꽃같은 사랑과 결벽에 가까운 도덕성, 그리고 지성에 바탕을 둔 예리한 감성이 한 몫을 차지하고 있다. 현실의 벽에 부딪혀 사랑을 이룰 수 없게 된 라즈는 애인 수령을 마음의 수정관 속에 가두고 그저 그의 묘지기로 살아갈 뿐이다.

라즈와 진심 반 유희 반의 관계를 유지했던 몽생, 라즈가 처음으로 손을 내밀어 구원을 요청했던 탄탄, 방황으로 너덜거리는 라즈의 청춘을 봉합시켜준 소범 등 때로는 그에게도 심리적 병통을 공유했던 의미 있는 친구들이 있었으나, 정작 그의 졸업식에는 아무도 오지 않았다. 수령을 비롯해 그들 모두는 바람 같은 존재로서 라즈 인생의 한 모퉁이를 돌아 나갔다.

사망을 비상구 같은 도피처라고 말했던 작가는 결국 파리 유학 중 『몽마르트르 유서蒙馬特遺書』를 탈고한 후, 거처에서 칼로 자신의 심장을 찔러 생을 마감하고 말았다. 겨우 스물여섯 살이었다. 얼마나 가슴이 아팠으면 고통의 근원을 도려내듯 그런 죽음을 선택했을까. 한없이 애잔하고 슬프다. 태평문太平門, 중국어로 비상구으로 들어간 그의 다른 세상은 부디 어떤 사랑이라도 뿌리를 내릴 수 있는, 말 그대로 자유롭고 태평하게 살 수 있는 세상이기를 빈다.

한 가지 더, 나는 라즈에게 꼭 전해야 할 말이 있다. 『악어 노트』를 만나기 전에는, 나 역시 전 인류의 대열에 서서 그들과 함께 동성애에 대해 편견의 독을 주입했다. 여느 사랑처럼 라즈가 다른 여자를 사랑하는 것은 자연스러운 일이다. 그것은 그냥 그의 몸 안에 이미 설계된 도안에 따라 물이 낮은 곳으로 흐르듯, 그렇게 저절로 일어나는 현상일 뿐이다. 라즈의 사랑은 윤리적 해석이 가당치 않은 개인의 자유에 관한 일이다. 실제로 추먀오진 작가의 남자 동창생들은 그가 비록 키는 작았지만, 모든 운동 경기에서 그들을 능가했으며 도저히 그를 당해낼 수 없었다고 한다. 이야기 속의 라즈 역시 여자 친구들을 자전거에 태우고 심지어 오르막길을 오르는 강인함을 보여 준다. 가장 치명적인 폭력은 그것이 보이지 않는 곳으로부터, 무지로부터 오는 것들이다. 미안하다, 라즈. 번역을 마치면서 행여 마음속에서라도 그대를 모독하는 일은 하지 않겠다고 용서를 빈다.

2019년 봄.
옮긴이 방철환

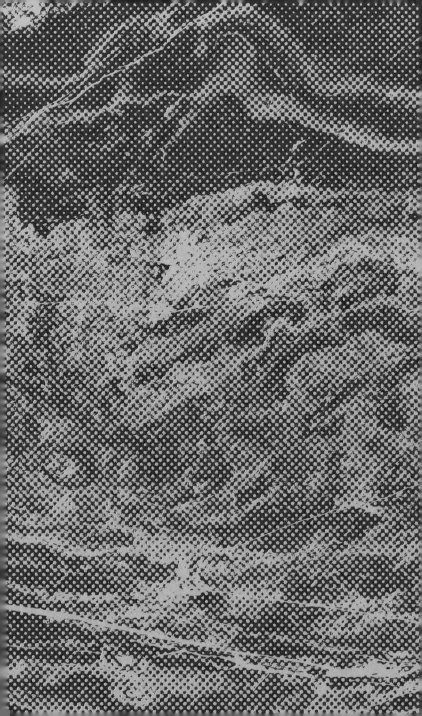

악어 노트

鱷魚手記
NOTES OF A
CROCODILE
QIU MIAOJIN

초판 2019년 5월 17일 첫판 1쇄 발행
중쇄 2019년 7월 10일 첫판 2쇄 발행
2022년 4월 13일 첫판 3쇄 발행
2024일 6월 24일 첫판 4쇄 발행

지은이 추먀오진
옮긴이 방철환
디자인 이지연
책임 편집 노유다
펴낸 이 나낮잠
펴낸 곳 도서출판 움직씨

주소 경기도 고양시 덕양구 삼원로 73, 808 우) 10550
전화 031-963-2238 / **팩스** 0504-382-3775
이메일 oomzicc@queerbook.co.kr
홈페이지 www.queerbook.co.kr
온라인 스토어 oomzicc.com
트위터 twitter.com/oomzicc / **인스타그램** instagram.com/oomzicc

인쇄 넥스프레스
ISBN 979-11-957624-7-7 (03820)